Maite Carranza

LA MALEDIZIONE DI ODI

Traduzione di Anna Benvenuti

Titolo dell'originale
LA MALDICIÓN DE ODI

ISBN 978-88-8451-791-3

La traduzione di quest'opera è stata realizzata grazie
alla sovvenzione dell'Institut Ramon Llull

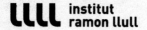

Visita *www.InfiniteStorie.it*
il grande portale del romanzo

© Maite Carranza, 2007
Copyright © 2009 Adriano Salani Editore S.p.A.
dal 1862
Gruppo editoriale Mauri Spagnol
Milano

www.salani.it

Negli ultimi tre anni ho vissuto immersa nel mondo dei clan Omar, circondata dai suoi totem, dalle sue profezie e assorta nelle sue lotte. Da quest'esperienza sono nati tre libri.

Tutto questo è stato possibile grazie alla magia di una strega incantevole che mi sedusse col suo entusiasmo e la sua chiaroveggenza, ed esorcizzò lo sconforto con la sua compagnia. A lei voglio dedicare, in primo luogo, questa trilogia.

A Reina, la mia strega madrina.

E a Júlia, Maurici e Víctor, la mia trilogia in carne e ossa.

PARTE PRIMA
I SENTIMENTI

Oro nobile lavorato da sagge parole,
destinato a mani non ancora nate,
triste esiliato dal mondo dalla madre O.

Ella così volle.
Ella così decise.
Rimarrai, dunque, occultato nelle profondità della terra,
finché i cieli non bruceranno e gli astri intraprenderanno il loro cammino.
Allora, e soltanto allora, la terra ti espellerà dalle sue viscere,
accorrerai obbediente alla sua mano bianca
e la ungerai di rosso.

Fuoco e sangue, inseparabili,
nello scettro del potere della madre O.
Fuoco e sangue per l'eletta che possiederà lo scettro.
Sangue e fuoco per l'eletta che sarà posseduta dallo scettro.

Profezia di Trebora

CAPITOLO UNO

L'incontro

Un uomo biondo, alto, con gli occhi azzurri e le mani grandi l'abbracciò con una forza tale che fu sul punto di soffocarla.

Anaïd non sapeva se soffocava per la mancanza d'aria o per l'emozione dell'incontro.

Sognava quell'abbraccio da quindici anni.

L'uomo era suo padre. Si chiamava Gunnar, e lo vedeva per la prima volta.

Tra le braccia di Gunnar, Anaïd sentì un solletichio dolce sulla schiena ed ebbe voglia di miagolare come il suo gatto Apollo. Socchiuse gli occhi, si accoccolò immobile sul suo petto assaporando ogni momento, ascoltò uno a uno i battiti del suo cuore sconosciuto come il suo odore marino o il suo accento islandese. *Tic-tac, tic-tac,* suonavano. Le ricordarono una sveglia gigante color verde mela, e pensò che avere un padre in carne e ossa fosse una sensazione rasserenante, come trovare le scarpe di fianco al letto quando ci si sveglia, o aprire un ombrello sotto la pioggia.

Si vergognò di aver paragonato suo padre a un ombrello, ma non ebbe il tempo di rettificare e di trasformarlo in qualcosa di più poetico, come il vento di Levante o un raggio di sole primaverile, perché la voce di Selene spezzò la magia dell'incontro.

«Anaïd!»

Il suo nome, pronunciato con una sfumatura di risentimento, era il segnale che stava facendo qualcosa di sbagliato. Era lo stesso tono che usava sua madre quando, da piccola, la vedeva prendere le patatine fritte con le mani, o le ricordava di chiudere la porta quando usciva. Fece finta di non sentire, ma Gunnar alzò gli occhi e ritirò le braccia che l'avvolgevano con calore.

«Selene!», esclamò emozionato.

Anaïd si sentì improvvisamente abbandonata e si rese conto della profondità e dell'intensità dell'abbraccio che aveva appena ricevuto. L'avrebbe ripetuto volentieri.

Selene, invece, non volle provarlo.

«Fermo» disse a Gunnar.

E gli puntò il suo *atam* per impedirgli di avvicinarsi a lei.

«Ciao, Selene». Gunnar aveva una voce dolce come i suoi occhi o le sue mani. Era un modo diverso di abbracciarla. Selene, sulla difensiva, non si scompose.

«Cosa vuoi?»

Non sembravano una coppia affiatata. Anzi, non sembravano neppure una coppia. Eppure, nonostante tutto, erano una bella coppia. Anaïd pensò che era davvero un peccato che la situazione fosse tanto complicata. E si ricordò con nostalgia di come sua madre si fosse innamorata pazzamente di suo padre la prima volta che l'aveva incontrato. Erano trascorsi quindici anni. Tanta acqua era passata sotto i ponti.

«Vi credevo morte...»

«Come vedi, non siamo morte. Ora te ne puoi anche andare».

La voce di Selene, il suo atteggiamento e i suoi movimenti erano aggressivi.

«Per molto tempo ho creduto che l'orsa vi avesse ucciso e divorato» confessò Gunnar.

Selene ribatté, secca:

«L'unico che voleva mangiarsi la bambina eri tu».

Per Anaïd fu come uno schiaffo. Forse suo padre non era capace di amarla, neanche un pochino?
Gunnar non raccolse il guanto di sfida.
«Anaïd è tale e quale me la immaginavo nei miei sogni».
«Tu sogni?» chiese Selene sarcasticamente. «Credevo che gli Odish non ne fossero in grado».
«Mamma, basta!» la fermò Anaïd.
Era offesa dal suo tono strafottente, ma quello che la faceva imbestialire era che non accettasse la possibilità che suo padre l'avesse sognata. Era forse gelosa?
«Ci sono molte cose che non sai, Selene. Non hai la più vaga idea di come mi sia sentito in tutto questo tempo, né delle ore, i mesi e gli anni che ho occupato con il tuo ricordo e con quello di Anaïd».
Anaïd percepì un'onda di calore che le scendeva per la gola e le scaldava le viscere.
«Per questo hai ucciso l'orsa? Per vendicare la nostra morte?» gli chiese impulsivamente.
Gunnar si girò verso di lei. Pareva sincero.
«Mi dispiace. Ho saputo molto tempo dopo che eravate sopravvissute, e proprio grazie all'orsa. Se ti può consolare, la sua pelle non ha alleggerito la mia coscienza».
Selene forzò una risata offensiva. O così parve ad Anaïd.
«Coscienza? Tu? Non farmi ridere. Dici che hai una coscienza e che ti ha tormentato durante tutto questo tempo? Questa sì che è una novità! Credevo che gli Odish non avessero coscienza».
Anaïd si arrabbiò. Selene sottolineava troppo la parola *Odish*. La ripeteva apposta e scandiva il suono fricativo della *shhh* per renderlo più stridulo. Era un modo per tracciare una linea e rimanere da una parte. Nel suo schema manicheo, Selene era una Omar pura, mentre Gunnar era un Odish impuro. Non c'era possibilità di dialogo tra le due parti: Gunnar era come un appestato.
Ma come la metteva con lei, Anaïd, la sua stessa figlia? Non era forse anche figlia di un Odish? O non era nessuna delle due cose?
Nonostante questo, Anaïd non era disposta a lasciarsi scappare

suo padre, né a permettere a sua madre di cacciarlo dalla sua vita alla prima occasione.

«Ti fermi a cena?»

Il silenzio si poteva tagliare con un coltello.

«Mi inviti?» chiese Gunnar con prudenza.

Anaïd anticipò Selene, chiudendole la bocca.

«Ma certo, sei mio ospite. Rimani a cena, per favore».

Questa volta Gunnar non esitò.

«Grazie, sarà un piacere».

«E ti fermerai anche a dormire?»

Selene impallidì. Le leggi Omar dell'ospitalità erano sacre, neppure lei aveva la potestà di negare un pasto e un letto a un ospite.

Gunnar si rese conto del suo disagio e cercò di evitarle l'imbarazzo.

«Posso dormire in macchina o guidare ancora per qualche chilometro, fino a Benicarló».

Selene si arrabbiò.

«Non c'era bisogno che lo dicessi!»

«Cosa?»

«Anaïd non sa dove siamo».

«Ti sbagli» la corresse sua figlia.

Anaïd lo sapeva perfettamente.

Si trovavano in un piccolo camper parcheggiato in mezzo a un radura solitaria, a pochi chilometri dall'autostrada. Le pianure soavi solcate da canali di irrigazione che si intuivano a Ovest, il mandorleto al Nord, il volo di qualche gabbiano, il rumore lontano delle onde e l'aroma degli aranci in fiore, intenso e dolce, le avevano fatto supporre, giustamente, di trovarsi nelle terre di Levante.

Selene aveva cercato di fare in modo che sua figlia non indovinasse la strada che percorrevano da quando avevano lasciato Urt, nel cuore dei Pirenei. Fuggivano da Baalat, l'Odish fenicia, e nessuno doveva sapere dove si trovavano né dove erano dirette.

Anaïd, però, si orientava facilmente. Demetra, sua nonna, l'aveva addestrata fin da piccola e, senza quasi volerlo, rilevava la sua posizione dall'altezza del sole, dal suo cammino e dal calore dei suoi raggi. Sapeva anche leggere i cieli stellati, che aveva imparato a decifrare grazie a Selene, nelle fredde notti pirenaiche. Con un solo sguardo, attraverso i vetri opachi del camper, sapeva che era mezzanotte, che andavano in direzione Sud e che a pochi chilometri verso Est c'era il Mar Mediterraneo.

Mentre rifletteva su tutto questo, Anaïd si rese conto che Selene aveva estratto da un cassetto un oggetto e lo offriva a Gunnar con una smorfia sprezzante.

«Riprenditeli. Non vogliamo i tuoi regali».

Anaïd lanciò un urlo e le strappò la scatola.

«Sono miei, li ha regalati a me!»

Erano gli orecchini di rubini che Gunnar le aveva fatto recapitare come regalo per i quindici anni.

Selene affrontò sua figlia.

«Ridaglieli».

Anaïd avrebbe preferito continuare a essere neutrale, ma non ci riusciva. Se avesse restituito gli orecchini a Gunnar, si sarebbe schierata con Selene. Se non l'avesse fatto, si sarebbe sbilanciata per Gunnar.

«Mamma, non mi costringere...»

Selene era furente.

«Restituiscigleli immediatamente! Io l'ho fatto!»

Era vero, ma l'arroganza di Selene la sbilanciò verso Gunnar.

«Tu li hai rifiutati, ma io no. Me li tengo».

Si palpò il lobo sinistro, prese un orecchino tra indice e pollice e perforò col gioiello appuntito la pelle sottile che ricopriva il buco. Era da tanto che non portava orecchini e il buco le si era richiuso. Sentì una staffilata quando la carne si strappò, ma non si lasciò sfuggire nemmeno un grido. Durante tutta l'operazione sostenne lo sguardo di Selene, come in un duello.

Una goccia calda le schizzò sulla maglietta. Era sangue. Sangue rosso come il rubino incastonato in oro che ora pendeva sulla sua spalla. Selene, incredula, rimosse la macchia di sangue con un dito, mentre Gunnar prese con cura l'altro orecchino e lo infilò nel lobo destro di sua figlia. Fosse magia o abilità, questa volta Anaïd percepì a malapena il dolore.

Suo padre la prese per le spalle, la fece girare come una trottola e la studiò come si studia un'opera d'arte. Alla fine sorrise, un sorriso accogliente come le sue braccia.

«Stai benissimo».

Selene non riuscì a tollerarlo. Scostò le mani di Gunnar che accarezzavano il collo di Anaïd e, tutta agitata, chiese:

«Sai da dove vengono questi orecchini?»

Anaïd non esitò.

«Dallo scrigno di gioielli che aveva la dama di ghiaccio. Me lo hai raccontato tu stessa».

Selene si scaldò.

«L'Odish più potente dell'emisfero Nord».

Anaïd scosse la testa, giocherellando con gli orecchini di rubini che le pendevano dalle orecchie come due ciliegie.

«Mia nonna» rispose sicura.

Selene, furibonda, uscì dal camper sbattendo la porta.

«Aspetta!» urlò Gunnar invano. «È pericoloso uscire da sola!»

E si mosse per andarle dietro, ma Anaïd lo trattenne per un braccio.

«Lasciala. Non ti darà retta».

Era vero. Selene apparteneva alla razza delle testarde. Ma era vero anche che Anaïd voleva stare da sola con Gunnar e anche godersi il suo trionfo nel primo braccio di ferro che sosteneva con sua madre.

«Ti piacciono le uova all'occhio di bue?»

«Da morire» sorrise Gunnar.

«È l'unica cosa che so fare», pensò che a un padre si possono rivelare questo tipo di cose senza il rischio di fare figuracce.

Peccato che ci fosse solo un uovo, il quale si ruppe tra le mani inesperte della cuoca prima di cadere nella padella. Ad Anaïd non rimase che la voglia di far felice suo padre: il piccolo frigorifero era vuoto e triste come il deserto dell'Arizona.

Con un pizzico d'immaginazione, si prepararono un'insalata

con lattuga, pomodori e tonno, frissero delle crocchette di pollo surgelate e sbucciarono una mela, che poi affettarono in modo presuntamente artistico e decorarono con il miele.

Nel momento in cui Anaïd disponeva i bicchieri sul piccolo tavolino di formica, il cellulare di Selene, abbandonato su una sedia, iniziò a vibrare. Aveva appena ricevuto un messaggio e Anaïd, senza esitare, lo lesse. Credeva fosse un avviso di Elena. Forse fu per questo, per la sua voglia di avere notizie di Roc e per la mancanza di contatti con l'esterno imposta da Selene... La curiosità fu più forte della prudenza, lesse il messaggio ma rimase tanto sorpresa che il bicchiere di vetro che aveva in mano cadde a terra e si frantumò.

«Cosa c'è?» chiese subito Gunnar, correndo al suo fianco e assicurandosi che non si fosse tagliata.

Lei riusciva a stento a parlare. Balbettò soltanto:

«È Baa... Baa... lat. È... lei. Mi sta seguendo».

Allungò il cellulare a suo padre, che lesse il messaggio, preoccupato.

Anaïd, t cerco, vengo da lontano x vedert, tvb, tvb e voglio sl averti vicino, mlt vicino. Kiama, dimmi qcosa, xfav. Dacil.

Gunnar verificò la memoria dei messaggi e la mostrò ad Anaïd.

«Non è il primo. A quanto pare la sta bombardando».

Anaïd era ancora più frastornata.

«Selene non me ne ha parlato».

«Per non spaventarti» la giustificò Gunnar.

«Perché la difendi? Ho il diritto di sapere chi mi perseguita».

Gunnar cancellò il messaggio con un doppio clic e lasciò il cellulare sulla sedia dove si trovava qualche minuto prima.

«Faremo una cosa. Ci dimenticheremo di quello che potrebbe esserci qui fuori e trascorreremo una serata piacevole, la mamma, tu e io. D'accordo?»

Anaïd assentì. Le piaceva avere un padre in grado di trasmetterle calma e sicurezza, di mettere un po' d'ordine nella sua vita. Selene era troppo caotica.

«Dai, avverti tua madre che la cena è pronta... se non se l'è mangiata Baalat».

Anaïd contemplò la sua discreta opera d'arte gastronomica e si intristì. La mela, che prima era bianca e bella, ora si era ossidata ed era diventata scura, quasi nera, come l'umore di Selene, che apparve in quel preciso istante e rovinò loro la cena.

La prima cena familiare della vita di Anaïd fu deprimente.

Selene era intenzionata a guastare l'avvenimento e, nonostante Gunnar cercasse di risolvere i piccoli inconvenienti, Selene non faceva che cercare il pelo nell'uovo.

«Non hai condito l'insalata».

«Non c'è l'aceto».

«Così è buonissima».

«Un'insalata senza aceto è come un *gazpacho* senza pomodoro».

«Mamma, per favore, sei stata tu a dimenticarti di comprarlo».

«Ma io non ho invitato nessuno a gustare un'insalata insipida».

«Mi piace lo stesso, l'ha preparata Anaïd».

«Ti rendi conto, Anaïd? Prima cercherà di guadagnarsi la tua fiducia. Poi farà con te quello che vorrà».

«Ha detto solo che gli piace la mia insalata».

«A me disse che gli piacevano i miei occhi».

«Non è la stessa cosa».

«È un Odish, uno stregone, il figlio della dama di ghiaccio».

«È mio padre!»

«Questo è solo un incidente».

«Non è vero: ti sei innamorata di lui, io sono vostra figlia».

«Potresti essere figlia di chiunque».

«Bugiarda!»

«Ti ho raccontato quello che ci ha fatto, cos'altro vuoi sapere?»

«Quello che pensa lui».

«Di cosa?»

«Della vostra storia».

«No, questo proprio no. Ti ingannerebbe!»

«Perché?»

«Perché è il suo stile. Non lo capisci? Ingannò Meritxell, ingannò me e ingannerà te».

«E tu vuoi proteggermi, vero?»

«Esatto».

Gunnar, sorpreso e un po' confuso dal dialogo velocissimo che intercorreva tra madre e figlia, si schiarì la gola.

«Posso parlare?»

«No!» urlò Selene.

«Sì!» la contraddisse Anaïd.

«Mi piacerebbe dare la mia versione» insistette Gunnar, mantenendosi sereno.

«La tua versione di cosa? Delle tue bugie?» gli rinfacciò Selene.

Gunnar mise da parte il suo atteggiamento commiserativo e si fece improvvisamente serio. Anaïd si accorse allora che, dietro quell'apparenza gentile e condiscendente, si celava una corazza di ferro.

Gunnar fissò Selene.

«Parlerò, ti piaccia o no».

Entrambe sentirono la forza della sua volontà e Selene ammutolì. Anaïd, affascinata dalla forza silenziosa degli occhi d'acciaio di Gunnar, che lei aveva ereditato senza saperlo, notò una cosa che in un primo tempo non l'aveva colpita: suo padre aveva le rughe intorno agli occhi, e sotto gli zigomi spigolosi si delineavano perfettamente i solchi nasali che indurivano i suoi tratti germanici e lo rendevano più interessante. Era un uomo maturo, con qualche capello bianco sparso qua e là.

No, non era possibile. Gunnar, secondo sua madre, dimostrava circa venticinque anni. Gunnar era stato il giovane re Olav, conquistatore di terre e di belle vichinghe scandinave. Gunnar era stato il giovane marinaio Ingar, che faceva impazzire le ragazze e stappava le bottiglie di birra coi denti, in compagnia di quel suo amico impiccione, Kristian Mo. Invece, quell'uomo che sedeva con loro, nonostante la sua possanza, la sua energia e la sua buona forma fisica, si avvicinava ai quaranta.

«E la tua giovinezza eterna? Non eri immortale?» chiese Anaïd, emozionata all'idea di aver fatto una scoperta simile.

Gunnar rispose, fissando lo sguardo su Selene:
«Tempo fa ho scelto di essere mortale».
Selene si morse il labbro. Si era accorta del cambiamento di Gunnar, ma non aveva detto nulla.
«È un'apparenza, Anaïd, non farci caso. È uno stregone e ci fa credere quello che gli fa più comodo».
Anaïd non le diede ascolto.
«Quando hai deciso di essere mortale?»
«Quindici anni fa» rispose Gunnar, serio.
«Quando ci credevi morte?»
«Prima che tu nascessi. Ti ricordi, Selene?»
Selene alzò la testa piano, colpita dalle parole di Gunnar, ma non aveva intenzione di cedere.
«Non ricordo nulla».
«Peccato. Io invece mi ricordo. Quando ti conobbi, eri una splendida strega Omar, e non sei cambiata: gli occhi verdi, le gambe lunghe, gli stessi capelli ricci e il tuo abbigliamento stravagante. Soprattutto, però, mi piaceva che fossi una ribelle. Saresti stata capace di metterti a capo di una rivoluzione, di salire su un razzo spaziale o di giurare amore eterno con una follia contagiosa. Era logico che i ragazzi della tua età non osassero avvicinarsi a te. Eri una bomba. E anche se non ci vuoi credere, mi innamorai di te come uno scolaretto».
Selene era impassibile. Anaïd non riusciva a capire come potesse rimanere indifferente di fronte a una tale dichiarazione d'amore. Le parole di Gunnar l'avevano turbata. Se Roc le avesse detto anche solo una parola di quelle che Gunnar aveva appena detto a sua madre sarebbe svenuta. Selene, invece, ringhiò:
«Mi hai ingannato! Non mi avevi detto che eri un Odish e che tua madre era la dama bianca».
«E tu hai ingannato me. Non mi avevi detto che eri una strega Omar e che tua madre, la grande Demetra, era la matriarca delle tribù d'Occidente.
Selene si ribellò:
«Io non avevo alcun piano per usarti».

«Neppure io».
«Menti! Mi hai usato per concepire Anaïd, l'eletta».
«Selene, fammi parlare».
Anaïd intervenne. Per la seconda volta quella sera, si era schierata dalla parte di suo padre.
«Mamma, per favore. Ho ascoltato la tua storia. Fai parlare papà e lascia che racconti la sua».
Per qualche motivo, Anaïd riuscì a zittirla.
Gunnar si versò un po' di vino e iniziò a parlare. Gli tremava la voce e, se la sua emozione non era sincera, era certamente un ottimo attore. Il suo racconto commosse Anaïd.
«Non potete immaginare cosa signiferichi vivere più di mille anni... Il tempo è implacabile. I paesaggi, le case e soprattutto le persone spariscono via via. Tutto si trasforma e tutto si perde. All'inizio, quando ero giovane, volli impegnarmi per il mondo, il mio mondo, e per questo mi adoperai affinché la mia magia fosse al servizio delle genti del mio popolo del Nord. Divenni potente e ordinai che fossero costruite case di pietra, che grandi navi fossero fabbricate e guidate nei mari alla conquista di territori da aggiungere al mio regno. Mi riempivo di orgoglio quando le mie navi tornavano cariche di tessuti, spezie, sementi e gioielli, che rendevano felice la mia gente. Fui Olav, un re vichingo dei fiordi norvegesi. Guidai spedizioni, composi versi e mi permisi di innamorarmi di Helga, una bella vichinga di Escalda. Quando lei morì e quando vidi che anche i miei figli invecchiavano e morivano, persi ogni gioia di vivere e mi isolai in un castello. Vissi così per secoli. Dai merli della torre vidi come le mie terre si perdevano, come i miei sudditi divenivano vassalli e schiavi di altri popoli e vidi come i paesaggi che tanto amavo erano distrutti dal fuoco e dalla guerra. Giurai che non mi sarebbe mai più accaduto. Da allora girovagai senza meta e senza mettere mai radici, chiuso in una indifferenza assoluta, senza amare niente e nessuno, sopravvivendo e basta. Fui mercenario, esploratore e marinaio. A volte rimanevo per qualche anno in un luogo lontano, imparavo la lingua e un mestiere, lo esercitavo e poi me ne andavo di nuovo».

Anaïd era sconvolta. Non aveva mai pensato che il disamore e la volontaria perdita delle radici fossero modi per evitare il dolore. Forse aveva ritenuto insensibili persone che erano solo ferite. Quindi, anche le Odish provavano dei sentimenti? Un enigma difficile da risolvere. In fin dei conti, Gunnar era solo figlio di una Odish.

«Finché mia madre mi reclamò per concepire l'eletta. Quello era il mio destino. Lo avevo atteso per più di mille anni. Mi trasferii a Barcellona e mi trasformai in uno studente islandese. Quindici anni fa Barcellona era una città sul mare che invitava a passeggiare sulla Rambla, una strada colma di fiori, platani e gente curiosa, a qualsiasi ora. Nelle calde notti d'estate, ci si poteva ubriacare di vino e musica e si poteva aspettare il giorno mangiando *churros* con la cioccolata calda di fronte alle deliranti torri di Gaudí, un folle geniale. Era il mio momento, finalmente era giunta l'ora di compiere la mia missione per essere libero e poter fare quello che volevo con la mia vita, senza dover rendere conto a nessuno».

«Da quando lo conoscevi?» esclamò Selene.

«Cosa?»

«Il tuo destino».

«Da sempre. Cristine me lo ripeteva di continuo. L'unica ragione della mia esistenza era di essere il padre dell'eletta. Ero nato per questo. Nessuna Odish ha figli».

Anaïd inorridì. Non era la sola a essere segnata da un destino difficile da sopportare. I suoi genitori avevano subito la stessa sorte.

«Povero Gunnar» bisbigliò Selene «Mi fai una pena. Dovevi sedurre una ragazzina ingenua, come Meritxell, e metterla incinta. Davvero difficile!»

«Ma sai che non lo feci».

«Ah no?»

«Quando ti conobbi, mi rifiutai di continuare a recitare quella parte».

Selene sbatté le palpebre per un istante. Fu uno sconcerto momentaneo. Subito replicò:

«Non è vero. Sei rimasto con lei».

Gunnar parlò più lentamente.

«Sai che non è vero. Sai che la notte stessa in cui ti conobbi e ci baciammo sul prato del campus e ti riaccompagnai a casa, mi legai a te. Ti ricordi di quella notte?»
Selene deglutì e scosse la testa.
«Vagamente».
«Cosa ti dissi quella notte, Selene?»
«Non mi ricordo».
«Sì, invece. E io mi ricordo che tu mi promettesti di amarmi sempre, qualunque cosa fosse accaduta».
«Non ricordo nulla».
Anaïd si arrabbiò. Sua madre le aveva raccontato la storia con ogni dettaglio e aveva anche confessato di aver dato a Gunnar una pozione d'amore.
«Ti conquistò con la magia Omar!»
«Non ce n'era bisogno. Io avevo già deciso...» Gunnar fissò lo sguardo su Selene, che aveva gli occhi bassi.
«Rimanesti con Meritxell...»
«Me lo avevi chiesto tu».
«Ma dopo...»
«Dopo decisi di essere onesto e pensai che Meritxell fosse davvero incinta».
Selene si alzò in tutta la sua altezza e puntò un dito accusatore contro Gunnar.
«Non importa. Mi tradisti, mi portasti da tua madre per consegnarle Anaïd. Mi volevi abbandonare. Non ti perdonerò mai. Mai, mai!»
E, improvvisamente, colta da un attacco di pianto, abbandonò violentemente il camper, facendo traballare tutto. Era uscita come un uragano, trascorsero alcuni secondi prima che gli oggetti e i nervi recuperassero la posizione di prima.
Anaïd si sentì in dovere di giustificarla, come se quella donna fosse sua figlia e non sua madre.
«Mi dispiace, è fatta così».
Gunnar scoppiò a ridere.
«Lo so, l'ho conosciuta prima di te».

«Hai deciso di rinunciare all'immortalità per amore di mia madre?»

«Più o meno».

«Raccontami».

Anaïd sbirciò dal finestrino. Fuori si vedeva la sagoma nervosa di Selene, incapace di ascoltare una versione diversa della sua storia. Se l'era ripetuta così tante volte in silenzio, che alla fine l'aveva idealizzata ed era diventata una sostenitrice del suo stesso mito.

Gunnar le sembrava più umile, forse perché sapeva riconoscere i suoi errori.

«Conosci già l'inizio della storia. Meritxell era la predestinata dalla profezia per diventare la madre dell'eletta, e io stavo con lei quando conobbi Selene a una festa di Carnevale. Fu un amore a prima vista. Avrei potuto rifiutare, ma non volli. Avevo trovato la donna che avevo aspettato per mille anni. Lo sapevo con certezza, per questo litigai con mia madre. Non volevo stare con Mertixell e non volevo compiere il mio destino».

Anaïd annuì.

«Però, come vedi, il destino fece morire Meritxell e rese Selene la principale sospettata. Fuggimmo. Andammo verso Nord, pensavamo che fosse un luogo sicuro, ma sbagliai. Via via che ci avvicinavamo alle terre dominate da mia madre, il suo potere era più forte e io ero sempre più debole e incapace di resisterle. Perché quel che Selene non sa è che durante quel viaggio io rinunciai alla mia immortalità e ai miei poteri».

«Quando?» chiese Anaïd.

«Durante la notte del solstizio, sulla montagna di Domen. Là, sulla cima della montagna maledetta delle Omar, usai per l'ultima volta la mia magia e strinsi un patto con gli spiriti per essere un semplice mortale. Quando scesi dal Domen, ero un uomo in carne e ossa. Ovviamente mia madre non mi perdonò e iniziò a tormentarmi e a esigere che mi presentassi da lei per darle una spiegazione sulla mia decisione. Quando scoprii la gravidanza di Selene e lei volle accompagnarmi nel viaggio, le cose si complicarono ulteriormente. Allora non potevo immaginare che tu, mia figlia, saresti stata l'eletta. Avevo dimenticato il mio destino, convinto di averlo lasciato dietro le spalle. Ma mi sbagliavo di nuovo».

Anaïd provò compassione per quel padre sconosciuto che aveva commesso tanti errori.

«Io volevo solo essere un mortale e invecchiare con Selene. Volevo crescere con lei i nostri figli e non vederli morire. Essere mortale, però, aveva dei limiti: presto mi disperai quando mi resi conto che non potevo difendere tua madre dagli attacchi di Baalat; seppi che se morivo durante il viaggio verso Nord, anche Selene sarebbe morta, perché non sarebbe stata in grado di sopravvivere da sola. Mi sarebbe piaciuto separare le cose: la mia vita, la mia famiglia e i miei affetti, da una parte; il mio dovere, il mio passato e la mia condizione di Odish, dall'altra. Ma ormai la situazione si era troppo complicata e Selene insisteva per accompagnarmi. Semplicemente, non ebbi il coraggio di lasciarla da sola e incinta in Islanda, esposta agli attacchi di Baalat. Cercai di affidarla alle Omar del clan della cavalla, ma lei si rifiutò e non mi rimase che chiedere protezione alla dama bianca, Cristine, tua nonna. Lo capisci, figlia mia? Se lei non ci avesse protetto da Baalat, tu non esisteresti. Io, a ogni modo, dettai le mie condizioni: non ti avrei mai consegnato a Cristine».

«Allora, perché disarmasti Selene e le facesti credere di essere tua prigioniera?» gli rinfacciò Anaïd.

«Selene poteva parlare con gli spiriti grazie al tuo sangue e, quando seppe di chi ero figlio, si allontanò da me e mi considerò suo nemico. Notai subito come si chiudeva in se stessa. Non ebbi altra scelta che controllarla e privarla delle armi. Lei lo interpretò come una minaccia e fuggì via da me. Io vi avrei difeso e vi avrei riportato indietro per diventare una famiglia».

«E l'orsa? Se non eri più un Odish né rispondevi agli ordini di Cristine, perché la temevi? Perché l'odiavi?» insistette Anaïd.

«Era una vecchia nemica con la quale avevo avuto un duro scontro anni prima. Credevo che mi stesse cercando e che volesse vendicarsi sulla mia famiglia».

Anaïd gli credette senza esitazioni. Le sue parole le sembravano sincere, le sue spiegazioni erano logiche, tutto quadrava.

«E quando hai pensato che eravamo morte, cosa hai fatto?»

«Uccisi l'orsa. Ero impazzito e, appena le mie ferite guarirono, mi lanciai alla sua caccia. Poiché non avevo più i poteri, per la prima volta seppi cosa significasse essere mortale. Dopo la caccia, le ferite si infettarono e trascorsi alcune settimane tra la vita e la morte».

«E non ti passò mai per la testa che potevamo essere vive?»

«In quel momento era impossibile, assurdo».

Anaïd riconobbe il merito di sua madre, allora diciottenne, che l'aveva partorita tutta sola in mezzo al ghiaccio, si era nutrita con fegato crudo di foca e aveva viaggiato attraverso la steppa con un'orsa e una cagna.

«Fu solo grazie a Selene e al suo coraggio».

«E alla magia Omar. Senza la protezione della madre orsa e senza la magia di Aruk, lo spirito, tu e tua madre sareste morte. Il freddo, la fame o i predatori... conosco troppo bene l'Artico. Non perdona».

«E Cristine? Non ti disse che eravamo vive?»

Gunnar scosse la testa.

«Non volli più saperne di lei. Dopo aver ucciso l'orsa, mi imbarcai su un mercantile nel porto di Gothab e trascorsi quattordici anni navigando e invecchiando. Una sensazione meravigliosa, ma triste. L'unica consolazione era che la pena non sarebbe durata per sempre, perché sarebbe morta con me».

«E come hai saputo dove eravamo?» volle sapere Anaïd.

«Mia madre si svegliò il giorno in cui Demetra morì. Il sortilegio della tua nonna Omar, che aveva stregato la tua nonna Odish, svanì con lei e Cristine tornò alla vita, ti cercò e ti trovò. Era l'unica Odish a sapere la verità sul tuo conto. Le altre si erano lasciate abbindolare da Selene e dai suoi capelli rossi».

«E tu?»

«In un primo momento mi rifiutai di rispondere al richiamo di mia madre, ma, tu la conosci, continuò a insistere e mandò un messaggero sulla mia nave. Un gabbiano lasciò cadere una ciocca di capelli rossi sul mio zaino. Erano dei capelli soffici, di neonato. Capii che mia figlia era viva e sbarcai al primo porto. Mi trovavo su un'isola dell'Indonesia. Impiegai molto tempo prima di raggiungere Urt, e quando arrivai era troppo tardi. Tu e Selene eravate sparite».

«Sei stato a Urt?»

«Sì».

Anaïd si portò la mano sul petto. Suo padre era stato a Urt! Quanto le sarebbe piaciuto che Selene avesse sentito quella storia. In quell'istante, come rispondendo al suo desiderio, la porta si aprì e apparve Selene, stanca di piangere e infreddolita, ma intera.

Gunnar tacque e aspettò che si sedesse.

Anaïd pensò che forse l'aveva chiamata telepaticamente. Si capivano senza parole, le persone che sono state molto unite possono recuperare questa comunione senza accorgersene, con naturalezza.

Gunnar si rivolse a Selene:

«Sono stato a Urt, ho chiesto di voi e mi hanno parlato di un uomo che ti frequentava. Max. Sono andato a trovarlo».

Anaïd si irrigidì e Selene si riprese di colpo.

«Cosa ti ha detto?»

«Che volevate sposarvi».

Selene strinse i denti e annuì.

«Ora lo sai».

Anaïd, però, non lo sapeva.

«Non me lo avevi detto... non me lo hai neanche presentato!»

«Non volevo correre rischi».

«No, non è possibile». Anaïd ricordò un breve incontro con Max in cui non si erano affatto piaciuti perché ciascuno ignorava l'esistenza dell'altro. «Quel tipo era, era, era... uno stupido».

«Scelgo io i miei pretendenti, non tu» la rimproverò Selene.

Gunnar prese le mani di Selene, nonostante lei cercasse di divincolarsi. Le mani di Gunnar erano grandi, forti, e quando volevano qualcosa, la prendevano e basta. Aveva preso Selene e non la lasciava.

«Lo ami?»

Selene respirò nervosamente.

«Non risponderò a un interrogatorio».

Gunnar, però, le strinse le mani con forza e la costrinse ad alzare gli occhi.

«Non posso dire che ti ho aspettato per tutto questo tempo perché ti credevo morta, ma ti ho sognata ogni notte durante quindici anni. Ti amo, Selene, e tu? Mi ami ancora?»

Selene resse all'impatto di quegli occhi d'acciaio, respirò profondamente e prese forza. Quindi sputò le parole con rabbia, una a una, sulla faccia di Gunnar:

«Amo Max e mi sposerò con lui».

Anaïd si arrabbiò con sua madre.

«Lo dici solo per ferirlo, non ami Max, non vale niente e…»

Gunnar, però, lasciò Selene con tristezza e alzò le mani in segno di resa.

«È la tua scelta, Selene, sei libera».

Anaïd, dispiaciuta nel vedere che suo padre rinunciava al primo ostacolo, insistette:

«Ma tu ci hai aspettato per tutto questo tempo, ci hai sognato, hai atteso questo momento per avere una famiglia e non perderla come sempre… non è giusto».

Gunnar l'abbracciò.

«Adesso che ti ho trovato, non ti lascerò».

Selene fece schioccare la lingua.

«Splendido, magnifica recita del viaggiatore che sogna il suo antico amore e sua figlia. Commovente».

Il suo sarcasmo ferì Anaïd.

«È mio padre e lo sarà sempre. Perché sei così piena di rancore? Non sai perdonare?»

Selene applaudì ironicamente.

«Come ho detto: splendido! Te la sei già conquistata. Quindici anni senza sapere che esistevi e in poche ore riesci a portarla dalla tua parte e a farmi rinfacciare tutta la mia vita. Geniale!»

Anaïd non ascoltava. Selene le sembrava egoista, astiosa e ingiusta. Le negava ciò che più desiderava in quel momento: una famiglia unita.

Selene continuava a parlare:

«Uno psicodramma da manuale. Il padre torna a casa, chiede un piatto, un letto e dona amore e benessere. Ma la vita non è così. Le favole che ti raccontava Demetra non esistono. Tua nonna è stata uccisa dalle Odish, e Gunnar è stato e continua a essere un Odish. Siamo nemici acerrimi. Ciò che è buono per gli uni non lo può essere per gli altri. Lo capisci? E se non capisci, non m'importa. Io decido per te».

Selene non sapeva che, nonostante il suo discorso fosse sincero e coerente, ogni parola che usciva dalla sua bocca spingeva Anaïd di qualche centimetro verso le braccia di Gunnar, facendola dubitare della sua stessa natura, visto che in fin dei conti lei era anche Odish. Selene, arroccata nella sua superbia di Omar, era ben lontana dal capire come si sente chi scopre in sé il germe dell'oscurità senza averlo cercato.

«E ora puoi anche andartene» concluse Selene, estranea all'empatia di sua figlia.

«Non me ne andrò» affermò Gunnar.

Selene non capiva.

«Ti ho detto che la mia risposta è no. Non ti amo e non ti voglio mai più vedere».

«Non sono venuto solo per te. Non lascerò Anaïd ancora una volta esposta a Baalat».

«Questa è solo un'altra scusa. Vattene» disse Selene, adirata.

«Non è una scusa. Baalat è qui fuori e né tu né Anaïd siete in grado di fermarla, per ora».

Anaïd non riuscì a tacere.

«Ha mandato dei messaggi e tu non me ne hai parlato».

Selene impallidì.

«Avete curiosato nel mio cellulare?»

«Baalat mi cerca, ti invia messaggi per me, da quando?» la assalì Anaïd.

Selene giustificò il suo silenzio.

«Non volevo che li leggessi. Forse avresti aumentato la sua forza».

«Allora perché non li hai cancellati?»

«Perché pensavo potessero darci qualche indizio. Avevo intenzione di mandarli a Elena in modo che cercasse di capire dove si trovasse».

Gunnar era agitato.

«Hai notato qualcosa quando eri fuori?»

Mentre chiedeva, aprì la porta del camper, osservando il silenzio dell'oscurità.

La notte, prima stellata, era diventata cupa. Anaïd fu scossa da un brivido. Un'ombra copriva il mandorleto. Era una sua impressione o la luce e la consistenza del paesaggio stavano mutando? Riusciva a mala pena a distinguere i fiori gialli, aperti, bagnati dalla luce della luna che brillavano come perle dorate. Stava succedendo qualcosa e la presenza di Gunnar la tranquillizzava.

Selene, tuttavia, era cieca di fronte all'evidenza.

«A cosa ci servi, Gunnar? Non hai rinunciato ai tuoi poteri?»

«Conosco l'arte della lotta. Sono stato un *berserker* al comando di truppe leali».

Selene schioccò le dita.

«Non ne abbiamo bisogno. C'è Yusuf Ben Tashfin, un almoravide disposto a convocare un esercito di guerrieri morti».

Anaïd intervenne con fermezza.

«Non siamo nelle condizioni di rifiutare alcun aiuto, mamma».

Lo disse con autorità. Selene si voltò e si sedette sul lettino, arresa.

«Fai come vuoi. Poi non dire che non ti avevo avvertito».

Anaïd prese Gunnar per mano e lo trascinò dentro il camper.

«Per favore, resta. Non darle retta».

Il camper era piccolo, ma sufficientemente spazioso per alloggiare i tre corpi mantenendo distanze adeguate. Nonostante sentissero perfettamente il suono regolare dei respiri e addirittura il calore degli altri, ognuno si concentrò sui propri pensieri, sul proprio mondo privato.

Anaïd sfregò il suo anello con lo smeraldo e Ben Tashfin, lo spirito solerte che convocava con quel gesto, si materializzò e si inginocchiò davanti a lei.

«Veglierò su di voi, mia signora, riposate tranquilla».

Selene e Gunnar non potevano né vedere né sentire lo spirito.

Sapersi più potente dei suoi genitori non la consolò affatto. Che razza di famiglia erano? Una Omar, un Odish e... lei. I tre vertici di un triangolo irregolare.

Una strana famiglia.

CAPITOLO DUE

Le alleanze

Dapprima ci fu il chiarore del lampo e pochi secondi dopo il fragore del tuono. Anaïd si sollevò bruscamente senza ricordarsi che si trovava nella cuccetta di un camper, a pochi centimetri dal tetto metallico. Sbatté la testa e urlò. Ma, al posto della voce di Selene, le rispose una voce maschile vellutata come una ballata irlandese che la cullò.

«Dormi, Anaïd, è solo il temporale. Dormi, principessa».

La voce sussurrò una melodia e la musica l'accarezzò. O erano delle mani? Nel dormiveglia, Anaïd sentiva una mano che le spostava teneramente la frangia sulla fronte e seguiva le linee del suo viso. Era una mano grande, aspra ma calda, e pensò che fosse avida d'affetto. Aveva probabilmente legato centinaia di corde, impugnato decine di spade e accarezzato migliaia di corpi. La mano di Gunnar, che aveva vegliato tutta la notte finché, alle prime luci dell'alba, si era concesso la contemplazione silenziosa di sua figlia.

Neanche Selene dormiva. Se ne stava nel suo lettino, tutta imbacuccata, e nascondeva gelosamente i suoi pensieri perché Gunnar non glieli rubasse.

Erano entrambi così concentrati nelle loro preoccupazioni da non accorgersi delle proporzioni che stava assumendo il temporale. Quando scoppiò il nubifragio, il camper traballò pericolo-

samente. La pioggia iniziò a picchiare con forza e si trasformò in grandine. Anaïd si svegliò del tutto. Quella tempesta non lasciava presagire niente di buono.
Anche Gunnar aveva la stessa sensazione.
«È Baalat».
Selene, fosse per partito preso o perché davvero convinta, obiettò:
«È solo un temporale da nulla».
Forse offesa dalle parole di Selene, la tempesta si intensificò e scosse il veicolo. La forza del vento fece sbattere il vetro del finestrino della cucina frantumandolo. Ben presto il pavimento si riempì di pietre grosse e ghiacciate, grandi come uova di gallina.
«Spostati!» intimò Gunnar, vedendo che Selene si avvicinava per riparare il danno.
La costrinse a chinarsi, mentre lui afferrava il tavolino di formica fissato sul pavimento del camper. I muscoli delle braccia e del collo si gonfiarono per le tensione. Lo sradicò e lo usò per coprire il finestrino per proteggersi dalle pietre di ghiaccio.
«Aiutami a fissarlo in fretta».
Anaïd si alzò velocemente e, scalza com'era, saltò per aiutare Gunnar.
«Attenta ai vetri!»
Vetri o pezzetti taglienti di ghiaccio, non importava, Anaïd sentì il morso del freddo sulle piante nude; ma non aveva tempo né di indossare le scarpe né di coprirsi.
Qualche minuto dopo Selene raccoglieva con una pala la grandine che copriva il pavimento mentre Gunnar fissava il tavolino contro il finestrino, con l'aiuto di Anaïd che ne reggeva le gambe sopra le sue spalle. Dopo aver sferrato l'ultimo colpo col martello, Gunnar si asciugò il sudore dalla fronte e considerò il lavoro concluso; in quel momento il vento e la tempesta si calmarono. La pioggia, mansueta, iniziò a bagnare il terreno.
Non che Anaïd preferisse che il vento e la grandine rovinassero il camper, ma le sembrava scoraggiante aver fatto tutta quella fatica per una pioggerellina da nulla.

Selene, invece, non si limitò a pensarlo.

«Fantastico. Distruggi il tavolo, buchi il pavimento, sfasci tutto e... per cosa? Guarda, cadono solo quattro gocce».

«Shhht. Non senti?»

Fu sufficiente. Anaïd lo percepì. Notava da qualche minuto una mano fredda che cercava di frugarle nelle viscere. Benché provasse a ignorarla, c'era. Gunnar aveva ragione, ma Selene non lo ascoltava nemmeno.

«Sento solo che sta piovendo».

«È la calma prima della tempesta».

«Forse non te ne sei accorto, ma la tempesta è appena passata».

«Ti sbagli, questo è stato solo l'inizio».

Anaïd diede retta a Gunnar e si sforzò di VEDERE attraverso il buio. E poco dopo vide l'ombra che trascinava le nuvole, ammassando le une sulle altre, gonfiandole mortalmente d'acqua. Erano nuvole strane, venute da altri mari, da altri continenti, e che ubbidivano al richiamo della magia che le invocava. Un incantesimo potente stava concentrando sopra di loro la forza di mille tempeste.

Si disponeva ad ASCOLTARE, quando Selene glielo impedì aprendo la porta del camper, recitando una parte forzata.

«Lo vedi? Pioggia. La pioggia non fa male, bagna soltanto».

Uscì di scatto, corse per qualche metro e alzò le braccia ridendo e girando su se stessa.

«Acqua, acqua fresca e buonissima».

Sollevò la testa, lasciò che le gocce di pioggia scivolassero sul suo viso, e bevve come se fosse assetata.

«Vieni, figlia, vieni a ballare come abbiamo sempre fatto».

Anaïd guardò sua madre che ballava giocherellona sotto la pioggia con i vestiti e i capelli fradici. Dietro di lei, i mandorleti coperti di grandine brillavano nel buio con un chiarore ambiguo. I tronchi nudi, spogliati degli ultimi fiori, si torcevano come corpi agonizzanti.

«Mamma, torna qui, è pericoloso».

«Vieni, Anaïd, è un temporale di primavera».

No, non era una temporale. Anaïd aveva poteri maggiori di sua madre e VEDEVA sulla superficie spettrale della grandine che ricopriva il campo, come se fosse uno specchio, l'artiglio di una strega Odish.

«È stata Baalat, è qui. Ti ricordi quello che ci è successo? Io mi sono messa in contatto con lei, io l'ho invocata».

Selene si fermò. Ansimando, con le mani sulla vita e l'acqua che le grondava sul corpo, rispose fermamente:

«È tuo padre. Era lui che ci seguiva ed è stato lui ad attaccarci per spaventarci e farci credere di essere in pericolo».

Allora, sorprendentemente, Gunnar saltò sopra Anaïd, cosa in sé difficile, visto che era piuttosto alta. Volò, quasi, in aria, atterrò su Selene con violenza e, senza dire nulla, le diede un colpo in testa; subito dopo, se la caricò sulle spalle come se fosse un pupazzo di paglia e corse verso il bosco.

Tutto accadde in pochi secondi. Anaïd ebbe appena il tempo di estrarre il suo *atam* e precipitarsi a liberare sua madre dall'attacco furioso di Gunnar, che solo pochi istanti prima aveva considerato come il padre più dolce e meraviglioso del mondo.

Come aveva potuto essere così cieca? Come aveva potuto lasciarsi ingannare in quel modo così stupido? Riuscì a mala pena a urlare *lasciala*, o forse le parve solo di farlo. Non ne era sicura, poiché il rumore si impadronì del silenzio e le parole rimbalzarono contro il frastuono dell'acqua. Non si accorse di nulla perché era concentrata su sua madre. Per questo non la sentì finché non fu sopra di lei.

Si voltò e l'orrore la paralizzò.

Alle sue spalle, a pochi metri, un'onda mostruosa avanzava verso di lei alla velocità della luce, spazzando via tutto ciò che trovava sulla sua strada. Come tutte le fiumane, era comparsa all'improvviso. Il letto asciutto e fondo del torrente si era riempito con le acque che scendevano dalle colline fino a diventare un fiume infuriato. Acqua torbida che trascinava rami, sassi, animali e arbusti, che lambiva il suolo golosamente e inghiottiva ogni cosa.

Anaïd era immobile, in mezzo al letto che stava per essere inondato. Il frastuono della fiumana l'aveva paralizzata, così come faceva il ruggito del leone in tempi ancestrali. Ipnotizzata dalla forza assassina dell'acqua, non riusciva a reagire. Non si svegliò da quello stato, finché non sentì delle braccia che la trascinavano via. Era Gunnar. Dopo aver lasciato Selene in cima alla pineta, era tornato per prenderla. Fu Gunnar a sollevarla e a lanciarla come se fosse una palla fuori del corso del fiume, mentre riceveva sul suo corpo l'impatto dell'acqua, e ne veniva travolto.

«Noooo!» urlò Anaïd distesa su un letto di aghi di pino, vedendo come il torrente portava via suo padre.

Lo vedeva mentre agitava le braccia disperatamente cercando di afferrare ogni ramo che incontrava, ma nessuno era abbastanza forte da fermare l'impeto dell'acqua e da sostenere il suo peso.

Selene era incosciente, gli sforzi di Gunnar erano sempre più deboli. Si sarebbe arreso presto. Nessuno poteva aiutarlo, se non lei.

Anaïd si fece forza e capì che, se voleva davvero salvare suo padre, aveva pochi secondi per usare i suoi poteri.

Concentrò tutte le sue energie per dominare l'acqua. Era la prima volta che ci provava e non era certo facile, ma se le Omar d'acqua riuscivano a pacificare gli oceani, lei, che era stata iniziata nel clan del delfino, poteva fermare il corso del torrente. Sollevò la mani aperte e mormorò alcune parole nella lingua antica:

«*Osneted semenditlor!*»

Lo disse con fermezza. L'energia scaturì dalla sua mente, si diffuse nelle sue membra e si diresse verso l'acqua furibonda. Anaïd sostenne il combattimento con il fiume per un tempo che le parve eterno. L'impeto dell'acqua possedeva la forza di mille cascate, e la sola volontà magica non era sufficiente per fermarlo. Nella lotta consumò tutte le sue energie, le sue dita si irrigidivano, mentre le braccia erano prese da crampi. Ma non si arrese. La vita di Gunnar era in pericolo e si mantenne salda, contenendo il caos. Poco a poco, la pressione si attenuò, e il corso del torrente impazzito iniziò a rallentare fino a fermarsi completamente, trasformato in un fiumiciattolo inoffensivo.

Stanca, Anaïd lasciò cadere le braccia e chiuse gli occhi per qualche secondo; poi, prese fiato e corse nella direzione in cui aveva visto scomparire il corpo di Gunnar.

Ritrovò il suo corpo un centinaio di metri più giù; era blu, non respirava e aveva il ventre gonfio. Senza perdere la calma si inginocchiò al suo fianco e premette la bocca del suo stomaco con entrambe le mani, facendo pressione con i pugni e usando la poca forza rimastale per sbloccare la laringe e per costringerlo a espellere l'acqua che gli riempiva i polmoni. Una volta, un'altra, un'altra. I massaggi erano potenti e precisi e, alla fine, l'acqua iniziò a uscire a piccoli fiotti dalla bocca; dopo gli venne un attacco di tosse. Anaïd si chinò e gli chiuse il naso, mentre soffiava nella sua bocca e gli massaggiava il petto. Sentì il calore delle sue labbra, i battiti del cuore e la vita che ritornava in quel corpo grande e generoso. Era più emozionata della prima volta che l'aveva visto, perché aveva assistito alla sua rinascita.

Gunnar sbatté le palpebre e socchiuse gli occhi. Era stato il primo ad accorgersi della catastrofe e aveva preferito mettere Selene fuori combattimento piuttosto che dover litigare con lei.

«Selene» mormorò, guardando Anaïd.

«È sana e salva, dove l'hai lasciata tu».

Si alzò e, senza l'aiuto di sua figlia, mosse qualche passo incerto finché si chinò e vomitò tutta l'acqua che aveva inghiottito. In seguito, come se avesse solo fatto un tuffo e non rischiato la vita, prese Anaïd per mano e la allontanò da quel luogo.

«Hai fermato l'acqua?»

«Stavi affogando».

«Devi essere stanca. Hai consumato molta energia».

Anaïd si accorse che stava cedendo.

«Quello che conta è che sia tutto finito».

Gunnar la prese in braccio, giusto prima che cadesse svenuta e, solo allora, la corresse:

«Mi dispiace, ma questo è solo l'inizio».

Un lampo illuminò all'improvviso la valle, come un fuoco d'artificio che desse inizio alle danze. Ben presto, il cielo scoppiò in mille pezzi. La tempesta d'acqua era diventata una tempesta elettrica. I lampi cadevano dappertutto senza tregua e a ogni scoppio i timpani erano sul punto di esplodere, mentre i bagliori ferivano gli occhi. Ciò nonostante, Gunnar procedeva verso il bosco per allontanare Selene dal pericoloso rifugio fra i pini che ora stavano cadendo uno alla volta, abbattuti dai fulmini.

Anaïd pensò che fosse la fine del mondo. Non c'era un solo angolo sicuro in cui rifugiarsi. Erano assediati dal fuoco e dalle scariche elettriche. Il cerchio si stava stringendo. Baalat la perseguitava, e lei era rimasta senza forze.

Gunnar era finalmente giunto nel luogo dove aveva lasciato Selene, ma non c'era. Restava solo l'elastico con cui era solita legarsi i capelli.

Gunnar, inquieto, lasciò Anaïd per terra e urlò:

«Selene!» e corse a cercarla.

Anaïd, spaventata, volle gridare: «Non mi lasciare, ho paura» ma non riuscì ad articolare una parola. Poco dopo, la voce e i passi di Gunnar si persero in lontananza. E fu quello il momento in cui Baalat giunse da lei.

Anaïd sentì, questa volta in modo netto, un tentacolo umido e scivoloso che le strisciava sul viso e cercava di infilarsi nel suo orecchio. Lo schifo poté più della paura, e con la mano allontanò il tentacolo invisibile ma le dita le rimasero appiccicose, come se le avesse intinte in un barattolo di miele. Cercò di muoverle, ma non ci riuscì. La mano le pesava e aveva quasi perduto la sensibilità. Le dita le si intorpidirono fino a irrigidirsi. Sembravano morte. Era la mano con l'anello di smeraldi e, senza lo sfregamento della sua pietra magica, non poteva convocare il guerriero almoravide.

Era sola, con nessuno in grado di aiutarla.

Fu presa dal panico quando sentì di nuovo la sensazione ripugnante del tentacolo freddo e invisibile che si introduceva in una delle narici. Strinse i denti lottando contro il ribrezzo e mettendo in campo tutta la sua fermezza. Continuò a ripetersi che la forza era inutile, che doveva usare la magia con intelligenza e bloccare la sua mente per evitare l'invasione.

Riuscì a fermare Baalat grazie alla sua forza di volontà.

E mentre il suolo si crepava, gli arbusti bruciavano, i tronchi si squarciavano e Gunnar cercava Selene disperatamente, Anaïd cadde a terra, con gli occhi rivoltati, lottando in silenzio contro Baalat.

La negromanzia dell'Odish vinceva a poco a poco la resistenza della ragazza. Nonostante la tenacia di Anaïd nel bloccare la mente, il corpo si indeboliva dopo ogni spasmo nell'apice delle convulsioni. Strinse i denti fino a scomporre la mandibola. I crampi le serravano i nervi. Ogni cellula, ogni particella della pelle, dei muscoli e delle ossa erano in tensione. Poi non resse più, stava superando i suoi limiti umani. Il suo corpo era mortale e il suo cuore non avrebbe resistito. Sarebbe morta.

Morta?

Anaïd esitò. Vacillò per un istante sufficiente ad abbassare le sue difese. Baalat ne approfittò per intrufolarsi dentro di lei.

Si introdusse attraverso la bocca, le orecchie e il naso, e si diffuse nel corpo e nel cervello.

Anaïd urlò, ma nessuno poteva udirla.

L'Odish si ramificò attraverso tutti i suoi nervi e scivolò come un serpente attraverso i suoi pensieri più nascosti.

Anaïd sentì una mano che le opprimeva i ricordi infantili, che colpiva a sangue la sua memoria e che frustava i suoi sentimenti.

Baalat si era introdotta in lei, si era sparsa nel suo sangue, nel suo stomaco e nel suo cervello, e reclamò lo scettro del potere e frugò finché lo scovò nel camper, dentro la valigia, avvolto nell'asciugamano.

Anaïd conservava ancora la coscienza di se stessa, ma sapeva che l'avrebbe persa presto e che a quel punto il suo corpo sarebbe stato alla mercé della volontà di Baalat.

«Anaïd, non ti arrendere» le sussurrò una voce gelida, ma vicina.

Ascoltò quella voce amica. Aveva parlato in un angolo del suo cervello ancora libero, un piccolo spazio di libertà nella sua mente invasa. La sua memoria iniziava a popolarsi di strane scene. Riviveva sacrifici offerti alla dea Baalat, legioni romane che avanzavano sotto una nuvola di polvere...

«Anaïd, resisti» ripeté la voce sibilante e fredda.

Anaïd ci provò con tutte le sue forze. Si convinse che quella lancia nella mano del decurione non era un suo ricordo e lo distrusse. L'immagine svanì all'istante.

«Brava, Anaïd. Buttala fuori. Chiudi la mente» ordinò la voce con autorità.

E Anaïd ubbidì.

Poco a poco riuscì a rigettare con fermezza la valanga di immagini e ricordi alieni, quell'insieme di vite che non aveva vissuto, quel cumulo di orrori cui, fortunatamente, non aveva assistito. Mentre lo faceva, notò che l'oppressione di Baalat diminuiva bruscamente, si fermava e si ritirava passo dopo passo, come se dall'esterno la trascinassero via suo malgrado. Lo comprese velocemente. La voce l'aiutava e le stava strappando Baalat dal corpo.

«Ora, Anaïd, ora!» le ordinò la voce.

Si riprese senza esitare, seppe approfittare dell'aiuto che le veniva offerto e con tutta la sua forza cacciò Baalat via dal suo corpo. Poi fu, finalmente, libera.

Si portò le mani sul viso, spaventata. Ansimava e tremava come una foglia.

Aspettava un altro attacco, un'altra scossa. Ma non accadde nulla.

Non c'era nessuno, solo una nebbia appiccicosa che l'avvolgeva. Tastò l'oscurità, incredula. E Baalat? E la voce misteriosa che l'aveva difesa? Niente. La circondava il nulla più assoluto.

La mano aveva recuperato la mobilità. Si passò i palmi sulle gambe e guarì i muscoli, ricomponendo i tessuti lacerati. Il suo corpo era ridotto male, ma con l'aiuto della magia recuperò tono e consistenza. Ciò nonostante, quando fu in grado di camminare e volle correre verso il camper per mettere in salvo lo scettro, ebbe un giramento di testa e svenne quando si trovava solo a pochi passi, sufficienti comunque per salvarsi la vita. Il camper saltò in aria colpito da un fulmine, il serbatoio della benzina esplose come una bomba. Il veicolo prese fuoco e le fiamme erano tanto alte da raggiungere i pini che erano sopravvissuti all'impeto della tempesta.

Anaïd aprì gli occhi stordita dal rumore e si protese la testa con le mani per evitare la pioggia di frammenti e cenere. Allora vide lo scettro del potere, luminoso, che volava come un uccello di fuoco e che, seguendo la traiettoria di un arco, atterrava ai suoi piedi, ubbidiente.

«Non lo prendere, Anaïd, non lo prendere!» udì Selene che urlava, correndo verso di lei.

Anaïd era sconcertata. Intorno a lei accadevano cose molto strane e aveva bisogno di un consiglio. Sfregò il suo anello con lo smeraldo e comparve Yusuf con la spada sguainata.

«Oh, mia signora! Secondo il mio parere, vostro è lo scettro, vostro è il potere».

«Lo devo usare?»

«È venuto ai vostri piedi. Io convocherò i miei guerrieri per proteggervi».

E così fece. Un esercito silenzioso e invisibile di guerrieri circondò Anaïd. Ma neppure sotto la protezione dell'esercito Anaïd aveva il coraggio di prenderlo. Era incandescente, bruciava. Per precauzione, o per paura, ritirò la mano, senza toccarlo.

«È un tranello, non ci cascare!» gridò sua madre «Non sei pronta per dominarlo e Baalat potrebbe rubartelo».

Selene, angosciata, si stava avvicinando. Dietro di lei, Gunnar. Entrambi respirarono sollevati quando videro che era sana e salva e, come se davvero fossero in grado di comunicare senza scambiare una parola, oltrepassarono le file dei guerrieri silenziosi, si presero per mano e la circondarono. Anaïd rimase nel mezzo del cerchio magico formato dai suoi genitori. Una Omar, un Odish. La magia e la forza di entrambi per proteggere il loro cucciolo. Nel cerchio esterno, i guerrieri di Yusuf calmavano i loro cavalli purosangue. Era protetta. Si sentiva sicura.

«Non ci sono dubbi, lo scettro è tuo» sussurrò Gunnar.

«Prendilo, Anaïd» udì la voce fredda che l'aveva difesa da Baalat.

«Non lo prendere Anaïd. Resisti» insistette Selene.

Anaïd poteva percepire la rabbia di Baalat. Pretendeva lo scettro. A chi dare retta?

La voce misteriosa e fredda che l'aveva aiutata a cacciare Baalat dal suo corpo la fece decidere.

«Anaïd, sconfiggi Baalat, prendi lo scettro prima che lo faccia lei».

E Anaïd, convinta dalle sue parole, allungò la mano e prese lo scettro d'oro forgiato dalla madre O.

Non si bruciò. All'improvviso, un flusso di energia luminosa scaturì dalla materia magica di cui era fatto lo scettro dorato e si diffuse piacevolmente nel suo corpo.

Lo scettro era bello, palpitava tra le sue mani e, benché il palmo non bruciasse, il pizzicore era più intenso laddove si produceva il contatto.

Il suo corpo divenne leggero leggero. O questo le parve, finché vide se stessa dall'alto. Volava o semplicemente levitava? In realtà, Anaïd si era separata dal suo corpo e la sua ombra, o il pallido riflesso della sua ombra, sorreggeva lo scettro del potere dal cielo.

Si osservò con curiosità. Quella ragazza più alta e più magra di Selene, pallida e con gli occhi azzurri, era davvero lei? Assomigliava vagamente alla dama di ghiaccio, Cristine, sua nonna. Era così che gli altri la vedevano? E quanto più si guardava, più si sorprendeva del suo aspetto fantasmagorico e del suo sguardo azzurrognolo e freddo come i ghiacciai.

In quel momento i guerrieri di Yusuf furono attaccati da bestie selvagge. Non riusciva a distinguere se fossero pantere, iene o sciacalli, ma quelle fiere non temevano le spade e saltavano addosso ai cavalli e ferivano i guerrieri con le loro zanne affilate.

Volle scendere di nuovo e ricongiungersi col suo corpo terreno per aiutare i suoi genitori, ma uno scoppio e un dolore improvviso la misero in guardia. Cosa succedeva?

Improvvisamente si accorse che non vedeva più nulla, tutto si era oscurato. La nebbia si estendeva ai suoi piedi come un mantello, il filo che la univa con il mondo reale si era rotto e il suo spirito vagolava perso in un'altra dimensione.

Ma non era sola.

Di fronte a lei c'era una Odish. Baalat. Un'ombra di un corpo rubato, un corpo sinuoso, un serpente con le braccia, una lingua biforcuta e degli occhi affilati. Potente e luminosa come una stella.

Allungò i suoi tentacoli verso di lei. Anaïd capì che voleva prenderle lo scettro. Il suo scettro. Si difese furiosamente. Lo scettro le apparteneva. In mezzo alla nebbia, sentì la voce mortale di Selene, smorzata dalla distanza.

«Non ti lasciare dominare dallo scettro!»

Anaïd ubbidiva solo alla voce interiore che la incoraggiava ad avanzare contro Baalat.

«Vieni qui, Anaïd, avvicinati» mormorò Baalat.

Quelle parole suonarono nitidissime.

Baalat e Anaïd, finalmente faccia a faccia, misuravano le loro forze, quando si udì la voce di Selene che l'avvertiva.

«Scappa, Anaïd, scappa!»

Ma Anaïd non scappò. Lo scettro sembrava avvicinarla a Baalat sempre di più, finché quasi non si toccarono.

Anaïd sollevò lentamente lo scettro sul corpo rubato da Baalat, come un martello divino capace di calare di colpo e porre fine alla sua vita. Ma, per quanto tentasse di assestare il colpo mortale, lo scettro si rifiutava di ubbidire alla sua mano.

«Distruggila! Ti ordino di distruggere Baalat, la dama oscura» urlò Anaïd nella lingua antica.

La risata di Baalat la sconcertò. Non ci poteva credere. Lo scettro le scivolava via dalla mano e volava verso quella della sua avversaria. Non c'era modo di fermarlo. Guizzava come un'anguilla unta d'olio. La sua volontà e le sue parole magiche risultavano inutili. Quando giunse nella mano della Odish, la voce tonante di Baalat rimbombò nella notte:

«È venuto da me. Lo scettro ora è mio».

E si lanciò contro Anaïd, che spalancò la bocca, angosciata. All'improvviso si sentiva soffocare, non riusciva a respirare. Baalat la stava strozzando senza nemmeno toccarla. La dama nera dettava allo scettro i suoi ordini mentre lei, semplicemente, stava morendo.

Vide passare fugacemente davanti ai suoi occhi, alla velocità della luce, frammenti della sua vita. Vide la nonna Demetra con la treccia bianca e gli occhi grigi che le mostrava con un bastone i luoghi in cui cresceva il fungo velenoso dell'*Amanita muscaria*, sotto il fogliame; vide gli occhi neri di Roc, la sua pelle abbronzata e le fossette sulle guance, lo vide che rideva perché l'acqua del lago era scura e Anaïd aveva confuso la sua mano giocherellona con un serpente di fiume; vide Elena, grassa, incinta, che le offriva un libro con il disegno di una bambina cinese, con un cappello rotondo, in mezzo a una risaia; vide Karen che la visitava e la pesava con una smorfia di disgusto; vide Selene che la cullava tra le sue braccia e la riempiva di baci. La sua vita se ne andava mentre l'ossigeno non giungeva più al sangue e gli occhi si annebbiavano di morte.

Poi, una boccata d'aria fresca entrò dentro di lei come una bolla leggera. E adesso? Cosa era successo?

Distinse sorpresa una sagoma femminile fatta di luce fredda con il volto nascosto dietro un velo che distruggeva l'ombra di Baalat, frantumandola in mille pezzi. Davanti a lei era iniziata un'altra battaglia. La battaglia di una sconosciuta contro la potente Baalat.

Intanto lo scettro fluttuava nello spazio, e gli occhi di Anaïd lo seguivano. La chiamava, di nuovo. Volle afferrarlo, ma il suo corpo prese coscienza del suo peso. Improvvisamente seppe che sarebbe caduta a terra.

«Lo scettro!» gridò, tendendo la mano nella sua direzione.

La misteriosa fata di luce dalla voce fredda che aveva sconfitto Baalat avanzò, prese lo scettro con le sue mani luminose e scomparve senza mostrarle il viso.

«Il mio scettro!» urlò Anaïd inorridita.

In quel momento precipitò velocemente a terra. Aveva recuperato il peso del suo corpo e la coscienza che fosse terreno.

Di fianco a lei, cadde un serpente con la testa mozzata dall'*atam* di Gunnar, sempre che quel *berserker* con la schiuma alla bocca e scintille negli occhi fosse davvero Gunnar.

Più indietro, Selene, senza esitare, conficcò il suo *atam* nel cuore senza vita del serpente. L'incantesimo era distrutto.

Anche il coraggioso esercito di spiriti di Yusuf Ben Tashfin coperti dal sangue delle fiere e con gli abiti e i corpi lacerati dai morsi, si stringeva intorno al suo capo.

Selene si avvicinò a sua figlia e l'abbracciò con forza. Anaïd si lasciò bagnare dalle sue lacrime, come in un bagno di compassione e affetto che la faceva ritornare sulla terra.

«Anaïd, la mia bimba, la mia piccolina».

Si lasciò coccolare e si sentì di nuovo come una bambina, una bambina piccola tra le braccia della sua mamma.

CAPITOLO TRE

I tradimenti

Anaïd si svegliò quando la macchina si fermò. Si sentiva piccina, come un gattino appena nato cullato nel palmo di una mano. Forse perché aveva dormito sopra sua madre, sul sedile posteriore, ricordava il solletichio delle sue dita che disegnavano lettere sulla sua schiena. Le lettere componevano parole segrete che doveva indovinare, un gioco antico cui ricorrevano insieme per sfuggire alla severa disciplina di Demetra. Sorrise ricordando come Selene la tentava con un cioccolatino da gustare insieme nel pagliaio che fungeva da garage. Al buio, di nascosto, come due bimbe monelle, si sedevano dentro la macchina per gustare i dolci proibiti. Dopo, lei si sdraiava sul sedile polveroso e Selene scriveva sulla sua schiena, come ora.

Si concentrò per decifrare il messaggio di Selene. Cosa diceva? 'La mia piccola', le parve di capire.

Le piaceva particolarmente quando Selene le accarezzava i capelli e tracciava cerchi sulla nuca. Era così gradevole che fingeva di dormire.

Selene la svegliò suo malgrado.

«Svegliati, Anaïd, siamo arrivati».

Non chiese nemmeno dove. Non aveva più una casa, era una nomade e il suo ultimo rifugio, il camper che avevano affittato, era

saltato in aria a causa dell'esplosione provocata da Baalat. Adesso erano fuggiaschi, senza bagagli, senza averi.
La stupì la consapevolezza di non possedere nulla. E la rasserenò. Non c'era niente che non potesse essere rimpiazzato o sostituito, e iniziava a imparare una lezione sconosciuta. Le cose di maggior valore sono i ricordi e le persone. La vita, insomma. In realtà aveva ancora un asso nella manica: c'era la casa di Urt, dove poteva tornare, sempre che lo desiderasse. Là custodiva i suoi giochi, i suoi libri, le sue foto, gli aromi e i suoni che l'avevano accompagnata durante l'infanzia.

Prima di aprire gli occhi annusò l'aria come le aveva insegnato sua nonna Demetra. Come facevano le lupe. Associò l'odore di salnitro a Gunnar. Si trovava nella macchina di suo padre, il *berserker* che aveva decapitato il serpente Baalat. Spalancò gli occhi e si tirò su per assicurarsi che Gunnar fosse quell'uomo, e s'imbatté nell'immagine di un padre di famiglia che sorrideva affettuosamente alla moglie e alla figlia dopo un viaggio faticoso in macchina.
«Hai dormito bene?» le chiese dolcemente.
«Come un bebè» rispose per lei Selene.
Anaïd si accorse che per la prima volta la sua voce non suonava aggressiva. Forse i suoi genitori si erano riconciliati. Forse quell'orribile battaglia era servita a unirli. Forse il loro amore per lei aveva agito come una colla magica che li aveva avvicinati, nonostante la maledizione della strega Bridget, sulla montagna Domen. Si riempì di speranza e non volle rovinare il silenzio magico che avvolgeva i movimenti di Gunnar mentre spegneva il motore e apriva la portiera per uscire.
«Vado a chiedere se hanno delle stanze libere. Mi aspettate?»
«D'accordo» assentì Selene condiscendente, compiacente, comprensiva.
Anaïd voleva urlare per la gioia. Sua madre era diventata ragionevole! Guardò dal finestrino e seguì i passi sicuri di suo padre. Improvvisamente provò l'impulso di dirgli che lo amava, che gli era grata per il suo coraggio. Prese la maniglia per aprire la

portiera e... urlò di dolore. La sua mano era ustionata e la pelle lacerata.

«Cosa mi è successo?»

Selene la esaminò attentamente.

«Lo scettro. Hai il segno».

«Quale segno?»

«Il segno della profezia di Odi» mormorò Selene.

Anaïd ricordò i versi della profezia.

Lei emergerà tra tutte,
sarà regina e cadrà in tentazione.
Si contenderanno il suo favore e le offriranno il suo scettro,
scettro di distruzione per le Odish,
scettro di tenebre per le Omar.

Era vero. Era stata vittima dello scettro.

«Dov'è?» chiese inquieta.

«È scomparso» ammise Selene.

Anaïd sentì che le mancava l'aria.

«Non è possibile».

«È così».

«Non ce l'hai tu?» chiese Anaïd, convinta che sua madre lo tenesse nascosto come prima.

Selene non rispose subito.

«Cosa provi? Desideri possederlo di nuovo?»

Anaïd si vergognò.

«È malvagio?»

«È pericoloso» riconobbe Selene, «non eri ancora pronta».

Anaïd voleva una risposta alla sua domanda. Si stava angosciando.

«Dimmi dov'è lo scettro».

Selene, però, non rispose direttamente.

«Ti avevo avvertito. Non sei tu a dominare lo scettro, è lui che domina te».

«Dove si trova?» chiese di nuovo.

«È scomparso, Anaïd».
«Come?»
«È svanito».
Anaïd rimase senza fiato. Non era possibile. Allora era vero, quella luce brillante con forma di donna che aveva distrutto Baalat si era impossessata dello scettro. Chi era? Cosa era? Una Odish? Selene? Uno spettro? Doveva saperlo.
«È mio».
«Mi spaventi, Anaïd».
«Perché?»
«Lo scettro ubbidisce a un'altra volontà, che non è la tua, nonostante tu sia l'eletta e ti appartenga. Ora appartieni a lui. Sei vulnerabile, Anaïd».
«E cosa dovrei fare?»
«Dimenticare, finché non distruggeremo Baalat definitivamente».
Anaïd sbatté le palpebre confusa.
«Non l'abbiamo già fatto?»
Si era illusa di avere già vinto. L'aveva vista sotto forma di serpente morto, decapitato. Le avevano anche trafitto il cuore e ridotto il corpo in cenere, così come prevedeva il rito. Quel corpo era inservibile.
«Baalat è scomparsa...» insistette, ma di fronte al silenzio di sua madre, esitò. «O no?»
«No, Anaïd, Baalat è solo momentaneamente sconfitta. Farà fatica a riprendersi, ma tornerà. Vuole lo scettro e lo prenderà, presto o tardi».
«Ma...»
«Ascolta, Anaïd» mormorò Selene, «ascoltami bene, perché quando Gunnar tornerà, dovremo fingere».
Anaïd esitò. Non le piaceva il tono di sua madre. Era diffidente e cospiratore. Ebbe un brivido. Sapeva che avrebbe sentito cose che non voleva sentire. Ma ascoltò comunque.
«Dobbiamo scappare quando Gunnar dorme. Dobbiamo essere pronte in qualsiasi momento».

«Scappare?» ripeté con la voce raggelata per la paura. «Ma io credevo che…»

Tacque. Era chiaro che a sua madre non importava granché quello che pensava lei.

«Gunnar è pericoloso, dobbiamo metterci in salvo».

Anaïd si arrabbiò.

«Mio padre mi ha salvato la vita».

«Certo».

«E allora…?»

A Selene pareva evidente:

«Ma non capisci che è stato lui a rubare lo scettro?»

Anaïd balbettò:

«Come…?»

«Te l'ho detto, è perfido, Anaïd. È astuto e devi diffidare delle sue azioni, per principio».

Anaïd riuscì a riprendersi dalla sorpresa.

«Ha ucciso Baalat e ha messo in pericolo la sua vita».

«Si, certo, io stessa ne sono testimone, ma questo non significa che non fosse uno stratagemma».

«Cosa?»

«L'attacco».

«L'attacco di Baalat? Stai dicendo che Gunnar aveva pianificato tutto?»

Le pareva semplicemente assurdo, ma Selene insisteva.

«Quando accade qualcosa, devi chiederti chi ne trae beneficio. A volte le crisi sono provocate. Sono certa che Gunnar era in grado di lasciare nostre tracce, di invitare il nemico all'attacco per poi impossessarsi dello scettro e nasconderlo».

Anaïd si portò le mani alle orecchie per non sentire più le insinuazioni di Selene. Gunnar non poteva concepire un piano così contorto. Eppure, c'era un barlume di verità nella sua accusa. Era abbagliata da Gunnar e questo era vero tanto quanto il fatto che Selene fosse gelosa e incapace di accettare che suo padre le volesse bene.

«Mio padre mi vuole bene».

«Non è vero. Ti sta usando».
Anaïd non riuscì più a sopportare l'intransigenza di sua madre.
«Forse nessuno può amarmi? Anche Roc mi ama, anche se ti dà fastidio!»
Selene rimase zitta. Non replicò con la velocità e la disinvoltura abituali. Per qualche ragione, Anaïd aveva fatto centro. Forse perché aveva nominato Roc? Cosa c'entrava Roc? Selene sapeva qualcosa che lei ignorava? Cosa le stava nascondendo?
«Mamma, c'è qualcosa che non va con Roc?»
Selene evitò il suo sguardo e girò il viso verso il finestrino. Si sfregò nervosamente l'anulare, come se portasse ancora lo smeraldo e potesse chiedere aiuto a qualche spirito. Anaïd si agitò ancora di più.
«Mamma, allora... cosa è successo?»
«Il fatto è che ora non ti conviene saperlo».
«Ma cosa?» insisté Anaïd con un filo di voce. «Gli è successo qualcosa? Sta bene?»
Selene sospirò e le strinse la mano.
«Sta bene, ma...»
«Ma cosa?»
«Si è rimesso insieme a Marion» disse, abbassando gli occhi, imbarazzata.
Anaïd aveva vagliato mille possibilità in un secondo: che fosse stato vittima di una Odish, o che avesse avuto un incidente, ma che fosse ritornato da Marion non le era nemmeno venuto in mente. Le fece male, come quando cadeva dalla bicicletta e si sbucciava le mani e le ginocchia. Le doleva fisicamente. Vedeva stelle che baluginavano, come se fosse andata a sbattere contro un albero.
«Ma perché? Perché?»
E senza attendere una risposta, scoppiò in un pianto sincero, un pianto di sconforto che Selene cercò di calmare, invano. I mali d'amore sono inconsolabili.

Qualche ora più tardi, dopo un bagno caldo e dopo un pasto frugale, che le servirono controvoglia perché la cucina era già chiusa,

Anaïd si sdraiò sul letto nella camera che condivideva con sua madre e cercò di dormire.

Nonostante il suo corpo ne avesse bisogno, la testa non glielo permise. Non era più solo la tristezza di non poter far riconciliare i suoi genitori. Era stata una speranza scoppiata all'improvviso, come un palloncino. Ora, una frase martellava nella sua testa: 'Si è rimesso con Marion; Roc si è rimesso con Marion; si è rimesso con Marion...' Continuava a sentirla, come fossero rintocchi di campane, su e giù, ripetendo all'infinito quella frase odiosa.

Si alzò di scatto e uscì sul piccolo terrazzo della stanza. Si sedette su un dondolo e cullò la sua angoscia, ma non riuscì a togliersi dalla testa la domanda che la tormentava rabbiosamente:

«Perché? Perché?»

In un eccesso di stizza, convocò Yusuf. Gli spiriti sapevano tutto, o almeno questo era quello che dicevano.

«Mia signora?»

«Dimmi, Yusuf, perché Roc mi ha lasciato? Non gli piacevo?»

«Oh, sì, mia signora, era pazzo di voi, ma questo era prima di bere la pozione».

«Quale pozione?»

«Quella dell'oblio, mia signora».

«Roc ha bevuto una pozione dell'oblio per dimenticarmi?!»

«Proprio così».

«Ma perché? Perché ha fatto una cosa del genere?»

«Non è stata una sua scelta, mia signora».

«Allora di chi è stata?»

«Sua madre gliel'ha somministrata».

«Elena?» chiese incredula «Elena ha preparato una pozione dell'oblio per Roc e gliel'ha fatta bere?»

«È così che è andata, in effetti».

«Perché?»

«Perché così avevano deciso lei e Selene».

Anaïd si fermò immediatamente. Un brivido percorse lentamente la sua schiena. Aveva sentito bene? Lo spirito aveva appena detto che era stata Selene a convenire con Elena che Roc doveva dimenticarla. Tutto cominciava ad avere un senso, ma nonostante questo, non aveva il coraggio di proseguire nel suo interrogatorio.

«Ma perché mia madre ha preso una decisione del genere?»

«Vostra madre crede che l'amore vi sottragga forza e concentrazione. Pensare a Roc è un ostacolo per la vostra missione e vi distrae dal vostro obiettivo».

Anaïd sentiva il sangue ribollire nelle vene.

Era quello il codice Omar che avevano cercato di inculcarle? Selene usava la magia Omar per i suoi scopi. Interferiva senza ritegno nei sentimenti umani con delle pozioni, come aveva fatto da giovane con Gunnar, come forse aveva continuato a fare con uomini come Max. Non aveva nessuna giustificazione! Era semplicemente un atto meschino.

«E il mio scettro? Lo scettro del potere?»

«Ce lo ha lei».

«Dove?»

«In un luogo che conoscete».

«Quale?»

«Non posso dirvelo, ma potete VEDERLO. Ora la vostra mano è lo specchio dei vostri desideri».

«La mia mano?»

Si guardò stupita il palmo della mano. Brillava, la ferita bruciava; ma sotto la lacerazione, la luce della verità scaturiva a fiotti.

«La mia mano mi consente di vedere attraverso gli specchi?»

«Sì, mia signora. Lo scettro è vostro e vostro il potere di sapere dove si nasconde».

Anaïd rimase pensierosa per qualche istante.

«Grazie, Yusuf, ti sei comportato bene, sei stato coraggioso e ti meriti il riposo eterno».

Una luce di speranza brillò negli occhi spenti del guerriero.

«E i miei uomini?»

Anaïd si sentiva generosa.

«Anche i tuoi uomini».

E, di fronte alla perplessità del coraggioso guerriero, che aveva convissuto per tanti secoli con l'incertezza, Anaïd pronunciò le parole magiche per concedergli la pace.

«Yusuf Ben Tashfin, tu e i tuoi uomini siete liberi da questo transito inutile nel mondo dei vivi. Penetrate nel regno dei morti e trovate la vostra strada verso l'eternità. Io, Anaïd Tsinoulis, lo ordino».

Yusuf riuscì a stento a ringraziarla con un sorriso. All'improvviso la sua immagine fu soltanto un ricordo effimero.

Anaïd si asciugò le poche lacrime che le restavano, si alzò con determinazione, si diresse verso il bagno, chiuse la porta e sollevò la mano verso lo specchio. Le parole necessarie vennero da sole, senza riconoscerle.

«*Alm nu olplemp*».

Lo specchio le mostrò l'immagine che aveva chiesto. C'era lo scettro, nascosto tra le rocce. Brillava, l'accecava con la sua luce. Allungò la mano ansiosa, ma invano. Lo scettro era un'illusione, poteva vederlo, ma non toccarlo. Dov'era? Yusuf aveva detto che era nascosto in un luogo noto. Non poteva richiederglielo. Si sforzò di concentrarsi sul luogo: l'acqua gocciolava dalle pareti e dietro lo scettro si ergeva una slanciata colonna di pietra calcarea solidificata nel corso di millenni. Osservò meglio. Si trattava di una stalattite e una stalagmite che si erano riunite. Sopra queste, delle stalattiti eccentriche che ricordavano una stella marina. Si trovava in... una grotta. La grotta di Urt. Ma certo. Un luogo che Selene conosceva. La grotta del querceto in cui si recava con Demetra. Dove si era nascosta dopo la morte di sua nonna e la scomparsa di sua madre. Davanti all'ingresso aveva sotterrato il frammento di pietra di luna. La grotta in cui le era apparsa la lupa madre per indicarle la strada per il mondo opaco.

Perché lo aveva fatto? Perché le aveva mentito? Selene allontanava lo scettro da lei. Era egoista. La stava allontanando anche da Roc e da suo padre. Era un'invidiosa.

Avvicinò la mano allo scettro e immaginò di prenderlo. La scarica elettrica le bruciò la ferita. Allora formulò un desiderio e si

I TRADIMENTI

liberò dell'incantesimo dello specchio. La consolò la certezza che il suo desiderio si sarebbe esaudito molto presto.

Prima di rimettersi a letto, si affacciò un attimo sul terrazzo. Un venticello leggero le accarezzò il viso e sparse i suoi ultimi sospiri. Anaïd non piangeva più e si promise che non avrebbe più pianto. Da quel momento avrebbe agito.

In lontananza, due ombre camminavano nell'oscurità, ma Anaïd le notò appena. Eppure, avrebbe dovuto prestare attenzione, perché parlavano di lei e decidevano il suo futuro. In seguito, una delle due misteriose sagome fece ritorno al motel.

Gunnar.

CAPITOLO QUATTRO

La disubbidienza

Forse era stata Selene a escogitare uno stratagemma per coglierla sul fatto, oppure la disubbidienza lascia delle tracce, oppure entrambe le cose, pensava Anaïd preoccupata mentre guardava il palmo incandescente della mano. La magia dello scettro la tradiva. Le ferite erano miracolosamente scomparse e al loro posto c'era solo una specie di cicatrice luminosa.

Incredula, rivolse la mano verso il muro. Era una lanterna umana. Se non fosse stato per il rischio di essere scoperta avrebbe persino potuto considerare la cosa divertente. Provò a immaginare l'effetto che poteva fare al buio e si lasciò guidare dalla curiosità. Chiuse le tapparelle, prese una guida del telefono che era sul tavolino e provò a leggere. Molto meglio della lampada della sua stanza. Non avrebbe avuto mai più bisogno di una torcia elettrica, avrebbe potuto illuminare con la sua mano le notti da incubo, le scale pericolose, i passaggi stretti; persino le grotte profonde dove non arrivano i raggi del sole, come quelle che sua madre aveva esplorato quando era scesa nel Cammino di Om.

Inorridì al solo pensiero: il Cammino di Om, il cammino dei morti. I morti la terrorizzavano e sua madre voleva costringerla ad andare da loro. Lei, però, era viva e innamorata.

All'improvviso si ricordò di Roc e si sentì soffocare. L'aria le mancava. Roc non le voleva più bene. Roc era tornato con l'odiosa Marion e l'aveva dimenticata. Roc soffriva di amnesia e non avrebbe mai ricordato di averle detto che voleva baciarla. La rabbia contro Selene ed Elena e la voglia di strangolare qualcuno le restituirono la facoltà di respirare.

Mentre era a letto, oppressa dalle sue disgrazie, non udì i passi che si avvicinavano e si fermarono qualche istante davanti alla sua porta. Era troppo concentrata sulle sue pene e infastidita dal suono del televisore della stanza accanto. La porta si aprì all'improvviso, prendendola alla sprovvista. Senza valutare le conseguenze del suo gesto, alzò la mano verso l'intrusa e un fascio di luce abbagliò il viso impaurito di una ragazza alta, con i capelli tinti e i denti grandi, spaventata perché credeva che la stanza fosse vuota.

«Che ci fai qui?» tuonò la voce di Anaïd dietro la mano incandescente.

Era la voce di una sconosciuta. Lei stessa fu la prima a rimanere sorpresa dal tono aspro e brusco della sua domanda.

«Mi dispiace, signora. Scusi, non sapevo che fosse ancora qui...» La ragazza indietreggiava, ridotta a un fascio di nervi.

Signora? La credeva veramente una 'signora'? Stava per scoppiare a ridere, ma ci ripensò. La reazione infantile e spaventata della ragazza delle pulizie le era piaciuta.

«Aspetta!» la fermò Anaïd, autoritaria. Voleva assicurarsi che non si trattasse della sua nemica, e insieme assaporare ancora per un po' il piacere di sentirsi rispettata.

Senza allontanare il fascio di luce dalla ragazza, si divertì a spostare la mano su e giù studiando accuratamente i suoi tratti, come un poliziotto durante un interrogatorio. Si fermò sulle sopracciglia scure, le labbra carnose, gli occhi grigi e stanchi, la costrinse a sbattere le palpebre e chiudere gli occhi. Frastornata dalla luce, la ragazza non osava muoversi. Era impossibile che Baalat si fosse reincarnata così in fretta in un altro corpo, pensò Anaïd. Era impossibile che Baalat non avesse scelto più accuratamente il suo involucro. Grassa e dalla pelle bianchiccia, la ragazza aveva gli zigomi arrossati, le sopracciglia troppo grosse, un'ombra di baffi, le mani screpolate dalla candeggina e dai detersivi, i capelli bruciacchiati dalle *mèches*. Tuttavia, non le mancava un certo fascino. Forse per via di tutte quelle imperfezioni che la rendevano umana, naturale, vulnerabile.

«Come ti chiami?» Anaïd tentò di rendersi simpatica senza riuscirci.

«Rossy, signora».

Il vezzeggiativo non era molto calzante, pensò Anaïd.

«Rossy, dovrei controllare la mia posta elettronica. Dove posso farlo?»

«Nella reception, signora; posso accompagnarla io stessa».

Abbagliata, Rossy si coprì il viso con le mani e, leggermente rassicurata, supplicò:

«Posso aprire la finestra? È che, così, con questa luce negli occhi, mi sento nuda».

Aveva indovinato. Finché Anaïd avesse mantenuto il controllo della luce e dell'ombra, Rossy sarebbe stata indifesa e si sarebbe sentita come nuda.

Rossy era una ragazza decisa e conosceva a memoria le distanze nelle stanze che puliva quotidianamente. Con un paio di falcate si piazzò accanto alla finestra e tirò su la tapparella. Troppo tardi. Anaïd nascose rapidamente la mano dietro la schiena, quasi nello stesso momento in cui Rossy urlava:

«Non è possibile!»

Anche Anaïd si spaventò. Rossy la guardava sgomenta.

«No, è impossibile».

«Cosa?»

«Dov'è la signora?»

«Quale signora?»

«Come quale signora? Quella che era qui, con la torcia in mano, quella che stava parlando».

«Sono io» rispose poco convinta Anaïd.

Rossy non la bevve.

«Senti, bambina, non confondermi… Mi hai guardata in faccia? Se tu sei la signora io sono Biancaneve».

LA DISUBBIDIENZA

Anaïd si alzò. Era alta, ma la risoluta Rossy non si spaventò proprio.

«Ero io a parlare».

Rossy si stizzì e le rispose poco rispettosamente.

«Vedi di non provocarmi, non sono in vena di scherzi. Hai cinque minuti per fare la doccia e scendere a fare colazione. Se non ti spicci sparecchieranno la tavola, e io non ti sistemerò la camera. Vedi tu».

Poi se ne andò altezzosa, lasciando Anaïd con l'amaro in bocca. Aveva involontariamente finto di essere chi non era? Come poteva essere così diversa al buio rispetto alla luce del giorno? O forse trasmetteva qualcosa che il suo aspetto non comunicava? Lo scettro l'aveva forse stregata?

Non volle tormentarsi oltre e andò di nuovo sotto la doccia, forse l'acqua avrebbe lavato via le sue preoccupazioni.

Ormai era già mattina e aveva davanti a sé una giornata piuttosto complicata, se intendeva mantenere la promessa che si era fatta la sera prima. La sua mano destra, poi, si era svegliata urlando: 'Anaïd ha visto lo scettro, Anaïd ha visto lo scettro' e nella sua stanza, come se non bastasse, si era intrufolata una ragazza ficcanaso e chiacchierona che magari ora stava sparlando delle donne mezze matte e un po' streghe della stanza 205. Ma la cosa peggiore era che moriva dalla voglia di riprendere in mano lo scettro. Sentiva la smania dell'astinenza. Le prudevano le mani, e l'angoscia della sua assenza aumentava il bruciore della pelle. Era stato così la notte precedente, e così sarebbe stato sempre. Selene l'aveva avvertita.

Si lavò mille volte la mano per cercare di cancellare l'impronta della luce, ma non ci fu niente da fare, né col sapone né con l'acqua. Niente. L'angoscia non diminuì, anzi. Quanto più tentava di far scomparire il segno, tanto più cresceva la sua smania, come la fame, come la sete.

Quando uscì dalla doccia aveva preso una decisione. Avrebbe solo dato un'occhiata, si disse, avvicinandosi a piccoli passi allo specchio, lasciando le impronte dei suoi piedi bagnati. Pronunciò le parole magiche alzando il palmo della mano e il cuore sussultò.

Anaïd sospirò, contò fino a cento, cancellò il sortilegio e tentò di pensare a un panino al prosciutto e a un buon succo d'arancia. Chiamò la reception e chiese una benda. Un solerte fattorino gliela consegnò attraverso la porta semichiusa e Anaïd si fasciò la mano colpevole.

Quando scese a fare colazione, il servizio era già finito.

Collegarsi al computer con la mano bendata, un occhio allo schermo e l'altro alla porta, non era per niente facile. Anaïd se ne rese conto mentre tentava disperatamente di comunicare con Roc. Il suo stomaco urlava dalla fame e, nonostante la fasciatura, la sua mano splendeva; due dettagli sufficienti a convincerla che tutti i clienti e dipendenti dell'albergo l'avrebbero notata.

Non aveva tutti i torti: il computer era lì in mezzo al passaggio, come se nella vetrina di un negozio di moda Anaïd fosse un manichino vestito con stracci sporchi di fango. Sembrava proprio la superstite di un naufragio.

Un turista grasso, col volto rosso come un peperone, i bermuda sgargianti e la macchina fotografica appesa al collo si fermò alle sue spalle e, senza il minimo ritegno, si mise a curiosare sullo schermo.

Anaïd non poteva cacciarlo via, aveva tutto il diritto di stare lì e neanche impedirgli di guardare. Provò con Messenger, ma in quel momento Roc non era connesso. Ovvio, era orario di scuola. Gli spedì una e-mail.

Roc, t prego, rispondimi, dimmi qcosa. Ho bisogno di parlare con te senza k nessuno lo sappia. Questione di vita o di morte.

Il turista lesse attentamente il messaggio di Anaïd e si grattò la testa. Si era commosso, voleva fare pratica di catalano o forse non capiva un'acca?

Con le dita tremanti sulla tastiera, Anaïd voltava in continuazione la testa verso la porta. Selene poteva comparire da un momento all'altro. Alla reception le avevano consegnato un foglio con un suo messaggio.

Anaïd, sono andata a fare delle compere, aspettami. Tornerò all'ora di pranzo.

Avevano perso tutti i bagagli nell'incendio del camper e non aveva nemmeno degli indumenti puliti da mettersi.

Elettrizzato, il turista le diede una pacca sulla spalla per avvertirla che aveva una risposta. Infatti.

Triste risposta. La *mail* era stata respinta perché l'indirizzo era inesistente. Ancora? Baalat non poteva aver interferito così in fretta. Qual era il nuovo indirizzo di posta di Roc? Come poteva mettersi in contatto con lui?

All'improvviso si sentì girare la testa, mentre le mani sudavano freddo. Aveva appena ricevuto una e-mail sconosciuta. Il titolo era: *Ti adoro, Anaïd.* Firmata Dacil.

Pallida come una morta, esitò un attimo prima di fare il doppio clic per aprire il messaggio. Fu il turista a incitarla. L'aiutò persino a spostare il mouse sul tappetino verde del tavolo.

Anaïd, impazzisco dalla voglia di conoscerti. Ti sto cercando daxtutto. Dove sei? Vengo da molto lontano, ho sempre voluto essere amica tua, e adesso k sono venuta, riskiando, non ti trovo da nessuna parte. Devi uscire allo scoxto. Senza paura.
Baci
Dacil

In quel preciso istante, mentre leggeva incredula quel messaggio assurdo, inquietante, di quella Dacil di cui non sapeva niente, udì la voce di Selene che la rimproverava.

«Cosa stai facendo, Anaïd?»

Selene era sulla soglia carica di sacchetti e con un'espressione poco amichevole. Il peso delle borse le impediva di avanzare in fretta. Anaïd si sentì colta in fallo. Selene l'aveva scoperta. Cancellò in fretta il messaggio prima che Selene si avvicinasse, e si affrettò anche a uscire da Hotmail; poi si alzò dal tavolo.

«Con chi parlavi?» l'interpellò Selene.

Il turista si rivelò provvidenziale, poiché nello stesso istante si sedette sulla sedia appena liberata, prese il mouse abbandonato e cominciò a spostarlo a destra e sinistra per connettersi. Anaïd, sollevata, indicò il nuovo proprietario del computer.

«Non sapeva come funzionava e lo stavo aiutando».

Fiera della trovata, sorrise al turista, col quale prima non aveva scambiato neanche una parola; ebbe anche la faccia tosta di dirgli:

«Ecco fatto, adesso sa come funziona: deve soltanto fare il doppio clic sull'icona della *E*».

E s'incamminò verso sua madre con l'espressione più innocente del mondo.

«Dammi qualcosa, sei molto carica».

«E questo?» chiese Selene, indicando la mano fasciata.

Anaïd esitò.

«Sai, l'impronta dello scettro brucia, e così mi proteggo».

Quando furono in ascensore, non riuscì a reprimere la sua agitazione.

«L'hai nascosto tu, vero?»

Selene non fece una piega.

«L'hai cercato, quindi».

Anaïd abbassò la testa per nascondere la sua confusione. Avrebbe mentito.

«Non saprei come, né dove».

«Hai guardato nella stanza di tuo padre?»

Anaïd si sentì nauseata. Come faceva sua madre a essere così meschina?

«Sì, certo» mentì ancora.

«E?»

«Niente».

«Sarebbe stato stupido supporre che fosse qui. Può farlo viaggiare dove vuole».

Questa volta Anaïd non riuscì a nascondere la sua sorpresa.

«Come fai a saperlo?»

Selene spinse la porta dell'ascensore ed entrarono nella stanza.

«Lo scettro è un oggetto vivo. Ubbidisce alla volontà di chi lo possiede. Tutto dipende dalla forza di chi lo domina. E una volta che lo scettro fa parte di te non si può più tornare indietro».

Anaïd tremò.

«Io l'ho tenuto solo un istante...» si difese Anaïd. «Ma tu l'hai tenuto molto più a lungo» aggiunse con tono accusatorio.

Selene non rispose e Anaïd sospettò di avere fatto centro. Sua madre possedeva lo scettro.

«Fammi vedere la mano» le ingiunse Selene, quando furono entrambe in camera da sole.

Impossibile rifiutare, impossibile accampare altre scuse. Selene levò la fasciatura e studiò la mano accuratamente.

«Stammi bene a sentire, Anaïd. Non puoi toccare di nuovo lo scettro fino a quando la tua volontà non sarà più forte della sua».

«E come si fa a saperlo? C'è forse un misuratore della volontà?»

Selene batté i piedi con impazienza.

«Cominci a diventare preoccupante. Non stai attenta ai pericoli che ti circondano, né alle tue responsabilità. Ti distrai troppo facilmente, inventi delle scuse... ti comporti come un'adolescente qualunque! E in questo modo non riuscirai a portare a termine la tua missione».

«Forse qualcuno si è mai preso la briga di chiedermi se volevo portare a termine la mia missione, eh?»

Selene si stupì.

«Anaïd, nessuno ci chiede se vogliamo nascere, ma dal momento in cui esistiamo diventiamo importanti per gli altri. Tu sei importante per molte donne e bambine Omar. Non sei soltanto una strega: migliaia di streghe di ogni età dipendono da te, dal tuo coraggio, dalle tue decisioni, dalla tua forza».

«E cosa si aspettano da me?»

Selene si armò di pazienza.

«Sei l'eletta».

«Va bene, sono l'eletta e le profezie dicono che l'eletta metterà fine

alla guerra tra le Odish e le Omar. Ma deve proprio essere adesso?»
Selene contò fino a dieci per non mettersi a urlare e rovinare tutto. Cominciava a innervosirsi.
«La profezia annuncia che all'arrivo dell'eletta INIZIERÀ LA GUERRA DELLE STREGHE» disse sottolineando le parole. «È già iniziata, Anaïd. Non puoi chiedere una tregua e nasconderti in un buco per vent'anni».
«Quindi, cosa dovrei fare?»
«Eliminare le Odish prima che loro eliminino te» disse con forza, «perché se si impossessano dello scettro, distruggeranno migliaia di innocenti. Hai capito? Ricordi la profezia di Oma?»
E Selene, con voce tremante, recitò:

E io vi dico che verrà il giorno in cui l'eletta metterà fine alle dispute fra sorelle.
La fata dei cieli pettinerà i suoi capelli argentati per riceverla.
La luna piangerà una lacrima e presenterà la sua offerta.
Padre e figlio danzeranno insieme nella dimora dell'acqua.
I sette dei, schierati, saluteranno la sua ascesa al trono.
E la guerra avrà inizio.
Crudele e sanguinaria.
La guerra delle streghe.

Suo sarà il trionfo,
suo sarà lo scettro,
 suo sarà il dolore,
  suo il sangue
  e la volontà.

Via via che sua madre recitava i versi della profezia, Anaïd coglieva l'importanza del suo significato.
Sarebbe stata lei, e nessun'altra, la definitiva proprietaria dello scettro. Sarebbe stata lei e nessun'altra ad avere l'enorme responsabilità di porre fine alla guerra tra Odish e Omar. Si sentì meschina. Non poteva fidarsi di sua madre, perché era probabile che na-

scondesse lo scettro, ma forse lo faceva perché non la dominasse, perché non si comportasse da bambina viziata.

«Mi dispiace» disse Anaïd.

Selene approfittò del suo momentaneo pentimento per invitarla a sedersi di fronte a lei. Le prese la mano impregnata di luce.

«Mi vuoi ascoltare?»

«D'accordo, ti ascolto».

Anaïd provò a rilassarsi, ma anche se voleva crederle – come aveva sempre fatto – non riusciva a dimenticare che era stata proprio Selene a rubarle lo scettro, ad allontanare Roc dal suo fianco e anche a separarla da suo padre.

Inconsapevole della diffidenza di sua figlia, Selene le parlò sinceramente.

«Vi sono tre Odish pericolose, molto pericolose. Sono loro la chiave della guerra che dovrai combattere. Il loro potere è più grande del tuo, anche se tu sei l'eletta, anche se possiedi lo scettro».

«Adesso non ce l'ho» le ricordò.

«Lo ritroveremo, ma ascoltami bene».

Anaïd la guardava negli occhi.

«Una è Baalat. Conosciuta anche come la dama nera, Astarté, la dea fenicia. È un'astuta negromante. Non ha più il corpo, poiché fu distrutto duemila anni fa, ma si è reincarnata in altre creature. La conosci già. Sono stata io a svegliarla e me ne assumo la responsabilità, ma il male ormai è fatto. Baalat si reincarnerà di nuovo e tenterà di distruggerti se...»

«Se...?» chiese Anaïd con una certa impertinenza nel tono.

«C'è un solo modo per ucciderla, e sei l'unica che può farlo».

Anaïd rabbrividì. Ecco cos'era.

«Il cammino dei morti? Il Cammino di Om?»

Selene annuì.

Anaïd iniziò a tremare. L'idea di addentrarsi nel mondo dei morti e di cadere nelle loro insidiose trappole l'angosciava. I morti erano infinitamente più potenti dei vivi e, anche se potevano diventare suoi alleati, potevano anche esserle nemici. La possibilità di diventare vittima di allucinazioni, orrori e torture le faceva rivoltare lo stomaco.

«È l'unica soluzione?»

«Sì, tesoro».

La parola *tesoro* le suonò falsa. Nessuno dice *tesoro* a qualcuno cui ha rubato ciò che ha di più caro. Puro ricatto.

«E dopo? Cosa succederà se tornerò viva dal Cammino di Om e i morti impediranno a Baalat di reincarnarsi ancora? Chi sono le altre due Odish contro cui dovrei lottare?»

«Una è la contessa, che regna nel mondo opaco. È conosciuta come 'la contessa sanguinaria', perché quattrocento anni fa era stata la contessa Erzebeth Bathory, la quale sgozzò più di seicento ragazze nel suo castello ungherese nutrendosi del loro sangue per resistere fino all'arrivo dell'eletta. Ma l'eletta, cioè tu, è arrivata più tardi del previsto e adesso è molto debole. Salma, che tu hai battuto, osava perfino mancarle di rispetto».

«L'hai conosciuta, vero?»

Selene rabbrividì. Ricordò i freddi tentacoli della contessa che strisciavano sul suo corpo strappandole pezzi di memoria.

«Si nascondeva nell'ombra, era fredda e calcolatrice. Ma era molto debole».

«Sarà facile da battere, allora?»

Selene scosse la testa.

«Ha un talismano indistruttibile. Ha fatto un sortilegio coi capelli e il sangue delle sue vittime che le garantisce la vittoria in qualsiasi lotta. Le mancano soltanto il sangue e i capelli dell'eletta per aggiungerli alla sua pietra. Per questo, quando credeva che fossi io l'eletta, mi trattenne nel mondo opaco in attesa della congiunzione. Se dovesse impossessarsi dello scettro, diventerebbe lei la strega onnipotente e regnerebbe su tutte le Odish. Puoi stare certa che la contessa ammazzerebbe tutte le Omar senza pietà».

«E la terza?» chiese Anaïd con un lieve tremore nella voce, anche se sapeva già la risposta, che sua madre aveva pronta per lei.

Selene, infatti, pronunciò il suo nome.

«La dama di ghiaccio, la dama bianca, la strega del ghiaccio, Cristine Olav, la madre di Gunnar».

«Mia nonna» aggiunse Anaïd costringendola a rettificare.

«Sì, tua nonna» ribadì suo malgrado Selene tra i denti.

«Mia nonna non berrà il mio sangue, non desidera la mia morte».

Selene l'accarezzò e si accorse che Anaïd si sottraeva al contatto della sua mano.

«Credimi, Anaïd, lei è peggiore di tutte. È la più intelligente e ti userà senza che tu te ne renda conto. Vuole regnare e vuole avere lo scettro, così, anziché distruggerti, annullerà la tua volontà».

Anaïd, nonostante tutto, rimaneva fedele al ricordo di Cristine.

«Fu lei a salvarmi da piccola, a proteggermi sia a Urt che in Sicilia. Se non fosse stata lei a liberarmi dalle grinfie di Salma, non sarei qui ora».

La veemenza di Anaïd mise in allarme Selene, che rettificò immediatamente il tono.

«Anaïd, mi dispiace, so che è difficile diffidare delle persone che amiamo. È doloroso. Anche se non ci credi, io ho amato molto tuo padre e per questo ora il suo tradimento mi fa ancora più male».

Anaïd vide una lacrima brillare negli occhi di Selene, ma scomparve immediatamente.

«Dov'è mio padre?»

«Gunnar, oggi, aveva delle cose da fare» rispose Selene in modo vago «E anche noi abbiamo un sacco da fare prima di andarcene».

«Andarcene dove?»

«Al Sud».

«Cosa c'è al Sud?»

«Il Cammino di Om».

Tutti i campanelli d'allarme di Anaïd suonarono contemporaneamente. Non si sentiva in grado di affrontare lo spaventoso cammino del mondo dei morti. Non ancora. Adesso non poteva. Come mai Selene non se ne rendeva conto?

«Non so se potrò, non sono pronta».

Selene non riusciva a capirla.

«Hai bisogno di digiuno e di meditazione. Ti aiuteranno. Più leggero sarà il tuo corpo, più facile sarà il salto nel nulla e la caduta».

Anaïd tremava. Il nulla? La caduta? Il senso di vertigine le salì dallo stomaco e le raggiunse la bocca.

«E dov'è?» volle sapere.

«Non lo so. Andremo alla ricerca di un segnale».

«Un segnale?» si stupì Anaïd.

«Così mi dissero le matriarche».

A questo punto Anaïd scoppiò:

«Fammi capire, non hai la più pallida idea di come arrivare al Cammino di Om?!»

Selene era a disagio.

«Le streghe Omar non hanno la chiave per accedere al mondo dei morti».

Anaïd colse ciò che Selene cercava di suggerire…

«Allora sono le Odish?»

Selene annuì con un lieve cenno della testa.

«Il che vuol dire che dobbiamo chiedere aiuto alle Odish. È così?»

«No, Anaïd. Sarai tu a trovarlo» disse finalmente Selene, con un accenno di paura che Anaïd riuscì a cogliere. «Così hanno detto gli oracoli».

«Perché sono l'eletta…»

«Non solo per questo…»

Anaïd prese fiato. Stava cominciando a capire alcune cose. O meglio, parecchie cose. La sua condizione di eletta veniva determinata dalla sua natura mista. Era l'unica strega Omar viva con sangue Odish nelle vene.

«Capisco. Sono in grado di scoprire il mondo dei morti perché sono anche mezza Odish».

«Sì» dovette ammettere Selene imbarazzata.

Adesso Anaïd cominciava a vederci chiaro. Lei poteva parlare con gli spiriti. Selene, no: non riusciva nemmeno a vederli. E gli spiriti sapevano tutto. Anaïd guardò il suo anello con lo smeraldo.

«Posso scoprirlo anche adesso. Mi metterò in contatto con qualche spirito».

Selene, però, scosse la testa.

«Loro non ti diranno dove si trova il cammino, perché gli spiriti che abitano tra noi sono prigionieri del tempo e non conoscono la via per raggiungerlo».

Anaïd si stupì.

«E i morti? Io ho parlato con Demetra trasformata in lupa».

«Non possono. Quando entrano nel recinto dei morti, promettono di non rivelare mai il segreto del cammino».

All'improvviso Anaïd si rese conto del grande paradosso di Selene.

«Allora tu come hai fatto?»

Selene abbassò la testa mortificata e Anaïd capì senza bisogno di parole.

«Ma certo, fu Cristine Olav, quella che tu chiami la malvagia strega Odish, a condurti all'ingresso».

Selene si schiarì la gola prima di giustificarsi.

«In quel momento eravamo alleate».

Anaïd tacque. Non volle mortificare oltre Selene. Capiva che le streghe Omar da sole non erano in grado di scoprire le crepe del mondo dei vivi che mettevano in comunicazione col mondo dei morti; capiva anche che Selene si sentiva persa e disorientata, e che era molto fragile di fronte all'immenso potere di una qualunque delle Odish che aveva nominato lei stessa. La dama nera, la dama bianca e la contessa. Tre avversarie terribili che, lei, Anaïd, l'eletta, a soli quindici anni, avrebbe dovuto affrontare a mani nude perché non era ancora pronta per prendere lo scettro del potere.

E poi, a che cosa le serviva sua madre? Fino a poco tempo prima l'aveva creduta saggia, ma ora vedeva che non era nemmeno in grado di guidarla, visto che non conosceva la strada, e la sua cecità di Omar le impediva di vedere la porta d'ingresso.

Non era poi così forte. Da sola non sarebbe riuscita a difenderla da Baalat.

Allora?

Anaïd aveva sempre pensato che le madri erano fatte per dare luce alle figlie, per illuminare la loro strada, per fare da guida, da stampella, da rifugio, da coperta che si rimbocca, da cuscino per piangere. Ma non era così.

Era tutta una menzogna.

Si sbarazzò della delusione tentando di ritrovare la vecchia immagine di Selene che incedeva altera, lasciando tutti a bocca aperta. E studiò la nuova Selene che stava scoprendo. Un'imbrogliona che andava in giro ingannando a destra e a manca con i suoi intrighi. Persino i capelli rossi erano tinti. Fingeva spontaneità, ma era incapace di abbandonarsi tra le braccia dell'uomo che amava. Si spacciava per donna retta ma, invece, agiva per dispetto, allontanando tutti coloro che si avvicinavano ad Anaïd. Sua madre era una truffatrice.

Succedeva a tutte le ragazze? Anche le ragazze mortali si sorprendevano quando, a un certo punto, vedevano le loro madri deboli e insicure? Quando scoprivano le loro rughe intorno agli occhi, le menzogne dietro alle parole e le frustrazioni in tasca?

Anaïd dedusse che sua madre non era quella che lei aveva sempre creduto. La sua aura indistruttibile le si sbriciolava tra le dita. Era solo apparenza. Era soltanto l'ombra di Demetra. Sua nonna, invece, era stata una vera donna, con una tempra straordinaria; una grande strega, una matriarca rispettata. Selene non sapeva nemmeno come arrivare alla casa dei morti, pretendeva che lei digiunasse, meditasse, guardasse attraverso la nebbia e sprofondasse nel precipizio che portava al Cammino di Om.

Forse non si rendeva conto che i morti incutevano timore? Che lei inorridiva davanti all'immagine dei loro occhi vuoti e che le forze le venivano meno quando pensava al salto nel buio senza tempo? L'angosciava la possibilità di rimanere intrappolata nelle fessure tra i mondi.

Non era vigliacca, non lo era mai stata. Non era irresponsabile, anzi, si era assunta molti più oneri di quelli che le spettavano. Ne aveva dato prova, ma adesso... era innamorata!

Voleva imparare a baciare Roc, a specchiarsi nei suoi occhi e ad ascoltare le sue parole d'amore. Voleva sentire ancora il suo alito, il solletico delle sue mani sulla pelle, la follia di condividere un istante senza tempo né spazio, senza futuro né passato.

Anaïd ne era convinta: per intraprendere la sua missione aveva bisogno dell'amore di Roc. Lo dicevano persino le profezie. Trebora lo asseriva in uno dei suoi trattati: l'eletta doveva essere protetta dall'amore. Sua madre si sbagliava, com'era già successo altre volte. Se Roc l'avesse amata, lei sarebbe stata forte. Se Roc la dimenticava, il mondo le sarebbe sembrato, come adesso, freddo e poco ospitale, e la sua pena sarebbe stata così grande che avrebbe avuto soltanto voglia di accucciarsi in un angolo, piangere e lamentarsi per il suo abbandono.

«Anaïd, mi stai ascoltando?»

«Cosa?» chiese destandosi dalle sue meditazioni.

«Senti, ti ho comprato dei vestiti, scarpe, un beauty-case e una valigia. Vestiti e prepara la valigia per stasera».

Anaïd era frastornata.

«Per stasera?»

«Quando Gunnar si sarà addormentato».

Le mostrò un mazzo di chiavi.

«Hai noleggiato un'altra macchina?»

«È una copia delle chiavi della macchina di Gunnar».

Anaïd pensò che avesse una faccia tosta incredibile.

«Gliele hai prese?»

«Così gli sarà più difficile inseguirci. Non ti pare?»

Anaïd si rese conto che avrebbe dovuto agire più in fretta di quanto avesse previsto. Tentò di prendere tempo.

«E se Gunnar si sveglia e si accorge di tutto?»

Selene sorrise come una bambina monella.

«Impossibile, dormirà come un ghiro».

Anaïd era indignata.

«Gli darai una pozione?»

Selene aprì una borsa dove teneva delle erbe.

«L'erboristeria aveva un bell'assortimento. La preparerò subito».

«Questo vuol dire che ceneremo insieme?»

«Certo, per non destare i suoi sospetti».

Anaïd annuì.

«Lo imbroglieremo».

«Proprio così».

«Senza che lui sospetti niente».

«Esatto».

«Gli faremo credere che ce ne andremo insieme e poi... lo abbandoneremo».

«Sei furba, brava».

Anaïd la guardò con commiserazione. Forse era davvero più furba di quanto sua madre credeva e pensò di mettersi alla prova. Guardò di soppiatto la macchina di Gunnar che Selene aveva appena parcheggiato.

«Ce ne andremo con la Passat?»

«Sì».

«Ne dubito. Questa notte avrà la batteria scarica».

«Perché lo dici?»

«La sto guardando. Hai lasciato le luci accese».

Selene esitò. Non si ricordava di essere entrata in qualche galleria o in un parcheggio sotterraneo che l'avesse costretta ad accendere le luci. Guardò dalla finestra per verificare e vide che le luci, in effetti, erano accese. Ovviamente, non le passò per la testa che qualche secondo prima le luci fossero spente e che fosse stata sua figlia, mediante un semplice incantesimo, a provocare l'effetto.

«Mah, torno subito. Intanto prepara la valigia».

Uscì con le chiavi in mano senza accorgersi che, alle sue spalle, Anaïd apriva la sua borsa, prendeva il cellulare e chiamava il numero di Roc.

Era successo tutto molto velocemente, ma nel momento in cui il telefonino di Roc cominciò a squillare, i suoi muscoli si paralizzarono e la sua mente andò in bianco. Cosa gli avrebbe detto? Se non si fosse ricordato il suo nome? Cosa avrebbe pensato di lei? All'improvviso il telefonino fece *clic* e rispose una voce femminile.

«Sì?»

«Dovrei parlare con Roc. È urgente» disse d'un fiato, con autorità, come se questo l'esimesse dal dare spiegazioni.

«Selene, sei tu?» chiese la voce che aveva risposto al telefonino.

Era Elena. Che vergogna!

«Anaïd?» insisteva Elena.

L'aveva beccata. Elena aveva un buon intuito.

«Anaïd, perché stai usando il cellulare di tua madre? È molto pericoloso».

Anaïd pensò a Elena, alta e grossa, la madre di Roc e di altri sette marmocchi, la dolce bibliotecaria amante dei libri e degli stufati che imbottiva i bambini di racconti e dolci. Si sarebbe commossa. L'avrebbe capita.

«Elena, per piacere, vorrei parlare con Roc».

La voce di Elena, però, suonava aspra.

«Sei impazzita, Anaïd? Riattacca subito. Nessuno deve sapere dove sei».

Anaïd la pregò:

«Per piacere, devo parlare con lui, passamelo».

«Non è possibile, Anaïd, inoltre...»

Anaïd capì perfettamente la reticenza di Elena. Aveva un nome: Marion. Elena le voleva dire che Roc era impegnato con la sua... reticenza. Era così?

«Per piacere, Elena, sciogli l'incantesimo. Non voglio che mi dimentichi!»

Elena era difficile da convincere.

«Impossibile. Una pozione d'oblio non ha la marcia indietro. Non è successo niente tra di voi. È molto meglio così, cara. Devi avere la testa libera per la tua missione, la mente sgombra. È per il tuo bene».

Non valeva la pena battere i piedi, piangere, implorare. Era meglio lasciare perdere e tentare di non peggiorare le cose. Avrebbe finto rassegnazione.

«Mi dispiace, mi dispiace molto, so bene che non avrei dovuto chiamare, ma... ho seguito l'istinto».

Anaïd cominciava a rendersi conto che gli adulti tenevano in gran considerazione la capacità di ammettere i propri sbagli. Anche quando era solo uno stratagemma.

«Devi dominare i tuoi istinti, Anaïd, sei troppo importante».

«Lo so, lo so, e so che lo fate per me, ma volevo solo salutare Roc... è una cosa simbolica, sai?»

«Certo, perché Roc non capirà nulla se gli parli di qualcosa successa tra di voi, non si ricorda di niente».

All'improvviso Anaïd si ricordò che Elena aveva avuto una figlia che si chiamava Diana e che era stata assassinata da Baalat. Anche lei aveva preso la sua pozione d'oblio. Ma si astenne dal dirglielo.

«Capisco».

Elena addolcì la sua voce.

«Prendi anche tu la pozione per dimenticare. Sarà meglio».

Anaïd finse di schiarirsi la gola.

«D'accordo, ma fammi un favore».

«Quale?» Elena era furba.

«Non dire alla mamma che ti ho chiamato. Si arrabbierebbe moltissimo con me».

Elena la torturò ancora un po'.

«Se mi prometti di dimenticare Roc».

Anaïd giurò incrociando le dita. Elena non poteva vederla.

«Lo prometto. Dagli un bacio da parte mia».

Mise giù. Sorrise e chiuse gli occhi immaginando il bacio di Elena sulle guance abbronzate e un po' ruvide di Roc. Era sicura che glielo avrebbe dato, e poi detto: 'Da parte di Anaïd'. E Roc avrebbe ricordato una bambina che faceva il bagno nello stagno con lui, quando era piccolo.

Cancellò dalla memoria del telefonino di Selene quell'ultima chiamata e lo lasciò nella borsa nel momento in cui sua madre apriva la porta della stanza con aria perplessa.

«Non capisco» disse. «Tre ascensori sono passati senza accorgersi di me».

Anaïd represse un sorriso.
«Sembra proprio una cosa da streghe, no?»
E scoppiò a ridere. Selene, dalla risata facile, la imitò. E subito dopo si abbracciarono ridendo, anche se Selene non aveva idea che Anaïd stava ridendo di lei.

Cenarono tutti e tre in armonia. Si trattava di reinventare e mettere in scena la famiglia che non erano. Gunnar riempiva loro il bicchiere con sollecitudine; Selene serviva il risotto di pesce che aveva ordinato; Anaïd sorrideva a entrambi, e condiva l'insalata con olio, sale e aceto, questa volta sì. I camerieri portarono una *paella* per tre, una bottiglia di vino per tre, una bottiglia d'acqua per tre, del pane per tre e un solo conto per loro tre. Eppure, c'erano i numeri di due stanze sul tavolo. Sembrava logico: una doppia per la coppia e una singola per la figlia. Solo loro tre sapevano che non era così. Quella donna così bella e provocante con i capelli rossi, il sorriso raggiante e gli occhi verdi non divideva la stanza e il letto con l'uomo alto, abbronzato, con i capelli color cenere e gli occhi blu; occhi magnetici, freddi e penetranti, gli stessi che aveva ereditato sua figlia, la figlia di entrambi.

Erano una strana famiglia che, sotto le risate e le buone maniere, nascondeva dei segreti.

Selene servì un bicchiere di vino a Gunnar e presto anche lei, in giusta corrispondenza, ebbe il suo davanti al piatto. Entrambi bevvero guardandosi negli occhi e Selene, in un attimo di distrazione, sfiorò i piedi di Gunnar sotto il tavolo. Li ritrasse immediatamente, quando si accorse che i piedi di Gunnar giocavano sfacciatamente coi suoi e tentavano di imprigionarli. Si innervosì e si mosse per andare al gabinetto. Prima alzò un sopracciglio ammiccante ad Anaïd per ricordarle di far bere Gunnar.

Anaïd annuì e Selene, quando fece ritorno con le labbra lucide e il viso più fresco, constatò con sollievo che Gunnar aveva bevuto tutto il vino e se ne serviva ancora.

Da quel momento in poi Selene si rilassò, bevve un sorso di vino e continuò a gustare il riso. Era buonissimo, un po' duro, al dente, come piaceva a lei: somigliava alla felicità. Il soffritto era cotto al punto giusto, il fumetto di pesce era davvero saporito e il riso del Delta dell'Ebro, una meraviglia. Aveva voglia di sbadigliare dal piacere. Si sentiva così bene che le si chiudevano persino gli occhi. Nulla poteva turbare quel momento assoluto, nulla la impensieriva, nulla disturbava la contemplazione di quei due volti, belli e sorridenti, che la circondavano. Gunnar e Anaïd. Si assomigliavano. Lei, Selene, tra i due, era oggetto della loro premura, delle loro lusinghe. Bevve ancora un po' e pensò, appagata, che avrebbe dormito felice perché sapeva di essere molto amata.

I volti cominciarono a sfumarsi, dissolvendosi fino a scomparire, e la testa di Selene cadde dolcemente sul tavolo, senza strepito, senza colpi, mentre Anaïd le spostava il piatto evitando che i capelli si sporcassero di riso.

Gunnar e Anaïd si guardarono con complicità. Selene era molto più leggera di Gunnar e la pozione aveva agito molto prima di quanto credevano.

«Che facciamo adesso?» chiese Anaïd un po' imbarazzata per la situazione.

Gunnar si alzò e prese delicatamente Selene in braccio. Non sembrava svenuta, ma addormentata, come una bambina che si è alzata molto presto. Un cameriere si avvicinò.

«Cosa è successo alla signora?»

Gunnar la baciò sulle labbra.

«Aveva tanto sonno, e col vino...»

La guardò teneramente, con la stessa tenerezza con cui si guarda una bambina. Entrambi sorrisero e Gunnar, seguito da Anaïd, si avviò verso l'ascensore.

«Posso aiutarti?» domandò Anaïd.

«Non pesa niente» commentò Gunnar senza distogliere lo sguardo da Selene.

L'espressione serena, il sorriso disegnato sulle labbra. Non disse che era un piacere portarla, ma Anaïd lo capì lo stesso.

L'adagiò sul letto dolcemente. Le levò con delicatezza le scarpe e il maglione, e la mise a letto con cura, come se fosse un fiore delicato. Dopo, senza dire niente, la baciò di nuovo sulle labbra, dolcemente, e bisbigliò:

«Mi dispiace, Selene».

Anaïd era già sulla porta, impaziente, battendo i tacchi per far capire che aveva fretta. Lei non si scusò con sua madre, non la baciò e non volle congedarsi. Suo padre la trattenne ancora qualche istante, mentre frugava nella borsa di Selene e manipolava il suo cellulare. Anaïd drizzò le antenne.

«A chi stai mandando un messaggio?» chiese con diffidenza.

Ma suo padre la tranquillizzò immediatamente.

«Ho cancellato i numeri di telefono delle sue amiche» le confessò.

Non poteva essere sicura che fosse sincero, ma preferì credergli. Aveva scelto la sua complicità e ora era nelle sue mani.

Prima di andarsene, diede un ultimo sguardo al viso sereno di Selene. 'Chi di spada ferisce, di spada perisce' pensò Anaïd. E mentre scendeva le scale con la sua valigia pensava se quel detto le era stato insegnato da Demetra o da Selene stessa.

CAPITOLO CINQUE

L'innamoramento

Forse il paesaggio del Mediterraneo che si specchiava nelle spiagge dorate valeva la pena. Forse i paesini dell'interno, al riparo sotto le montagne, con le loro piazzette e i portici e le chiese moresche meritavano qualche foto. Forse gli aranceti in fiore erano unici. Tuttavia, ad Anaïd tutto ciò importava ben poco. Aveva occhi solo per Gunnar.

Se l'avessero interpellata, avrebbe affermato senza esitare che suo padre era l'unica nota di colore in un mondo insulso, noioso e monotono.

Non si stancava di guardarlo, né di ascoltare i suoi racconti. Gunnar era un uomo dai mille volti e dalle mille storie. Aveva vissuto più di mille anni e questo dato sconvolgente, che per Anaïd era incomprensibile quanto il concetto di infinito, la riempiva di curiosità. Suo padre era semplicemente incredibile.

«Sei sicura di voler tornare a Urt?» le chiese serio Gunnar dopo aver fatto benzina.

Si trovavano in una stazione di servizio ed era quasi mezzogiorno. Avevano dormito in un albergo in riva al mare, ma durante la mattinata si erano allontanati dalla costa di Levante e si erano avviati verso l'interno. A Nord, ancora lontanissima, si intuiva nella nebbia la familiare sagoma della catena montuosa dei Pirenei.

«Sicurissima».
«A Urt ti terranno sotto controllo. Non c'è soltanto Elena, c'è anche Karen».
Anaïd sospirò.
«Voglio solo vedere Roc e sciogliere l'incantesimo di Elena. Poi me ne andrò» confessò senza nominare lo scettro.
In realtà stava nascondendo i suoi progetti anche a suo padre. Intendeva recuperare lo scettro, come prima cosa, e dopo avrebbe fatto innamorare Roc.
Gunnar fece schioccare la lingua.
«È pericoloso».
«Per me, tutto è pericoloso. Devo stare sempre all'erta. Non faccio altro che pensare a quello che devo fare, a quello che mi può succedere, a quello...»
Gunnar le accarezzò affettuosamente la testa.
«Non pensarci più, non ora. Rilassati. Ti proibisco di pensare».
E la trascinò verso la caffetteria.
«La mia principessa si mangerà un buon filetto alla griglia, con peperoni e asparagi, e dovrà preoccuparsi solo di leccarsi le dita».
Lusingata, Anaïd ubbidì senza fiatare.

Mentre mangiavano dei succulenti filetti, una strana creatura, che li aveva osservati nascosta tra gli arbusti, si alzò in silenzio e si avvicinò alla Passat avendo cura di non essere vista. Alzò la mano, sfiorò la carrozzeria, pronunciò qualche parola e il bagagliaio si aprì come per incanto. La stravagante figura s'introdusse nel baule, s'installò comodamente e ordinò allo sportello di chiudersi. E lo sportello ubbidì.
Apparentemente la macchina aveva lo stesso aspetto di qualche istante prima; al suo interno, invece, viaggiava un misterioso passeggero in incognito. La serratura era intatta, quindi né Gunnar né Anaïd si accorsero di nulla al loro ritorno. Erano distratti, scherzavano sull'abilità di Gunnar di ingoiare il crème caramel senza masticare.
«È molto semplice» provava a convincerla Gunnar.
«Come fai?»

«Metti il crème caramel sul piatto, avvicini la bocca, aspiri e il budino vola verso di te».

«Come lo scettro...» mormorò Anaïd.

Si sentiva preda di un certo fatalismo. Tutto le ricordava lo scettro. Associava tutto al suo potere, al suo richiamo, al suo segno. Durante la notte aveva represso il prurito sulle mani e il potente desiderio di averlo, ma adesso la smania la tormentava di nuovo.

«Lo scettro...» non riuscì più a trattenersi. «Selene mi ha detto che l'avevi rubato».

Gunnar rispose tagliente.

«Selene mente».

Anaïd provò a scoprire la verità.

«E dove credi possa essere?»

Gunnar non era così ignaro di quanto succedeva intorno a lui come a volte poteva sembrare.

«Dovresti saperlo tu».

«Io?»

«Mostrami la mano».

E, visto che Anaïd non collaborava, gliela prese egli stesso.

«Hai cercato lo scettro. O sbaglio?»

Anaïd nascose la mano dietro la schiena.

«È mio. Qualcuno me l'ha rubato e non sei stato tu, è stata Selene».

«Per questo andiamo a Urt? È a Urt, vero?»

Anaïd abbassò la testa mortificata.

«Sì».

Anaïd ebbe paura che le chiedesse altri dettagli, ma Gunnar si mostrò discreto.

«Era così difficile dirmelo?»

«Non osavo».

«Tua madre ti ha convinto che io sia tuo nemico».

«Non è questo».

Invece era proprio così. Prima o poi la diffidenza avrebbe finito per instillarsi. Anaïd cercò di archiviare il discorso.

« Per piacere, papà».

«Va bene» cedette Gunnar.
Si rese conto di aver detto *papà* per la prima volta nella sua vita. E suo padre sembrava compiaciuto.
«Non parlerò più di quest'argomento» la tranquillizzò Gunnar aprendo la portiera della macchina.
Anaïd lasciò scivolare lo sguardo sulle montagne che apparivano in lontananza. Avevano già preso la rotta verso Nord e il clima era più freddo.
«Un attimo, ho bisogno di un maglione» esclamò.
Corse verso il baule, sollevò impulsivamente lo sportello posteriore e, nello stesso momento, sentì una fitta nel braccio sinistro. Fu un caldo improvviso, come una bruciatura. Alzò lo sguardo e incespicò negli occhi penetranti di Gunnar.
«Mi hai bruciato!»
«Io?» si difese Gunnar sconcertato.
«Mi hai fissata con una tale intensità che, guarda, mi fa persino male».
E gli mostrò un piccolo segno rossastro sul braccio.
«Bugiarda, è stata una pulce».
Anaïd rise. La sicurezza che le derivava dal sentirsi protetta non le permise di accorgersi del fatto che la sistemazione dei pacchi nel baule era cambiata, né del fagotto sospetto avvolto in una coperta. Aprì la borsa e prese un maglione rosso che Selene aveva comprato il giorno prima.
«Forza, andiamo» l'esortò Gunnar.
«Aspetta» disse Anaïd improvvisamente all'erta.
«E adesso che c'è?»
Anaïd toccò il maglione e l'avvicinò al naso, annusandolo come le aveva insegnato Demetra.
«L'odore. Non è il mio».
«Ovviamente» confermò Gunnar. «Non è l'unico. Il maglione è impregnato dell'odore di Selene, della fabbrica, del negozio, della commessa, dell'albergo...»
Anaïd si lasciò convincere solo a metà. Continuò ad arricciare il naso.

«Ma questo odore è recente».

Una dipendente della stazione di servizio passò accanto a loro e sorrise a Gunnar con civetteria, facendo scorrere la mano sulla carrozzeria polverosa della macchina, come se accarezzasse un cagnolino.

«Bella macchina» commentò, mentre divorava Gunnar con lo sguardo. «Ti pulisco il parabrezza?»

Anaïd dimenticò la perplessità sullo strano odore e chiuse il baule con un colpo secco per spaventare l'intrusa che sfarfallava intorno a suo padre.

«No, grazie» rispose svelta per lui.

Era questo, ovvio. Gli odori di tutte le ragazze che si avvicinavano a Gunnar rimanevano lì, aggrappati ai finestrini della Passat, alla tappezzeria, agli stessi indumenti.

«È molto sporco» insistette la ragazza, ignorandola. «Vieni da molto lontano?» chiese a Gunnar.

Gunnar attirava gli sguardi di tutte le ragazze e si trascinava dietro sospiri e mezzi sorrisi congelati.

«Più lontano di quanto immagini» rispose enigmaticamente, stando al suo gioco.

Anaïd indossò il maglione rosso.

«Forza, tesoro» disse a suo padre con ostilità.

In questo modo riuscì a ottenere che la ragazza alzasse la testa sconcertata, e li guardasse attentamente per assicurarsi di non aver udito male; forse quella che aveva creduto figlia di quell'uomo così bello era invece sua moglie. Ma non ci cascò. Anaïd gli somigliava troppo.

«Tua figlia ha fretta».

«È impaziente come sua madre. Tieni, grazie» rispose Gunnar dandole una moneta e strizzandole l'occhio, troppo dal punto di vista di Anaïd.

Quando mise in moto, cominciò a protestare.

«Perché hai fatto l'occhiolino a quella scema?»

«Io le avrei fatto l'occhiolino?»

«Sì. Ti ho visto».

«Non me ne sono nemmeno accorto».

«Fai sempre l'occhiolino alle ragazze sconosciute senza rendertene conto?»

«E tu sei sempre così gelosa?»

Anaïd tacque. Suo padre aveva ragione, ma Gunnar era troppo speciale.

«Il fatto è che, non so, mi innervosisce. Selene doveva arrabbiarsi molto».

«Ti sbagli. Tua madre ne rideva. Era molto sicura di sé».

Anaïd si sentì a disagio. Suo padre le aveva appena detto che lei, al contrario di Selene, era insicura.

Fu presa da un rimorso momentaneo e sgradevole. Cosa stava facendo Selene? Come si sarebbe sentita al risveglio? Aveva sbagliato? Si accarezzò l'anello per tranquillizzarsi e, con sua grande sorpresa, il dito toccò la carne.

«L'anello!» gridò.

Gunnar sterzò bruscamente.

«Che succede?»

Disperata, Anaïd si chinò e cercò a tentoni sul pavimento.

«Il mio anello con lo smeraldo».

«Ti è caduto?»

«Non so dov'è!»

«Non l'avevi neanche ieri sera» commentò Gunnar riprendendo il controllo della macchina.

Anaïd provò a ricordare. Se l'era tolto per fasciarsi la mano. Ecco. L'aveva lasciato in albergo e Selene l'avrebbe trovato sul ripiano del lavandino.

Non voleva pensarci e cominciò a cantare. Era una buona terapia per scacciare i cattivi pensieri. Gunnar l'accompagnò e subito le loro voci si fusero in canzoni e ballate celtiche. Presto la nostalgia per paesaggi nebbiosi e lontani tenne loro compagnia per un pezzo.

Duecento chilometri dopo, nelle vicinanze del passo che immetteva nella valle di Urt, Anaïd cominciò a stonare, e a rendersi conto che la mano destra le tremava insistentemente. Non riusciva a controllarla. La mano le scottava, il bruciore la consumava. Aveva bisogno di toccare lo scettro. Lo scettro la stava richiamando accanto a sé e la convocava. Era lì vicino, e lei lo sentiva.

«Non stai bene?» chiese Gunnar osservandola con la coda dell'occhio e cercando di tenere lo sguardo sulla strada.

«È che... ho bisogno di andare al gabinetto» mentì mortificata.

«Stiamo arrivando. Dove vuoi fermarti?»

Anaïd ci stava pensando già da un po'. Non poteva entrare in casa sua in pieno giorno. Non poteva mettere piede in paese né farsi vedere nel raggio di venti chilometri. Tutti la conoscevano. Presto o tardi la notizia del suo ritorno sarebbe stata sulla bocca di tutti e sarebbe arrivata a conoscenza di Elena o di Karen. Non poteva correre il rischio che rovinassero i suoi piani. Doveva essere discreta e muoversi con cautela.

«Conosco una zona per fare il picnic in riva al fiume. C'è una fontana, dei gabinetti e un posto per riposare. Possiamo comprare qualcosa da mangiare al supermercato e aspettare che faccia buio».

Arrivarono in un attimo, e quando Anaïd vide i pioppi cullati dal vento, i tavoli in pietra e i barbecue anneriti, sentì un pizzico di nostalgia. Le tornavano in mente i ricordi delle domeniche trascorse insieme a Selene e a Demetra. Era di nuovo a casa. Quella era la sua terra e lo sarebbe sempre stata.

«Vuoi mangiare qualcosa?»

Era il crepuscolo. Un'ora misteriosa, piena di ombre e di mormorii, Anaïd non aveva fame, solo la smania di riprendersi lo scettro. Era vicino al querceto e alla grotta. Le serviva una scusa.

«Voglio andare a fare un giro per sgranchirmi le gambe...»

Gunnar fu d'accordo.

«Buona idea. Io, se potessi, mi farei una corsetta».

«Fallo» suggerì Anaïd, all'improvviso desiderosa che suo padre sparisse dalla sua vista per un po', il tempo sufficiente per correre verso la grotta e soddisfare il suo segreto desiderio. «Io preferisco passeggiare».

Gunnar strizzò l'occhio ad Anaïd, e questa volta lei rimase affascinata della complicità di quel gesto così privato, così malizioso.

«Perché no?» bisbigliò Gunnar come un ragazzino monello.
«Perché no?» rispose Anaïd strizzandogli a sua volta l'occhio.
«Non lo saprà mai nessuno».
«Lo fai meravigliosamente».
«Che cosa?»
«L'occhiolino».
«Ah, sì? Non me ne ero mai accorta» rispose seria Anaïd. Troppo seria.
E riuscì a provocargli una bella risata.

Gunnar scattò a correre come una lepre e Anaïd lo immaginò mille anni prima, con i capelli lunghi legati con un nastro di pelle, mentre correva leggero dietro alla selvaggina, con l'arco in spalla e fischiando ai cani. Non era ancora riuscita ad assimilare completamente la certezza della sua longevità.

«Aspetta! Aspetta! Lasciami le chiavi della macchina, per piacere!» urlò all'improvviso Anaïd, che si era appena accorta che i sandali non erano il tipo più adatto di calzatura per correre nel querceto.

Senza fermarsi, Gunnar gliele lanciò e Anaïd, tentando di afferrarle al volo, si fece male a un dito. Gunnar aveva molta forza, più di quanta fosse in grado di controllare.

Appena lo vide scomparire dietro a una collinetta, Anaïd aprì di nuovo la macchina. Si trovava nell'area solitaria del picnic, al riparo da sguardi indiscreti. Il vento soffiava più forte e cullava le foglie dei pioppi che crescevano vicino al fiumiciattolo.

Prese la chiave e pigiò sul bottone che attivava l'apertura automatica. Aprì con cura il baule e, reprimendo un sospiro, aprì la valigia, prese una scatola e tirò fuori delle scarpe sportive nuove di zecca.

In quel preciso istante cambiò la direzione del vento e rabbrividì. Si era appena resa conto di non essere completamente sola. L'odore che aveva già percepito prima la raggiunse distintamente. Era sottile e leggero, simile a quello del pollo, ma nello stesso tempo infantile e un po' dolce. Un odore confuso. C'era qualcuno nascosto nella macchina. Sì, aveva anche udito un leggero rumore.

Il movimento di qualcosa di vivo che strisciava. Guardando di sottecchi, fingendo indifferenza, si accorse perfettamente della forma umana camuffata in un fagotto che si nascondeva tra le ombre.

Rimase per qualche istante immobile, rigida, incapace di pensare chiaramente. Finalmente reagì e tastò con cautela la tasca della valigia dove teneva il suo *atam*. Lo prese furtivamente e con l'altra mano spinse con forza lo sportello. Fece uno o due passi indietro e, col comando a distanza bloccò la serratura. Respirò nervosamente. Doveva tranquillizzarsi e pensare. Chi si nascondeva nel veicolo? Chi la spiava? Baalat era forse viva di nuovo?

In quel momento avrebbe voluto che Selene fosse lì per consigliarla.

CAPITOLO SEI

La vergogna

Si sentiva infinitamente pigra, molle. Esitava tra continuare a galleggiare nella dimensione magica del suo sogno, malgrado sapesse che si stava facendo tardi, o aprire gli occhi. Le pesavano le palpebre e la bocca le si apriva in uno sbadiglio ampio e profondo.

Finalmente Selene gemette, stirò le braccia rilassandosi, come una gatta e, dopo uno sforzo sovrumano, si tirò su e si guardò intorno. La luce aveva una tonalità dolce e la stanza era vuota. Accanto a lei, il letto di Anaïd era fatto. Sorrise. Era una ragazza ben educata.

Era di buon umore e stranamente ottimista. Aveva avuto un sogno molto vivido, così reale da farle accapponare la pelle. Gunnar l'aveva presa in braccio, l'aveva portata con cura in un posto caldo, soffice. Dopo l'aveva baciata e le aveva sussurrato all'orecchio: dormi. E lei aveva dormito serenamente sapendo che niente e nessuno avrebbe potuto disturbarla. Era da tanto, da prima della morte di Demetra, che non si era sentita così sicura, così protetta. Era da tanto che non dormiva così bene.

All'improvviso scoprì un capello biondo sul cuscino. Lo prese tra le dita, sorpresa, e lo annusò come una lupa. Era di Gunnar. Gunnar era stato lì, con lei. Si accorse che il copriletto stropicciato conservava la forma del suo corpo... Forse allora non era stato un sogno. Ma, per quanto si sforzasse, non ricordava niente. Sapeva soltanto che era contenta e affamata.

Si alzò e si accorse di avere ancora indosso la sua biancheria, anziché la camicia da notte. Si avviò verso la doccia e si fermò a sbirciare i nuovi vestiti nella valigia. Li aveva comprati il giorno prima e poteva indossare il completo che preferiva. Tutti i capi avevano ancora le etichette.

Una gonna, forse? Perché no? Aveva delle belle gambe. La lasciò da parte e scelse anche una maglietta nera con un ampia scollatura. A Gunnar piaceva quel colore. Le aveva sempre detto che le donava. Come a lui donavano i capelli sale e pepe e le rughette intorno agli occhi. Lo rendevano più interessante, più maturo.

In quel momento non provava più alcuna avversione per Gunnar. Senza Anaïd, poteva riconoscere che era invecchiato come qualsiasi altro mortale e non usava la magia. Ne aveva avuto la prova nella battaglia contro Baalat. Quando l'acqua l'aveva trascinato, si era convinta che avesse raccontato la verità, come era anche vero che le aveva difese con la sua vita e decapitato Baalat. A volte era ingiusta. A volte era capricciosa e sconsiderata.

Mentre si strofinava col guanto ruvido sotto il getto d'acqua fredda, si diradarono gli ultimi scampoli di nebbia che galleggiavano ancora davanti ai suoi occhi e ricordò la notte precedente. Che stupida!

Aveva dato la pozione del sonno a Gunnar durante la cena e aveva predisposto tutto per ingannarlo e fuggire con Anaïd. E cosa ci faceva lì, allora? Immaginò di essere crollata e di aver dimenticato, per la stanchezza, il momento in cui era arrivata a letto. E adesso, alla luce del giorno, dopo una buona dormita, vedeva le cose diversamente. Si era svegliata con la voglia di riconciliarsi con la vita e con Gunnar.

Il suo difetto era l'impulsività. A volte si impuntava e agiva per dispetto. Ovviamente, dopo se ne pentiva.

Povero Gunnar, lui sì che doveva dormire come un ghiro con la dose che gli aveva versato nel vino, come quando aveva bevuto la pozione che gli aveva preparato Holmfridur, la giumenta Omar, in Islanda.

Le venne voglia di fargli una visitina in segreto per vederlo dormire, ancora con le scarpe ai piedi e le braccia aperte. Era così che di solito dormiva Gunnar, quando si abbandonava al suo fianco, nella tenda di pelli di renna o nella capanna in Groenlandia. Aveva un sonno tranquillo e fiducioso, come quello di un bambino.

'I saggi cambiano parere' soleva dirle Demetra. E cominciò a rimuginare una nuova idea. Perché non cambiare parere? Perché non cambiare la direzione degli eventi? Si era spinta troppo in là col suo rancore. Anaïd aveva ragione a rinfacciarglielo. E Anaïd? Dove poteva essere? Aveva dimenticato il suo anello di smeraldi in bagno e immaginò che fosse andata a fare colazione.

Finì di vestirsi in fretta e si tranquillizzò mentre si infilava l'orologio. Erano solo le sette del mattino. Aveva, in ogni modo, la sensazione di avere riposato molto. Meglio così. Gunnar avrebbe dormito fino a sera e così lei avrebbe avuto il tempo di pensare e prendere la decisione migliore per tutti e tre.

Uscì dalla stanza e andò al ristorante, ma non vide Anaïd. Si sedette un po' delusa a un tavolo con un solitario fiore di plastica in un vaso senz'acqua e si sorprese non vedendo il buffet della colazione come la mattina precedente. Il cameriere si avvicinò sollecito con il menù.

«La signora cena da sola?»

Selene pensò a uno scherzo.

«Forse vuol dire se faccio colazione da sola?»

«Alle sette di sera?»

Selene rimase di stucco. Impietrita. Allora, quel chiarore sbiadito era la luce del tramonto?

Per questo non c'era nessuno nel ristorante. Per questo Anaïd si era rifatta il letto. Cosa le era successo?

Si alzò, smaniosa.

«Verrò dopo con mio marito e mia figlia» si scusò, riprendendo la giacca e la borsa.

Ma il cameriere tossicchiò.

«Se non mi sbaglio, credo che se ne siano andati ieri sera».

Fu come uno schiaffo secco. Selene barcollò.
«Cosa?»
«Dopo cena, hanno pagato e se ne sono andati».
«Con la macchina?»
«Penso di sì».
«È sicuro che avessero anche il bagaglio?»
Il cameriere si sentiva a disagio. Le disgrazie altrui lo disturbavano, e quella povera donna, così bella e così sfortunata, abbandonata dal marito e dalla figlia, le faceva pena.
«Sarà meglio che questo lo chieda alla reception. Non sono stato io a fare loro il conto e non lo so di sicuro».
Lo sapeva, invece. La vicenda era stata l'argomento di conversazione in albergo. La donna addormentata che divideva la stanza con la figlia, non con suo marito, e la fuga precipitosa dei due mentre lei dormiva, probabilmente per l'effetto di qualche sonnifero, era la grande notizia del giorno.
Anche Selene lo sapeva. I pezzi del puzzle si stavano ricomponendo fino a configurare il quadro dell'inganno di cui era stata vittima. Nonostante tutto, quando ne ebbe conferma alla reception, si sentì mancare e arrossì per la mortificazione. Non le era più successo da quando era piccola, ma in quel momento ebbe la certezza che tutti la guardavano, tutti la additavano, la prendevano in giro.
Si chiuse nella stanza e frugò a fondo negli armadi. Anaïd aveva portato via tutto. Era vero, era scappata con Gunnar.
E lo scettro? Dov'era lo scettro? Ce l'aveva Gunnar come lei stessa aveva fatto intenedere? Era in mano a una Odish? Non c'era modo di saperlo. Di fronte ad Anaïd aveva finto di non preoccuparsi dell'argomento, ma in realtà era terribilmente angosciata. Chi aveva lo scettro poteva esercitare un forte potere su Anaïd.
Si sentiva pesantemente in colpa per non aver saputo vegliare sullo scettro. Era una cosa gravissima. Doveva trovare sua figlia prima che fosse troppo tardi.

Dopo aver chiuso la valigia, si vide riflessa nello specchio con la sua gonna nuova e la maglietta nera scollata che aveva indossato per piacere a Gunnar. Si sentì stupida e indifesa, poi crollò e si sdraiò sul letto piangendo.

Sbagliava sempre tutto. Tra le sue mani, tutto si rovinava. Gunnar l'aveva tradita nuovamente, e questa volta aveva portato con sé l'unica cosa che le restava al mondo. Sua figlia Anaïd. Ma la colpa era sua. Aveva agito in modo così maldestro da spingere l'uno tra le braccia dell'altra.

E adesso era sola, più che mai sola.

Avrebbe potuto chiedere un taxi in albergo, ma preferì mentire. Uscì con un falso sorriso, disse che c'era stato un malinteso e che sarebbero passati a prenderla sulla strada.

Non le importava che non ci credessero, preferiva comunque fare la commedia piuttosto che riconoscere di essere stata abbandonata. Significava che era prescindibile, che gli altri potevano sopravvivere senza di lei e che preferivano stare senza di lei.

Si allontanò trascinandosi dietro la valigia ed esibendo orgogliosamente l'anello con lo smeraldo all'anulare. Non si voltò, altera, fino alla prima curva.

Era calato il buio. Non aveva idea di quale direzione prendere. Dove doveva andare? Si sedette sulla valigia, distrutta, e lentamente cominciò a compatirsi. Arrivò il pianto silenzioso e le tenne compagnia per un bel po', finché, stanca di tristezza, liberò dai capelli il viso bagnato dalle lacrime. Era così sola, così disorientata.

All'improvviso una lingua aspra e calda le accarezzò la mano e una voce familiare la costrinse ad aprire gli occhi con incredulità.

«Non arrenderti, Selene».

«Demetra!» esclamò.

Sotto forma di una lupa, sua madre Demetra le parlava, ed era lì, accanto a lei.

«Anaïd avrà bisogno di te, non puoi lasciarla».

«Che posso fare?»

«Cercala».

La sicurezza di Demetra e la sua fermezza l'aiutarono ad alzarsi.

«Mamma, mi manchi tanto, è tutto così difficile».
«Lo so, figlia mia».
«Se tu fossi qui, le cose sarebbero più facili».
«È il tuo momento, Selene, il mio è finito».

Selene assimilò le sue parole. Era vero. Non serviva a nulla lamentarsi e chiedere l'impossibile. Tutto era difficile. I momenti di benessere scivolano tra le mani senza che ce ne rendiamo conto. Aveva vissuto momenti felici accanto a Gunnar, il suo grande amore; accanto a sua madre Demetra e, soprattutto accanto alla sua bambina, Anaïd. L'avrebbe trovata, ovunque fosse. Se necessario, sarebbe andata in capo al mondo.

Si alzò, afferrò decisa la valigia e si avviò verso la strada per fermare la prima macchina che passasse. Alzò una mano con decisione appena vide dei fari in lontananza e si rivolse a sua madre Demetra.

«In che direzione?»

Nel buio non riuscì più a distinguere il luccicare delle pupille dilatate della lupa. Demetra era scomparsa. Sfregò disperatamente l'anello, ma non servì a nulla. Rabbiosa e addolorata, se lo strappò dal dito e lo lanciò lontano per liberarsi della sua impotenza.

CAPITOLO SETTE

La delusione

Anaïd rimase immobile fino a quando non fu buio. Voleva avere un faccia a faccia con l'intruso che si nascondeva nella macchina, ma la prudenza le consigliava di aspettare il ritorno di Gunnar.

Quando il sole fu definitivamente tramontato nell'abisso e i suoi raggi ebbero abbandonato i pioppi, calò l'oscurità. La più assoluta solitudine e il grido della civetta si impadronirono del luogo e il suo coraggio si affievolì come un lume, cedendo terreno alla paura.

Aveva notato che da un bel pezzo il baule faceva dei tentativi per aprirsi e, in quello stesso momento, malgrado fosse chiuso ermeticamente, cominciò lentamente ad alzarsi. Col corpo in tensione, Anaïd si sgranchì le dita intorpidite della mano destra e impugnò con forza l'*atam*. Era pronta a qualsiasi eventualità. Ricordò i suggerimenti della lottatrice Aurelia del clan dei serpenti: mente chiara, sensi svegli e anticipare sempre le intenzioni dell'antagonista. Era un buon consiglio per vincere.

Quando vide una mano che emergeva dall'oscurità, perse la testa e attaccò alla disperata. Si lanciò sull'intruso con foga, incautamente, senza proteggere il fianco sinistro né triplicare la sua immagine per sconcertare il nemico. Era come impazzita e per poco non infilzò col suo *atam* la figura indifesa di una spaventatissima ragazza che si copriva la testa con le mani.

«Anaïd, no!»

Il suono del suo nome, o il tono inoffensivo della voce, oppure l'istinto, che l'aiutò a non perdere il controllo, fermarono in tempo il braccio di Anaïd.

Ansimante, con la mano accesa illuminò l'intrusa.

«Chi sei?»

Con sua grande sorpresa, la ragazzina si alzò, saltò dalla macchina, si inginocchiò e le baciò i piedi.

«Ti adoro, Anaïd. Sono la tua più fedele e devota seguace. Sono Dacil».

«Dacil?» chiese Anaïd arricciando il naso e continuando a puntarla con l'*atam*. «La stessa Dacil dei messaggi e-mail e degli sms?»

«Sì, Anaïd, sono io. È da molto che ti cerco. Voglio stare con te dovunque tu vada, seguirti ovunque, servirti».

A questo punto, Anaïd aveva due possibilità: crederle e non crederle. La studiò palmo a palmo, passando la mano lungo il suo corpicino. Era una ragazza molto magra, con i capelli ricci e scuri, la pelle abbronzata e gli occhi imbrattati di rimmel scadente, quello che lascia grumi sulle ciglia e macchie sul viso. Il suo pessimo gusto era sottolineato dalle labbra truccate di rosa shocking, dai tacchi troppo alti che mettevano in risalto le sue gambe magre e da un top appariscente a pois neri.

Lasciando da parte gli eccessi, invece, l'aspetto infantile di Dacil, il sorriso angelico, gli occhi dolci e il nasino all'insù facevano pensare a una madonna ortodossa. Bambina? Donna? Ambigua.

«Che ci facevi nella nostra macchina?»

«Ti seguivo, ti seguo da tempo».

Per nessun motivo Baalat, col suo *savoir faire* e il suo millenario amore per la bellezza, avrebbe accettato di reincarnarsi in un corpicino così acerbo.

«Ma, ma... Si può sapere da dove spunti fuori e chi sei?»

Dacil sorrise con un sorriso così bello che Anaïd immaginò una farfalla dai colori allegri che le svolazzava intorno al viso.

«Sono Dacil, la Luce, figlia di Atteneri, la Bianca, e nipote di Guacimara, la principessa. Appartengo al clan dell'axa, la capra, e fin da piccola, da quando aprii gli occhi, ho sentito parlare dell'eletta e del giorno in cui sarebbe venuta nella nostra valle per riposare nella grotta ed entrare nella penombra del cratere.

Anaïd rimase sorpresa. Mandò giù quel cumulo d'informazioni, ma non riuscì a digerirlo tutto in una volta.

«Sei... una Omar?»

«Certo» rise francamente Dacil, rispecchiando il suo nome; nella sua allegria brillava la luce.

«E... da dove dici che vieni?»

«Dall'isola di Chinet».

«Chinet?» ripeté Anaïd incredula.

«Voi la conoscete come Tenerife» chiarì Dacil.

«Certo, il Teide!» gridò Anaïd coprendosi la bocca con la mano.

«Hai detto che l'eletta s'inabisserà nella penombra del cratere?»

«È quello che hanno sempre detto le matriarche dell'Orotava. La grotta è pronta da generazioni. Aremoga, la donna saggia della Gomera, e Ariminda, la regina, hanno preparato me e mia cugina Tazirga, per accoglierla e renderle omaggio. Siamo le hostess dell'eletta».

Anaïd la corresse.

«Intendi le novizie, o forse le officianti».

«No. Così è molto squallido, non fila proprio».

Anaïd era sconcertata.

«Capisco».

«Le hostess dell'eletta suona più figo, vero?»

Anaïd osservò di nuovo il suo abbigliamento: oltre all'orribile top, indossava una gonna jeans incastonata di sassolini colorati e aveva tanti anelli alle dita che riusciva appena a chiudere le mani. Decisamente, i gusti di Dacil e i suoi erano molto diversi.

«Be', sì, suona... figo».

Dacil sorrise come mille farfalle.

«Davvero?»

Ormai non poteva più tornare indietro, tanto meno perché Dacil le si buttò al collo e la baciò. Anaïd avrebbe voluto considerare la cosa eccessiva, come la sua voce stridula o i colori sgargianti, ma il bacio le sembrò più dolce dei bomboloni alla crema che aveva mangiato a colazione.

«Devo dirne quattro ad Ariminda, non fa che correggermi».

«Ariminda?»

«La matriarca delle capre. È ottusa e bigotta. Non ti piacerebbe, assolutamente» e all'improvviso, senza alcun motivo, Dacil prese un pacchettino dalla tasca e glielo porse. «Questo è per te. Un regalo».

Anaïd avrebbe voluto rifiutare, ma non ci riuscì. Gli occhi danzanti di Dacil, la sua mano generosa, il pacchettino mal confezionato e l'attesa trattenuta con difficoltà le fecero venire un nodo alla gola, un nodo che la strozzava e le faceva venire voglia di piangere. Insomma, una cosa molto strana.

Lo aprì con sollecitudine e sotto la carta spiegazzata apparve un bel sasso dipinto. I colori erano vivaci e le forme geometriche erano molto belle. La pietra, ovale, era nera come il carbone.

«Ti piace?» chiese ansiosa Dacil. «L'ho dipinto pensando a te, al colore dei tuoi capelli e dei tuoi occhi. I tuoi capelli rossi, quelli veri».

Anaïd capì che il nodo in gola era dovuto alla scoperta che una sconosciuta pensava a lei e desiderava compiacerla attraverso una cosa delicata come un sasso dipinto con amore.

«È bellissimo» disse.

«Vulcanico, della mia valle. Vieni, te lo allaccio, è un amuleto. È magico e ti proteggerà».

Fece passare un cordoncino di cuoio attraverso il piccolo buco appena visibile, e poi lo legò abilmente intorno al collo di Anaïd.

Anaïd sentì che le piccole mani di Dacil le accarezzavano leggermente il collo per poi giocherellare con i suoi capelli.

«Qui si vedono le radici rosse. Devi tingerti. Che peccato. Mi piacerebbe tanto vederti coi capelli rossi... Sei già così bella che non oso immaginare come staresti con la tua chioma fulva. Wow!»

Anaïd si sentì lusingata. Era piacevole assaporare un'ammirazione così sincera.
«Sei la mia hostess, dunque. Cosa sai fare?»
«Mi hanno insegnato a offrirti le banane col miele, a farti il bagno con essenze di aloe, a rimboccarti le coperte in un letto profumato alla lavanda, a cantarti vecchie canzoni *guanches* e a intrattenerti con antiche leggende, quella della principessa Ico, quella della bella Amarca...»
Anaïd la interruppe prima che recitasse tutta la tiritera delle leggende che conosceva.
«Allora come mai sei qua?»
Dacil strinse le spalle.
«Mi sono stufata di aspettarti e sono venuta a prenderti».
Anaïd non capiva niente.
«Mi stai dicendo che devo andare a Orotava perché lì c'è una grotta per me?»
«Ti stiamo aspettando da quindici secoli».
«Mi invitate a venire in vacanza alle Canarie?»
Dacil scoppiò a ridere.
«Mi stai prendendo in giro».
«Certo che no».
«Allora perché mi chiedi ciò che sai già? Tu sai tutto, sei l'eletta».
Anaïd la contraddisse.
«Ti sbagli».
Dacil era dubbiosa.
«Allora... non sei l'eletta?»
Anaïd rettificò.
«Non so tutto, o meglio, non so niente, e non ho la più pallida idea del motivo per cui le matriarche del clan della capra della valle dell'Orotava hanno da secoli una grotta per accogliermi».
«Invece io lo so, sono l'unica a saperlo».
«E me lo dirai?»
«È per entrare...»
«Dove?»
Diffidente, Dacil si guardò intorno e mormorò pianissimo:

«Nel cammino dei morti, quello che unisce i due mondi».
Anaïd trasalì.
«Il Cammino di Om!»
Dacil sospirò.
«Le principesse menceie lo conoscevano già, ma non osavano entrarci fino a quando non morivano. Invece tu...»
Anaïd si sentì molto ignorante. Una ragazzina che veniva dall'Atlantico, nata su una bella isola dal clima primaverile, conosceva meglio il suo destino e la sua stessa missione.
«Invece io cosa?»
«Invece tu ci entrerai da viva».
Anaïd rabbrividì.
«E suppongo anche che ne uscirò viva».
«Questo non lo so...» ammise rattristata Dacil.
«Come *non* lo sai?»
«Insomma, quando entrerai nel cratere, la nostra missione, quella delle officianti-hostess, sarà finita. Il che vuol dire che non ne uscirai».
Anaïd si scocciò.
«O forse che non uscirò da dove sono entrata».
Dacil rinnegò il suo ragionamento. Era facile da convincere.
«È vero! Mi togli un peso...»
Anaïd si rese conto di quanto era assurda la situazione.
«Quindi, se dovevi aspettarmi nella grotta, mi dici cosa stai facendo qui?»
«Conoscerti».
La franchezza di Dacil era più rinfrescante di un gelato alla vaniglia.
«Come hai fatto a entrare nella macchina chiusa?»
«Semplice. Ho fatto saltare la serratura col sortilegio di Bencomo».
Anaïd ricordò che Bencomo era stato maledetto.
«Bencomo? Questo sortilegio non è stato...?»
«Vietato. Sì. Certo» ammise Dacil. «Tutti i sortilegi che vengono da Bencomo, l'ultimo mencei, il terribile, quello che usò la

magia Omar per lottare contro le profezie degli oracoli che vaticinavano l'invasione. Senza fortuna, perché ci avete invaso».

«Io non c'ero».

«Be', quelli della penisola; è un modo di dire».

«Se sono vietati, perché li usi?»

«Perché sono rivoluzionaria».

La risposta la lasciò interdetta. Non riusciva a crederci. Anaïd si rese conto che le scappava da ridere, ma si trattenne.

«Guarda un po', ecco l'Omar rivoluzionaria, colei che guiderà le nuove generazioni di giovani streghe».

Dacil scoppiò in una risata cristallina.

«Non sarò io».

«Ah no? Non sei la grande rivoluzionaria?»

«Io no, io ti seguo soltanto».

«Segui me?»

Dacil le sfarfallò attorno come un uccello del paradiso.

«Tu sei la mia guida, tu sei il mio modello, il mio esempio, il mio futuro. Sei forte, giovane, in gamba, tu non sei come le matriarche che ci vietano di andare in discoteca, indossare minigonne e usare i sortilegi di Bencomo».

Anaïd si sentì girare la testa. Quella piccola Omar era una vera bomba a orologeria.

«Vediamo un po' Dacil, che c'entrano la discoteca e la musica *house* con l'eletta e gli incantesimi di Bencomo?»

Dacil si sbellicava dal ridere, e Anaïd era perplessa.

«Sei molto divertente!»

Anaïd non sapeva di essere spiritosa, non lo era mai stata, anche se non le sarebbe dispiaciuto esserlo. Invidiava le ragazze spiritose che aprivano la bocca, sdrammatizzavano le piccole tragedie quotidiane e riuscivano a fare ridere tutti. Clodia, per esempio, era infinitamente più spiritosa di lei. Ma se Dacil la considerava divertente... cominciò ad assaporare il privilegio di avere una fan incondizionata.

«E cosa vuoi da me?»

«Vederti, toccarti, seguirti, servirti... e...»

«E?»

«Dirti ogni giorno che ti adoro».

La baciò di nuovo con vera passione, tanta che Anaïd barcollò e dovette appoggiarsi alla macchina. Grazie a quel diversivo poté vedere in lontananza l'immagine di Gunnar che rientrava dalla sua corsa.

«Entra nel baule!»

Dacil si sorprese.

«Perché?»

«Non voglio che mio padre ti veda».

«Chi credi che mi abbia detto dov'eri?»

E in quell'istante Gunnar, ansimante, si avvicinò a loro e salutò la nuova arrivata.

«Tu devi essere Dacil».

Qualche minuto dopo, Gunnar mangiava sorridente un panino. La corsa gli aveva stimolato l'appetito e ridato il buon umore. Lo stupore spropositato di Anaïd lo divertiva così tanto che gli si formava una fossetta sulla guancia destra.

Tutti e tre mangiavano seduti a un tavolo solitario in pietra, pieno di graffiti.

«Non posso credere che tu sia così bravo a fingere» si lamentò Anaïd addentando una banana.

«Ho molti anni d'esperienza».

«E posso sapere perché ti sei messo in contatto con Dacil?»

«Cosa pensavi? Che sarei rimasto senza far niente di fronte a tutti quei messaggi?»

Anaïd li guardò entrambi, Gunnar e Dacil, che si erano coalizzati senza che lei ne sapesse niente.

«E allora le hai telefonato?»

«Ovvio».

«Invece Selene non ci ha nemmeno pensato».

Dacil confermò.

«Infatti. Tua madre non ha mai risposto ai miei messaggi».

Adesso la curiosità di Anaïd si rivolse verso Dacil.

«Come hai fatto ad avere il numero del cellulare di Selene?»
«L'ho copiato dall'agenda di Elena».
«Elena?»
«Certo, io arrivavo da Urt. Quel che non sapevo era che sarei ritornata nello stesso posto».
«Quando ci sei andata?»
«L'altro ieri».
Anaïd portò la mano al petto perché Gunnar e Dacil non sentissero i battiti del cuore che rimbombavano nel torace. Che vergogna, che guaio!
«E hai conosciuto... la famiglia di Elena?»
«Soltanto alcuni dei suoi figli».
«Roc?» chiese con un impercettibile tremore.
«Il belloccio della moto? Non mi ha nemmeno guardata. La sua ragazza è proprio scema».
Anaïd si innervosì.
«Marion».
«Ecco, sì, Marion mi sta proprio antipatica» e all'improvviso si coprì la bocca con la mano. «Mi dispiace, scusa, forse è tua amica».
«No, non lo è, né mai lo sarà» esplose Anaïd approfittando dell'occasione. «Marion è una che se la tira, egoista, manipolatrice...»
Gunnar interruppe il monologo di Anaïd, che cominciava a dire fesserie.
«Sei venuta in treno?»
«In camion».
«Cosa?»
«Da clandestina. Era un camion di polli».
Anaïd capì il motivo della sua confusione nell'identificare l'odore dolce che l'aveva tradita. Un miscuglio di pollo e di bambina.
«Tua madre lo sa che viaggi così?»
«Dice che le assomiglio molto. Ne è orgogliosa».
Anaïd si rese conto che in quella spiegazione qualcosa non quadrava.
«Tua madre è orgogliosa di te perché ti nascondi in un camion di polli?»

«Lei si nascose nella stiva di una nave per moltissimo tempo».
«Ah, sì?»
«Andava in Venezuela, ma ci fu una tempesta e la nave si perse. Sbarcò dopo molto tempo negli Stati Uniti e così poté arrivare a New York».
«Che esperienza originale. Quando accadde?»
«Dieci anni fa. Non l'ho più vista da allora».
Ad Anaïd si strinse il cuore.
«Tua madre ti ha abbandonato?»
«No, no, sta risparmiando per farmi andare a stare con lei. Mi vuole molto bene, ci assomigliamo molto».
«Certo».
«Io so bene l'inglese. Quando andrò a stare con Atteneri lavorerò leggendo le mani; così la potrò aiutare».
«Come mai non ti ha richiamato prima?»
Dacil sorrise.
«Non posso andarmene senza aver servito l'eletta».
Fu allora che Anaïd capì.
«Vuoi sbrigare la tua missione per potertene andare da tua madre a New York».
«Ovvio».
«Per questo sei venuta a cercarmi».
«Dato che tu non arrivavi...»
Anaïd si commosse. Il destino veniva a prenderla, mentre lei stava giocando col suo tempo, dilatandolo, anteponendo i suoi capricci ai suoi doveri.
Lei, però, voleva soltanto riprendersi lo scettro e strappare un po' di amore. Se avesse recuperato l'amore di Roc avrebbe certamente saputo la strada da imboccare.
D'impulso, si chinò verso Dacil e abbracciò il suo corpo sottile. Lei rispose premendo la sua piccola mano ingioiellata sulla schiena. Era solo un travestimento. Il suo aspetto di Lolita vispa nascondeva una bambina al massimo tredicenne. Sveglia, spericolata, entusiasta e sentimentale, questo sì. E pure senza madre. Proprio come lei in quel momento.

«È stata una sorpresa, Dacil» le confessò. «Dove pensi di stare?»
«Con te» disse immediatamente la piccola.
Anaïd prese tempo.
«Non è possibile. Io sono venuta in incognito. Nessuno deve sapere che sono tornata».
Guardò Gunnar. Anche lui era conosciuto. Da quanto le aveva raccontato, era andato in giro per Urt chiedendo di loro. Gunnar sembrò leggerle nel pensiero.
«Non mi vedranno, Anaïd, me ne andrò».
Anaïd rimase di stucco.
«Dove?»
«Verso Sud. Se rimango con te, Selene ci inseguirà. Devo ingannarla e allontanarla da te».
Anaïd si angosciò.
«Quando te ne andrai?»
«Prima me ne andrò e meglio sarà».
Era sconcertata. Non poteva rimanere da sola, senza padre e senza madre, in fuga contemporaneamente dalle Omar e dalle Odish.
«Ho paura».
«Con lo scettro in mano, non ne avrai».
«Sarò sola» si lamentò Anaïd.
Gunnar, però, le strizzò l'occhio. Questa volta la cosa non le parve così divertente.
«Ti lascio in buone mani...»
Anaïd guardò Dacil, una mocciosa che non era nemmeno stata iniziata.
«Non puoi farmi questo» disse afflitta.
Gunnar raccattò i resti di cibo, si alzò, rimosse le briciole dalla sua camicia e la baciò.
«Tornerò. Puoi starne certa».
«E adesso cosa faccio?» piagnucolò Anaïd.
«Per esempio, cercare lo scettro» le suggerì canzonatorio Gunnar.
Anaïd si sentì ingannata quanto sua madre, che la notte prima aveva abbandonato.

CAPITOLO OTTO

La sorpresa

Anaïd non poté avvicinarsi al querceto fino all'indomani. Passò quella notte con Dacil, rinchiuse a casa sua, e la convinse della necessità di rimanere nascoste perché né Elena né Karen sospettassero che era ritornata.

La mattina presto lasciò dormire la sua amica e si avviò verso la grotta dove era nascosto lo scettro. Più si avvicinava e più la mano le bruciava per l'impazienza.

Finalmente giunse ed entrò precipitosamente.

Aveva scoperto la grotta nel querceto quando era piccola, una volta che si nascondeva da sua nonna Demetra; l'aveva esplorata per anni, e adesso era in grado di andare da una sala all'altra a occhi chiusi. Conosceva a memoria i passi che separavano la caverna del lago dalla sala delle stalattiti; poteva riprodurre alla cieca tutti gli angoli della roccia calcarea, i passaggi che si addentravano nelle gallerie, riconosceva perfettamente l'odore umido e aspro, il silenzio opaco e i disegni dei soffitti, ricoperti di forme capricciose, modellati dalla natura. Era la sua grotta.

Tuttavia si era così intestardita a riprendersi lo scettro che non fece caso a nessuno dei segnali che l'avvertivano silenziosamente che c'era qualcosa di anomalo. Non si rese conto che sul suolo sabbioso c'erano impronte di scarpe; che nella sala dei fantasmi,

LA SORPRESA

battezzata così a causa delle fantasmagoriche stalagmiti che si ergevano quali bianchi guardiani, aleggiava un odore acre; e nemmeno che, quando entrò di corsa nella caverna del lago, un'ombra scivolò via rannicchiandosi contro le strette pareti e nascondendosi dietro a una colonna. Anaïd era molto alterata. Tremava, batteva i denti, le sudavano le mani e aveva il cuore in gola. Smaniava per possedere lo scettro. Dov'era? Lo sentiva, sapeva che era vicino. Stava perdendo il controllo. Gli occhi la guidarono verso il luogo indicatole dalla sua visione come nascondiglio dello scettro. Era lì! Appena lo vide, gli occhi sfocarono il resto dell'universo concentrandosi sull'oggetto agognato. La sua angoscia crebbe e lei aprì la mano, come sul punto di scoppiare.

Lo scettro brillava, pulsava, le diceva *toccami*, e quando allungò il braccio per soddisfare il suo desiderio e impugnarlo, l'ombra la guardò e una mano sottile l'afferrò per il polso.

Volle urlare, ma quando alzò lo sguardo, i suoi occhi s'imbatterono in un'elegante dama dalla pelle chiara e dagli occhi azzurri che, all'improvviso, la lasciò andare, aprì le braccia e l'invitò a rifugiarvisi con un sorriso.

«Anaïd, figlia mia!»

Anaïd sentì che si scioglieva il nodo che aveva in gola da quando aveva salutato suo padre, e non poté fermare il pianto che le uscì naturalmente dal petto.

«Nonna!» gridò, prima di fondersi in un abbraccio con Cristine Olav, la dama di ghiaccio.

Ricordò la battaglia contro Baalat, la voce serena e fredda che aveva dettato le sue azioni, lo spirito di luce senza volto che aveva distrutto Baalat e aveva tenuto lo scettro. La fissò attonita...

«Mi hai salvato da Baalat, sei stata tu!»

Cristine mosse lievemente la testa, annuendo.

«Certo, tesoro, non potevo lasciarti morire».

«Sei stata tu a portare qui lo scettro, perché potessi riconoscere il posto».

«Un posto sicuro».

«Gunnar lo sapeva?»

«Sono stata io stessa ad avvertirlo che ti avrei aspettato accanto allo scettro».

«Allora, quando ha detto che mi lasciava in buone mani, si riferiva a te».

«Naturalmente» sorrise Cristine accarezzandole il volto con dolcezza. «Sai quanto ti voglio bene».

«Anch'io» riconobbe Anaïd rannicchiandosi sul petto bianco e freddo della bella dama.

Pensò soltanto che, se Selene l'avesse saputo, non avrebbe mai capito.

Anaïd ormai era in grado di distinguere le Odish. Da quando era stata iniziata in Sicilia riusciva a percepire la loro presenza, a distinguere il loro sguardo e identificava il loro odore acre. Cristine Olav, tuttavia, era diversa. Pur essendo una strega Odish era, innanzitutto, sua nonna. Così, l'abbracciò e la baciò senza alcun senso di colpa e senza la coscienza di tradire la sua tribù e il suo clan.

Alta, bionda e con gli stessi occhi grigio-azzurri che sia lei che Gunnar avevano ereditato, Cristine era una nonna giovanile. Presto Anaïd si rese conto che stava per viziarla come tutte le nonne.

«Chiedimi qualunque cosa, bambina» si offrì, con la sua voce elegante quanto le mani sottili e immacolate.

Anaïd aveva una voglia irrefrenabile di toccare lo scettro.

«Posso?»

«Certo, è tutto tuo».

Anaïd lo accarezzò, vergognandosi un po'. Non osava impugnarlo davanti a Cristine. Si limitò a sfiorarlo con le dita e a sentire come il benessere dell'oggetto magico si diffondeva nel suo corpo. Dopo, implorò:

«Posso vedere Roc?»

«Vieni con me».

Cristine la invitò a seguirla all'interno della caverna del lago. Arrivate lì, con un leggero schioccare delle dita il lago divenne un grande blocco di ghiaccio. Da cinque angoli strategici, che uniti agli altri da linee immaginarie componevano la forma di un pentacolo, si accesero cinque candele che con la loro luce diffusa illuminarono gradatamente la stanza.

Cristine strofinò leggermente il ghiaccio e l'immagine di Roc cominciò a riflettersi ai piedi di una sbalordita Anaïd. Il suo cuore andò a mille. Quant'era bello!

In quel momento Roc era in classe, seduto al suo banco, sudato e nervoso, e rigirava la penna fra le mani come un tic ripetuto costantemente. Aveva di fronte un foglio in bianco e una fotocopia con quattro problemi di matematica. Era un compito in classe ed era proprio nei guai. Provò compassione.

«Posso aiutarlo?»

«Ne sei sicura?» le chiese Cristine.

«Non voglio che venga bocciato».

«Fai pure».

«Come faccio?»

Cristine le prese le mani.

«Ripeti con me: *Etpordet, le, numis*».

Non era più una magia Omar. L'incantesimo di Cristine non veniva utilizzato dalle Omar, per ottimi motivi.

«*Etpordet, le, numis*» mormorò piano Anaïd.

Come in un'assurda visione, Roc cominciò a scrivere a una velocità disperata, come se ne andasse della sua vita. Accanto a lui, i suoi compagni si davano delle gomitate e ridevano. Sembrava impazzito, era impazzito e nemmeno lui capiva ciò che gli stava succedendo. Finché non si fermò, con gli occhi sbarrati, i crampi alla mano e l'incredulità stampata sul viso. Aveva risolto perfettamente i quattro problemi in meno di un minuto. O meglio, aveva scritto una montagna di numeri che potevano benissimo essere la soluzione di quei problemi incomprensibili.

Anaïd avrebbe voluto dirgli che era stata lei, che grazie a lei aveva risolto l'esame, ma in quel preciso momento la mano di una ragazza che prima non aveva visto scivolò lentamente sui pantaloni di Roc risalendo fino al suo banco per prendere il foglio che il ragazzo le porgeva.

Anaïd si infiammò, rabbiosa. C'era Marion tra loro due, e rubava l'esame che lei gli aveva appena regalato. Senza necessità di parlare guardò Cristine e le fece sapere che era gelosa e voleva vendetta.

Cristine capì. Le prese nuovamente la mano e dettò il nuovo incantesimo:

«*Azat, senert ateliomint*».

Questa volta Anaïd lo ripetè forte e chiaro.

«*Azat, senert ateliomint*».

All'improvviso il foglio cominciò ad ardere e Marion, spaventata, lanciò un urlo e lo lasciò cadere sui pantaloni di Roc, che si alzò di scatto, lo buttò per terra e lo calpestò. Ci fu un gran baccano e il professore si avvicinò con espressione arcigna. Era Hilde, il più intransigente di tutta la scuola. Non tollerava il minimo sgarro. Guardò Roc, poi Marion, capì come stavano le cose, prese il foglio e lo studiò con espressione astuta.

«Ottimi appunti per copiare».

Il suo dito indicò alternativamente Roc e Marion.

«Fuori. Bocciati entrambi».

Anaïd non volle continuare. Aveva appena visto il braccio di Roc che sosteneva lo sconforto di Marion che singhiozzava come una scema. Non voleva vedere come la consolava, né tanto meno come i due diventavano alleati e vittime dello stesso boia. La disgrazia unisce molto. Lo sapeva. E si arrabbiò perché era stata lei stessa a stringere il nodo tra Marion e Roc.

«Non voglio vedere altro!» urlò.

Immediatamente il lago riprese il suo aspetto mentre Anaïd correva a rifugiarsi nuovamente nella sala delle stalattiti, accanto al suo scettro.

Preoccupata, Cristine le corse dietro e la consolò.

«Non te lo meriti, poverina».

La sua vita era uno schifo, ma le dolci mani di sua nonna le asciugarono le lacrime che le erano scappate senza chiedere permesso.

«Forza, tutto si può risolvere».

«E come?»

«Hai il potere».

«Non ho alcun potere» si lamentò Anaïd con fare tragico.
«Ah, no? E lo scettro, allora?»
Anaïd rimase a guardarlo pensierosa.
«Lo scettro non è al servizio dei desideri personali».
«Chi l'ha detto?»
«Mia madre».
Cristine le sorrise.
«Tua madre sbaglia. E ha sbagliato anche quando ha dato a Roc la pozione perché ti dimenticasse».
Era vero. Così vero che non riusciva a pensare ad altro.
«Forse ti sembrerà banale, ma l'eletta deve essere felice, al di sopra di qualunque altra cosa. Se non conquista la sua felicità, non potrà rendere felici le altre streghe, e ancora meno guidarle. Come potrebbe orientarsi se tutto le sembra confuso?»
Anaïd annuì. Era evidente ed era d'accordo con sua nonna. Anche lei era arrivata alla stessa conclusione. Come avrebbe potuto lanciarsi in un'avventura che richiedeva tutto il suo impegno, se l'unica cosa che desiderava era strozzare Marion?
«Dai, chiamalo».
«Chi? Roc?»
«Lo scettro, stupidotta».
«Cosa?»
Cristine rise.
«Non lo sai chiamare?»
«No» confessò Anaïd.
«Hai il potere di farlo venire da te quando vuoi».
Anaïd sgranò gli occhi, sbalordita.
«Ah, sì?»
«Com'è possibile che nessuno te l'abbia detto, né tanto meno insegnato? Ripeti con me: *Soramar noicalupirt ne litasm*».
«*Soramar noicalupirt ne litasm*» ripeté con grande convinzione.
Sentì immediatamente il bruciore sul palmo della mano, una fiammata di luce che indicava il cammino dello scettro. E questo, ubbidiente alla chiamata, volò fino a inserirsi nell'incavo caldo della sua mano.

«Dai, chiudi la bocca» le disse scherzando Cristine.

Anaïd, però, non ci riusciva per l'emozione.

«Come ha fatto ad arrivare fino a me?»

«Magia, tesoro, magia, ci sarà un motivo per cui sei una strega, no?»

Poteva chiamarlo tutte le volte che voleva, poteva farlo arrivare fino a sé, e così non avrebbe più dovuto reprimere il desiderio irrefrenabile di possederlo.

«È bellissimo» mormorò sua nonna affascinata.

Cristine lo guardava pensierosa, e la sua mano bianca si avvicinò per toccarlo, ma Anaïd scostò all'improvviso il suo tesoro e lo nascose dietro la schiena.

«Può essere pericoloso» si giustificò.

Aveva ricordato all'improvviso gli avvertimenti della lezione di sua madre. Tre Odish bramavano lo scettro: Baalat, la contessa e la sua stessa nonna... Gli occhi di Cristine avevano avuto un riflesso di smaniosa cupidigia, anche se erano subito ridiventati affabili. Le suggerì di metterlo di nuovo via.

«Forza, rimettilo dov'era».

No, Cristine non era come diceva sua madre. Poteva fidarsi di lei.

«Cosa facciamo, adesso, nonna?»

«Tu cosa vorresti fare, bella?»

«Una cosa è ciò che vorrei, un'altra ciò che potrei...»

«Tu puoi fare quel che ti pare, Anaïd. Quello che vuoi. Hai capito?»

«Non è vero. C'è un tipo di magia che mi è vietata. E se volessi trasformarmi in una vespa e pungere Marion?»

Non seppe mai come né in che modo, ma si ritrovò nel cortile della scuola, accanto al tiglio, volando sulla testa castana di Marion. Non aveva pronunciato alcun incantesimo, né ripetuto le parole che sua nonna le dettava. Ma era una vespa, e aveva sotto di sé la sua nemica che si stava baciando con Roc. Poteva pungere entrambi oppure... Si intrufolò tra le loro bocche e affondò il pungiglione nel labbro della ragazza.

«Aaah!» urlò inorridita Marion separandosi da Roc.

LA SORPRESA

Le stava bene. Il suo labbro si sarebbe gonfiato e le avrebbe fatto tanto male da farle passare la voglia di baciare Roc per un bel po'.

«Maledetta vespa!» sentì Roc urlare.

E per poco non morì schiacciata sotto una scarpa. All'ultimo momento un velocissimo *looping* la salvò. Guizzò in alto per sfuggire al suo raggio d'azione.

Marion era disperata, si sfregava la bocca e piangeva per il dolore.

«Aspetta, non lo toccare. È bestiale».

In effetti, il labbro di Marion, blu e gonfio, era come quello di un pugile. Roc sputò su un po' di terra, fece una montagnola di fango con la saliva, la impastò e l'applicò con cura sulla puntura. Lo fece con affetto, con delicatezza, e poi abbracciò Marion, compatendola, volendole ancora più bene a causa di quella disgrazia che li univa.

Sotto forma di vespa, Anaïd si sentì nuovamente soffocare dalla rabbia e in quel momento avrebbe voluto farla finita con loro una buona volta. Fu un desiderio buio, torbido. E anche se non si spinse a formularlo con delle parole, dall'alto vide con orrore come i rami del tiglio sotto cui si erano rifugiati Roc e Marion cominciavano a muoversi, a crescere, a inclinarsi e a scivolare dolcemente intorno ai loro corpi.

Stava realizzando una magia. I suoi desideri si materializzavano. L'albero moltiplicava i suoi tentacoli e stringeva Roc sempre più a Marion, Marion a Roc, e li stava strozzando con i suoi rami sottili.

«Aiuto!» urlò Marion.

«Aggh!» riuscì appena a dire Roc, tentando di liberarsi da un ramo più grosso che gli si era avvolto intorno al collo.

Anaïd reagì. Vespa o ragazza che fosse, non poteva consentire che un dispetto finisse in tragedia.

«*Ragar erpmeiss*» bisbigliò.

Il tiglio arrestò il suo attacco allentando poco a poco la pressione dei suoi rami, che si accorciarono lentamente riacquistando forma e dimensioni abituali.

Marion piangeva.

«Andiamocene da qui, quest'albero è stregato».
«Aspetta».
«Non toccarmi, sei stregato anche tu».
«Io?»
«Sì, tu. Ogni volta che mi avvicino a te mi succede qualcosa. Vattene».

Anaïd svolazzò soddisfatta osservando Roc che tentava di convincere Marion del contrario.

«Non essere scema, sono solo delle coincidenze».
«Coincidenze?»

Roc le prese la mano e si avvicinò.

«Vedi? Non succede niente».

Fu il grande momento di Anaïd. Con un rapido sguardo convocò tutti le afidi, le larve delle coccinelle e le formiche che passeggiavano sui rami del tiglio e le costrinse a saltare su Marion. Una pioggia d'insetti schifosi le cadde sui capelli, il corpo, i vestiti. I suoi ululati si udirono fino a Istanbul.

«Che schifo! Non ti avvicinare a me mai più! Via!»

Marion scappò di corsa lasciando Roc perplesso che guardava la sommità del tiglio senza riuscire a capire come né perché gli erano capitati tanti episodi strani in così poco tempo. Il compito, l'incendio, l'albero strangolatore e adesso la piaga degli insetti.

Anaïd si sentì felice, i suoi desideri si erano avverati. Ora poteva rientrare nel suo corpo.

Fu di nuovo la ragazza, seduta in una grotta sotterranea, che scambiava uno sguardo complice con quella donna meravigliosa che in pochi minuti le aveva insegnato a fare avverare i suoi desideri. La cosa era allettante e molto, molto divertente.

«Grazie, nonna».
«Prego, è stato un piacere. E questo è solo l'inizio».
«Posso fare molte altre cose?»
«Certo, tesoro».
«Fare in modo che Roc sia pazzo di me?»
«Questo è facilissimo, persino le Omar possono farlo».

«Ma non lo praticano».
«Qualcuna lo fa. Tua madre, per esempio».
Era vero. Selene aveva ammesso di aver dato a Gunnar una pozione amorosa che aveva imparato da piccola da sua cugina Leto.
«Mi aiuterai?»
«Come no! E ti proteggerò».
Anaïd si rannicchiò tra le sue braccia. Poteva contare su sua nonna e su Dacil. Non era così sola come aveva creduto.
«Sarebbe fantastico vivere con papà e con te».
Cristine la tranquillizzò.
«Gunnar si occuperà di distrarre Selene. Farà da esca. Dopo tornerà a prenderti. Ti vuole bene».
Sua nonna aveva ragione, qualcuno doveva lasciare dei falsi indizi riguardo a dove si trovava. Non poteva rischiare di ritrovarsi Selene a Urt. Avrebbe frustrato tutti i suoi piani.
«E Dacil? Cosa facciamo con Dacil?»
Cristine Olav sorrise.
«Questa ragazzina capita a puntino».
«Credi?»
«Ti adora, farà tutto quello che vorrai, quello che le chiederai».
«E cosa le chiederò?»
Cristine sorrise enigmatica.
«Sarà la tua alleata nel mondo reale. Nessuno deve sapere che sei a Urt. Se Elena o Karen dovessero scoprirlo, le Omar interverrebbero. Dacil sarà il tuo alter ego».
Anaïd si sentì sollevata. Era vero. Sua nonna pensava per entrambe e architettava dei piani molto seducenti.
«Mangiamo qualcosa?»
«Hai fame?»
«Tanta! Mangerei un'aragosta».
Era un modo di dire, una frase fatta, un desiderio che formulò senza pensare. Ma quando ebbe tra le mani un'aragosta rimase di sasso.
«Dai, mangia, non eri così affamata?»
«Ma...» provò a obiettare Anaïd.

Non c'era alcun ma, nessun'obiezione al profumino dell'aragosta, alla sua carne bianca, tenera e saporita, che Anaïd assaggiò dopo aver levato un pezzo di guscio.

«Hmmm, buonissima».

Rimpianse di non avere un tovagliolo e uno spicchio di limone.

«Dillo, chiedi le cose chiaramente» l'incitò Cristine.

«Che cosa?»

«I tuoi desideri, Anaïd, tutti i tuoi desideri possono essere esauditi».

«Anche se sono egoisti?»

Cristine sorrise.

«Da quando in qua un desiderio non è egoista?»

«Se desideriamo il bene altrui non stiamo pensando a noi stessi» si giustificò Anaïd.

«E questo non serve a tranquillizzare la nostra coscienza? Anche questo è egoismo, tesoro».

«È che...»

Anaïd non riusciva a decidersi. Non si buttava.

«Forza, dillo. Vuoi essere l'eletta e comportarti come si deve?»

«Sì, certo».

«Allora non devi reprimerti, tesoro, desidera, desidera con passione e sarai soddisfatta. La mancanza d'entusiasmo e la mediocrità non sono buone compagne per le eroine. Devi aspirare a grandi cose, devi essere ambiziosa e lottare. Come credi che facciano a trionfare alcuni uomini d'affari, i politici famosi? Sei molto, molto potente. Agisci di conseguenza».

Anaïd si sentì piena di orgoglio. Sua nonna aveva ragione. L'eletta non poteva andare in giro per il mondo a testa bassa e a piedi nudi, trascinandosi dietro dei desideri mal repressi. L'eletta aveva lo scettro e il potere di decidere il futuro di tutte le streghe. Doveva possedere la chiave della felicità, sua e degli altri. Lei, Anaïd, era l'eletta e le bastava desiderarlo perché lo scettro ubbidisse alla sua chiamata e accorresse.

«*Soramar nocalipurt ne litasm*» esclamò con voce chiara e tono autoritario.

Immediatamente lo scettro volò di nuovo verso la sua mano e le diede il potere di cui aveva bisogno, che le spettava per legge.
«Desidero avere l'amore di Roc».
Cristine, sua nonna, la guardò affascinata e la baciò.
«I tuoi desideri saranno esauditi, tesoro mio. Tutti. Tutti».

Dormiva avvolta nelle pellicce, dentro a un igloo che la proteggeva dal vento del Nord. Ma il suo sonno non era sereno e gridava angosciata da incubi tremendi.

Sua madre stava dando da mangiare ai cani che si erano svegliati irrequieti e avevano iniziato ad abbaiare in piena notte. Udendo le grida di sua figlia, corse in fretta accanto a lei.

«Sarmik, Sarmik, svegliati» insistette più volte scuotendola perché aprisse gli occhi.

Tuttavia, Sarmik, una inuit quindicenne dagli occhi a mandorla, resisteva e il suo corpo si raggomitolava come quello di un serpente.

Fuori, come un eco di brutti presagi, i cani della slitta ululararono alla luna come facevano una volta i loro antenati, i lupi.

Kaalat guardò sua figlia e rabbrividì. Sapeva che prima o poi sarebbe arrivato il momento in cui sua sorella l'avrebbe convocata, ma non pensava che sarebbe stato così presto.

«Sarmik, Sarmik, svegliati».

Questa volta Sarmik ubbidì e si alzò come un automa. Dopo aprì gli occhi e Kaalat portò la mano alla bocca, inorridita. Erano ciechi. La pupilla era scomparsa e il bianco della cornea occupava tutto il globo oculare. Sarmik era stata posseduta.

«Oh, grande madre orsa! Proteggi mia figlia Sarmik e proteggi sua sorella di latte Diana. Loro due sono una, così fu sigillato il loro destino».

Sarmik cadde svenuta e Kaalat corse per accoglierla tra le sue braccia.

PARTE SECONDA
GLI ERRORI

Io maledico l'eletta dai capelli in fiamme
ad arrendersi al potere dello scettro pronunciando le parole proibite
che incateneranno fatalmente i tre errori:
offrirà il filtro d'amore con le sue mani.
Berrà dalla coppa proibita in tempi passati.
Formulerà l'incantesimo di vita nel corpo della vergine.
L'eletta maledetta morirà.
E i morti riscuoteranno il loro tributo in eterno.

La maledizione di Odi

CAPITOLO NOVE

Non seguirai l'uomo biondo

Dopo il pieno, Selene pagò senza fretta il benzinaio. Lo fece di proposito, per farlo parlare.
«Biondo e molto alto».
Non era stato difficile, il buonuomo era proprio un chiacchierone.
«Il furbacchione della Passat?»
Selene si risollevò.
«Una Passat grigio-perla» aggiunse per rinfrescargli la memoria.
Ma non ce n'era alcun bisogno, l'addetto non riuscì a nascondere il suo disgusto.
«Che tipo! Mi ha rovinato la mattina...»
Selene continuò a porgergli le banconote una a una, guardandole in controluce come se dubitasse della loro autenticità. Da giorni faceva benzina cambiando ogni volta stazione di servizio, fino a quando non aveva trovato quella giusta.
«Problemi?» chiese fingendo indifferenza.
L'uomo svuotò il sacco:
«Ha fatto casino perché ha detto che le macchine erano state manomesse e che eravamo dei ladri. Si era fissato che gli avevamo fatto pagare troppo».
Selene era un po' sorpresa. L'addetto, che aveva delle gambe massicce, si impappinò.

«Voleva persino farmele smontare. Quello svedese si comportava in modo scandaloso».

Gunnar scandaloso? Ne fu sciocccata. Gunnar era un uomo discreto e prudente.

«E la ragazzina?»

«Quale ragazzina?»

«Quella che viaggiava con lui».

«Mah, no, non viaggiava con nessuno...»

«Ne è sicuro?»

Il buonuomo si grattò la testa lucida e pelata.

«Be', sul sedile posteriore aveva dei pacchi coperti da un plaid. Ho persino pensato, pensi un po' che sciocchezza, che si dedicasse al traffico di computer».

L'addetto alla pompa aveva delle strane idee sui clienti. Li catalogava per il loro atteggiamento.

«Aveva la faccia da informatico. Gli informatici sono tipi molto strampalati».

Impaziente, Selene tagliò corto.

«A che ora è passato?»

All'improvviso l'uomo divenne diffidente.

«Scusi, ma lei perché fa tante domande? Come mai le interessa così tanto?»

Selene avrebbe potuto inventare qualsiasi scusa ridicola, come per esempio che si erano tamponati e lui era scappato, oppure che le doveva dei soldi, ma aveva bisogno di raccontare a qualcuno la sua situazione.

«Ha rapito mia figlia».

L'uomo, che di solito aveva una risposta per tutto, rimase senza parole.

Davvero.

Selene pensò bene di precisare.

«È suo padre, ma non l'aveva mai vista, e adesso l'ha convinta a scappare con lui. La ragazza è minorenne e devo trovarla».

«Ha sporto denuncia alla polizia?»

Selene rispose di no.

«Non ho nemmeno intenzione di farlo. La polizia complicherebbe le cose. La ragazza potrebbe dire di essere andata con lui di sua volontà».

«Un tipo molto contorto, ho capito, di quelli che sembrano una cosa e sono del tutto diversi».

«A che ora se n'è andato?» prese a insistere Selene, sperando di avere superato la sua reticenza.

Il buonuomo guardò l'orologio e fece i suoi calcoli. Stava dalla sua parte.

«Saranno tre ore. E lei è fortunata».

«Perché?»

«Perché ha detto che voleva arrivare ad Algeciras in mattinata per imbarcarsi sul traghetto per il Marocco. Con la benzina che ha fatto aveva un'autonomia di quattrocento chilometri, ma sta diventando buio. Da qualche parte dovrà pur cenare e dormire».

«Grazie tante» mormorò Selene con tutto il cuore, offrendogli una banconota in più, che però l'uomo rifiutò.

«Coraggio, signora, e non si preoccupi, ché le figlie appartengono alle madri, checché se ne dica. Prima o poi tornerà da lei».

Selene si sentì confortata da quelle ingenue parole. La solidarietà del benzinaio le dava nuova forza per continuare a macinare chilometri e a ridurre la distanza tra lei e Gunnar.

Si mise di nuovo al volante, si allacciò la cintura, e quando passò dalla prima alla seconda non le tremavano più le mani. Aveva recuperato i suoi riflessi abituali. Avrebbe voluto vivere in quell'incoscienza simile a una guida automatica permanente, ma non era più possibile.

La sua unica figlia, Anaïd, l'eletta, era scappata insieme a Gunnar nel peggior momento possibile, proprio quando aveva bisogno del suo aiuto per superare la prova di sconfiggere le Odish. Come avrebbe percorso il Cammino di Om? Come avrebbe fatto a trovare lo scettro? Come avrebbe fatto a lottare contro Baalat?

Temeva che questo cedimento non consentisse di fare marcia indietro. Non si riesce mai a tornare allo stesso punto da cui si è partiti. Dopo il suo viaggio con Gunnar, Anaïd non sarebbe più stata la stessa ragazzina che aveva lasciato.

Si sarebbe avverata la profezia di Odi? Avrebbe ubbidito al potere dello scettro? Aveva già imboccato quel pericoloso cammino? Non la smetteva di tormentarsi con tutte quelle domande. E si risparmiava le peggiori. E la maledizione di Odi? Non ne aveva mai parlato con Anaïd. Per superstizione, o forse per paura. Ma aveva creduto che sarebbe stata sempre al suo fianco per avvertirla e consigliarla.

E se avesse sbagliato? E se il suo dovere di mentore e di madre fosse stato quello di istruirla affinché respingesse qualsiasi tentazione che avesse potuto condurla fino alla maledizione? Aveva agito bene? Male? Era stata imprudente?

Sapeva bene che la vita non era un cammino diritto e prevedibile, ma piena di tornanti, lastre di ghiaccio, bivi e buche; che non si poteva ingranare la quinta, pigiare sull'acceleratore e rilassarsi. Ma la sua vita, in quel momento, era così angosciosa che dietro a ogni dosso della strada l'aspettava un burrone.

Stava diventando pazza.

Per molti anni era sopravvissuta in una specie d'ibernazione remissiva, di routine. Ogni giorno assomigliava a quello precedente, niente disturbava quello scorrere lento del tempo freddo dei Pirenei mentre vedeva sua figlia crescere, contemplava il cielo stellato, disegnava i suoi fumetti e si sentiva cullare placidamente dall'affetto incondizionato delle sue amiche e dalla ferrea volontà di una madre come Demetra.

Aveva avuto un violento risveglio quando le Odish avevano ucciso Demetra ed era stata costretta ad affrontare l'improvviso dolore della perdita. Non immaginava che fosse così doloroso rimanere orfana a trent'anni, ma senza la voce e gli occhi di sua madre si era sentita persa. Aveva dovuto elaborare da sola una strategia, diffidando di tutti, senza debolezze, senza complicità, senza affetti. Aveva dovuto fingere e recitare controvoglia un ruolo. Aveva dovuto ingannare, mentire e persino litigare con le sue amiche. Era sempre stata sola, ma pronta ad andare fino in fondo.

E quella solitudine così assoluta e quella certezza fatalistica alla fine erano diventate un peso. Il suo carattere era stato contagiato dalla stanchezza e dalla tristezza.

Doveva riconoscere, però, che, dopo quella lunga e velenosa lotta in cui lei stessa aveva scelto di diventare l'esca delle Odish per salvaguardare il destino di Anaïd, aveva finito col perdere l'entusiasmo e le forze. Aveva persino desiderato di svanire nel mondo opaco e finirla una buona volta col dolore. Ma Anaïd non glielo aveva permesso, l'aveva presa per mano, volente o nolente, e l'aveva trascinata nella realtà.

Gradualmente aveva recuperato il suo amore per la vita, che era sempre stato forte, a volte addirittura eccessivo, aveva riassaporato la speranza e il desiderio, e aveva consacrato tutta se stessa alla causa di sua figlia, con la solita passione e, come sempre, senza risparmiarsi.

Si era buttata nel gioco a carte scoperte, scommettendo tutto ciò che aveva. Tutto sulla carta di Anaïd. Fino a quando Gunnar non si era seduto al suo tavolo e aveva tirato fuori il suo asso, portando via sua figlia senza alcuno sforzo.

La fuga di Anaïd era stato un duro colpo.

Più duro della perdita di sua madre.

Sua madre era stata il suo sostegno, Anaïd la sua ragione di vita. L'unico motivo che poteva giustificare l'essersi alzata dal letto ogni mattina degli ultimi quindici anni. Per lei si era rifugiata a Urt, si era riconciliata con Demetra, aveva scelto una professione libera e senza vincoli, aveva rifiutato l'amore e aveva ripreso a militare nella tribù e nel clan. Per lei si era tinta i capelli e aveva preso il suo posto e per lei, infine, si era offerta di morire se ce ne fosse stato bisogno.

E adesso Anaïd l'aveva abbandonata senza tenere conto che stava buttando via quindici anni di dedizione, di speranze, di aspirazioni senza frutto e di desideri incompiuti. Anaïd aveva distrutto i suoi sogni.

Era questo ciò che le altre madri provavano, quando i figli le abbandonavano per fare la loro vita? Probabilmente tutte le madri avevano motivo di aspettarsi dai loro figli gratitudine eterna. La vita delle madri di solito si costruisce sul pane secco, le notti insonni e le uscite per andare al cinema rimandate.

Si morse il labbro fino a farlo sanguinare.

Ma una cosa non gliela poteva perdonare. Anaïd era fuggita con la persona da cui lei l'aveva sempre preservata: Gunnar. Gunnar era da troppo tempo la sua spina nel cuore. Gunnar esisteva ancora: era forte, attraente, intelligente, si serviva ancora delle stesse armi di seduzione che aveva usato quindici anni addietro ed era riuscito a risvegliare dei sentimenti assopiti e contraddittori. Gunnar aveva riaperto antiche ferite e, alla fine, aveva ingannato anche sua figlia.

Non era giusto.

Selene si stava indebolendo. La corazza di rabbia verniciata di volontà che si era autoimposta si stava saturando di lacrime di sconforto. L'autocommiserazione non le si addiceva. Non praticava il vittimismo come tante altre madri, ma questa volta aveva toccato il fondo.

Forse Anaïd non le voleva bene?

Non poteva accettarlo. Non poteva ammettere tanta ingiustizia nella distribuzione dell'amore. Una torta di cui non le era rimasto neanche un pezzo per compensarla di tanta dedizione, generosità e sforzi nel corso degli anni.

E la tribù? E il clan? Aveva clamorosamente fallito anche nei loro confronti.

Selene sospirò e mise la freccia per superare un camion. Non sopportava di guidare dietro a un mostro lento e pesante. Spinse l'acceleratore fino in fondo e lo superò.

Si sentiva banale nel far ricorso ai luoghi comuni di tutte le madri di tutti i tempi ed era in rotta col suo sentimentalismo perché rispolverava ricordi toccanti. Il pianto di Anaïd che chiedeva il latte del suo seno, le prime parole, le braccine al collo, i primi passi, il primo dentino sotto il cuscino e le prime lettere dell'alfabeto. Lei era sempre stata lì, accanto alla bambina, davanti a lei, tenendola per mano e amandola senza risparmio. Le venne un nodo in gola, ma non pianse.

Faceva male. Molto male.

Respirò profondamente, una volta, due. Scalò una marcia e ridusse la velocità, mentre rasserenava i suoi pensieri, troppo agitati. Immaginò una steppa bianca, ricoperta di neve, il suono degli sci delle slitte che scivolavano sul ghiaccio, i passi dei cani e i loro latrati. Era un'antica immagine che le dava pace.

Si calmò.

Se aveva imparato qualcosa era che il tempo agiva come un balsamo sulle ferite più dolorose.

Il tradimento di Gunnar, la morte di Demetra. Tutto finiva col diluirsi in un pensiero triste e lieve che ogni tanto e inopportunamente la visitava.

Avrebbe mai digerito la fuga di Anaïd?

C'erano poche cose di cui Selene fosse sicura. Una di queste era che la ragione era dalla sua parte; l'altra, che sarebbe passata su qualunque cosa pur di agire nel rispetto di questa ragione.

Una lupa non abbandona mai i suoi cuccioli.

CAPITOLO DIECI

Non offrirai il filtro d'amore

Anaïd non ebbe il tempo di pensare a Selene, non si concesse nemmeno di ricordarla. Viveva immersa in un mare di emozioni e non riusciva nemmeno ad assaporarle.

Quando Criselda l'aveva iniziata alle pratiche magiche delle Omar, e lei stessa aveva frugato nei trattati di Elena e di Demetra per imparare sortilegi e incantesimi per conto suo, aveva scoperto che le sue capacità erano al di sopra di quanto le permettevano le sue maestre e i suoi libri.

Ma ora, finalmente, Cristine soddisfaceva più che abbondantemente le sue attese. Non le risparmiava alcuna conoscenza, alcuna curiosità, non tentava di porre freno alle sue pazzie.

Aveva imparato a trasformare la materia, a evocare le tempeste e attrarre le nuvole. Aveva volato come una piuma nel cielo di Urt sotto le spoglie di un'allodola. Si era piazzata sul tetto della casa di Roc per accompagnarlo fino a scuola e aveva aspettato pazientemente il suo ritorno dai rami di un tiglio, fino a essere sicura che non era tornato con Marion.

Nel frattempo, la grotta era diventata un luogo magico con l'aiuto della sua meravigliosa nonna.

Adesso il pavimento era in marmo, i muri erano ricoperti di specchi e il nitore della luce si rifletteva su ogni angolo di quel mondo sotterraneo che prima era cieco e tenebroso. Senza accorgersi della coincidenza, Anaïd aveva riprodotto l'elegante freddezza del palazzo di ghiaccio della dama bianca. Conservava, nella sua memoria infantile, spezzoni di paesaggi che aveva visto quando era molto piccola? O forse sua nonna Cristine l'aveva guidata nei suoi ricordi senza che lei se ne rendesse conto? Non importava. La caverna era semplicemente fastosa, degna di un palazzo incantato, e Anaïd scoprì che gli oggetti e gli spazi potevano essere belli e rendere più confortevole la vita. Se quella era magia, era la benvenuta nella sua vita. Perché vivere in case buie, fredde e umide? Perché pulire delle cucine unte o spazzare pavimenti sporchi? Perché strofinare dei vetri appannati? Perché disinfettare il bagno? Nella sua grotta la temperatura era primaverile e vi si respirava il fresco dell'ombra degli alberi al tramonto. Le superfici erano lisce come specchi e respingevano la polvere e le impronte. Il profumo del gelsomino e della lavanda si sentiva dappertutto. Tutto era pulito, confortevole e bello.

E fu in quello spazio magico fuori dal tempo, nella luce e nel clima delle terre montane dove sorgeva la grotta che, finalmente, Cristine le insegnò il potere della terra buia.

Le streghe frugavano nella terra dai tempi di madre O, estraendone le pietre. Davanti agli occhi meravigliati di Anaïd sfilarono centinaia di frammenti di pietra di tutte le consistenze, i colori e le robustezze, che provenivano da luoghi remoti come i deserti dell'Arabia, le pianure della Patagonia, le steppe mongole o le alte cime del Tibet. Tutte racchiudevano dei segreti che, a seconda di come fossero usati, potevano significare la vita o la morte.

Tra le numerose pietre magiche che la dama di ghiaccio le mostrò, Anaïd fece una selezione: *yzf de Çarandin*, il diaspro verde che rinforzava la vista e confortava lo spirito; *bezebekaury de Çulun*, pietra rossa e verde che uccideva la malinconia; *abarquid*, di un colore verde giallognolo che proveniva dalle miniere di zolfo africane e accendeva la cupidigia; *carbedic de Culequin*, pietra macedone che si trovava nel cuore delle lepri e riscaldava gli umani che la portavano con sé; *fanaquid de Cercumit*, che aveva effetti ipnotici, e il *militaz* dorato d'India che proteggeva dagli incantesimi.

Dopo aver ascoltato per ore, senza aprire bocca, le spiegazioni di sua nonna, la grande collezionista, Anaïd non era per niente stanca. Era gradevole imparare da una strega sapiente e potente come Cristine.

Il suo entusiasmo fu ricompensato. La nonna aprì il suo cofanetto personale e le mostrò la sua collezione di gioielli.

«Scegli, Anaïd. Lasciati guidare dal desiderio, non avere paura di innamorarti dei gioielli. Hai perso quell'anello di smeraldi, ti ricordi? Quello che aveva scelto Selene, non tu».

Tremando, Anaïd si lasciò trascinare dall'impulso, cosa cui non era abituata. Scelse per sé i gioielli che le parvero più belli: una collana di zaffiri, una spilla di ametiste e un braccialetto di turchesi.

La dama bianca esaminò la collana di zaffiri e, mentre lo faceva e gliela cingeva al collo, Anaïd tratteneva il respiro.

«Una collana molto bella. Lo zaffiro blu fu estratto per la prima volta nell'antica isola di Ernedib, nota come Ceylon. Hai scelto bene, Anaïd, questa pietra ti darà la saggezza di cui hai bisogno. Se porti uno zaffiro e affronti una sfida, il potere della pietra ti permetterà di trovare la soluzione».

Anaïd respirò sollevata. Aveva seguito il suo istinto e aveva indovinato.

La dama bianca accarezzò il braccialetto di turchesi e lo mise sul polso nudo di Anaïd.

«Ancora l'azzurro, l'azzurro del tuo sguardo, del cielo dell'artico e dei ghiacciai. Il colore più freddo e potente. Mi fa piacere che tu abbia scelto il mio colore preferito. Questa pietra, il turchese, ti permetterà di superare il passato, quelle vecchie ferite che non sei capace di dimenticare. Osserva il tuo braccialetto, quando ti sentirai malinconica. Potrai guardare al futuro senza il peso della tua storia».

Anaïd ricevette compiaciuta il braccialetto di turchesi. Le piaceva colmarsi della saggezza di sua nonna.

Infine, la dama bianca prese la spilla di ametiste.

«E le ametiste? Sono fondamentali per la tua missione. Essenziali per garantirti la forza di cui hai bisogno per sconfiggere i tuoi nemici. È la pietra della chiaroveggenza, il terzo occhio, la tua energia. Sapevi che può guidarti verso il tuo vero io?»

Emozionata, Anaïd tese la mano verso la spilla, ma Cristine la scostò rapidamente.

«Devi, però, essere sicura di te stessa. Se sei logorata dai dubbi, insicura, questa pietra può essere pericolosa. È profondamente perturbatrice».

Anaïd sentì un brivido sulla nuca. A volte la dama bianca la spaventava. Indugiò qualche istante, incerta tra prendere la spilla o riconoscere di avere paura. Infine, forse aiutata dalla forza dello zaffiro, tese la mano.

In risposta al suo coraggio ricevette un sorriso di approvazione da sua nonna, che l'aiutò a fissare la spilla sul vestito, sul seno sinistro.

«Sono contenta che tu ti senta in grado di affrontare il tuo destino con fermezza».

Anaïd non osò confessare le sue paure. O forse le sue erano paure umane e lei, essendo strega, era cresciuta con le sue conoscenze e l'aiuto della magia, e se le era lasciate alle spalle.

«Se vuoi aggiungere un altro gioiello alla tua collezione, devi solo fare un incantesimo».

«Quale?» chiese Anaïd.

«*Atichomurt se capsul*» bisbigliò accattivante Cristine.

Anaïd si lasciò catturare da quella momentanea tentazione.

«*Atichomurt se capsul*».

Immediatamente, una delicata catena d'oro le luccicò alla caviglia. Cristine dette il nulla osta e Anaïd si sentì invincibile.

Così semplice, così facile. Da quando suo padre le aveva regalato gli orecchini di rubini, aveva scoperto il potere energetico delle pietre e dei gioielli. C'era un motivo se gli amuleti erano sempre stati gli oggetti prediletti di stregoni e sciamani. C'era un motivo se Selene, sua madre, adorava i gioielli. C'era un motivo se le donne si struggevano per averne.

Coperta di pietre preziose, Anaïd intuì che la forza di madre terra l'impregnava di potere. Era il regalo di Cristine. Ma aveva un prezzo, e lo sapeva.

La dama l'aveva istruita e le aveva offerto la sua saggezza, lo scettro e i gioielli. Era giunto il momento di uscire dal rifugio della sua grotta e di ritornare nel mondo per affrontare la sua missione.

Era forse la saggezza dello zaffiro a darle quel consiglio?

Non ebbe bisogno di chiedere conferma. Sua nonna Cristine era in guardia.

«Allora?» chiese. «Sei pronta?»

Anaïd portò la mano al petto e accarezzò la spilla di ametiste. Era circondata da specchi che riflettevano la sua immagine e si guardò a lungo. Quel viso un po' da bambina, quegli occhi spaventati, azzurri e magnetici, che attiravano tutti gli sguardi, quelle gambe lunghe e forse un po' goffe, quel candore ghiacciato della pelle che era stata lontana dal sole. Quella era lei, la ragazza che Roc stava per vedere.

«Credi che io sia carina?»

Cristine rise di gusto.

«Carina non è una parola adatta a te. Carine sono le bambole, le gonne e le margherite. Tu sei bella».

Anaïd non era abituata a pensare a se stessa, e ancora meno a sé come ragazza bella. Un tempo, era stato piuttosto il contrario. Che cosa poteva trovarci Roc in una ragazza così noiosa e bruttina come lei?

Tuttavia, nel poco tempo che aveva trascorso con sua nonna, l'idea che aveva di sé era molto cambiata. Cristine la guardava con occhi rapiti e pian piano l'aveva contagiata con il suo entusiasmo. Era difficile rimanere immune all'ammirazione degli altri.

«Ho bisogno dell'amore di Roc» ripeté per convincersi che la sua felicità aveva la precedenza su tutto il resto.

Aveva scoperto che le frasi ripetute finivano per diventare qualcosa di possibile.

«Cosa stai aspettando?» l'incitò la dama bianca.

Anaïd sudava freddo.

«Di già?»
Cristine la fissò.
«Per una strega potente come te, un desiderio semplice come questo è questione di minuti».
Anaïd pensava che Cristine volesse facilitarle le cose, ma si sbagliava.
«Un incantesimo d'amore?»
«Se vuoi semplicemente che si accorga di te, può bastare. Lascia gli incantesimi agli umani che non hanno abbastanza forza né energia».
Anaïd deglutì.
«Senza magia».
Cristine la guardò dalla testa ai piedi.
«Tu sei magica».
Anaïd uscì dalla grotta decisa a servirsi della bellezza, dell'intelligenza e del potere. Era ricoperta di gioielli, illuminata dagli occhi saggi della dama bianca e si muoveva in territorio noto.
A ogni modo, moriva di paura.
Mentre si avvicinava alla strada che Roc faceva ogni pomeriggio per tornare a casa, il suo coraggio e la sua determinazione si affievolirono. I possibili intoppi si andavano pian piano evidenziando e cominciò a perdere slancio. Cosa voleva? Dove stava andando così decisa? Aveva forse ideato una strategia?
Riconobbe che non aveva un piano e le sembrò assurdo comparire davanti a Roc per dirgli: 'Guardami'. Perché, supponendo che Roc la guardasse, doveva cadere innamorato ai suoi piedi? Se Elena fosse venuta a conoscenza del suo ritorno, avrebbe rovinato tutto e si sarebbe sicuramente messa in contatto con Selene.
Toccò inquieta lo zaffiro perché accendesse la sua intelligenza ed evitò di sfregare l'ametista, non fosse che le sue emozioni così ingarbugliate la confondessero.
Prese fiato e chiuse gli occhi. Si concentrò e desiderò che le si illuminasse la mente. Vide se stessa inginocchiata davanti al fiume che contemplava Roc riflesso sulla superficie.
Aprì gli occhi. Naturale!

Avrebbe guardato Roc nell'acqua. In questo modo avrebbe potuto sapere ciò che stava facendo, e così avrebbe potuto avere qualche idea su come avvicinarlo.

Presto arrivò all'ombra dei pioppi, l'angolo più tranquillo del fiume, dove da piccola andava a pescare. Si sedette sulla riva umida, sfiorò l'acqua con la punta delle dita e la superficie divenne un cristallo. E nel bel mezzo apparve Roc.

Stava giocando a calcio con foga, scalciando a destra e a manca e facendosi rispettare, sudando molto per lo sforzo; sbraitò subito quando l'arbitro fischiò un rigore contro la sua squadra. Dopo, con discrezione, lo spiò mentre faceva la doccia nello spogliatoio e scherzava coi suoi compagni. Continuò a guardarlo quando salì sulla bicicletta e fece ritorno a casa pedalando con forza. Lo ammirava estasiata, e intanto lasciava che il tempo le sfuggisse tra le mani senza mai prendere in considerazione la possibilità di presentarsi audacemente di fronte a lui.

Roc arrivò a casa e salì in camera sua. Anaïd suppose che si sarebbe messo a fare i compiti, ma niente. Si sdraiò sul letto con le braccia dietro la nuca e le gambe incrociate. Guardava le travi del soffitto, l'infinito, con lo sguardo perso, torbido. Anaïd immaginò che stesse guardando lei e sospirò.

Non ci poteva fare niente. Le piaceva troppo. Le piacevano i suoi occhi neri, i suoi capelli ricci, le sue mani grandi e abbronzate. Le piaceva la sua voce roca e ricordava con un brivido il tono dolce con cui si era rivolto a lei alla sua festa, e come le aveva parlato da molto vicino, facendole solletico all'orecchio, bisbigliando. Le piaceva il calore della sua pelle e il suo sguardo tenebroso e incandescente come la fornace di suo padre, il fabbro. Le sarebbe piaciuto ballare lentamente, incollata al suo corpo. Le piaceva il suo pomo d'Adamo, e i denti bianchi, troppo grandi, le piaceva la fossetta decentrata, la risata spiritosa, lo sguardo obliquo e, soprattutto, quell'aria da monello con cui faceva fronte ai pericoli come fossero piccoli intoppi. Sentiva per Roc una specie di tenerezza esplosiva e di pazzia che la portavano a desiderare contemporaneamente di divorarlo a baci e a morsi.

Roc cominciò a fischiettare, mentre guardava una ragnatela che pendeva dalle travi di legno consumato. Anaïd tremò. Conosceva la canzone. L'aveva messa Clodia il giorno della sua festa. Era una canzone tenera e romantica. La stava fischiettando solo per caso? Roc aveva gli occhi tristi, anche se con quell'atteggiamento cercava di far finta di niente. Anaïd lo conosceva abbastanza per sapere che era preoccupato, che non si sentiva a suo agio. Roc non amava oziare. Quella fiacchezza nascondeva la sua tristezza. Era forse depresso perché aveva rotto con Marion? Era questo? Avrebbe dato una mano per sapere a che cosa stava pensando... Forse non era così difficile: forse se s'impegnava poteva riuscirci. Si concentrò. Provò a entrare nei nascondigli della mente di Roc, cominciò a trasportarsi in uno strano mulinello di emozioni sconosciute. All'improvviso si sentì afferrata da una mano.

«Ahiii!» urlò Anaïd spaventata.

Anche Roc, dal canto suo, ebbe un sussulto e chiese con voce piena di stupore:

«C'è qualcuno?»

«Dacil!» urlò Anaïd scoprendo la causa dello spavento.

Dacil l'aveva afferrata per una gamba.

«Dacil?» chiese sconcertato Roc alla lampada della sua stanza.

Sbalordita, Anaïd si rese conto di avere stabilito una comunicazione con Roc, e che questi riusciva a sentirla. Immediatamente, sfiorò la superficie dell'acqua con le dita e l'immagine di Roc scomparve.

Si scagliò contro Dacil.

«Si può sapere che ci fai qui?»

«Ti sto proteggendo» esclamò Dacil con la sua caratteristica ingenuità.

«Proteggendo da chi?»

«Dalle Odish. Da chi sennò?»

«Non mi serve alcuna protezione».

«Certo che sì. Sei l'eletta, nessuno sa che sei qui, sono l'unica che ti può difendere, ed è quello che sto facendo. E ti ho afferrato perché stavi per cadere nel fiume. Non te ne rendevi conto?»

Anaïd si accorse che, in effetti, era scivolata verso l'acqua e che la sua maglietta era fradicia.

«Da dove salti fuori? Che hai fatto per tutto questo tempo?» disse aggressiva per metterla in difficoltà.

«Sono stata di guardia davanti alla tua grotta».

Anaïd era sbalordita.

«La mia... grotta? Sapevi dov'era?»

Dacil annuì.

«Certo, ti ho seguito».

Anaïd non riusciva a concepire la pazienza di Dacil, seduta nel querceto, aspettando che l'eletta tirasse fuori la testa. E la sua discrezione, poi. Come mai non era entrata per cercarla?

«Perché non sei entrata?»

Dacil aveva avuto un apprendistato molto severo.

«Le grotte sono luoghi sacri, spazi di riflessione, d'illuminazione, di ricerca dell'io. L'eletta ha il diritto di trovare la sua strada attraverso il digiuno e la meditazione».

Anaïd non sapeva se ridere o piangere. Digiuno? Meditazione? Dacil aveva studiato le lezioni Omar alla lettera, ma la realtà non era come l'immaginava lei. A ogni modo, la sua pazienza era lodevole.

«E non ti sei stancata di aspettarmi?»

«Il mio compito è aspettare. Le officianti del clan della capra che aspettano l'eletta da cinquecento anni non hanno avuto la mia fortuna. Sono stata l'unica a trovarla».

Non poteva arrabbiarsi. Dacil la capiva e inoltre era disarmante. Aveva tentato di dimenticare, ma la presenza della piccola *guanche* davanti a sé era un biasimo per il fallimento della sua missione di eletta.

Anaïd si alzò e si scrollò i ramoscelli dai vestiti.

«Forza».

«Dove andiamo?»

«Da qualche parte dove tu possa dormire, mangiare qualcosa e riposarti».

La risposta di Dacil la sconcertò quanto la sua rassegnazione.

«Sto a casa tua, grazie, tu stessa mi hai dato il permesso. Faccio la guardia, durante il giorno, e di sera ceno con qualcosa di caldo e dormo al coperto».

«Ti possono vedere» l'avvertì Anaïd.

Dacil annuì.

«Non lo sa nessuno. Praticamente non accendo nemmeno le luci».

«E come cucini?»

«Non cucino».

«Cosa mangi?»

Dacil si guardò intorno con prudenza.

«Faccio delle magie».

Anaïd stava per sgridarla, ma si trattenne. La disubbidienza di una ragazzina Omar era solo un dettaglio, tenendo conto che lei, l'eletta, era fuggita da sua madre e trasgrediva le leggi Omar in continuazione. Con lo scettro in mano e il sortilegio facile sulla punta della lingua otteneva tutto ciò che voleva. Tranne Roc, ovviamente. Per questo era restia a rispondere ai suoi obblighi.

Anaïd provò invidia. Dacil dormiva nel suo letto, circondata dai suoi vecchi giocattoli, poteva accarezzare il dorso dei suoi libri e annusare il profumo del gelsomino di Selene che doveva ancora impregnare il suo copriletto. Era tutto così strano. Com'erano cambiate le cose dall'ultima volta che era stata a Urt. Era andata via come una Omar protetta dal clan ed era rientrata come una proscritta. Perché doveva nascondersi dalle streghe della sua comunità, dalle donne che l'avevano cresciuta, che l'avevano viziata, che le avevano insegnato a leggere, a camminare, a sognare a occhi aperti? Elena e Karen erano state come delle zie. Le avevano sempre portato regali per il suo compleanno, si erano congratulate con lei per i suoi voti, le avevano tenuto compagnia quando era malata, avevano festeggiato insieme i solstizi e avevano pianto i morti. E adesso si nascondeva da quelle donne che avevano fatto tanto per lei.

«Allora, sei pronta?» chiese Dacil nervosa.

«Pronta per cosa?»

«Per riprenderti l'amore di Roc, venire con me a Chinet e scendere nel cratere».

Sentiva una paura cupa ogni volta che qualcuno le ricordava il mondo dei morti.

«Non è facile fare innamorare qualcuno» rispose sfuggente Anaïd.

«Ma tu sei l'eletta».

«E allora?»

«E allora l'eletta può ottenere tutto quello che vuole. Non è una Omar qualunque».

Anaïd stava ad ascoltare. Qualcosa le diceva che Dacil esprimeva delle verità cui lei voleva sfuggire.

«Certo. Ma devo pensare a una strategia».

«Io ho tutto sotto controllo».

«Che cosa?»

«Gli orari di Roc, dove va, con chi. Non sta più con Marion».

Anaïd si vergognò. Una mocciosa che non era stata ancora nemmeno iniziata le insegnava come conquistare il ragazzo che le piaceva. Ma aveva ragione.

«Mi aiuterai?»

Gli occhi di Dacil brillavano e il suo sorriso si illuminò. Quant'era bella quando si esaltava.

«Ma certo!»

Anaïd pensò che Dacil non fosse lì per caso. Era il suo motore a scoppio, quello che le consentiva di andare avanti sulla sua strada. Doveva solo rifornirla di combustibile. Dacil era la sua coscienza, la sua memoria e la sua colpa.

«Aspettami qui domani alle tre. Riposati e non c'è bisogno che tu stia di guardia davanti alla grotta. Posso proteggermi da sola».

Dacil, però, la mise in guardia.

«Stai molto attenta. Un bebè Omar è stato dissanguato vicino alla valle».

«Come fai a saperlo?» si stupì Anaïd sconvolta.

«Ho sentito Elena mentre lo raccontava».

Fosse per la tragica notizia di Dacil, fosse per l'ombra dei pioppi al tramonto, per il rumore dell'acqua o il dolce profumo del pane cotto a legna che il vento portava da Urt, la malinconia la colpì. Sentiva nostalgia della sua infanzia, dei baci di sua madre, delle mani di sua nonna Demetra. Di Elena, di Karen, delle Omar. Tutte dipendevano da lei e dal suo coraggio. Non volle toccare il suo braccialetto di turchesi per cancellare il passato. Il passato dava forza e un senso alla sua vita, alla sua missione; la malinconia le procurava fermezza. Provò l'impulso di strapparsi il braccialetto e di gettarlo lontano. Cosa ne sarebbe stato di lei senza i suoi ricordi? Lei era Anaïd, un tutto indissolubile, non poteva cancellare in un sol colpo le sue origini e rinunciare al clan, alla famiglia, agli affetti. Poteva riconciliarsi coi suoi errori o ammettere i suoi sbagli. Le Omar continuavano a morire e lei non poteva rimandare oltre la sua mancanza di impegno con la realtà. Aveva deciso.

Ritornò nella grotta e abbassò la testa davanti a Cristine.
«Non posso».
Cristine non si arrabbiò con lei. Fu comprensiva.
«Riprovaci».
Ma Anaïd ormai aveva preso una decisione.
«Voglio che tu mi prepari un filtro d'amore».
Cristine, che di solito era tollerante e compiacente, accennò una smorfia di disapprovazione.
«È pericoloso».
«Perché?»
Cristine era nervosa.
«C'è una profezia... Non so se la ricordi».
La dama bianca tacque studiando la reazione di Anaïd, ma lei non sapeva a che cosa si riferisse.
«Conosci i versi di Eva Luce?»
Anaïd annuì.
«Credo di sì».
«Recitali».

Anaïd tentò di ricordare e tra le moltissime lezioni imparate rispolverò i versi della poetessa Eva Luce.

Lei, la più bella, inseguirà la morte.
Se offre il filtro d'amore.
Se beve dal calice proibito.
Se formula l'incantesimo della vita.
Triste destino dell'eletta.

Cristine interpretò per lei:
«Se offre il filtro d'amore l'eletta tenta la morte. Non lo fare, è troppo pericoloso».
«È soltanto una poesia» disse Anaïd con ostinazione.
La dama bianca la contraddisse.
«Ti sbagli. Si è ispirata alla maledizione di Odi».
Anaïd rimase sconvolta udendo il nome di Odi.
«La maledizione? Quale maledizione?»
Cristine si sentiva a disagio.
«Non te ne hanno parlato?»
«No».
«In realtà, non è mai stata scritta».
«Allora?»
«Se ne sa qualcosa perché è stata trasmessa oralmente. Si dice che Odi, prima di scomparire, maledisse le sue figlie concepite con Shh, e tutte le loro discendenti».
Anaïd si incuriosì.
«Cosa dice la maledizione di Odi?»
Cristine non poteva schivare la risposta.
«Più o meno quel che Eva Luce riporta nei suoi versi profetici».
«E tu credi a Eva Luce?»
«Sì».
«Ma tu sei Odish e Eva Luce era Omar».
«Le Odish e le Omar condividono le stesse profezie e stanno attente a non provocare il destino» Cristine abbassò lo sguardo. «Non voglio che tu muoia, Anaïd».

Anaïd trasalì.
«Allora è questo? Posso morire per colpa della maledizione?»
Cristine annuì in silenzio.
«Sì».
Anaïd si disperò. Ciò che Cristine le stava dicendo era preoccupante.
«Va bene, Dacil offrirà la pozione a Roc e scomparirà in tempo perché Roc veda me e non lei».
«Fossi in te non tenterei la fortuna» obiettò Cristine.
Anaïd, però, mise in gioco tutta la sua volontà egoista.
«Farò così. Voglio che Roc beva il filtro d'amore e che si innamori di me».
Anaïd si mise al lavoro, ossia chiamò lo scettro.
«*Soramar noicalupirt ne litasm*».
E lo scettro accorse ubbidiente alla sua chiamata.
Cristine era ammirata.
«Ormai è parte di te».
In effetti. Lo scettro e Anaïd erano un'unica cosa. La lucentezza della mano ormai faceva parte della sua natura.

Con lo scettro in mano, sentendosi potente e compiaciuta, Anaïd seguì la sua nonna Odish e rispettò scrupolosamente tutte le sue indicazioni. Insieme raccolsero le ali di pipistrello, la pelle della rana giovane, il ramo di vischio e la radice della mandragola e mescolarono il tutto con polvere di pietre del segno del sagittario, quello di Roc: rame, arabica, cristallo e giada, sale e gemma. Anaïd lanciò dell'incenso purificato sulla pozione pronunciando il suo nome. Dopo invocò il suo amore con la fiamma e spruzzò d'alcol la pozione cantando la melodia d'amore, riuscendo a intrecciare nell'aria come spirali di fumo il destino di Roc e il suo. La pozione bruciò come avrebbe fatto Roc nel vederla.

Nascose il preparato in un flacone di vetro e lo contemplò estasiata. In quel flacone c'erano le sue speranze, i suoi desideri, le sue ambizioni. Il liquido era di un colore verde, come la menta, e il suo profumo era dolce. Con l'aiuto dello scettro raffreddò lo sciroppo bollente e quella notte dormì profondamente sognando Roc e la sua fossetta birichina.

Anaïd avrebbe dovuto consultare gli oracoli, ma anche senza farlo sapeva che i presagi non erano dalla sua parte. Il volo delle pernici dalle ali bianche era troppo basso, e inoltre era inciampata, tra le foglie secche, nel cadavere sanguinante di un piccolo camoscio appena nato, ucciso e nascosto da una volpe. Erano degli avvertimenti. Come la colonna storta di formiche rosse di ritorno al formicaio, oppure le orme disperate dell'orsa bruna, che viveva nelle montagne francesi, alla ricerca del suo cucciolo smarrito. Per chiunque avesse voluto interpretarli, si trattava chiaramente di segnali. E anche se Anaïd li leggeva come su un libro aperto, e li capiva perfettamente, finse di essere cieca e sorda e decise di andare avanti.

Non voleva assolutamente rimandare il suo piano e, durante il pomeriggio, mentre insieme a Dacil si rimpinzava di fragole sugose e si acconciava i capelli con violette, noncurante dei presagi funesti, istruiva l'amica su come impersonare il suo ruolo.

Era semplice. Si trattava di aspettare Roc sulla strada che percorreva ogni pomeriggio con la sua bicicletta. Dacil doveva fingere di rientrare dai campi con la sua cesta strapiena di fragole e i capelli ornati coi fiori. Quando Roc era vicino, doveva fingere di cadere e di avere preso una storta alla caviglia. Il trucco stava nel chiedergli aiuto, per poi ringraziarlo e invitarlo a bere un sorso dalla borraccia.

A questo punto, sarebbe stata lei e non più Dacil ad apparire davanti agli occhi di Roc. Egli avrebbe visto Anaïd e avrebbe anche ricordato il momento magico della sua festa di compleanno, quando le aveva chiesto un bacio ed era stato sul punto di dichiararle il suo amore.

Via via che il momento si approssimava, Dacil diventava nervosa. Molto nervosa.

«Che succede se sbaglio?»

«E perché mai dovresti sbagliare?»

«Non l'ho mai fatto».
«Forza, Dacil, è facilissimo».
«Le cose più facili di solito sono le più difficili, come diceva Ariminda».
Anaïd cominciava a perdere la pazienza. Aveva confidato ciecamente nella spigliatezza e nella disinvoltura di Dacil. La prese per le spalle e la guardò negli occhi.
«Vediamo un po', ti ricordi quel che ti ho promesso? Appena Roc avrà bevuto la pozione e si sarà innamorato di me, andremo dalle tue parti, nella grotta del Teide».
Dacil sorrise. Lo desiderava così tanto...
«E sarò l'unica ad aiutarti?»
Anaïd ribadì la sua promessa.
«Dirò la verità. Dirò che se tu non avessi avuto l'audacia di venire a cercarmi, non avrei mai saputo quale era il cammino dell'eletta».
Dacil batté le mani e ballò come una bambina. Ben presto, quel che aveva sognato per tutta la sua infanzia si sarebbe avverato. Avrebbe prestato assistenza all'eletta e poi si sarebbe avviata verso New York per raggiungere sua madre. Le sembrava impossibile che tutto ciò potesse avverarsi così rapidamente. In quel momento, sentirono in lontananza il cigolio delle ruote della bicicletta di Roc che si avvicinava. Dacil impallidì.
«Cosa gli dico per primo, che sono caduta o che mi fa male la caviglia?»
Anaïd si arrabbiò, e prima di nascondersi dietro all'agrifoglio borbottò:
«Hai una memoria da moscerino, cara la mia oca giuliva».
Quando Roc apparve sul tornante, Anaïd vide, inorridita, lo smarrimento e lo stupore impressi sul viso di Dacil, che, seduta in mezzo alla strada come una scema, si guardava le mani come se le stesse vedendo per la prima volta.
Anaïd represse un urlo. L'aveva stregata. La mente di Dacil era in bianco, completamente priva di ricordi, mancante di idee... proprio come un moscerino. Dacil stava cercando di ricordare che ci faceva lì, chi era e quale era il suo compito.

Anaïd guardava la scena nascosta dietro all'agrifoglio e sentì tremare le gambe quando vide Roc arrivare, fermarsi davanti a Dacil e scendere dalla bicicletta per aiutarla.

«Ti sei fatta male?»

Dacil sollevò la testa spaventata e rifiutò l'aiuto offerto da Roc.

«Non lo so».

«Come non lo sai?»

«Non mi ricordo di niente» confessò, mentre portava le mani alla testa, disperata.

Si sentiva una zucca vuota.

«Che guaio, forse hai preso un colpo?»

Dacil strinse le spalle, si alzò e si pulì i pantaloni.

«Forse».

«Vuoi che ti accompagni in paese?»

Dacil esitò.

«Dunque... non so».

Anaïd voleva piangere. Il suo piano se ne stava andando a farsi benedire. Stava perdendo l'occasione per colpa del suo caratteraccio e di un'oca giuliva. Disperatamente, mormorò da lontano nell'orecchio di Dacil:

«Sei Dacil, ricordati la tua parte, devi offrirgli da bere».

Roc, pragmatico, le prese la mano e si presentò.

«Sono Roc, il figlio di Elena. Forse mia madre ti conosce, vedrai che ti aiuterà. Forza, andiamo!»

In quello stesso istante Dacil recuperò miracolosamente la memoria.

«Sei Roc, certo, adesso mi ricordo. Ti stavo aspettando» esclamò all'improvviso.

«Aspettavi me?» si sorprese Roc.

Con la sua caratteristica ingenuità, Dacil riprodusse ad alta voce la sequenza che qualche istante prima non riusciva nemmeno a intuire.

«Sì, proprio te. Dovevo offrirti un sorso dalla mia borraccia».

E con tutta la sfacciataggine concessa a una ragazzina di tredici anni, aprì lo zaino, ne tirò fuori la borraccia e l'offrì a Roc.

«Un sorso?»
Anaïd voleva morire. Come aveva potuto fidarsi di una ragazzina come Dacil?
Roc rimase a bocca aperta.
«Dunque, cioè... spunti in mezzo alla strada come fossi un fantasma, mi dici che hai perso la memoria e dopo mi racconti che mi stavi aspettando per offrirmi una bibita».
«Sì».
«Mi sa che non hai bisogno di un medico, quel che ti serve è uno psichiatra» le rispose con sicurezza, e fece per risalire in bicicletta.
Dacil si rese conto di avere sbagliato tutto e le sembrò di udire delle parole suggerite dal vento, che erano, in effetti, dettate da dietro i rami dell'agrifoglio, dove si nascondeva l'eletta.
«Insisti, non farlo andare via».
Anaïd si mangiava le unghie dall'impazienza e aspettava. Fortunatamente, Dacil ubbidì e impedì a Roc di andarsene.
«Aspetta, aspetta... solo un sorso».
Roc non capiva più niente.
«Senti, carina, mi hai già preso abbastanza in giro. Me ne vado».
Questa volta iniziò a pedalare, ma per poco. Dacil si attaccò alla sua maglietta come una zecca.
«Non te ne puoi andare prima di assaggiare la mia bibita!»
«Certo che posso».
Anaïd stava per scoppiare a piangere, ma, sorprendendola, Dacil la anticipò. Cominciò a piangere come una scema e fece centro. Roc, mezzo commosso, mezzo intrigato, cambiò atteggiamento e si impietosì.
«Io... scusa mi dispiace, non volevo essere sgarbato, il fatto è che non capisco niente».
Anaïd mise le mani sul petto. Forse c'era ancora qualche speranza.
Intuendo che non sarebbe riuscita a convincere Roc con le buone, ma che poteva provarci con le cattive, Dacil inventò su due piedi una complicata storia che produsse i frutti desiderati.

«Sono un disastro, perdo sempre tutte le scommesse» improvvisò molto disinvolta.

Era la solita Dacil, fresca, naturale, convincente.

«Quale scommessa?»

Dacil riprese a dire stupidate.

«Ho scommesso con la mia migliore amica che sarei riuscita a invitare un ragazzo a bere una bibita con me. Ma nessuno mi vuole bene».

Roc si grattò la testa un po' perplesso. Forse non era così sciocca come sembrava. Aveva sempre saputo che le donne erano esseri complicati. Le sue ragazze, amiche e professoresse lo erano.

Anaïd si rese conto della sua disponibilità, accarezzò lo zaffiro e si concentrò con tutte le sue forze per modellare la volontà di Roc.

«Allora io farei parte di una scommessa?»

«Sei l'ultimo rimasto. Ho perso tutte le mie occasioni. Mi ha dato sei ore di tempo, e fra qualche minuto saranno passate».

Roc esitò per qualche istante e Dacil sottolineò la sua recita con un silenzio lento e premeditato. Anaïd applaudì il ricorso a quella risorsa così femminile e di cui lei non faceva mai uso.

«Mi dispiace, ti chiedo scusa per questo pasticcio. Perdo sempre, sono una perdente».

E fece il gesto di andarsene.

Ottenne l'effetto desiderato. Roc la richiamò.

«È solo questo? Assaggiare una bibita?»

«Sì, un sorso e basta».

Roc continuava a dubitare.

«Insomma, vediamo, la tua amica come farà a sapere se hai vinto o no la scommessa?»

Dacil si trovò per un istante in difficoltà.

«È là dietro, che guarda. Nascosta» e indicò verso dove si nascondeva Anaïd.

Sconcertatissima, Anaïd sentì il cuore battere così forte che pensò che Roc doveva per forza sentirlo.

Roc guardò tra i rami d'agrifoglio senza vedere niente.

Anaïd si struggeva dal panico. Dacil non poteva inventare qualcosa che non fosse la verità? Quella ragazzina era una testa di rapa, una mentecatta, una scimunita.

Doveva uscire per sistemare quel pasticcio.

«Se questa tua amica si fa vedere, ti farò il piacere che mi chiedi, ma mi sembra tutto così assurdo che mi sentirò un idiota se bevo la tua bibita». Roc fece un sorriso arrogante.

Anaïd non ci pensò due volte. Accarezzò lo zaffiro, si alzò in piedi e uscì da dietro i cespugli a testa alta.

Roc rimase impietrito e impallidì. Si sfregò gli occhi e li riaprì. La figura umana che aveva davanti gli era familiare, molto familiare, ma nel contempo lontana e confusa.

«Ciao» disse come uno scemo.

«Ciao» rispose Anaïd con più serenità di quanta avesse creduto di manifestare.

«Sei... ?» disse con insistenza schioccando le dita per accompagnare la sua intuizione.

Anaïd sorrise con naturalezza. Roc era proprio confuso. Era lei a dominare la situazione. In quel momento seppe trarre profitto da tutta la sicurezza che aveva accumulato nei giorni precedenti grazie all'impegno della dama di ghiaccio. Si sentì bella, forte, saggia, potente; si sentì in grado di imprigionare la volontà di Roc con lo schiocco delle dita, d'ipnotizzarlo con un semplice sguardo, di ottenere un bacio solo schiudendo le labbra.

Sua nonna aveva ragione. Era magica. La sua magia traboccava. Era l'eletta, la portatrice dello scettro. Era giovane, bella e molto intelligente. Roc era nelle sue mani, e tra poco sarebbe caduto sottomesso ai suoi piedi. Dopotutto, non era stato così disastroso. Fece un segno a Dacil perché si facesse da parte.

«Sono una vecchia amica» suggerì enigmaticamente.

«Ti conosco, ma non mi ricordo il tuo nome» insisté Roc.

Anaïd si sorprese per lo strano effetto della pozione d'oblio. Probabilmente Roc non la collegava all'Anaïd bruttina e introversa dell'anno prima. Meglio così.

«Se bevi la bibita te lo ricorderai».

Roc sorrise con spavalderia e fece un passo verso di lei. La guardava intensamente. Anaïd tentennò, ma riuscì a reggere l'assedio faccia a faccia.

«Mi vuoi stregare?» chiese Roc strizzando l'occhio con malizia.

Anaïd rise di gusto e strizzò l'occhio anche lei. Gunnar le aveva insegnato ad avere i riflessi pronti.

«Ma certo. Questo è un bosco, io sono una strega che vive nel bosco, e questa ragazza è un folletto monello di cui mi servo per riuscire nei miei propositi».

Roc seguì il suo gioco.

«E la tua bibita è ovviamente un filtro d'amore».

Anaïd capì che doveva fissarlo negli occhi. Non poteva perdere il bagliore del suo sguardo mentre beveva. Impulsivamente strappò la borraccia dalle mani di Dacil.

«Assaggiala».

E porse la borraccia a Roc.

Non si ricordò che avrebbe dovuto evitare quel gesto. In quel momento dimenticò l'avvertimento di Cristine, della maledizione di Odi e dei versi di Eva Luce. Il mondo intero aveva cessato di esistere.

Roc mollò il manubrio della bicicletta.

«Reggi» disse a Dacil senza nemmeno guardarla.

Prese la borraccia di Anaïd e le loro mani si sfiorarono. Anaïd sussultò.

'Offrirà il filtro d'amore...' aveva predetto Odi con la sua malvagità. E il suo augurio stava per compiersi.

Dacil, invece, si rese conto del rischio e si coprì la bocca per non urlare. Roc svitò il tappo, annusò lo sciroppo all'aroma di menta e alzò il braccio destro. Con sete infinita fece un lungo sorso e senza accorgersene si appoggiò alla bicicletta. Dacil la teneva solo con una mano. Inciampò, cadde all'indietro, e sia la bicicletta che Roc le caddero addosso. Fu tutto così rapido che Dacil, schiacciata da Roc, si rese conto troppo tardi che non sarebbe riuscita a saltare sul bordo della strada, come si era allenata a fare prima, perché era immobilizzata dalle ruote della maledetta bicicletta.

Anaïd gridò.

Dacil gridò.

NON OFFRIRAI IL FILTRO D'AMORE

Ma nessuna delle due riuscì a impedire che l'incantesimo facesse il suo corso e che Roc, sorpreso dalla caduta di Dacil, fissasse lo sguardo su di lei dopo aver bevuto un buon sorso della pozione.

«Ti sei fatta male?» le chiese subito.

Dacil non respirò. Rimase rattrappita, in posizione fetale. Pensò che se non l'avesse guardato non sarebbe successo nulla, ma ormai era troppo tardi. Era accaduto l'inevitabile.

Anaïd volle intervenire, ma era paralizzata dall'orrore. Era successo il peggio. Aveva smesso di esistere. Roc aveva occhi solo per Dacil.

Roc rimise in piedi la bicicletta, sollevò Dacil da terra, la prese in braccio e le sorrise come uno scemo.

«Sei leggera».

Era ovvio che Dacil fosse leggera, perché era soltanto uno scheletro sgraziato e sbilenco. Ma dalla faccia da innamorato si capiva che Roc collegava il suo peso piuma alla leggerezza della bellezza.

Anaïd si conficcò le unghie nelle mani fino a farle sanguinare. Non poteva essere vero. Era uno scherzo, uno scherzo di cattivo gusto.

Deciso, Roc piazzò Dacil sulla bicicletta.

«Ti porterò a casa mia perché mia madre ti dia un'occhiata».

Anaïd volle dire qualcosa, ma era ammutolita dalla sorpresa. Voleva piangere, voleva dare calci, ma non serviva a niente. Roc non la vedeva nemmeno.

Dacil provò a sfuggire in vari modi.

«Non è necessario, sto benissimo».

«Lo vedo bene» tagliò corto Roc.

Dacil si accorse che l'aveva guardato negli occhi. Gli occhi neri di Roc avevano il fuoco dentro.

«Non guardarmi così» si difese Dacil, coprendosi il viso.

«È che non ti avevo guardata bene. È come se ti vedessi per la prima volta. Come hai detto di chiamarti?»

«Non te l'ho detto».

«Ma me lo dirai subito» insisté col suo stile di seduttore patentato.

«Dacil» bisbigliò la ragazzina, guardando Anaïd con la coda dell'occhio e scusandosi con le spalle.

Roc lanciò un urlo.

«Siamo predestinati. Lo sapevo! Ho udito il tuo nome nella mia stanza».

E incurante dell'orrore di Anaïd e della confusione di Dacil, Roc montò in bicicletta, imprigionò la ragazzina tra le sue braccia e la portò via fischiettando verso Urt, senza voltarsi neanche una volta per salutare. Anaïd sentì il graffio dell'invisibilità e l'angoscia della gelosia.

Entrò correndo nella grotta e chiamò disperata la dama bianca. Si sentiva soffocare, le mancava il fiato. Era così angosciata che quasi non riusciva a respirare.

«Un giorno funesto» disse in modo esageratamente drammatico, mentre si lasciava cadere sulla nonna.

La dama le accarezzò i capelli. Le violette erano avvizzite, le dita macchiate di fragola sembravano insanguinate e, dopo aver versato tante lacrime, aveva le guance coperte di macchie rosse. Anaïd era l'immagine della desolazione.

«Raccontami tutto dall'inizio» le chiese con dolcezza Cristine, con la severità nascosta in fondo agli occhi.

Anaïd non riusciva a parlare, la rabbia le sgorgava a fiotti. Era completamente fuori di sé dalla rabbia.

«È andato tutto male, è stato il giorno peggiore della mia vita, ho rovinato tutto. Voglio morire».

«Calmati, tesoro. Cos'è successo?»

«Roc ha visto Dacil prima di vedere me, e si è innamorato di lei».

La dama bianca sospirò.

«Insomma, Roc si è innamorato di Dacil. Nient'altro?»

Anaïd tacque, non osava confessare la sua imprudenza. Ma l'Odish poteva leggere il suo pensiero o forse sapeva già tutto.

«Sei stata tu a porgere il filtro d'amore a Roc? Vero?»

«Non volevo, ma ho dovuto farlo».

«Non c'è niente che dobbiamo fare senza volerlo» la rimproverò la dama bianca. «Hai tentato la sorte. La maledizione di Odi potrebbe compiersi».

Anaïd ebbe paura, anche se non tanta da farle dimenticare la cosa più lancinante, quella più immediata.

«Cosa si può fare con Roc? Non voglio che sia innamorato di Dacil».

Cristine si mostrò prudente.

«Tutto può essere fermato o cancellato dalla memoria, ma quel che è successo è successo, e temo che non sarà facile correggerlo. Soprattutto se ci sono testimoni. Dov'è Dacil?»

Anaïd non voleva nemmeno pensarci.

«A casa sua. Roc ha chiesto a Elena di farla restare da loro».

Cristine, disgustata, fece schioccare la lingua.

«Questo è un intoppo. Elena non è stupida. Sospetterà qualcosa».

Anaïd invocò lo scettro, lo accarezzò, e brandendolo si sentì meglio. Il mondo si stava riposizionando dopo il cataclisma. Intravedeva spiragli di luce.

«Questa stessa notte porterò via Dacil da quella casa e ridarò il filtro a Roc».

«Non puoi».

Anaïd si arrabbiò. Aveva lo scettro, era l'eletta. Non doveva forse soddisfare i suoi desideri?

«Come non posso? Non dirmi questo, nonna...»

«Non si può contrastare il filtro d'amore se non con una pozione d'oblio».

Anaïd si stupì. Ignorava le complicazioni del protocollo.

«Vuoi dire che prima deve dimenticare per potersi innamorare di nuovo?»

«Proprio così».

Anaïd sentiva la gelosia roderle le viscere.

«Allora dovrà dimenticare Dacil!»

CAPITOLO UNDICI

Non userai la pozione d'oblio

Elena aprì la porta a Karen e, con un dito sulle labbra, le chiese di rimanere in silenzio. Era quasi mezzanotte e la luna, pigra, non si decideva a schiarire la notte con la fioca luce del suo quarto crescente. Tuttavia, era chiaro che Karen non stava bene. Aveva le occhiaie, era dimagrita e la sua pelle era diventata giallastra. Dormiva poco, lavorava troppo e aveva troppi grattacapi.

«Grazie per essere venuta così in fretta» bisbigliò Elena prendendola per il braccio e accompagnandola in cucina.

Dalla porta socchiusa della sala, dove il camino era acceso, giunse fino a loro un gran baccano di urla assordanti.

«Reteeeee!»

Non c'era bisogno di chiedere a Elena della sua famiglia. Suo marito, il fabbro, e i più grandi dei suoi otto figli stavano guardando la partita di calcio. Eccetto Roc.

Le due donne si chiusero in cucina, e senza aprire bocca Elena mise un piatto di minestra calda davanti a Karen, tagliò una fetta di pane e le servì un bicchiere di vino rosso.

«Forza, mangia».

Karen era troppo nervosa per mangiare.

«È successo qualcosa?»

«Sì».

«Devi dirmelo, non riesco a buttar giù nemmeno una briciola di pane».

«Lo vedo. A me invece le preoccupazioni stimolano l'appetito».

Karen lo sapeva; ecco perché Elena ingrassava al ritmo di un chilo all'anno e, tenendo conto del fatto che aveva otto figli, le sue preoccupazioni aumentavano costantemente, proprio come il suo peso. A ogni modo, il buonumore, l'energia e la salute non le mancavano.

«Dai, parla, mi tieni sulle spine. Ci sono brutte notizie di Selene e Anaïd?» chiese con un filo di voce.

«No, non si tratta di loro, non ne so niente. Selene ha interrotto la comunicazione, ma non ha nemmeno chiesto aiuto».

«Allora? Un'altra carneficina Odish?»

«No».

Karen sospirò sollevata. In quanto medico, era suo compito occuparsi dei cadaveri delle ragazze e bebè Omar vittime delle Odish. Era un compito terribile, e ogni volta giurava a se stessa che sarebbe stata l'ultima. Quei tempi di guerra erano molto agitati e, dalla scomparsa di Selene e Anaïd, i decessi si erano succeduti in un lento stillicidio. Non avrebbe potuto sopportare ancora un'altra vittima. Quella notte no.

«Allora?»

«Si tratta di Roc».

Karen rimase a bocca aperta. Elena non era solita chiamarla urgentemente in piena notte per parlarle dei problemi dei suoi figli. E tanto meno di un adolescente come Roc.

«Non me ne intendo di ragazzi, non ho figli e...»

«Quella ragazzina, Dacil, è tornata».

«Già» rispose Karen senza cogliere il nesso.

Comunque, il nome di Dacil la tranquillizzò. Poteva mangiare senza paura di strozzarsi, poteva persino masticare lentamente, inghiottire senza fretta e dopo bersi un caffè bello forte. La casa di Elena, così accogliente e familiare, era un posto che invogliava a mangiare un piatto caldo, a sprofondarsi in una comoda poltrona accanto al fuoco e ad assopirsi udendo i gatti russare, i cani abbaiare e le urla dei bambini. Attaccò il piatto di minestra e lo assaporò con gusto. Buonissima. Come tutto quello che Elena cucinava. Un giorno doveva chiederle se facesse il polpettone con l'uovo e il pane bagnato o semplicemente col pan grattato.

«Racconta. Ti ascolto».

«Allora» iniziò Elena servendosi un bicchiere di latte e dei biscotti per non lasciare Karen a mangiare da sola, «ti avevo detto che Dacil era scomparsa. Quando si è convinta che Anaïd non era qui, se n'è andata senza salutare. Questo pomeriggio, a sorpresa, Roc l'ha portata in bicicletta dicendo che era caduta e si era fatta male, e non ha smesso di importunarmi fino a che non l'ho esaminata osso per osso. A proposito, questa ragazzina è tutta ossa».

Karen ripulì bene il piatto col pane. Pura gola. Non aveva idea di dove volesse andare a parare Elena.

«Dopo mi ha chiesto di ospitarla qui in casa fino a quando non dovrà tornare a Tenerife».

«Va bene, e...?»

«Non le levava gli occhi di dosso».

«E...?»

«La mangiava con gli occhi, le serviva l'acqua, le spostava la sedia, sorrideva come un babbeo e le ha persino scritto una poesia».

«Questo ha fatto?» chiese Karen incredula.

Elena andò in collera.

«Perché credi che sia arrabbiata? È pazzo di questa ragazzina. Non c'è bisogno di dirti che non l'ho fatta dormire in camera sua. Le ho preparato una branda nella camera dei gemelli».

Karen stava per scoppiare a ridere, ma si trattenne.

«Sei gelosa?»

«Non hai capito».

«Che cosa?»

«Che l'ha stregato».

Karen ne aveva abbastanza.

«D'accordo, Elena, d'accordo che siamo streghe, ma non è pos-

sibile che non siamo capaci di accettare che i nostri figli s'innamorino di chi gli pare».
«È una bambina».
«Già».
Sconvolta, Elena non riusciva a spiegarsi.
«Ascoltami bene e non mi interrompere. Dacil gli ha offerto una pozione».
Karen rimase in silenzio sconcertata.
«Come lo sai?»
«Perché Roc alla fine me l'ha raccontato. Lui non lo sa, ma io sì. L'ha aspettato sulla strada, gli ha chiesto di bere una bibita e ha inventato qualcosa su una scommessa».
Interessata, Karen alzò lo sguardo.
«Mi ha confessato che dopo aver bevuto, quando l'ha guardata, all'improvviso l'ha scoperta».
Karen dovette darle ragione. Era proprio l'effetto di una pozione d'amore: la riscoperta improvvisa.
«Eh, sì. Combacia».
«Mi sono rimessa in comunicazione con le matriarche dell'Orotava, ed è proprio ciò che temevo. Ha mentito loro di nuovo. Questa ragazzina è un disastro».
Karen s'impietosì.
«Per colpa di sua madre, poverina».
Elena era indignata.
«D'accordo che sua madre è sempre stata una testa matta, e che se ne è andata a New York solo con quello che aveva addosso, ma non compatirla».
«Ma perché non ha portato con sé sua figlia?» si chiese Karen.
«Non conosci la storia?»
«No».
«L'ha dimenticata in un supermercato quando era neonata».
Karen stava per strozzarsi.
«Non ci posso credere. È per questo che è partita da sola?»
«Dopo quell'incidente le matriarche le hanno vietato di avvicinarsi a sua figlia. Il clan si è fatto carico della sua educazione».

Karen, invece di arrabbiarsi si impietosí ancora di più.

«Dunque, il clan adottò Dacil per l'incapacità di quell'irresponsabile di sua madre».

«E lei è riuscita ancora peggio».

«Non esagerare».

«Esagerare? Credi sia normale a tredici anni appostarsi in un sentiero per fare innamorare i ragazzi con pozioni proibite? È uno scricciolo, e non è stata neppure iniziata».

Karen le diede di nuovo ragione. Un po' pazzerellona doveva esserlo.

«Che suggerisci di fare?»

«Farla confessare, bloccare gli effetti su Roc, e rimandarla nella sua isola, dopo averla rimproverata. La sua iniziazione dovrà aspettare».

«Mi sembra giusto» annuì Karen. «Forza, andiamo».

«Aspetta» proseguì Elena, « non ho ancora finito» e la sua voce diventò perfino più severa.

«Cos'altro c'è?»

«Una Odish, qui a Urt».

«Pettegolezzi?»

«Certezze. Io stessa ne sentivo la presenza, ma Roc l'ha confermato. Dacil non era da sola. Aveva un'amica con sé. Un'amica misteriosa, dalla carnagione bianca, alta, bella, piena di gioielli».

«La conosceva?»

«Roc non sa chi sia, e non ne ricorda il nome, ma è rimasto abbagliato».

Karen si morse le labbra fino a farsi male. Come tutte le Omar adulte, riusciva a percepire la vicinanza di una Odish. Era un'abilità che si affinava con gli anni e con la pratica.

«Potente?»

«Molto. Vieni fuori con me. Vorrei una conferma».

Uscirono insieme sotto il portico della casa. Finalmente la luna le salutava con la sua luce bianca, come se facesse l'occhiolino.

Nonostante la calma, Karen sentì una fredda inquietudine. Una raffica di vento le aveva gelato i piedi quando era scesa dalla macchina a Urt e mentre bussava alla porta della vecchia casa di Elena.

Durante la cena, il freddo era salito lungo le sue gambe e adesso sentiva un dolore pungente al cuore. Era ghiacciato.

Infatti. Entrambe alzarono la testa all'unisono e annusarono il vento. Aleggiava un odore acre e diffuso, l'odore che fin da giovani avevano imparato a distinguere come caratteristico delle Odish.

«Molto vicino» affermò Karen con le pupille dilatate.

«Ne sei sicura?» si spaventò Elena.

Aveva sperato che si trattasse soltanto di una sua ossessione. Per questo aveva avvertito Karen, per essere smentita.

Entrambe diressero lo sguardo nella stessa direzione. La finestra della facciata sud della casa di Elena, la finestra della stanza di Roc. Era spalancata e la luna rifletteva l'ombra di una donna alta dai lunghi capelli.

Karen gridò. Come se fosse stato un segnale concordato, l'urlo fu seguito dal rumore di un vetro infranto seguito dal frastuono di qualcosa che cadeva e da uno svolazzamento. Uno strillo scuro squarciò la notte.

Senza una parola, Elena e Karen entrarono di corsa in casa e salirono i gradini a quattro a quattro. La porta della camera del ragazzo era chiusa, ma Elena con un potente sortilegio la fece cadere con strepito. Roc giaceva a terra, incosciente. Aveva accanto un bicchiere rotto e c'era del liquido sparso sul pavimento di legno.

«Roc, Roc!» gridò Elena disperata.

Karen si fece piccola guardando Elena che, con un'abilità inconsueta per il suo peso, si chinava accanto a suo figlio e lo schiaffeggiava per farlo svegliare.

Essendo medico, formulò una veloce ipotesi. Il bicchiere, il liquido, la caduta, la perdita di coscienza... s'inclinò sulla pozza, intinse leggermente il dito indice, l'avvicinò al naso e annusò. Con prudenza, poi, leccò con la punta della lingua. La sua ipotesi era giusta.

«Ha un'overdose».

«Di cosa?»

«D'oblio. Qualcuno gli ha dato una pozione d'oblio».

«Dacil» affermò Elena senza esitare.

«Oppure l'Odish che abbiamo visto».

Elena non voleva ammetterlo. L'abbracciò con forza e gli cercò il polso.

«Vivrà?» chiese spaventata a Karen.

Karen gli esaminò le cornee, le unghie e gli aprì la bocca. I segni vitali erano deboli.

«È forte» disse per consolare la madre. «Abbiamo bisogno di sapere che dosi ha ingerito e di quali composti».

Si guardò intorno. Si sentiva nuda senza i suoi strumenti da medico.

«Mi serve la mia valigetta, è in macchina».

Elena si alzò e lasciò Roc nelle mani di Karen. Ritornò dopo qualche istante con la valigetta dell'amica in mano e l'angoscia negli occhi.

«Dacil è scomparsa. I bambini dicono che se n'è andata mentre stavamo cenando».

Karen non fece commenti. Subito dopo, arrivò il marito di Elena e prese in mano la situazione. Sollevò Roc in braccio, lo mise a letto, lo baciò in fronte con una tenerezza che contrastava con la sua ruvidezza. Abbracciò Elena e le disse che l'amava.

«È grave?» chiese finalmente a Karen.

Karen aprì piano la sua valigetta ed evitò di rispondere direttamente alla sua domanda.

«Forse dovremo portarlo in ospedale».

Il fabbro, uomo pratico, si attivò.

«Metto a letto i bambini e preparo la macchina».

Di nuovo sole, Elena prese con forza la mano di Karen.

«Curalo, curalo come se fosse tuo figlio. Mi fido di te».

«Dove vai?»

Elena diventava una belva quando si trattava di difendere i suoi figli.

«A cercare Dacil e quella Odish» disse con determinazione.

Anaïd volava tra le querce schivando i rami giovani che erano cresciuti troppo e le tagliavano la strada. Si imbatté nello sguardo stupito dei gufi e negli sbuffi delle upupe.

Tuttavia, né gli abitanti del bosco, né lo svolazzare costante delle sue ali, né gli occhi fissi sui sentieri che s'intrecciavano nel querceto qualche metro sotto di lei, le impedivano di pensare. Cercava Dacil e, nonostante la larghezza delle sue ali ricoperte di piume, il suo cervello e la sua mente non erano cambiati. O forse sì?
Anaïd avvertì il morso dell'angoscia.
Ultimamente non riusciva a riconoscersi nelle sue azioni. Agiva impetuosamente, con urgenza, con bramosia, e le cose alla fine le riuscivano male. Cosa era successo a Roc? Perché era svenuto? Poteva essere grave? Era successo tutto così in fretta che non aveva avuto il tempo di assimilarlo.

Più o meno un'ora prima era entrata in casa di Elena, di notte e di nascosto, e aveva strapazzato Dacil perché togliesse il disturbo. Era entrata pur sapendo che si stava introducendo furtivamente nella casa dell'amica di sua madre, la bibliotecaria che aveva scelto per lei e le aveva fatto leggere i suoi libri preferiti, colei che l'aveva accolta quando Selene era scomparsa. E adesso stava entrando come una ladra, dalla finestra, senza salutare, nascondendosi negli angoli.

Mentre aspettava di entrare nella stanza di Dacil, addossata al muro del corridoio, aveva sentito Karen arrivare. Aveva riconosciuto la sua voce canterina e i suoi passi affrettati. Le gambe stavano per cederle. Dovette stringere i denti per non correre all'ingresso, baciarla e sedere sulle sue ginocchia. Aveva nostalgia della sua risata facile, delle chiacchierate infinite, degli sciroppi amari e degli abbracci dolci. Si pentì di tutto e per poco non tornò indietro scendendo dalle scale di legno per dividere la cena con Karen ed Elena, e confessare il suo errore nell'avere offerto a Roc la pozione d'amore. Voleva liberarsi dalle responsabilità e sentirsi di nuovo una giovane lupa ubbidiente.

Ma proprio in quel momento vide Roc uscire nel corridoio e bussare piano alla porta della camera che Dacil divideva coi gemelli. Si ritirò ancora di più nell'ombra per non essere vista. Da parte sua, lui nascondeva qualcosa dietro la schiena. Una rosa?

Anaïd non riusciva a crederci. Non era possibile che volesse regalare quella rosa a Dacil. Invece sì, Roc porse la rosa del giardino a Dacil e la invitò ad annusarne la fragranza.

Anaïd si innervosì vedendo che non solo Dacil gli sorrideva, con quel sorriso così bello che aveva senza neanche saperlo, ma che Roc era dispostissimo a darle un bacio. Fu costretta a intervenire. Con un semplice incantesimo mandò una folata di vento contro le imposte, provocando un gran baccano. Roc e Dacil sobbalzarono e si allontanarono l'uno dall'altra. Fu sufficiente, il soprassalto aveva rotto la magia del momento e si separarono imbarazzati. Aspettò che si richiudessero di nuovo le porte, contò fino a dieci ed entrò con irruenza nella camera di Dacil. E scoppiò. Era arrabbiatissima, sputava fuoco e l'accusò di essere una ficcanaso, imbrogliona e svergognata.

«Via, fuori di qui, mi senti? Hai rovinato tutto. Vattene».

Dacil uscì di corsa giù per le scale, senza prendere alcuna precauzione perché nessuno si accorgesse della sua partenza.

Anaïd si pentì subito del suo attacco d'ira, ricordando se stessa all'età di Dacil, il suo peso, la sua altezza, e quanto si sentiva indifesa e piccola. Ma non ebbe il tempo di porre rimedio. Il suo proposito era ben diverso.

Scivolò silenziosamente lungo le pareti del corridoio fino ad arrivare alla stanza di Roc. Una volta lì, aprì magicamente la porta, spense la lampadina e si infilò al buio nella camera. Mentre Roc tentava, alla cieca, di riaccendere la luce, Anaïd versò la pozione d'oblio nel bicchiere d'acqua che aveva sul comodino. Cristine l'aveva avvertita: non più di dieci gocce diluite in acqua; ma il buio le impediva di contarle accuratamente, e preferì eccedere, piuttosto che sbagliare per difetto. Così, si disse, avrebbe dimenticato persino Marion. Dopo, gli bisbigliò all'orecchio:

«Acqua, hai bisogno d'acqua, hai una gran sete» e gli porse il bicchiere, avvicinandosi a lui nel buio.

Roc seguì il suo impulso, allungò la mano, prese il bicchiere e bevve. Quasi immediatamente si prese la testa tra le mani. Sembrava che soffrisse di una nausea improvvisa o di vertigini. Anaïd si spaventò e senza rendersene conto, il suo corpo reagì da solo e le sue braccia si trasformarono in ali. Sorpresa, le batté energicamente per scappare. Ma Roc, sentendo quel rumore così vicino, allungò la mano e Anaïd non riuscì a muoversi. Voleva vederlo, voleva guardarlo negli occhi... e la luna, in risposta al suo desiderio, spostò una nuvola che la copriva e illuminò la piccola stanza.

Roc la guardava macchinalmente, con le pupille piccole, ansimante, pallido. Si aggrappò a lei spaventato.

«Anaïd, Anaïd, non andare via. Rimani, Anaïd. Aiutami».

Aveva la voce rotta. Come l'urlo di Karen che risuonò in quel momento, come il bicchiere che cadde per terra sbriciolandosi. E poi fu Roc a cadere, senza che Anaïd riuscisse a prenderlo. Con le ali era impossibile.

Il cuore le batteva con forza. Era morto? Non era possibile. Tutto era successo così all'improvviso, rapidamente. E tuttavia non poteva rimanere per aiutarlo. Karen ed Elena urlavano e stavano salendo le scale di corsa. In un momento sarebbero state lì, l'avrebbero trovata e accusata di tutte quelle disgrazie.

Fece un incantesimo per chiudere la porta e si lanciò in volo dalla finestra, verso il buio protettore del cielo coperto di stelle.

Ormai lontana, udì il fracasso della porta che cadeva e il pianto di Elena. Confidò nell'abilità di Karen per aiutare Roc e pregò che lui dimenticasse il loro ultimo incontro e credesse a un'allucinazione.

Volava ormai da un bel po' quando individuò Dacil che sgattaiolava sotto le querce. Correva come un cerbiatto spaventato, senza badare ai vestiti che si strappavano e ai graffi sulla pelle. Correva come se avesse visto il demonio e Anaïd pensò che forse lei incuteva più paura.

Ma non era sola. Nello stesso istante in cui Anaïd iniziava la discesa per acciuffarla, si accorse di una figura femminile in groppa a un cavallo che l'inseguiva a gran velocità, la superava, le tagliava la strada e la costringeva a fermarsi.

La sorpresa la paralizzò. Era Elena, aveva invocato un incantesimo d'illusione e cavalcato su un cavallo magico. Elena, alta e grossa, si piazzò davanti alla piccola Dacil.

«Dove credi di andare?»

Dacil crollò davanti a Elena in un mare di lacrime.

«Mi dispiace, mi dispiace molto, non volevo...»

«Non volevi? E allora perché l'hai fatto?»

Anaïd volava sopra di loro senza intervenire nella scena. Appena Dacil avesse confessato la sua presenza avrebbe dovuto manifestarsi. Con Elena non sarebbero serviti i travisamenti. Ma la risposta di Dacil la sorprese.

«È stato un capriccio».

«Un capriccio dici? Da quando in qua offrire delle pozioni può essere considerato un capriccio?»

«Volevo che Roc si innamorasse di me e non sapevo come fare» mentì la piccola senza tradire Anaïd.

«Non è vero. A te, da sola, non poteva venire in mente. C'è qualcun altro. Dov'è l'Odish che ti ha sedotta?»

Dacil, così piccola e gracile, sembrò crescere. All'improvviso si alzò e sfidò Elena faccia a faccia.

«Sono io l'unica responsabile delle mie azioni. Da sola».

Anaïd avrebbe voluto baciarla.

«Molto bene» si inalberò Elena, più minacciosa che mai, con i suoi quasi cento chili. «Ne risponderai di fronte a un *coven* di matriarche».

«D'accordo» la sfidò la piccola eroina.

«Ma prima mi devi dare la formula della pozione d'oblio».

Dacil non finse. Non ne sapeva niente.

«Quale pozione d'oblio?»

«Quella che hai dato a Roc».

«Quando?»

«Qualche minuto fa. Non fingere, Roc può morire per colpa tua».

Dacil si difese con le unghie e con i denti.

«Non è vero. Mi stai ingannando».

In quel momento Anaïd capì che non c'erano dubbi sulla lealtà e il coraggio di Dacil, ma che lei, invece, si stava comportando come una vigliacca.

Atterrò tra le due donne.

«Anaïd!» esclamò Elena. «Cosa ci fai qui? Dov'è Selene?»

Non valeva la pena complicare ancora di più le cose. Lo erano già a sufficienza.

«Selene è lontana. Sono venuta da sola».

«E che cosa significa...?»

Prima di assumersi le sue responsabilità lanciò un'occhiata riconoscente alla piccola Omar.

«Dacil non è responsabile di niente di quello che è successo oggi».

Elena le guardò alternativamente, ora l'una, ora l'altra. Stava tentando di comporre un'immagine adeguata, ma Anaïd e Dacil insieme la sconcertavano.

«Vi conoscete?»

«Lei mi stava semplicemente ubbidendo. Sono stata io».

«Tu?» reagì lentamente Elena. «Vuoi dire che sei stata tu a dare la pozione d'amore a Roc perché si innamorasse di Dacil e dopo...?»

All'improvviso capì.

«Dacil ha interferito e tu sei tornata per dare la pozione d'oblio a Roc. È così?»

Anaïd annuì. Era molto semplice.

«Così è stato».

Elena si tirava i capelli.

«Perché, Anaïd, perché?»

Anaïd si difese dichiarando i suoi sentimenti.

«Voi gli avevate dato la pozione d'oblio perché mi dimenticasse, vero?»

Elena non era a suo agio.

«Non è stata una decisione precipitosa. Abbiamo dibattuto in un *coven*. È stata Selene a chiedercelo. In questo momento la tua missione è la cosa più importante, non puoi distrarti».

Anaïd tornò alla carica con i suoi ragionamenti.

«Il fatto è che non posso farlo se Roc mi ha dimenticato».

Elena si disperò; non era quello il momento né il luogo per discutere con una ragazza innamorata. Suo figlio era grave.

«Devi dirmi esattamente quale incantesimo, quali ingredienti e quali dosi hai usato per la pozione d'oblio».

Anaïd si sentì a disagio. Era stata Cristine a prepararla, quindi lei non lo sapeva esattamente.

«Non me ne ricordo».

«Gli ingredienti e le dosi sono fondamentali!» si spazientì Elena.

«Per cosa?»

«Per contrastarne gli effetti. Hai superato la quantità?»

«Credo di sì».

Elena non glielo rinfacciò.

«A volte succede, e la pozione provoca la paralisi. Prova a ricordartene».

Anaïd era piena di vergogna. Non poteva confessare che Cristine era intervenuta.

«Non posso».

«Una dose eccessiva può paralizzargli il cervello! Dobbiamo preparare un antidoto. Pensa, Anaïd, e dammi la formula. Karen sta aspettando».

Anaïd si spaventò.

«Non la so proprio».

«Allora? Non l'avevi fatta tu?»

Anaïd scosse la testa, incapace di dire un nome. Si sentiva intrappolata e colpevole. Doveva fare qualcosa.

«Lo scettro!» esclamò all'improvviso sentendosi in salvo. «Lo scettro farà una magia e salverà Roc» e pronunciò le parole magiche: «*Soramar noicalupirt ne litasm*».

Elena si allontanò da lei inorridita.

«Non ti riconosco più, Anaïd».

Lo scettro comparve nella mano di Anaïd, adattandosi perfettamente all'incavo luminoso del suo palmo.

«Lo vedi?» glielo mostrò tutta contenta. «Posso salvare Roc. Posso formulare un incantesimo di vita per liberarlo dalla morte».

Elena avanzò implacabile verso di lei.

«Non pensarci nemmeno! Mi hai sentito? Non pensarci nemmeno. Preferisco che mio figlio muoia piuttosto che l'eletta ci tradisca».

«Ma non è un tradimento» si difese Anaïd.

Elena, però, aveva capito tutto e l'accusò.

«Sei scappata da Selene e ti sei alleata con le Odish».

Anaïd tacque in cerca di un alibi, e in quel breve istante di silenzio Elena capì che i suoi sospetti erano giusti.

«Sono state le Odish a preparare la pozione per mio figlio!» urlò.

«Ma...» balbettò con difficoltà Anaïd, spaventata dalla veemenza di quell'accusa.

Le cose non erano o bianche o nere. Lei stessa non era né buona né cattiva, né Odish né Omar. Esistevano delle sfumature, anche se in quel momento Elena non ne considerava nessuna.

«Questo è tradimento!»

Anaïd crollò.

«Non dire questo, Elena, per piacere, non dirlo».

Dacil si impietosì.

«Non è vero, Elena. Anaïd ha promesso che verrà con me per adempiere la sua missione di eletta. Lei voleva solo recuperare l'amore di Roc».

Elena non condivideva l'empatia di Dacil, non quando suo figlio era in pericolo e la missione dell'eletta rischiava di fallire.

«Basta, Dacil! Questo potrai dirlo in un *coven*, dove verrai ammonita. Adesso sto parlando con Anaïd» e si rivolse a lei con autorità: «Dammi lo scettro».

Anaïd lo nascose dietro la schiena. Fu un gesto istintivo.

«Perché? Cosa ne vuoi fare?»

«Per il momento, liberarti da un pericolo. Lo scettro ti domina. Non te ne rendi conto?»

Anaïd provò a capire le parole di Elena. Era vero. Aveva ragione, non poteva essere cambiata così: doveva essere l'influenza dello scettro. Ricordò sua zia Criselda, che le aveva insegnato a distinguere tra guardare e vedere. Provò con tutte le sue forze a vedere se stessa dopo che era entrata in possesso dello scettro. E, infatti, si VIDE, posseduta dalla brama di possedere. Fu un istante di lucidità.

Si sentì una lupa, una Omar, una discendente del clan Tsinoulis, e vide davanti a sé una matriarca del clan della lupa che esigeva ubbidienza da lei. Si piegò.

«Tieni» disse a Elena porgendole lo scettro.

Elena lo prese diffidente e lo avvolse nella sua gonna per evitare di toccarlo. Nello stesso momento Anaïd si era già pentita di averglielo dato e allungò la mano, ma Elena lo nascose in una piega della gonna.

«Ridammelo» la supplicò Anaïd. «Lo custodirò io... fino a quando Selene non ritornerà e deciderà cosa fare».

«No!» rifiutò Elena.

«Dammelo, per favore, dammelo».

Elena, inflessibile, non le rispose nemmeno.

«Quale Odish ha creato la pozione?»

Anaïd si rinfrancò.

«Se te lo dico mi restituirai lo scettro?»

Elena rimase in silenzio e Anaïd si disorientò.

«La dama bianca».

Elena impallidì.

«È qui?»

Anaïd intuì che Selene aveva confessato il loro legame di parentela.

«Mi sta aiutando. Ha sconfitto Baalat».

Elena non le credé.

«Ti ha ingannato e ha avvelenato Roc. Devi ottenere la formula della pozione d'oblio e allontanarti da lei immediatamente».

Anaïd accettò le condizioni. Avrebbe accettato qualsiasi cosa pur di riacquistare il potere.

«Va bene, ma dammi lo scettro».

Elena reagì duramente.

«Assolutamente no!»

Anaïd si angosciò. La mano le bruciava, le mancava l'aria. E gridò con forza:

«*Soramar noicalupurt ne litasm*».

Tuttavia Elena, erudita e colta, contrastò la sua chiamata con una supplica.

«*Acuhar ernombra rinc*».

Quando si rese conto che lo scettro non le ubbidiva, Anaïd si infuriò contro Elena. Come osava rifiutare all'eletta ciò che le apparteneva? Si sentì legittimata a vendicarsi in qualunque modo, Elena lo meritava.

«Vuoi sapere perché Selene somministrò una pozione d'oblio a Roc, quando aveva solo un anno?» le gridò contro all'improvviso con una voce roca che non sembrava la sua.

Elena perse la concentrazione. Rimase sorpresa da quel riferimento a un tempo così lontano. Cosa c'entrava?

«Cosa stai cercando di dirmi, Anaïd?»

«Avevi una figlia che fu uccisa dall'Odish fenicia. Roc vide tutto».

Elena rimase pietrificata. Qualcosa, forse un'intuizione, le disse che quella storia era vera, anche se un'altra parte di lei la rifiutava. Aveva otto figli, tutti maschi, e a ogni gravidanza aveva desiderato una bambina, da poter viziare, in grado di ereditare il suo sangue Omar. Adesso Anaïd le stava dicendo che questa bambina era esistita e che era stata vittima di Baalat.

«Menti. Menti per farmi perdere il controllo e perché ti ridia lo scettro» rispose la madre ferita.

Anaïd notò che Elena stava per lasciar cadere lo scettro. Aveva indovinato la strategia, facendola vacillare con quella vecchia storia. Decise di insistere. Presto lo scettro sarebbe stato suo.

«Ah sì? Chiedilo all'oracolo del lago. Si chiamava Diana. Per questo anch'io mi chiamo Diana, perché Selene si sentì in colpa per la sua morte».

«Stai zitta!» urlò Elena tappandosi le orecchie.

Anaïd, però, si accorse che la mano le tremava insistentemente e si avvicinava pericolosamente all'impugnatura dello scettro. Elena stava per impazzire. Non l'aveva mai confessato a nessuno. Non aveva mai condiviso la tristezza con nessuno, ma in fondo ai suoi ricordi dimenticati sapeva di avere avuto una figlia e di non essere stata in grado di difenderla.

L'angoscia d'immaginare il suo bebè indifeso in mano a una Odish ebbe il sopravvento sulla ragione. Elena, fuori controllo, lasciò che la sua mano prendesse lo scettro. Lo brandì sopra la sua testa, mentre pronunciava delle parole incomprensibili.

E scomparve.

Dacil, sgomenta, fece un passo avanti e tastò il vuoto.

«È scomparsa».

Anaïd era sconcertata quanto lei.

«Mi ha rubato lo scettro. Hai visto?» esclamò.

L'assenza dello scettro le dava una strana sensazione di abbandono momentaneo, di nudità, di paura.

«Sei stata molto crudele» le rinfacciò Dacil.

«Quel che ho detto era vero!» si difese Anaïd.

«Per questo una madre Omar che subisce una cosa del genere non deve mai sapere la verità» rispose Dacil con un'aria vendicativa che Anaïd detestava.

E allora decise di ingannarla.

«Dacil, mi serve lo scettro. La vita di Roc dipende dallo scettro».

«Ne sei sicura?» chiese con cautela, dopo qualche attimo di silenzio.

Anaïd si sentì trionfante.

«Certo! Con lo scettro posso salvare Roc. Dai, forza, aiutami».

Dacil, che si sentiva terribilmente in colpa per avere preso parte a quel pasticcio, la pregò:

«Sì, fallo, per piacere, salvalo».

Anaïd alzò le mani sconsolata.

«Il fatto è che non so dove sia andata Elena».

«Come non lo sai? Sei stata tu a dirglielo».

«Cosa?»

«Di andare a chiedere all'oracolo del lago».

Anaïd si sarebbe schiaffeggiata, tanto si sentiva stupida. Ovviamente! L'obnubilazione di Elena era stata più forte della sua volontà.

Recuperò le sue ali e s'involò.

«Sii prudente. Elena è molto forte.» le gridò Dacil.

Anaïd lo sapeva già, e sarebbe stata prudente. Ma lo scettro era suo, solo suo.

Volò al di sopra della valle e si diresse verso il valico; continuò in direzione delle cime della catena montuosa, là dove la lingua del ghiacciaio aveva lambito la montagna lasciando una traccia di pietre. Lì sotto, c'era il lago.

Il lago magico, circondato dalle montagne, nascondeva ancora zia Criselda, prigioniera delle sue profondità. Le fredde acque s'increspavano al chiaro di luna come una coperta d'argento. E vicino a una delle sponde, inginocchiata accanto all'acqua, si trovava Elena. Lo splendore dello scettro che aveva in mano accese l'ira di Anaïd, che scese in picchiata verso di lei. Aveva un'unica ossessione: il suo scettro. Elena aveva il suo scettro.

Anaïd era accecata dalla rabbia.

Cadde su di lei e l'attaccò furiosa, senza rendersi conto che la sua bocca si era trasformata in un becco e che al posto dei piedi aveva degli enormi artigli con cui tentava di afferrare lo scettro senza riuscirci. Durante il suo volo disperato verso il lago, l'odio le aveva trasformato il corpo. Anaïd non si era accorta del momento in cui gli indumenti lacerati erano caduti nel vuoto, né di come o quando il corpo si era ricoperto di piume e aveva perso le gambe.

Sorpresa dall'attacco, Elena cadde in acqua stringendo fermamente lo scettro. Non reagì con la magia, semplicemente esclamò:

«Non sei più degna di possederlo».

Anaïd volle parlare, ma non riusciva ad articolare le parole, poteva soltanto gracchiare come i corvi. Allora si lanciò in un volo radente e provò ad afferrare di nuovo lo scettro con gli artigli, ma Elena si difese e l'affrontò con lo scettro nelle sue mani nude.

«Prima di vederlo di nuovo in tuo possesso, preferisco affondare nelle acque del lago e consegnarlo alla contessa».

Anaïd non ragionava, si limitò a gracchiare con odio, desiderando che così fosse. E, con sua grande sorpresa, Elena scomparve inghiottita dall'acqua. Il manto d'argento si richiuse sulla sua testa.

Calò il silenzio. Un silenzio denso, lungo, infinito.

Anaïd aspettò che uscisse. Un minuto, due. Dopo si lanciò in picchiata sul lago e, nel vedere la sua immagine riflessa, le venne da piangere. Era diventata una Striga, una Odish uccello, un mostro.

Si immerse e cercò disperatamente sotto le acque scure. Invano.

Uscì dal lago sbattendo le ali per asciugarsi le piume e si sdraiò sulla sabbia sentendo il morso della colpa. Cosa aveva fatto? Era morta, Elena? Aveva distrutto Roc? Cosa le stava accadendo? Perché?

Tra spasmi e pianti, recuperò gradatamente la sua forma umana finché, nuda e intirizzita dal freddo, si addormentò e la notte si popolò di incubi.

I primi raggi del sole, tiepidi, la svegliarono delicatamente. Era stanca e la sua pelle era bluastra. Si sfregò tutta, tremante di freddo e si rese conto di avere fame e sete, e gli occhi indolenziti per il pianto. Si avvicinò al lago per bere, giunse le mani e le avvicinò alle sue acque pulite.

Quando abbassò lo sguardo la vide.

Elena era lì.

Gridò e chiuse gli occhi.

Li riaprì. Era ancora lì. Elena era in fondo al lago, con lo scettro sulla gonna, e si pettinava i capelli con occhi da pazza. Elena era sulla riva e cullava lo scettro come se fosse sua figlia Diana, la bambina morta.

Non era sola. Accanto a lei, un'altra donna si pettinava i capelli grigi.

Anaïd la riconobbe e pronunciò il suo nome:

«Zia Criselda!»

Criselda alzò la testa, la guardò in faccia e sorrise.

CAPITOLO DODICI

Non prenderai la pietra verde

Nella grotta bianca dalle pareti immacolate Anaïd vedeva il riflesso della sua sagoma raggomitolata vicino alla dama di ghiaccio. La sua immagine si sdoppiava in altre mille, come un eco infinito.

Entrambe alte e magre, pallide, delicate. Molto simili.

Cristine, con la sua fredda dolcezza la confortava e calmava i suoi rimorsi.

«Su, tesoro. È tutto passato, non piangere, amore mio».

Anaïd era tornata convinta di dover rompere con lei e diffidare delle sue parole, ma Cristine, ragionevole come sempre, aveva ammesso la sua colpa e l'aveva sconcertata.

«Mi dispiace molto, tesoro, l'ho fatto per te, ma ti avevo avvertita di non mettere più di dieci gocce. Ho preparato una pozione d'oblio per Roc che fosse abbastanza potente da contrastare quella precedente. Così ti avrebbe ricordato senza necessità di alcun filtro d'amore».

«Perché non me l'hai detto?»

«Non volevo deluderti. Comportava dei rischi».

Anaïd voleva crederle. Perché no? Roc l'aveva riconosciuta prima di perdere conoscenza e l'aveva pregata di non lasciarlo. Questo significava che le voleva bene davvero? Perché non avrebbe dovuto credere a sua nonna? Le nonne vogliono il meglio per le loro nipoti.

A dispetto delle buone intenzioni le cose si erano messe male.

«Roc è grave, ed Elena si trova nel mondo opaco, prigioniera della contessa».

«Lo so, lo so. Tutto si risolverà. Non stare in ansia. Dacil ha già portato la formula della pozione a Karen. Devono avergli già somministrato l'antidoto».

«Posso vederlo? Posso vedere Roc?» supplicò Anaïd.

Sua nonna l'accontentò. Nella colonna traslucida della sala apparve riflessa l'immagine di Roc. Aveva un buon colorito e respirava normalmente. Accanto a lui suo padre, il fabbro, lo vegliava amorevole.

«Sembra addormentato» commentò Anaïd speranzosa.

«Si riprenderà» affermò Cristine.

«Roc» sospirò Anaïd prima che la sua immagine scomparisse definitivamente.

Quante sciocchezze aveva commesso per colpa sua? Perché l'amore era sinonimo di pazzia? Come avrebbe spiegato a Roc che aveva fatto scomparire Elena, sua madre? Pensò ai piccoli, sempre appesi alle sue gonne, al bebè, Ros, che stava ancora allattando, e le venne da piangere.

«Cosa ho fatto?»

Cristine le passò la mano fredda sulla fronte e sfiorò leggermente la pietra d'ametista. L'immagine di Elena e dei suoi piccoli si cancellò. Per qualche istante Anaïd si calmò, ma subito l'angoscia tornò a torturarla.

«E inoltre non ho lo scettro!» esclamò, sentendo l'assillo della mano che le bruciava.

Era un tormento.

«Tranquilla, lo riavrai».

Cristine alleviava la sua disperazione e agiva come un balsamo sulle sue ferite.

«Fatti coraggio. Sei l'eletta, sei forte. Le avversità sono delle prove per la tua forza d'animo».

Anaïd si lasciò consolare da quel discorso rassicurante. Volle crederci. Selene le avrebbe detto le stesse cose. Anche se non voleva, Selene le mancava. Gunnar era stato un'illusione, dopo appena qualche giorno all'improvviso era scomparso, non aveva nemmeno fatto in tempo a sentirne la mancanza. Era stato tutto così rapido... Alzò la testa, si asciugò le lacrime e sospirò.

«Questa notte cavalcherò sull'ultimo raggio di sole, entrerò nel mondo opaco, mi riprenderò il mio scettro e ritornerò con Elena e Criselda».

Lo disse per farsi coraggio, con la speranza che Cristine approvasse e la spingesse ad agire, ma le cose non erano così semplici.

«Non è possibile, tesoro. La contessa ha chiuso il mondo opaco. Nessuno ne può uscire».

«Io ne sono uscita col primo raggio di sole» protestò Anaïd.

«Proprio per questo. Da quando tu e Selene siete scappate, la contessa ha rinforzato le sue difese. È furiosa. Salma l'ha tradita e non si fida più di nessuno. Ha escogitato una strategia per diventare indistruttibile».

«E lo è?» chiese Anaïd con un filo di voce, ricordando ciò che Selene le aveva spiegato sul suo talismano stregato. «È vero che ha un talismano col sangue e i capelli di tutte le ragazze Omar che ha sgozzato e che per questo è indistruttibile?»

Cristine si scostò da lei per un momento e l'esaminò accuratamente.

«Chi te l'ha raccontato?»

«Selene».

Cristine annuì.

«È così, ma le manca ancora l'eletta».

Anaïd rabbrividì.

«Allora vorrà cercarmi».

Cristine era molto seria.

«Presto verrà a sapere che lo scettro è nei suoi possedimenti e se ne servirà per attirarti».

«Lo può fare?»

«Certo».

Anaïd ebbe paura.

«E allora?»

«Ti catturerà senza rimedio. Come un ragno cattura la mosca caduta nella sua ragnatela».

Anaïd era braccata.

«E tu? Non puoi lottare contro di lei e restituirmi lo scettro?»

«Siamo nemiche, non mi permette di entrare nei suoi territori».

«Io ti ho vista nel mondo opaco».

«Ci sono entrata solo mentre lei dormiva per l'incantesimo di Salma».

Anaïd non riusciva a venirne a capo: Roc era malato, Elena prigioniera, il suo scettro nelle mani della contessa... Perché aveva complicato le cose fino a quel punto? Perché Cristine le aveva detto che tutto poteva essere risolto, se a ogni alternativa rispondeva che era impossibile?

«Cosa possiamo fare?»

«C'è una possibilità. Ma dipende da te, solo da te, Anaïd».

Lo sapeva. Intuiva che era lei la chiave per disfare il nodo che lei stessa aveva stretto.

«Che dovrei fare?»

«Viaggiare nel passato e distruggere il talismano che la contessa ha creato col sangue e i capelli delle sue vittime».

Anaïd ne fu sconvolta. Viaggiare nel tempo e visitare il passato. Era impossibile.

«Come?»

«Le Odish sanno come. Io stessa ti manderò attraverso il tempo».

Anaïd inorridì. La contessa aveva sgozzato e torturato delle giovani del cui sangue si era nutrita per molto tempo. Molte giovani. Moltissime.

«Quante ragazze ha ucciso?»

«Quasi seicentocinquanta».

Anaïd impallidì.

«Dove?»

«In Ungheria. Nel castello di Csejthe».

«Quando?»

«Almeno per un decennio. Finì nel 1610. Verso la fine di quell'anno, la contessa abbandonò ogni prudenza e se la prese con le figlie di gentiluomini. Ci furono molte proteste del sindaco del paese di Csejthe presso il Parlamento ungherese. Un cavaliere, tale Turzhó, che era anche suo cugino, fu spedito da lei per indagare. Quando trovò i cadaveri delle ultime vittime, le ragazze torturate e quelle che si trovavano nelle segrete in attesa del loro turno, ordinò che Erzebeth fosse imprigionata insieme a tutti i suoi collaboratori. Rapidamente fu allestito un processo esemplare. I suoi tre fedeli servitori furono condannati a morte, e lei, in quanto nobile, venne rinchiusa per sempre nelle sue stanze. Nessuno l'ha mai più vista. È lì che dovresti andare tu. Quello sarebbe il momento giusto per intervenire senza modificare il corso degli avvenimenti».

Anaïd sentì una grande tristezza.

«Se distruggo il talismano prima delle morti delle ragazze, potrei evitarle».

Cristine si rifiutò.

«Non possiamo modificare il passato. È molto pericoloso. Devi comparire nel momento in cui la contessa fu incassata nel muro».

Ad Anaïd quella parolina ricordò un tramezzino fatto col pane a cassetta.

«Incassata?»

«Muravano le aperture di porte e finestre. Chiudevano la stanza, cosicché non si potesse più uscire né vedere la luce. Si lasciava un piccolissimo pertugio in cui ogni giorno veniva messo un tozzo di pane secco e una brocca d'acqua. Ma non era permesso tirare fuori gli escrementi. I prigionieri murati finivano vittime dei topi, delle malattie, della pazzia».

«Che orrore!» esclamò Anaïd immaginando una simile tortura. «Vivere il resto della vita in questo modo».

«Nessuno resisteva più di un anno in queste condizioni. Quando le persone murate vive smettevano di ritirare il pane e l'acqua, quel pertugio veniva chiuso col mattone mancante. Quella diventava la loro tomba. Ed è lì che si è persa ogni traccia della contessa

Erzebeth Bathory. Semplicemente, svanì da questo mondo. Il suo corpo non è mai stato trovato. Tu e io sappiamo che viaggiò nel mondo opaco e che ha conservato gelosamente il suo talismano aspettando il tuo arrivo. Si tratta di far arrivare la contessa nel mondo opaco senza il suo talismano. Solo tu puoi distruggerlo».

«Perché io e non tu?»

«Non ti conosce e potrai avvicinarla».

«E come farò a distruggere il talismano?»

«Con questo fuoco» e le porse un lucignolo. «Ce la farai?»

Anaïd sospirò.

«Non ho lo scettro. Con cosa mi difenderò?»

«Puoi fare un incantesimo e procurarti un coltello perché ti serva da arma. E ricordati che sei molto potente».

Anaïd non cercò altre scuse.

«Va bene. Quando devo partire?»

«Prima lo farai e meglio sarà».

Anaïd impallidì.

«Vuoi dire adesso?»

«Appena sarà notte. Pensi di farcela?»

Anaïd deglutì, pensò a Elena, a Roc, alla povera Criselda e soprattutto allo scettro e ne ricavò coraggio e forza.

«Spiegami tutto ciò che dovrò fare, e soprattutto come farò a ritornare qui».

Qualche ora più tardi, Cristine finì di collocare le pietre magiche nel chiaro del bosco e cominciò la sua danza rituale. Indossava una tunica di seta ricamata con pietre di giada, che ondeggiava seguendo i movimenti del suo agile corpo. Aveva grandi braccialetti d'argento alle braccia e alle caviglie e una corona di giusquiamo in testa.

Accese il fuoco col lucignolo incantato e fece bollire il calderone con le erbe scelte per l'occasione. Un fumo nero dal forte odore acre si diffuse come una nebbia spessa tra i cespugli del sottobosco imperlato di gocce di rugiada.

Anaïd la contemplò ammirata. Era una sacerdotessa della notte che richiamava gli spiriti per invocare il loro aiuto nel transito di un'umana attraverso il tempo e lo spazio.

Anaïd si spogliò lentamente, un indumento dopo l'altro. Si sciolse i capelli e aprì le braccia perché Cristine la purificasse col fumo della pozione.

Dopo ricevette dalle sue mani il lucignolo, che doveva accendere il talismano e la pietra del tempo che le avrebbe consentito il transito.

Cristine danzava a un ritmo sempre più intenso, più frenetico. Anaïd la seguiva con lo sguardo aspettando il segno che le avrebbe indicato che il viaggio era possibile.

E quel momento arrivò insieme a un urlo imprevisto e stridulo:

«Aspetta, Anaïd, aspettami. Vengo con te!»

Era la voce di Dacil, ma non poteva occuparsi di lei. Dacil correva nel bosco come una pazza, spogliandosi, mentre urlava disperatamente, senza rassegnarsi ad abbandonarla.

Anaïd saltò con impeto nel cerchio magico di massi e sentì uno strattone alla mano destra, in cui stringeva la pietra verde che doveva indicarle la strada. La pietra del tempo, condivisa dalle mani di Anaïd e Dacil, fu sul punto di scivolare, ma insieme riuscirono ad agguantarla, mentre un grido strozzato usciva dalle loro gole.

Stavano viaggiando nel tempo.

CAPITOLO TREDICI

Non ascolterai le voci del deserto

Il couscous era buonissimo, indubbiamente il piatto più saporito che Selene avesse mai assaggiato. L'avevano cucinato davanti ai suoi occhi, sulla sabbia scura con un fornelletto a gas. Con le loro mani tinte di henné, e sempre con un sorriso ospitale, le donne le avevano mostrato gli ingredienti che utilizzavano per la ricetta. Erano semplici: la semola del couscous, le verdure, poche ma odorose e fresche, le spezie intense e l'agnello che, appena macellato, aveva un intenso e dolce odore.

Assaggiare un couscous seduta in cerchio sul pavimento di una *khaima*, bevendo tè alla menta con una famiglia della tribù degli uomini blu del deserto, su un tappeto di lana tessuta a mano, aveva un fascino particolare. Tutti si chinavano contemporaneamente per condividere il cibo, avvicinavano la mano destra, prendevano una manciata di couscous, modellavano abilmente una pallina con l'aiuto del pollice e mangiavano educatamente. Selene pensò che quel semplice esercizio richiedeva buone maniere, come sbucciare un'arancia con forchetta e coltello, mentre rideva della sua goffaggine nel tentare di fare la pallina. I bambini ridevano di lei e l'indicavano col dito senza vergognarsi e le donne, più comprensive, le bisbigliavano consigli con discrezione, di nascosto dagli uomini che si coprivano il viso con turbanti blu; le donne le avevano insegnato anche ad allacciarsi il fazzoletto sulla testa che, oltre a proteggerla dal sole, le serviva per coprirsi il viso, quando soffiava il vento carico di sabbia, sempre più frequente via via che si addentrava nel Sahara.

Selene aveva gli occhi irritati, la pelle secca e la lingua gonfia. Cominciava a sentire la mancanza di acqua e la bassa umidità della zona. Si stava disidratando, le unghie e i capelli erano diventati fragili. Faceva fatica ad abituarsi a quelle folate di aria calda carica di sabbia che le bruciavano la trachea e le tagliavano il respiro. Selene non riusciva ad abituarsi al Sud, nonostante apprezzasse i colori intensi, l'orizzonte sconfinato, le sagome cangianti delle dune, certo non inferiori alle migliori sculture dell'arte moderna, e le notti magiche.

Quando calava la sera, i termometri, che durante il giorno raggiungevano i cinquanta gradi, cominciavano a scendere. Presto sarebbe giunta l'ora degli scorpioni e dei serpenti che strisciavano e cacciavano in silenzio per poi cercare rifugio tra gli indumenti. Si sarebbero nascosti tra le pieghe dei suoi pantaloni o avrebbero cercato asilo nella frescura dei suoi stivali.

Selene chiuse gli occhi. A quell'ora del tramonto, accanto all'oasi, si sentiva il gracidare delle rane e il canto delle cicale. Le fragranze erano intense e i profumi dei fiori giungevano col vento, come l'eco del galoppo dei pochi dromedari *mehari* rimasti. Erano montati dai cavalieri tuareg che ancora attraversavano il Sahara. Si poteva udire il loro passo sordo semplicemente avvicinando l'orecchio alla terra calda.

Selene fece così con la speranza di udire il suono della Land Rover che la precedeva in quell'assurda corsa verso l'inferno. Lei e Gunnar avevano cambiato mezzi di trasporto per addentrarsi nel Ténéré, dove il torrido scirocco alzava tempeste di sabbia e cancellava ogni impronta. Era da troppi giorni, ormai, che udiva dappertutto il motore della macchina di Gunnar. Il deserto stesso odorava di Gunnar. Il suo odore persistente galleggiava sulla pelle delle *khaime* che aveva visitato, e per tre volte aveva passato la notte con la famiglia che l'aveva ospitato.

Il racconto era simile. Si era sempre comportato in modo misterioso. Aveva sempre rifiutato il tetto della *khaima*, costruita con legno di acacia e pelli di cammello e capra, e aveva dormito nella sua macchina. Aveva sempre rifiutato di dividere i suoi pasti con le famiglie e aveva comprato cibo da mangiare da solo in macchina; e aveva sempre preteso di pagare l'acqua, richiesta punibile con la morte. Dopo scompariva all'improvviso, senza avvertire né salutare né scambiare alcun regalo con i suoi ospiti. Una serie di scortesie che lo metteva in cattiva luce. Gli orgogliosi tuareg avevano un brutto ricordo della sua mancanza di educazione e tutti si offrivano di aiutare Selene, confondendola con una marea di consigli, cibo, sorrisi e regali, affinché riuscisse ad acciuffare quell'energumeno.

Selene non aveva bisogno di fingere. Era genuinamente sincera nel suo odio verso Gunnar e, raccontando il rapimento di sua figlia, si assicurava la solidarietà di tutte le tribù delle oasi del deserto.

Qualcosa nel suo inseguimento le stonava. Com'era possibile che un Odish così abituato a viaggiare, così saggio e intuitivo ignorasse le buone maniere degli uomini blu del deserto? Il suo atteggiamento era apertamente provocatorio. Non si proteggeva né mostrava alcuna deferenza per le leggi degli ultimi nomadi africani. Era cambiato così tanto Gunnar? Selene lo ricordava rispettoso verso i *sami* e gli inuit, amante delle tradizioni vichinghe, incapace di ridere delle superstizioni o di sfidare un tabù. Era diventato pazzo? Altrimenti, come gli era saltato in mente di portare una ragazzina in un territorio così inospitale come il Ténéré? Voleva forse farla morire di caldo? Di sete? Di fame? E se la loro macchina avesse avuto un guasto?

Da qualche giorno l'angoscia di Selene era in aumento. Soprattutto da quando aveva scoperto che le tracce lasciate da Gunnar tornavano fatalmente allo stesso posto da cui era partito due giorni prima. Aveva disegnato un cerchio completo. Poteva essere così disorientato? Così perso da non distinguere più il Nord dal Sud? Inoltre era anche molto preoccupante il fatto che fosse riuscito a rendere totale l'isolamento di Anaïd. Non c'era verso di avvicinarla e non riusciva a stabilire un contatto telepatico né divinatorio con sua figlia.

Alle porte del deserto, dopo avere valicato l'Atlante, aveva letto le forme delle dune con l'aiuto di una giovane Omar del clan dello scorpione. Nessuna delle due era riuscita a percepire alcuna traccia della presenza di Anaïd. Con i suoi poteri o senza, Gunnar aveva cancellato in un sol colpo l'energia vitale dell'eletta.

La notte precedente, poi, era successo qualcosa di strano. Quando aveva avvicinato l'orecchio alla sabbia, aveva sentito distintamente la voce di Gunnar che parlava ad Anaïd. Tuttavia, malgrado i suoi sforzi, non era riuscita a sentire la risposta di sua figlia. L'aveva forse cancellata? Come? Era impossibile penetrare nei meandri delle arti magiche di Gunnar, che erano indubbiamente tanti e complessi.

«Hai mai visto le costellazioni del deserto?» le chiese inaspettatamente una voce maschile che parlava francese con accento arabo.

Selene lasciò da parte le sue preoccupazioni e alzò lo sguardo.

Il giovane indossava una tunica color indaco e nascondeva una parte del suo viso col turbante, aveva la pelle arrossata con riflessi di rame, le mani grandi e gli occhi neri come la notte.

Selene sospirò. Era un'amante delle stelle. Aveva trasmesso quell'amore ad Anaïd e nelle notti limpide era diventato per loro quasi un'abitudine uscire in giardino, sdraiarsi per terra, socchiudere gli occhi e cantare i suggestivi nomi di Alrai, Alderamin o Arturo, anche se le sue favorite erano le costellazioni invernali, le scintillanti stelle di Orione, la maestosa stella rossiccia di Betlegeuse o la grande Bellatrix, di un colore bianco-azzurro. Anaïd, invece, preferiva le giovani stelle che ornavano la cintura del gigante: Mintaka, Alnilam e Alnitak, azzurre e leggere come lei.

Senza volere i suoi occhi si riempirono di lacrime pensando a sua figlia. L'uomo blu gliele asciugò col dorso della mano e dopo l'aiutò ad alzarsi e la invitò a contemplare il magnifico spettacolo.

Camminarono per qualche metro, allontanandosi dalle *khaime*. Si arrampicarono su una duna e si sdraiarono in cima. Quando alzarono gli occhi verso il cielo, Selene rimase senza respiro. La bellezza di quel cielo limpido, favolosamente nitido, coperto di stelle era tale che la malinconia, simile al fascino per la bellezza assoluta, s'impadronì della sua anima. La sua vista si annebbiò e si sentì fiacca e debole. La passione che metteva sempre nel cercare ostinatamente la linea immaginaria che l'avrebbe portata dall'Orsa Minore a Cassiopea adesso non si risvegliava. Le stelle erano lì, esibivano tutto il loro splendore, ma non volevano essere identificate. Era il grande spettacolo della loro festa, e in quel caso i tappeti rossi e i flash erano di troppo. Il glamour del cielo l'invitava a unirsi a loro.

Per un istante la compagnia dell'uomo blu del deserto la illuse. Pensò di trovarsi vicina ai suoi cari, immaginò che anche Anaïd stesse guardando quello stesso cielo pieno di luce e che si tenevano per mano e, attraverso la telepatia, dicevano a bassa voce i nomi delle stelle. Fino a che il suo compagno cominciò a parlare.

«Il leone è feroce e il suo ruggito paralizza le vittime. Il leone non si nasconde, sfoggia la sua criniera e si sdraia al sole per farla brillare. Il leone si pavoneggia, il leone riesce a farsi guardare da tutti».

Selene rimase pensierosa. Che cosa voleva dirle?

«La leonessa caccia di notte, silenziosamente. Uccide le sue prede senza far rumore e nasconde i suoi cuccioli dai predoni. La leonessa è furba e forte, tranne quando vede la chioma rossastra del leone».

Selene respirò profondamente. Si sentiva troppo nuda e stanca per fuggire.

«Nel deserto i leoni non ci sono più» si difese goffamente.

L'uomo del deserto si appoggiò sulla sabbia e la trafisse coi suoi occhi neri.

«I più anziani raccontano che il leone inseguiva la leonessa coi cuccioli e rincorreva i piccoli per divorarli. La leonessa dopo cacciava per lui ed era affettuosa e disponibile. Non ricordava più il male che le aveva fatto».

Selene si mise in guardia. Stava tentando di avvertirla di qualcosa di terribile?

«Le leonesse sono vittime della loro natura. A volte la natura è ingiusta».

Il tuareg annuì.

«Anni fa, il leone regnava su queste terre, ma la sabbia e il vento l'hanno sconfitto».

Selene indicò nel cielo la costellazione del leone. L'aveva appena vista.

«È lì».

L'uomo blu annuì.

«Adesso lo vediamo soltanto in cielo. Crediamo che regni, ma coloro che arrivano dal Sud raccontano che l'idra sinuosa è in agguato. Presto o tardi ucciderà il leone».

Selene aveva udito parlare dell'idra e dei suoi satelliti, il corvo, Antlia e Vela, ma non distolse l'attenzione dall'informazione che l'orgoglioso nomade intendeva fornirle.

«Quindi, il leone è in pericolo o no?»

L'uomo la fissò.

«La leonessa mente. Il leone non ha portato via il suo cucciolo... o forse l'ha mangiato».

Selene balzò in piedi. Cosa stava dicendo quell'uomo?

«Gunnar porta mia figlia con sé, la nasconde nella sua macchina».

«Non è vero».

Selene si angosciò.

«No, non l'ha divorata, non avrebbe potuto».

L'uomo blu sorrise enigmaticamente.

«Allora, semplicemente non è con lui».

Da una piega della sua tunica prese un oggetto che porse a Selene. Era un registratore. Selene si stupì. E ancora di più quando l'uomo pigiò un pulsante e nel silenzio della notte risuonò la voce di Anaïd. Era lei. Era la sua voce, la conversazione che credeva di avere interrotto più volte e che aveva scambiato con la vera Anaïd. La sua piccola era lì dentro, prigioniera di un nastro.

«Questa è tua figlia. Non c'era nient'altro».

Selene capì immediatamente.

«Sei entrato nella sua macchina?»

L'uomo annuì.

«Ho ricevuto un messaggio da mia cugina Shahida. Mi avvertiva del suo arrivo, e anche del tuo. Mi pregava di liberare la ragazzina».

Selene pensò di soffocare dall'emozione. Non era sola. Le Omar la stavano aiutando, le Omar le avevano dato una mano, ma era stato invano...

«Ne sei sicuro?»

Non ci fu bisogno di conferme. Gli occhi di falco che riuscivano a distinguere la polvere alzata da una carovana a più di mille chilometri la fissarono senza battere ciglio. Era turbato, ma diceva la verità.

Selene si sentì stupida. Stupida come quando aveva scoperto di essere stata abbandonata in albergo. Stupida come quando aveva scoperto che Gunnar non era il suo amante bensì il suo nemico. Era davvero una povera stupida.

E scoppiò a piangere disperatamente. Non per la sorte di Anaïd, ma per il suo triste destino di donna ingannata. L'uomo l'abbracciò e Selene nascose il viso nella sua tunica blu indaco e la bagnò con le sue lacrime.

Cominciò a pensare. Gunnar si era comportato da vero maleducato perché tutti si ricordassero di lui. L'odio suscita ricordi, nessuno dimentica chi l'ha offeso o insultato. Gunnar aveva agito con premeditazione. L'aveva aspettata a ogni bivio lasciando degli indizi così ovvi che chiunque si sarebbe reso conto che erano fasulli. Come quando aveva sbagliato strada e si era diretta verso la costa. Un uomo, un pover'uomo che aveva raccolto nella sua macchina, le aveva raccontato la storia di una straniero biondo, alto e dagli occhi inquietanti che aveva investito le sue galline ed era scappato. Era diretto a Sud, verso l'Atlante, non verso Agadir e l'Atlantico come aveva supposto lei. E quell'insistenza nell'acquistare cibo e acqua dappertutto, nel comprare indumenti femminili nei bazar, nel nascondere sempre il sedile posteriore dagli sguardi degli estranei, insistentemente ma con cautela, perché la sua ossessione non passasse inosservata, senza arrivare a essere sospetta.

Ciò significava che Gunnar voleva che lei lo seguisse. Gunnar era la sua esca e lei aveva abboccato e si stava allontanando sempre più da sua figlia. Evidentemente. La stava portando a Sud. Dunque Anaïd era andata a Nord. Rabbrividì. Era forse nei territori della dama bianca?

Doveva mettersi in contatto con Elena. Aveva voluto risolvere l'incedente con i suoi mezzi, ma aveva perso troppi giorni inseguendo una pista falsa.

Selene alzò gli occhi verso il cielo stellato e s'imbatté nello sguardo dell'uomo del deserto. Era enigmatico come l'orizzonte dalle dune cangianti e luminoso come le stelle che popolavano la notte. Ed era anche molto galante.

«Vieni con me».

Selene esitò. Se fosse servito per ferire Gunnar...

«Lui lo saprà?»

Ma il cavaliere del deserto negò fermamente.

«Questa notte dimenticatene» e le porse la mano, pronto a condurla nella sua *khaima*.

Selene non accettò il suo invito.

«Voglio vendicarmi» gli disse come unica risposta.

Lui la fermò e la costrinse a guardarlo.

«Non sai quello che vuoi».

Selene si liberò e corse verso la macchina.

CAPITOLO QUATTORDICI

Non berrai dalla coppa

Anaïd fece fatica ad aprire gli occhi, le palpebre le pesavano come marmo e la testa stava per scoppiarle. Aveva viaggiato nel tempo? Dov'era la pietra verde? E Dacil? In quell'orribile caduta aveva perso la pietra che teneva nella mano destra e che le avrebbe garantito il ritorno nel suo tempo. Fortunatamente, nell'altra mano conservava ancora il lucignolo che doveva incendiare il talismano della contessa.

Ma dov'era? Quella non era la cella buia dove era stata murata la contessa. O forse sì? Era atterrata in un posto gelido. Sotto di lei, un lenzuolo bianco copriva un materasso duro e sul soffitto si vedevano dei pallidi lumini. Il vento soffiò, e una goccia fredda e spessa le cadde sul naso. Era un fiocco di neve che cadeva da un albero. Allora, quel presunto soffitto nero e minaccioso era il cielo? Guardò meglio e capì che era all'aperto, sotto un cielo buio, pieno di fioche stelle.

Tremò impaurita. Non era previsto che arrivasse in mezzo alle montagne. Come avrebbe fatto a trovare il castello della contessa Erzebeth Bathory? Come avrebbe fatto a raggiungere la sua camera? I Carpazi erano pieni di ombre, o forse a lei parevano così perché si trovava nel XVII secolo, quando ancora non c'erano la luce elettrica né strade asfaltate né lampioni né insegne luminose. Le notti di quattrocento anni prima erano semplicemente buie. Udì un lontano ululato e ricordò che in quelle montagne piene di boschi millenari vivevano orsi, lupi, volpi e martore. Terra di vampiri e di streghe Omar conosciute come Viles o fate benefiche. E malgrado il fascino misterioso che avvolgeva quella regione vicina alla Transilvania, percorsa dagli allegri zingari e ciclicamente invasa dagli esotici e raffinati turchi, quel posto non era di suo gradimento. Non le erano mai piaciute le storie di Demetra sulle streghe dei Carpazi. Le facevano paura. Ben presto fu assalita dai dubbi, era veramente atterrata su un lenzuolo? No. Assolutamente no. Lasciò scivolare la mano sul materasso duro e freddo su cui si trovava e si rese conto che si trattava di un sottile tappeto di neve. E non solo. Era nuda e intirizzita in mezzo a una strada. Lo scoprì quando udì gli zoccoli dei cavalli e le ruote di legno della carrozza che si stava avvicinando. Su entrambi i lati, le cunette erano fiancheggiate da rigogliosi aceri che proiettavano le loro ombre spettrali. Il buio l'avvolgeva, non l'avrebbero vista e sarebbe morta schiacciata. Volle alzarsi in piedi, ma era esausta dopo il lungo e strano viaggio attraverso il tempo.

«Dov'è Dacil?» si chiese. Era sopravvissuta? Dov'era? L'ultima cosa che ricordava era che si era aggrappata disperatamente alla pietra. Dopo, entrambe erano cadute come in un vortice, e ora né Dacil né la pietra erano con lei.

Cristine aveva calcolato male il suo arrivo. Che giorno era? Sarebbe dovuta arrivare il 29 dicembre del 1610. Aveva sbagliato i calcoli?

Finalmente riuscì ad alzare leggermente la testa e lì, in alto, intravide il piccolo castello, un vero nido di aquile incastrato tra le rocce. Inespugnabile, solitario, battuto dal vento e dalla neve. Quello doveva essere il castello di Csejthe, grondante di sangue. Se era vero, nei suo labirintici sotterranei si nascondevano le macchine per la tortura e le celle dove la sanguinaria contessa nascondeva le sue vittime. E nuovamente udì con sorpresa il suono delle ruote della carrozza sempre più vicine. Anaïd strinse i denti e fece uno sforzo sovrumano per trascinarsi a un lato e lasciare il centro del cammino, ma non ci riuscì.

Erzebeth Bathory era furiosa e, quando la contessa era di cattivo umore, tutti i servitori tremavano. Non si poteva mai sapere chi avrebbe pagato. Prima capitava di rado, ma negli ultimi anni il sangue l'aveva fatta impazzire. Alcuni dicevano che era colpa del carattere lunatico dei Bathory e giustificavano i suoi attacchi sempre più violenti. Ma quelli che la conoscevano meglio attribuivano la sua pazzia alla strega del bosco. Raccontavano che, quando c'era la luna crescente, la contessa cavalcava selvaggiamente sul suo cavallo per incontrare una vecchia che le procurava filtri ed erbe di ogni tipo.

Qualunque fosse il motivo, la contessa era nella sua carrozza, furiosa e con in mano un ago appuntito. Cercava tra i volti spaventati e i corpi rattrappiti delle ragazze che aveva di fronte un pezzo di carne bianca per conficcarlo. Il fatto era che le ragazze che viaggiavano con lei, procurate dalla sua fedele cameriera Jo Ilona, non le piacevano. Troppo rozze e troppo ignoranti.

«Non sono figlie di Zemans, non sono di sangue blu, mi ingannate» si lagnò la contessa mentre ispezionava le mani ruvide e le facce arrossate delle contadine.

«Ve lo giuro, signora» si sforzò la malvagia Jo Ilona. «Le abbiamo trovate a Novo-Miesto, durante il Priadky» disse citando la festa in cui le figlie dei gentiluomini mostravano le loro abilità ricamando e raccontando belle storie.

Erzebeth Bathory si arrabbiò e ne indicò una con l'ago.

«Il Priadky? Tu non sai filare né raccontare una fiaba. Sai solo dar da mangiare alle mucche e strappare barbabietole».

La ragazza si irrigidì spaventata e non osò guardarla per rispondere.

Erzebeth Bathory aprì la pelliccia di martore che la copriva e mostrò alle giovani il collo snello e bianco, ornato da belle perle italiane, e l'ovale perfetto del suo viso incorniciato dai lunghi capelli scuri. Alzò orgogliosamente la testa.

«Guardate la mia carnagione bianca, i miei capelli di seta, le mie mani immacolate, e guardate adesso questi relitti umani. Hanno quindici anni e sono già rovinate. Guardatemi, guardatemi, ho detto».

Jo Ilona dette dei pizzicotti alle ragazze perché alzassero lo sguardo, come aveva ordinato la contessa.

Una, la più svelta, esclamò con finta sorpresa:

«Oh, signora, siete così bella che mi abbagliate!»

Erzebeth si tranquillizzò, anche se da sempre i sobbalzi delle carrozze la irritavano. Usciva appena dal suo castello e non accettava più gli inviti a Vienna, né ai matrimoni più illustri della nobiltà ungherese. Perché? Si era ben guadagnata la sua nomea di dama eccentrica e adesso gradiva solo rimanere nel suo regno dell'orrore. Tra le sue numerose identità, non ne aveva mai trovata una più idonea, più congeniale e permissiva di quella rappresentata dall'onnipotente contessa, coi giusti legami di parentela col re, col giusto dominio e potere sulle sue terre e villaggi, sufficientemente lontana dalla corte e dalle città, sufficientemente temeraria e temuta. Con gli anni era riuscita ad alzare un alto muro che la proteggeva dall'invidia e dalla maldicenza. Tutti la rispettavano e la temevano, molti la odiavano e pochi osavano indicarla col dito, benché sembrasse sul punto di morire, visto che i suoi soldati stavano scomparendo misteriosamente.

Non poteva, comunque, controllare le dicerie, e negli ultimi tempi la sua fama di strega era cresciuta troppo e minacciava di debordare. Era più che ovvio che la sua età non corrispondesse al suo aspetto. Aveva la pelle fresca e giovane, il corpo sottile e nei suoi capelli scuri non si scorgeva neanche un capello bianco. Non nascondeva la sua agilità quando saltava sul suo cavallo, una gamba di qua e l'altra di là, e galoppava selvaggiamente durante la caccia con gli occhi brillanti e le guance rosse. La sua vitalità le consentiva di restare sveglia per settimane e passare notti intere ballando senza mai riposare. I suoi servitori erano esausti, e correva voce che i più anziani l'avevano conosciuta esattamente com'era adesso: una vedova giovane e ben imparentata. Si diceva che quando era morto suo marito, moltissimi anni prima, aveva lo stesso aspetto giovanile di oggi, ma erano soltanto dicerie.

La verità era che nella regione il suo nome non veniva pronunciato. Portava sfortuna. Era conosciuta come 'il furetto', e i genitori rinchiudevano le loro figlie nei pagliai appena si spargeva la voce della comparsa degli *haidukos* della contessa, che anticipavano l'arrivo delle cameriere alla ricerca di giovani domestiche. Nessuno più voleva affidarle le sue figlie perché andassero a servizio nel castello. Prima sarebbe stato un onore, ma col passare del tempo era diventato un incubo. L'avidità della contessa, assetata di sangue giovane, non conosceva limiti. Non erano rimaste ragazze da marito e mancavano bambini nelle strade. I paesi erano rimasti orfani di giovani. Le madri piangevano e i ragazzi erano costretti a emigrare in altre regioni per trovare una moglie. Sapevano, con la certezza dei poveri, che le loro figlie erano morte, e che erano morte per mano della contessa. Nessuno credeva alle storie su strane malattie, misteriose piaghe o fughe notturne. Sapevano che la cripta del castello di Csejthe, il luogo dove riposavano le ossa dei signori di Nádasdy, era piena fino all'orlo di bare con corpi putrefatti. Sapevano che la terra dei giardini era tutta rivoltata e piena di tombe e che i cani del castello a volte comparivano nelle cucine con pezzi di ossa umane tra i denti. Troppe ragazze erano scomparse per poter credere a tante menzogne. Tutti sapevano la verità: la contessa tagliava la gola delle ragazze e faceva il bagno nel loro sangue, ecco la ragione del suo aspetto giovanile e della sua immortalità.

Quando la carrozza si fermò, Erzebeth Bathory, che ormai era più tranquilla, perse di nuovo la pazienza. Si sporse dal finestrino e urlò:

«Vai avanti, perché ti fermi?»

«Signora, ci sono due ragazze morte sulla strada».

La contessa rimase impassibile. Non ricordava di aver ordinato di uccidere nessuna ragazza nei dintorni del suo castello, ma non era per niente strano. Alcune si arrampicavano sui muri e, anche se riuscivano a scappare, finivano per perdersi nei boschi, vittime delle volpi, della fame o del freddo. Era quasi la fine dell'anno, la parte più rigida dell'inverno. Nessuno poteva sopravvivere una notte senza un riparo.

«Passate sopra. Assicuratevi che siano morte davvero. La neve farà il resto, e domani mattina verrete a scavare le tombe».

Tuttavia, fosse per l'indecisione del cocchiere o per la sua curiosità, mise fuori la testa per assicurarsi che questi non mentisse, e la sua sorpresa fu provvidenziale. La stessa del povero cocchiere.

«Signora, credo che siano vive. Respirano e una ha mosso una mano».

Erzebeth Bathory aveva osservato qualcosa di molto diverso.

«Questa sì che è una bella figlia di Zemans. Questa sì che è bella. Guarda Jo Ilona, guarda quanto è snella, quanto è bianca, quanto sono delicate le sue mani, quanto sono belli e curati i suoi capelli».

Jo Ilona guardò tremante. Non aveva voglia di fare da capro espiatorio. Sapeva di aver già tentato di ingannare la sua padrona, ma non era colpa sua. Nessuno le affidava più le ragazze, e doveva andare a prenderle sempre più lontano. Le notizie correvano veloci, e quelle cattive addirittura volavano. Quando bussava alle porte delle capanne, non le aprivano nemmeno. I contadini le rispondevano spaventati, a bassa voce, rattrappiti, ma resistevano. «Non abbiamo figlie, vattene» le dicevano. Dato che non poteva tornare a mani vuote, finiva per comprare povere orfane o ragazze inutili che rappresentavano un peso per i loro genitori. Aveva dovuto ingannare la contessa facendole passare per figlie di nobili signori. L'ultima ossessione della contessa era di migliorare la qualità del sangue versato, come se da questo dettaglio insignificante dovesse dipendere la sua vita futura.

«Portala sulla carrozza» ordinò autoritariamente la contessa.

«Entrambe, mia signora?»

La contessa inorridì.

«Questa qua è rachitica» disse indicando Dacil, che era seminascosta nella cunetta «è solo pelle e ossa. Voglio quella più alta, la più bella» e i suoi occhi si fermarono su Anaïd.

Gli *haidukos* che viaggiavano a cassetta fecero qualche passo, si chinarono sulla neve e raccolsero il bianco corpo di Anaïd, lo avvolsero in un mantello e lo introdussero nella carrozza. La contessa fece alzare le due ragazzotte con due colpi autoritari della mano perché lasciassero il sedile di velluto consunto alla ragazza sconosciuta. Diede poi l'ordine di ripartire.

Non si rese conto che uno degli *haidukos*, impietosito, aveva avvolto l'altra ragazza nel suo mantello e l'aveva portata a cassetta con sé. La coprì e le offrì un sorso di vino che aveva nascosto in una borraccia sotto la giacca. Come ringraziamento per il suo buon cuore ricevette un debole sorriso che non avrebbe mai dimenticato. Qualcosa come lo squisito svolazzare di una farfalla sul viso della ragazza.

«Rianimatela!» ordinò la contessa indicando Anaïd.

Si era incapricciata di quell'ultimo miracoloso acquisto, apparso in mezzo al cammino avvolto in un alone di mistero. Ed era pure arrivato nel momento migliore, quando non sperava più che fossero rimaste ragazze nobili per fare il bagno nel loro sangue blu.

Jo Ilona si sforzò di massaggiare il corpo bluastro di Anaïd.

«E voi? Cosa state guardando? Aiutatemi».

Presto, il corpo di Anaïd fu ricoperto da mani sollecite, ruvide, piene di calli, che la pizzicavano, la colpivano, l'accarezzavano. Erano mani spaventate ma solerti che le fecero ricordare di avere un corpo.

«Questa sera la voglio vestita e pettinata perché divida la cena con me. Lei e un'altra, quella che vuoi tu» ordinò la contessa alla sua cameriera facendo schioccare le dita poco prima di scendere dalla carrozza nel tetro cortile del castello.

Jo Ilona brontolò a voce bassa. Le toccavano sempre i compiti più difficili. Invece a Dorkó, così alta e forte, veniva risparmiata l'incombenza impossibile di trasformare delle contadinotte in signorine. La contessa le riservava i compiti più macabri.

«Forza, entrate» gridò Jo Ilona alle ragazze, di cattivo umore, colpendole con un attizzatoio.

Quella nuova impicciona aveva anticipato il capriccio della

contessa. Quell'invito, quella cena, quell'incombenza significavano, come minimo, una notte in bianco e lavoro extra. Era veramente arrabbiata.

Anaïd si trascinava abbattuta nel castello accanto alle povere contadine scalze che camminavano spinte dagli insulti di Jo Ilona, e si rattristava di fronte a quella desolazione. Che ci faceva lei, prigioniera della contessa? Che giorno era? Cristine le aveva promesso che sarebbe apparsa il 29 dicembre, quando Erzebeth avrebbe dovuto essere già prigioniera e reclusa nelle sue stanze. In quel momento non avrebbero dovuto esserci altre vittime e Anaïd avrebbe semplicemente dovuto rubarle il talismano e bruciarlo. Era successo qualcosa che aveva modificato quel dato. Doveva scoprire che giorno era e aspettare fino al 29 senza modificare il corso degli avvenimenti. Cristine lo aveva ripetuto più volte: non poteva cambiare il passato.

Era, in ogni caso, sicura di una cosa: aveva viaggiato indietro nel tempo fino al XVII secolo. E se il XVII secolo era così, meglio il XXI pensava mentre il suo sguardo si perdeva negli immensi e bui corridoi e vedeva i volti emaciati e gli indumenti sporchi e puzzolenti dei servi. Infestati dai pidocchi, i loro visi erano segnati dal vaiolo ed erano vestiti di stracci. Ma le guardavano con commiserazione perché, malgrado la loro povertà, loro avrebbero conservato la vita. Al castello tutti conoscevano la sfortuna delle ragazze scelte dalla contessa. Alcuni si permettevano persino qualche parola di conforto mentre le conducevano nelle segrete.

E Dacil? Non riusciva a toglierla dalla testa. Non era nemmeno riuscita a vederla; aveva invece udito la contessa ordinare di abbandonarla nella neve. Era sopravvissuta al viaggio nel tempo, ma era caduta vittima senza che lei potesse fare niente per aiutarla: per tutto il tragitto nella piccola carrozza non le era stato possibile fare uso della magia. Adesso che si sentiva libera dallo sguardo di Erzebeth, si rendeva conto dell'immenso potere di quell'Odish. Nella carrozza era stata prigioniera dei suoi occhi, delle sue mani e della sua grande brama di possesso. Anaïd aveva evitato di fare il minimo movimento e di emettere una sola parola perché non potesse fiutare la sua vera natura, mentre con la coda dell'occhio osservava le mani della contessa che giocavano indolentemente con un medaglione rosso che aveva appeso al collo.

Per un momento aveva sentito il desiderio di strapparglielo e di bruciarlo davanti ai suoi occhi. Sarebbe stato ovviamente un suicidio. Era sicura che si trattasse del talismano, la causa di tante e tante disgrazie. Ma non poteva anticipare il suo momento.

Aveva visto la paura impressa nei volti di quelle povere ragazze, l'immagine del terrore era infinitamente più terribile del racconto della dama di ghiaccio. Come aveva potuto abbandonare una ragazza nuda a dieci gradi sotto zero in piena notte e sulla neve? 'Dacil, Dacil' ripeteva a se stessa senza sosta. Doveva tornare indietro e salvarla. Ogni minuto che passava, ogni ora, poteva essere la sua condanna. Come poteva fuggire?

La vide mentre attraversava la cucina che profumava di arrosti. Dacil camminava con difficoltà sorretta dalla spalla di un giovane. La riconobbe dal suo sorriso. Nascosta sotto il mantello sembrava un monello. Grazie all'appello telepatico di Anaïd, Dacil girò la testa e gli occhi le scoppiarono di allegria. Le mostrò senza farsi vedere la pietra verde che aveva in mano.

Anaïd sospirò sollevata, non avevano perso il contatto col loro tempo. Sarebbero potute tornare.

Tuttavia quando arrivò nelle segrete si scoraggiò. Una dozzina di ragazzine cenciose e affamate la accolse con pianti e urla, chiedendo pane all'insensibile Jo Ilona. Anaïd non riusciva a crederci, le ragazze erano stremate e così disperate che mangiavano i loro stessi pidocchi e i ratti ancora vivi. Jo Ilona la spinse in malo modo verso una cella e si rivolse alle ragazze.

«Le piagnucolone saranno le prime a morire. Mi avete sentito?»

La sentivano, ma non gliene importava. E Jo Ilona le lasciò nuovamente avvolte dall'oscurità e dalla tragedia.

Meglio morire che soffrire la fame, pensavano. O forse ormai non pensavano più niente. La fame e la sete erano così difficili da sopportare da annullare qualsiasi pensiero razionale.

Anaïd decise di alleviare le sofferenze di quelle ragazze. Non le fu difficile, Cristine le aveva insegnato molto. Nascose la mano sotto la mantella e, bisbigliando un incantesimo, ne trasse un bel pezzo di salsiccia e del pane bianco. Nessuna di loro si chiese come né dove si fosse procurata il cibo. Le si buttarono semplicemente addosso. Non si sorpresero nemmeno quando da sotto la mantella di Anaïd apparvero anche brocche d'acqua, legumi, frutta fresca e patate lesse, alimenti che Anaïd pensò che potessero essere loro familiari. Dopo un po', sazie e soddisfatte, si sdraiarono pigramente sui pagliericci puzzolenti e, per la prima volta, sorrisero, anche ad Anaïd. La fame fa impazzire. Le ragazze si erano trasformate da bestiole in persone.

«È una fortuna che tu abbia portato del cibo» disse una ragazza che, nonostante la giovane età, aveva già i denti neri.

«Così moriremo felici» affermò un'altra con una rassegnazione che fece inorridire Anaïd.

Ma erano opinioni singole, le altre ragazze non erano per niente d'accordo.

«Di morte dolce, nulla di nulla. La contessa ci pungerà con gli aghi per farci sanguinare».

«E farà il bagno nel nostro sangue».

«E ci taglierà a pezzettini».

«Prima ci scuoierà vive».

«O ci fustigherà con la frusta».

«Io non riuscirò a reggere il dolore, non ce la farò».

«Mia madre ci salverà, non vi preoccupate. Mia madre ci salverà» esclamò un'altra con insistenza.

«E dov'è? Io non la vedo».

«È molto vicina. L'ho chiamata e la sento. Ci salverà».

«Vuoi stare zitta una buona volta? Lo dici da quando siamo arrivate, ma tua madre non può salvarci».

«Perché no? Conosce dei sortilegi e mi ha avvertito sulla magia della contessa. Sfortunatamente non le ho dato retta».

Anaïd riconobbe in quella ragazza dai capelli biondi e gli occhi chiari una giovanissima Omar non ancora iniziata. Probabilmente la madre conosceva il destino di sua figlia, ma non aveva potuto fare niente per cambiarlo. Lei, sì.

«Ascoltatemi bene. Io vi tirerò fuori da qui» pronunciò Anaïd lentamente, ricordando le lezioni di lingua ungherese che aveva ricevuto dalla sua maestra Carmela. Il suo talento per le lingue le consentiva di capire quelle conversazioni.

Le ragazza tacquero e rimasero a guardarla con un misto di sfiducia e di speranza.

«È impossibile. Nessuno è uscito vivo da qui» sentenziò una ragazza. «Anche le mie tre sorelle sono morte qui».

Anaïd non era disposta ad ammettere lo scoramento.

«In che anno siamo?»

Tutte tacquero, e Anaïd ne fu sbalordita.

«Non sai l'anno? Siamo nel XVII secolo, immagino?»

La ragazza Omar l'aiutò.

«Il 1610» disse a bassissima voce. «Dicembre del 1610, dopo il solstizio».

«Quand'è stato?»

«Sette giorni fa» rispose in fretta la ragazza Omar, con un bagliore d'intelligenza nei suoi occhietti azzurri.

Anaïd respirò ansiosa.

«Ne sei sicura?»

«Sicurissima. Oggi è la giornata dei Santi Innocenti, il giorno in cui il malvagio re Erode sgozzò i neonati di Betlemme di Giudea perché nessuno di loro potesse regnare e portargli via il suo trono».

«È il 28 dicembre...» e Anaïd si sfregò nervosamente le mani.

Questo significava che mancavano ancora un giorno e una notte perché la contessa smettesse di uccidere. Il 29 dicembre, con l'arrivo di Turzhó, sarebbero finiti per sempre gli eccessi della contessa. Ma... prima? Avrebbe fatto le sue ultime vittime? Gli ultimi colpi di coda avrebbero portato via tutte quelle ragazzine innocenti? E lei stessa, l'eletta, sarebbe morta anche lei? Come poteva morire se mancavano ancora quasi quattrocento anni alla sua nascita?

Smise di pensare ai misteri del tempo e fece un ripasso delle informazioni ricevute da sua nonna. Non poteva consultarsi con Cristine, né poteva leggere i documenti del processo, dato che non si era ancora svolto. Si disperò. I suoi dati sulla storia di Erzebeth Bathory cominciavano il giorno 29. Che era successo il 28? Cosa sarebbe successo quella notte?

Provò a convincersi che non sarebbe successo niente, che l'Odish avrebbe tentato di evitare qualsiasi contrasto con le autorità ungheresi, che sarebbe scomparsa e quelle ragazze che erano lì sarebbero sopravvissute. Si trattava di farsi aiutare da loro, di farle diventare le sue alleate e non un gregge di pecore avviate al macello. Sperando che le informazioni della dama bianca non fossero sbagliate.

«Ho letto una lettera in cui si dice che Turzhó, un cugino cavaliere del ramo dei Bathory, sta per arrivare al castello. Ci sono state delle denunce a corte sulla contessa» proferì, tentando di non dare importanza alla cosa.

«Sai leggere?» si sorprese una giovane che poteva ancora dirsi grassottella.

«Certo» rispose Anaïd sorpresa. «Tu no?»

Eccetto la ragazza Omar, tutte le altre negarono con la testa. Qualcuna si sentì persino offesa.

«Per chi ci hai prese? Non siamo cortigiane».

«Io sono solo una studentessa» si giustificò Anaïd, il che provocò curiosità attorno alla sua persona.

«Le donne non studiano» obiettò una ragazza piena di lentiggini.

«Proprio così. Chi sei, tu?» saltò su un'altra, alta e malridotta.

«Un'amica» affermò Anaïd.

«Nostra o della contessa?»

Anaïd mise le mani sui fianchi, come faceva la sua amica siciliana Clodia.

«A voi cosa sembra?»

Senza alcun dubbio, la ragazza Omar disse una cosa strana:

«Sei come lei».

Ci fu una gran confusione. Tutte le ragazze parlavano contemporaneamente e facevano un gran chiasso, toccavano Anaïd, guardavano il suo corpo, i suoi capelli. All'improvviso si erano accorte che era diversa.

«Sei nobile e molto bella».

«Sei colta».

«Vieni da terre lontane?»

«Ci hai ricoperto di regali. Sei ricca».

«E i tuoi occhi sono strani» insisté la ragazza Omar fissando le sue pupille. «Guardi in modo strano, molto strano, e il tuo odore...»

Le altre non notarono niente, aleggiava nell'ambiente la puzza dei corpi rinchiusi.

Per il suo piano Anaïd aveva bisogno di un'alleata. Si rivolse alla giovane Omar.

«Come ti chiami?»

«Dorizca» rispose.

Anaïd finse.

«Dorizca? Mi sembra che siamo imparentate. Sei forse figlia di Clara?»

«No, sono figlia di Orsolya».

«Ah, adesso mi ricordo! Orsolya. Ho un messaggio per te da tua madre».

Anaïd la prese per mano e la portò in un angolo. Nessuno si sorprese. Era abituale che delle parenti anche alla lontana si parlassero. In quel modo venivano trasmessi dei messaggi; era così che si veniva a sapere dei decessi, delle nascite e dei matrimoni.

«Anaïd Tsinoulis, figlia di Selene, nipote di Demetra, del clan della lupa, della tribù escita» bisbigliò Anaïd presentandosi col protocollo Omar. «Vengo da molto lontano, dai Pirenei».

Dorizca rimase senza fiato.

«Dorizca Lèkà, figlia di Orsolya, nipote di Majorova, del clan della martora, della tribù dacia» recitò allora meravigliata di avere trovato una compagna potente.

Anaïd sospirò.

«Dunque sai chi è la contessa?»

«Una Odish» mormorò Dorizca. «Se scopre che sono una

Omar mi ucciderà per prima. Le Omar la rinvigoriscono più delle umane».

«Come ti sei protetta finora?»

«La mia cintura e l'incantesimo formulato da mia madre mi proteggono dal suo sguardo, ma non mi hanno salvato da Ficzkó». Vedendo la sorpresa di Anaïd si affrettò a spiegare: «Ficzkó, il nano storpio al servizio della contessa. A volte intraprende delle cacce alle ragazze per compiacere la sua padrona. Mi ha catturata nel bosco coi suoi *haidukos* mentre cercavo delle bacche».

«Bene, Dorizca, sarai la mia alleata».

Un breve bagliore di speranza comparve come una scintilla negli occhi della ragazzina.

«Pensi che possiamo vincere?»

Anaïd fu costretta a incoraggiarla.

«Dobbiamo distruggere il suo talismano. È quello che le dà forza e potere. È quello che la renderà invincibile per sempre».

«Il suo talismano?»

«L'ha creato coi capelli e il sangue delle sue vittime. La proteggerà per i prossimi quattrocento anni fino all'arrivo dell'eletta. E quando aggiungerà il sangue e i capelli dell'eletta, sarà invincibile, governerà sulle Odish e diventerà padrona dello scettro di potere».

Dorizca la guardò stupita.

«Sai molte cose, cose molto curiose».

«Ho bisogno del tuo aiuto per prenderglielo. Lo brucerò con questo lucignolo. Solo il fuoco che scaturirà da questo lucignolo sarà in grado di distruggere l'incantesimo del suo talismano».

«Che devo fare?»

«Disfarti del tuo scudo. Fare in modo che ti noti e accompagnarmi questa notte nelle sue stanze. Dopo, una volta lì, la distrarremo e bruceremo il suo talismano».

Dorizca impallidì.

«Sai cosa vuol dire questo».

«Certo».

Dorizca negò con la testa.

«Le ragazze che porta in camera sua muoiono tra orribili sofferenze. Le loro urla si sentono anche qui. Alcune non possono resistere e si uccidono nelle segrete. Si impiccano con le loro cinture».

«Non ci accadrà nulla, vedrai».

Dorizca non ne era così sicura.

«Nessuno sopravvive. La mia unica salvezza sarebbe rendermi invisibile e comunicare con mia madre perché mi porti via da qui».

«L'hai chiamata?»

«Continuamente».

«E lei?»

«Mi ha risposto. È vicina, veglia su di me. Lo so».

Anaïd sentì che le si levava un peso di dosso.

«È potente?»

«Molto, ma io non sono ancora stata iniziata».

Anaïd si consolò.

«Vedrai che ne usciremo vive. Devi farti bella per essere notata. Forza, fammi fare un po' di magia».

Bisbigliando una litania, passò il palmo delle mani sul corpo e i capelli della giovane Dorizca e la riempì di luce. Il colore tornò sulle sue guance, la brillantezza sui suoi capelli biondi e le sue mani ruvide diventarono bianche e soffici.

Quando Jo Ilona apparve quella sera per scegliere per la sua padrona la candidata da sacrificare insieme ad Anaïd, non ebbe alcun dubbio. Quella ragazzina bionda e bianca dalle guance rosate era perfetta. Come aveva fatto a non notarla prima?

Anaïd e Dorizca, vestite di bianco e con scarpe ricamate in argento, pettinate coi boccoli e truccate con cipria di riso, furono spinte fino alle stanze della contessa. La camera era spaziosa, col camino, presieduta da un gran letto a baldacchino con le tende chiuse. Nell'anticamera, arazzi di velluto e damaschi con disegni rossi alla moda italiana coprivano i freddi muri, e alcune pelli d'orso erano sparse sul pavimento. Nonostante i candelabri e il camino fossero accesi, un freddo glaciale regnava dappertutto e la luce smorzava appena il tenebroso buio che lambiva gli altissimi soffitti. Su un tavolino c'era un vassoio con frutta candita, pregiatissima in quei luoghi inospitali.

Piena d'ammirazione, la giovane Dorizca si avvicinò al vassoio e annusò una pera. Era una pera vera, ricoperta di zucchero, croccante, gustosa, forse arrivata da altre latitudini, maturata al calore di altri soli. Senza fermarsi a riflettere, la portò alla bocca e l'addentò. In quel momento la contessa spinse la porta e lanciò un urlo terribile:

«Che fai?»

La povera Dorizca lasciò cadere il frutto per terra, paralizzata dall'orrore.

«Sei una ladra!» strillò la contessa senza smettere di fissarla.

Jo Ilona l'accompagnava, qualche passo indietro. Aspettava impaziente l'opinione della contessa sul suo capolavoro; dopotutto aveva trasformato due contadinotte in delicate damigelle e aveva ottenuto un magnifico risultato. E adesso una di quelle sceme, per colpa della sua ingordigia, rovinava le congratulazioni che si aspettava di ricevere dalla bocca di Erzebeth Bathory. Aveva sperato di essere ricompensata con del denaro, o con uno di quei vestiti di seta color cremisi ricamati con perle che l'avevano abbagliata. Ma la contessa, fuori di sé anzitempo, urlava e strepitava, mentre scuoteva la stupida campagnola.

«Sei un'ingrata, una miserabile ladruncola!»

Jo Ilona non intervenne. Sapeva che qualsiasi commento o gesto avrebbe fatto arrabbiare la contessa ancora di più. In quei casi era molto meglio lasciare la sua ira fluire da sola e farla ricadere direttamente sulla malcapitata di turno.

«Guardami quando ti parlo. Guardami!»

Dorizca alzò lo sguardo spaventata. Erzebeth Bathory l'annusò come una preda e avvicinò il suo braccio tenero e giovane alle sue labbra tinte di rosso, pronta a morderla e mostrare la sua crudeltà. Anaïd sentì la sua forza crescere e si preparò a lottare contro la strega Odish, ma in quel momento qualcosa alterò terribilmente la contessa, che portò angosciata le mani al petto.

«Chi sei tu? Dimmi, chi sei?»

E il suo sguardo scuro avvolse nelle tenebre la giovane Dorizca, che inorridì e sentì un'acuta fitta al cuore.

«Mi stai sfidando?» strillò l'Odish trafiggendo la povera Dorizca col suo sguardo penetrante.

«Non osare sfidare il mio potere!» insisté minacciosa.

Anaïd si accorse che la contessa avvertiva la sua magia e l'attribuiva alla povera derelitta Dorizca. Allora decise di intromettersi.

«È spaventata».

I suoi occhi si volsero al talismano che la contessa sfoggiava sull'abito scollato di broccato e che si dondolava al ritmo dei battiti del suo cuore.

«La difendi? Sei coraggiosa».

Anaïd non rispose. Non sapeva se adesso avrebbe potuto portare a termine il suo piano. Cosa sarebbe successo se in quel momento avesse rubato il talismano della contessa? Avrebbe rotto la catena di avvenimenti del passato? Avrebbe aspettato, anche se l'attesa si presentava complicata.

Sentì uno strattone alla testa e si rese conto che la contessa le aveva strappato una piccola ciocca di capelli. Fece altrettanto con Dorizca e, senza nascondersi, aprì il medaglione, scelse accuratamente qualche capello di ogni ciuffo e lo mise dentro.

Anaïd deglutì.

La contessa aveva firmato la sua sentenza di morte, e anche quella di Dorizca. Tutti i capelli che conservava erano di ragazze morte per mano sua.

«Portala via e preparala!» ordinò a Jo Ilona indicando Dorizca. «Dopo decideremo la sua punizione» aggiunse beffarda, come se la cerimonia del castigo speciale facesse parte di tutte le notti e fosse il culmine delle sue serate.

Anaïd seguì con lo sguardo la terrorizzata Dorizca, che venne letteralmente trascinata fuori dalla stanza da una furiosa Jo Ilona. Non versò una lacrima, non urlò, non supplicò. Si comportò da vera Omar.

Questo non è il copione giusto, pensò spaventata Anaïd. Doveva agire con rapidità. Non sapeva come né quando la contessa avrebbe deciso di uccidere la ragazzina.

«Tu siediti qui» le ingiunse con voce autoritaria.

Era abituata a comandare. Erzebeth Bathory era incapace di parlare, comandava e si faceva servire soltanto. In effetti, dopo un silenzio imbarazzante durante il quale Anaïd calcolò tutte le possibilità di distruggere l'amuleto e fuggire, entrarono a testa bassa delle damigelle, con la paura impressa sul volto, lasciando sul tavolo cibi caldi e una brocca con due bicchieri.

Erzebeth fece servire da bere, e le indicò di prendere il suo bicchiere, mentre lei alzava il proprio.

«Bevi con me e brinda alla mia bellezza».

Anaïd esitò. Sua nonna Demetra le aveva insegnato fin da molto piccola a rifiutare qualsiasi alimento offerto da mani estranee. Le Odish avvelenavano le bambine Omar, ingannandole con dolciumi, e dopo ne bevevano il sangue, e anche se a quel tempo Anaïd non sapeva di essere una strega, aveva imparato a rifiutare educatamente. Anaïd ricordò quel 'no, grazie' che sua nonna le aveva insegnato a dire ogni volta che qualcuno le offriva da mangiare o da bere.

«No, grazie» mormorò.

«Forse non mi trovi bella?»

Anaïd era stata imprudente. Aveva rifiutato di brindare alla sua bellezza. Quella era un'offesa. Non poteva suscitare la sua rabbia così presto.

«Ti ho detto di bere con me!» il suo sguardo scontroso non ammetteva scuse.

Anaïd pensò velocemente, mentre avvicinava lentamente il bicchiere alle labbra: se si fosse trattato di un veleno non aveva le risorse per preparare un antidoto; ma difficilmente avrebbe potuto trattarsi di un veleno, dato che la contessa si era servita dalla stessa brocca e beveva assetata.

Anaïd bagnò le sue labbra delicatamente e buttò giù qualche piccola goccia. Era una bevanda calda e densa, un po' salata ma buona. Il colore era scuro, d'un rosso bluastro intenso. Forse un nettare di fiori silvestri, forse uno sciroppo di frutti selvatici raccolti nelle valli dei Carpazi, pensò. E senza alcuna diffidenza bevve un sorso.

Quando alzò lo sguardo e vide il volto di Erzebeth, fu colpita dal ribrezzo e dalla paura. Dalle labbra della contessa scendeva una goccia di sangue. Questo significava che nella brocca c'era...

«Sangue!» urlò, buttando lontano da sé il bicchiere.

Il suo istintivo gesto di orrore fu accolto da una risata della contessa.

«Non ti piace il sangue?»

Anaïd voleva vomitare, ma il panico e la mano della contessa le attanagliavano il collo. La contessa la stava strozzando.

«Come ti chiami, ragazza?» bisbigliò con voce roca, avvicinando pericolosamente il suo amuleto alla guancia di Anaïd.

Non poteva assolutamente farle conoscere il suo vero nome. E allora ricordò il bel nome della madre di Dorizca.

«Orsolya» mormorò.

Forse aveva sbagliato, perché la contessa si spaventò moltissimo.

«Orsolya, certo, sei la figlia di Orsolya, una Omar colta. Lo sapevo, sei vibrante, potente... il tuo sangue sarà il commiato migliore».

E con la rapidità derivata dalla pratica, prese l'ago dai suoi capelli, lo conficcò nella mano di Anaïd e raccolse una minuscola goccia di sangue che cadde nel suo talismano.

Anaïd represse un grido. Aveva i suoi capelli e il suo sangue. Era prigioniera dell'Odish, e quel che era peggio, in quel momento col suo talismano al collo era indistruttibile. Perché i suoi erano il sangue e i capelli dell'eletta. Volle avvicinarsi alla contessa, ma si sentì debole, e ancora più debole quando Erzebeth si strinse il medaglione al collo.

«Sei mia. Farai quel che vorrò. Mi appartieni».

Anaïd era vittima di un incantesimo di possesso.

La contessa batté le mani e la sua serva Dorkó, grande e forte, caricò Anaïd sulle spalle e la portò fino a un angolo della sala che era rimasto in penombra e che nascondeva degli anelli attaccati al muro. Prese una chiave arrugginita dalla sua larga cintura, mentre la contessa afferrava il suo talismano e Anaïd agonizzava.

La vecchia Dorkó le strappò una parte del suo vestito bianco e porse una frusta alla contessa.

«Preferite cominciare voi?»

«È così faticoso, comincia tu» sospirò la contessa leccandosi con voluttà le labbra davanti alla sua preda indifesa, e si sdraiò sul letto.

Dorkó frustò una volta la bianca schiena di Anaïd, che non avrebbe mai creduto che una frustata potesse essere così dolorosa. Sentì come i rebbi le strappavano la pelle e le ferivano la carne. Un dolore acuto, pungente che la lasciò senza respiro. La seconda fu ancora peggio. La nuova ferita rese più profonda la precedente e le strappò pezzi di carne. Questa volta urlò. E quella dopo, e quella dopo ancora. E probabilmente avrebbe continuato a farlo fino a cadere esausta, quando la porta si aprì e Jo Ilona entrò sconvolta trascinando il corpo di Dorizca. Aveva dei tagli ai polsi e il suo sangue fluiva lentamente, gocciolando lungo le braccia e sporcando il pavimento della sala. Anaïd avrebbe voluto correre accanto a lei e aiutarla, ma non poteva muoversi.

«Signora, signora, sono arrivati degli ospiti e questa ragazza sta sporcando dappertutto».

«Ospiti?»

«Sono appena arrivati, signora. Li stanno facendo accomodare nell'ala est».

La contessa aprì le finestre e fece una smorfia di contrarietà. Due calessi trainati da nobili cavalli erano arrivati nel cortile e ne erano scesi dei cortigiani. Come osavano arrivare nel suo castello a quell'ora di notte? Era una scortesia arrivare nella dimora di una vedova dopo il tramonto. Avrebbero dovuto alloggiare in una locanda e chiedere la sua ospitalità la mattina dopo.

«Dite che sono stanca e che non posso ricevere nessuno».

«Signora, è vostro cugino, il cavaliere Turzhó. Vi vuole vedere».

Speranzosa, Anaïd intravide una possibilità. Se era arrivato

Turzhó, forse lei e Dorizca avrebbero potuto salvarsi. Ma la vita stava fuggendo dal corpo della giovane Omar.

«Cugina Erzebeth!» si udì urlare in cortile.

Erzebeth si allontanò dalla finestra ed esortò Jo Ilona a mettere fuori la testa.

«Di' che non mi sento bene».

«La mia signora» urlò Jo Ilona facendo imbuto con le mani «è malata!»

«Sono qui con un medico. La può visitare».

Erzebeth si innervosì ancora di più.

«Sto dormendo, mi sveglieranno».

«La mia signora sta dormendo e non può essere disturbata».

«La signora dorme con la luce accesa?»

«Questo ficcanaso impertinente» sbraitò la contessa. «Digli che mi stavate portando una tisana, che ho la febbre».

«La mia signora ha la febbre».

Questa volta il cavaliere cedette alle ripetute scuse.

«Va bene. Chiedetele se sarà disposta a riceverci quando farà giorno».

Mancavano ancora troppe ore all'alba, e Anaïd si rese conto che se non avesse fatto qualcosa subito, né Dorizca né lei avrebbero visto la luce del giorno. Quello era il suo momento.

Chiuse gli occhi e lasciò fluire tutta la forza che le era rimasta attraverso le sue braccia. Le braccia diventarono dei ferri, e i ferri lottarono contro gli anelli e, dopo qualche contorcimento, li strappò dal muro. Libera, Anaïd si lanciò in una folle corsa e si affacciò alla finestra.

«Aiuto!» urlò. «Aiuto, salvateci!»

Non riuscì a saltare perché il poderoso artiglio di Dorkó l'afferrò e la presentò a Erzebeth che prese la frusta dalle sue mani e cominciò a colpirla ferocemente.

«Insensata! Disgraziata! Miserabile!» Ma Anaïd era riuscita a sconfiggere la sua paura e quando i rebbi ferirono il dorso delle braccia con cui proteggeva il viso, la sua rabbia fu irrefrenabile e convocò la tempesta.

Il fulmine entrò violentemente dalla finestra e passò sopra la Odish sconcertata, bruciando tutto ciò che trovava al suo passaggio per scomparire dal buco del camino. Potente, il tuono fece vacillare le fondamenta del castello e Anaïd giocò il tutto per tutto. Adesso, o mai. E così estrasse dal petto il lucignolo magico, e si lanciò su Erzebeth disposta a bruciare il suo macabro talismano. Tuttavia la contessa non era per niente indifesa. Anaïd deviò la fiamma verso le tende, che presero immediatamente fuoco. La contessa gridò. L'aveva riconosciuta.

«Sei tu! Sei l'eletta!»

Erzebeth sguainò il suo *atam* magico pronta a ucciderla. In quello stesso istante la porta si aprì. Insieme al cavaliere Turzhó e al capo delle guardie si infilò nella stanza una ragazzina smilza e veloce che si frappose tra il terribile braccio di Erzebeth e il corpo ferito di Anaïd .

«Nooo!» urlò Dacil prima di cadere gravemente ferita al petto da Erzebeth.

Il grido di disperazione di Anaïd non fu l'unico. Una donna dal seno generoso e lo sguardo pulito si inginocchiò sul corpo sconfitto di Dorizca.

«Dorizca, Dorizca!» gridò piangendo. «Dorizca, figlia mia».

I soldati e il capo delle guardie si affollavano sulla porta e si tappavano la bocca nauseati da tutto quel sangue. Le fiamme erano passate dalle tende al baldacchino del letto. Il legno ardeva e il fumo denso e nero faceva tossire e lacrimare gli occhi. Tutti si fecero indietro davanti al pericolo del fuoco.

«Fermi tutti, in nome dell'autorità!» proclamò il cavaliere Turzhó tenendo ferma Erzebeth Bathory.

Era inorridito da quel macabro spettacolo. Due ragazze dissanguate e mezze morte, e un'altra che era stata pugnalata davanti ai suoi occhi.

Anaïd non fece caso al sorriso beffardo della contessa, né al suo compiacimento nell'essere arrestata. Era troppo indaffarata a occuparsi di Dacil, che era svenuta, e a trascinarla fuori dalla camera in fiamme. Ma quando impose i palmi delle mani sul corpo di Dacil per guarire la sua ferita, accanto a lei, la strega Omar Orsolya, la madre della povera Dorizca, si alzò con sua figlia in braccio ed esclamò:

«La mia bambina è morta, è morta... Maledico colei che ha bevuto il sangue innocente della mia bambina. La maledico fino a quando gli spiriti faranno di lei ciò che vorranno negli inferni di Om».

Anaïd inorridì. Dorizca morta? Era morta per colpa sua?

Non poteva essere vero, era un incubo.

Chiuse gli occhi e li riaprì.

Era sveglia e viva. Tutto ciò che vedeva e udiva era veramente successo.

Il sangue nel suo bicchiere era di Dorizca. E lei, Anaïd, aveva bevuto il sangue di una Omar.

CAPITOLO QUINDICI

Non ti specchierai nel miraggio del lago

Selene sterzò bruscamente a sinistra con una manovra spericolata. La macchina sbandò sull'asfalto e uscì dalla strada. Per poco non ne perse il controllo, ma riuscì a raddrizzare l'auto e le ruote proseguirono docili sulla pista forestale, piuttosto male indicata, che svoltava a sinistra e portava al rifugio del lago.

Selene guidava come una pazza, ma non aveva perso la testa. Doveva seminare Gunnar. Solo questo. Senza lasciare traccia del suo percorso. Mormorò alcune parole nella lingua antica e sollevò dietro di sé un incantesimo d'illusione. Miracolosamente, la scorciatoia che aveva appena imboccato e il cartello indicante il rifugio forestale furono nascosti da un rigoglioso faggio.

Gunnar l'aveva sorpresa accorciando le distanze durante la notte. Fino a quel momento avevano continuato l'inseguimento rispettando certe tacite regole che si erano autoimposti. Si fermavano al tramonto, poco prima del calare del sole. Riposavano, facevano la doccia, passeggiavano, cenavano e dormivano profondamente senza paura di essere cacciati o di perdere la preda. L'indomani mattina proseguivano la loro corsa. Selene aveva avuto un paio di volte la tentazione di rompere quel rituale assurdo, da tappa ciclistica, ma non aveva potuto.

Invece adesso, quasi giunta nella zona di Urt, Gunnar aveva

barato. Si era alzato prima dell'alba e aveva ridotto le distanze. Stava per acciuffarla, li separavano appena dieci chilometri. Voleva intercettarla prima che arrivasse alla sua meta, ossia ad Anaïd, che era a Urt.

Selene aveva seguito il suo intuito, non era andata a caso. Nonostante avesse cercato di fare qualche giro per depistare Gunnar facendogli credere che era diretta da qualche altra parte, non poteva rimandare oltre il suo ritorno. Era inquieta. I messaggi del clan non potevano essere più preoccupanti: Elena era scomparsa, Roc era stato vittima di un avvelenamento, e una certa Dacil, una giovane inviata delle *guanches* dell'isola di Chinet, era coinvolta in un torbido affare collegato a una pozione e a una Odish.

Selene sospettava che Anaïd si trovasse dietro a tutti questi avvenimenti, ma non avrebbe potuto averne conferma fino al suo arrivo a Urt. Dalle telefonate si era resa conto che Karen era stata sopraffatta dagli avvenimenti e molto spaventata. Non era la sola. Anche Selene, soprattutto di notte, era presa dal panico. Anaïd aveva interrotto le comunicazioni e questo la faceva disperare. Cosa stava facendo? Dov'era? Con chi? Aveva riavuto il suo scettro?

L'angoscia diminuì parallelamente all'aumento della distanza da Gunnar. Sentì che la superava sulla strada principale in direzione del valico verso la Francia, e si mise a battere le mani come una bambina che ha combinato una monelleria. Era caduto nella sua trappola, stava andando nella direzione sbagliata, sulla strada di Somport. Allentò la pressione delle sue dita sullo sterzo, sospirò e guardò verso le montagne coperte di nuvole.

Nonostante la luce, il sole era ormai molto basso. Il tempo la confondeva. I giorni erano ancora lunghi, ma mancava poco al tramonto. Aspirò la fragranza dei suoi boschi. Aveva avuto una tale nostalgia del verde delle valli, della freschezza della rugiada, della sagoma austera delle montagne. Ma soprattutto le erano mancati gli alberi: i faggi, le querce, i lecci, i castagni, i pini neri e persino i pochi abeti che accompagnavano la strada verso le vette. Non riusciva a concepire una terra senza alberi, una terra nuda e brulla come quella che aveva appena percorso. Senza nulla togliere alla gente del deserto, che era accogliente e alle *khaime* così ospitali come gli igloo e le risate ingenue dei meravigliosi inuit.

Avrebbe passato la notte nel rifugio del lago, da sola, in compagnia delle marmotte. Avrebbe ululato alla luna nel chiaro del bosco. Forse la madre lupa le avrebbe risposto. C'era la luna piena e aveva il sangue pieno di vita, come le accadeva quando i cicli della luna arrivavano al culmine del loro periplo.

Il rifugio era un luogo sicuro. Era isolato, sconosciuto e il guardiano non sarebbe arrivato fino alla primavera seguente. Si rilassò, accese la radio della macchina e si concesse di cantare una canzonetta. Rise da sola immaginando lo sconcerto di Gunnar. Non poteva più trovarla, il gioco era finito. Aveva alzato intorno a sé un solido incantesimo di occultazione. Aveva bisogno di passare quella notte completamente da sola, meditando, prima di arrivare a Urt e affrontare la comunità del suo *coven*. Le matriarche le avrebbero chiesto di assumersi le sue responsabilità, ne avevano il diritto.

Trovò la capanna un po' polverosa, ma ben rifornita per passarci la notte. Sugli scaffali si ammucchiavano disordinatamente delle scatole di tonno, fagioli e ananas sciroppato, e nella piccola dispensa trovò alcune buste di zuppa di verdure e pacchetti di biscotti, zucchero, caffè e latte in polvere. L'aspettava un pasto originale che avrebbe dato un tocco di colore alla sua cena solitaria. Non perse tempo aprendo e chiudendo le porte. Si servì della magia. Era stufa di stare attenta ai pericoli, e nello stesso tempo di non destare sospetti. Tutte le Omar avevano bisogno a volte di sfuggire allo stretto controllo del clan e di fare un po' di magia. Piccoli desideri, piccoli capricci che le bambine Omar si concedevano quando erano da sole, di nascosto dalle loro madri. La stessa Demetra si rifugiava nel querceto e lì, protetta dai suoi amici alberi, formulava innocui incantesimi, sapendo che gli alberi avrebbero tenuto segrete le sue debolezze.

Selene era una strega Omar. C'era la luna piena, era stripante di magia e sentiva un ottimismo smodato, forse per la vicinanza delle sue montagne.

Portò dalla macchina solo il bagaglio indispensabile, mise un pentolino sul fuoco ma aprendo una scatola di sardine si tagliò un dito. L'emorragia non si fermava e la bottiglia d'acqua era vuota, così andò fino al lago per mettere la mano nell'acqua fredda. Inginocchiata in riva allo stagno, sentì un desiderio urgente di tuffarsi in acqua e nuotare.

Perché no? Si chiese, spogliandosi, senza fermarsi a discutere col suo altro Io ragionevole per contrattare su quel capriccio impulsivo che chiunque, con un po' di cervello, avrebbe qualificato come una pazzia.

Un secondo più tardi nuotava energicamente e respirava in fretta per non restare senza fiato. Era il genere d'impulso folle che Demetra si era sempre sforzata di reprimere. Ma a trentatré anni Selene non aveva più una madre che arricciava il naso davanti ai suoi eccessi. Invece di costringerla a uscire dall'acqua, il freddo intenso che le tagliava la pelle come un coltello la teneva ancora più sveglia, trasmettendole l'energia di cui aveva bisogno per sentirsi più viva.

Stava per uscire dall'acqua, quando un'ombra cadde sul lago e oscurò i timidi riflessi della luna. Il brivido fu immediato. Non era la nebbia che calava dalle montagne, né le nuvole spazzate dal vento. Era qualcosa di più inquietante. Era un mantello magico e, dietro a quel velo sottile che ostruiva il chiarore lunare, sentì uno sguardo pungente che la cercava attraverso il buio. Degli occhi controllavano i suoi movimenti, la inseguivano e, all'improvviso, a tradimento e senza preavviso, notò una brusca oppressione al petto. Non era immaginazione, sentì lo stesso dolore che aveva provato da bambina, quando una Odish l'aveva fissata.

... una Odish.

Rimase immobile e annusò. Certo. L'odore acre galleggiava alla deriva nel buio. L'Odish stava ispezionando l'argine dopo aver scoperto i suoi vestiti, la macchina, il cibo. E lei era nuda, senza armi, prigioniera delle fredde acque del lago.

Veloce come una carpa, si tuffò di nuovo, aprendo gli occhi nelle acque torbide e trattenendo il respiro mentre immaginava le meraviglie del fondo del lago, melmoso e tappezzato d'alghe. Lì, sotto brillanti squame, la vita scivolava e si nascondeva alla vista degli umani. Non poteva resistere ancora a lungo. Stava finendo l'ossigeno, ma qualcosa la spingeva a restare nascosta sotto la superficie. Un pericolo. In effetti, senza preavviso, un'esplosione scosse la tranquilla vita del lago. L'acqua rimbombò. L'ondata espansiva spaventò gli esseri viventi che popolavano rocce e giunchi. Intorno a Selene apparve un mucchio di pesciolini che fuggiva spaventato da quel trambusto che aveva sconvolto la loro pace.

Selene non poté reggere oltre, nuotò fino alla superficie e mise fuori la testa con cautela. Riuscì appena a riempirsi i polmoni d'ossigeno e ad aprire gli occhi. Uno spettacolo fantasmagorico sporcava l'idillica immagine che aveva lasciato quando si era tuffata. Una nuvola nera copriva gran parte del lago… e veniva da dove aveva parcheggiato la macchina. Non urlò, ma stava per farlo. La sua macchina era esplosa. E forse anche la capanna. Non si vedeva niente.

Una potente Odish l'aveva trovata.

Si mise immediatamente in guardia e aguzzò la vista per rintracciarla. Era nell'acqua fredda da troppo tempo, e la sua circolazione cominciava a risentirne. Quasi non sentiva più le mani e i piedi, e muoveva le gambe con difficoltà. Doveva uscire dal lago. Ma da quale parte? L'Odish l'avrebbe acciuffata appena avesse messo piede a riva. All'improvviso la luna illuminò la spiaggia di ciottoli che si apriva verso Ponente. Al massimo un centinaio di metri la separavano da quel punto. Ci poteva arrivare, era sicura di farcela.

Non aveva tenuto conto dell'intorpidimento. Fu quasi improvviso e non riuscì a lottare contro la rigidità delle sue membra. Si stava letteralmente congelando. Presto avrebbe perso il senso del tatto, sarebbe svenuta e sarebbe affondata nelle fredde acque. Si aggrappò a un incantesimo d'illusione e pronunciò per se stessa le parole che avrebbero rivitalizzato le cellule del suo corpo, anche se sapeva che il sortilegio non poteva ingannare il suo sangue congelato che non circolava più.

All'improvviso sentì un fendente d'artiglio sulla pelle. Un forte colpo che la fece urlare dal dolore e dalla paura. L'Odish attaccava, l'Odish l'aveva colpita, l'Odish l'avrebbe distrutta. Un braccio la prese e la cinse con forza alla vita, come il tentacolo di un polpo gigante, e una voce maschile le ordinò:

«Muoviti, muoviti e non ti addormentare».

Era Gunnar? Gunnar l'aveva trovata? Avrebbe voluto gridare dalla gioia. Era la voce di Gunnar e non ebbe paura, anzi, si sentì salvata come quando viaggiavano sulla slitta e Gunnar la proteggeva dai pericoli dell'Artico; come quando la guidava attraverso le crepe nel ghiaccio e cacciava delle foche per nutrirla.

Nuotò furiosamente anche se le braccia e le gambe non le ubbidivano più. Qualche minuto più tardi, a pochi metri dalla riva, svenne.

Si svegliò tremante sul letto della capanna. Il freddo era spaventoso, nonostante il fuoco che ardeva nel camino e la coperta che l'avvolgeva. Gunnar attizzava i tronchi rabbiosamente, come se volesse bruciarli prima che il fuoco ne lambisse la corteccia. Selene volle parlare, ma non ci riuscì. Aveva la bocca congelata. Aprì gli occhi disperata, chiamando Gunnar, e la sua preghiera muta ottenne risposta. Gunnar si voltò lentamente e la guardò. Nei suoi occhi ballava una fiamma. O forse era un sorriso. Il viso di Gunnar s'illuminò. Lasciò l'attizzatoio e in due passi arrivò da lei, si chinò e la baciò.

Quando Selene sentì l'alito caldo di Gunnar nella sua bocca, qualcosa le si sciolse in gola, un pezzo di ghiaccio che era rimasto accanto al cuore. La bocca ricuperò la sensibilità e riuscì a parlare.

«Abbracciami, abbracciami forte» supplicò.

Gunnar si infilò sotto la coperta, la strinse contro la sua pelle calda, e Selene si sciolse tra le sue braccia. Il calore di Gunnar fece rivivere il suo cuore e ridiede vigore alle sue vene paralizzate. Selene sentiva il sangue scorrere nel corpo, diffondendo il desiderio di vivere, di amare e di essere amata.

E quella notte, fosse per colpa dell'illusione, della luna piena, dell'acqua magica del lago e del calore di Gunnar, Selene dimenticò chi era, da dove veniva e dove stava andando. Dimenticò l'Odish, la paura, il pericolo, la vendetta e la fuga. Chiuse gli occhi e vide soltanto Gunnar.

Al sorgere del sole, il primo raggio li trovò abbracciati e addormentati. Selene si svegliò e, sorpresa dalla situazione, si alzò senza far rumore, si vestì e preparò un caffè.

Era confusa. Cominciò a ricordare passo per passo quel che era successo la notte precedente. Qualcosa non tornava. Dov'era l'Odish? Tutto sembrava indicare che non fosse mai esistita. Allora era stato Gunnar? Gunnar l'aveva acciuffata, aveva bruciato la sua macchina, l'aveva stregata e sedotta. Anche se, da un altro punto di vista, Gunnar l'aveva salvata nel lago. Forse era proprio ciò che Gunnar voleva che lei credesse: aveva ordito uno stratagemma per spaventarla, fingendosi una Odish per trattenerla nel lago, provocare la sua paura, e poi salvarla e recuperare la sua fiducia.

Era tutto molto confuso. Benché non riuscisse a essere arrabbiata con Gunnar, il suo parere su di lui cambiò. Era di nuovo un uomo misterioso e inquietante. Aveva bruciato la sua macchina? L'aveva seguita nonostante il suo potente incantesimo?

Si alzò silenziosamente e frugò nella tasca dei pantaloni di Gunnar finché trovò le chiavi della macchina. Si versò una tazza di caffè bollente, soffiò e ne bevve un sorso. Represse un grido di dolore. Che stupida! Si era ustionata. Non poteva fare le cose come tutti gli altri? Doveva sempre fare tutto precipitosamente. Nemmeno lei riusciva a capire se stessa, ma una cosa per lei era chiara e non la voleva dimenticare: doveva arrivare a Urt senza Gunnar e trovare Anaïd prima di lui. La soluzione era molto semplice. Sarebbe scappata con la macchina di Gunnar, abbandonandolo addormentato nella capanna.

Uscì dal recinto con cautela, chiuse la porta alle sue spalle e si guardò intorno. Niente. Fece il giro completo del rifugio e non riuscì a trovare la macchina.

«Vuoi scappare con la mia macchina?»

La voce di Gunnar veniva dalla finestra della capanna. L'aveva colta in flagrante. Selene provò a mantenere la calma.

«Stavo andando a comprare la colazione per farti una sorpresa».

Gunnar non sembrava arrabbiato, ma divertito. Era appoggiato alla piccola finestra, a torso nudo, il viso riposato e gli occhi azzurri e inquisitori, gentili.

«Faresti trenta chilometri per portarmi dei croissant appena sfornati?»

Selene sorrise cinicamente.

«Certo, *tesoro*».

«Allora dovrai andarci a piedi. Sei rimasta senza macchina».

Selene gli mostrò le chiavi e strizzò l'occhio.

«Ho la tua».

«La mia macchina?»

Selene usò un tono suadente.

«Dai, dimmi dove l'hai parcheggiata».

«È quel mucchio di ferraglia che c'è dietro al pino scuro».

Selene si sfregò gli occhi incredula.

«È bruciata anche lei?»

«Mi è costato, ma ci sono riuscito».

Selene sentì che sudava freddo.

«Cosa hai fatto?»

«Quello che facevano gli spagnoli quando andavano in giro a conquistare il mondo. Bruciavano le navi per impedire le diserzioni».

«Sei pazzo!»

«Dillo a Hernán Cortés o a Pizarro».

Selene si disperò. Come aveva osato!

«E adesso che si fa?»

«Cammineremo attraverso le montagne».

«Come?»

«Con le gambe. Insieme. A meno che tu non voglia scattare per prima e che io ti insegua a qualche metro di distanza, per continuare col gioco del gatto col topo».

Selene era stufa di inseguimenti ed era molto arrabbiata.

«Hai bruciato le macchine perché non ti fidi di me».

Gunnar rise. L'aveva beccata con le chiavi in mano, disposta a rubargli la macchina e a lasciarlo isolato.

«Non ridere».

«Mi dispiace, Selene, sei molto divertente».

Selene si rese conto di quanto fosse ridicola e assurda la situazione, ma si arrabbiò lo stesso. Gunnar la trattava come una monella. E lei, stupida, cascava in tutte le sue trappole. Tuttavia, scelse di prenderla bene.

«Va bene. Vinci tu. Non ho un grande senso dell'orientamento. Non sono capace di arrivare a Urt».

«Lo sapevo».

«Lo sapevi?» si stupì Selene.

«Ti conosco da qualche anno».

Selene sospirò. Aveva perso proprio tanti punti, ma era giunta l'ora di mostrare le carte.

«Immagino che Anaïd sia a Urt» buttò lì con diffidenza.

«Immagini giusto».

La sincerità di Gunnar la disarmò. Non si aspettava che fosse così facile fargli dire dove si trovava Anaïd.

«Non la sento e non risponde alle mie chiamate».

«Si protegge».

«E lo scettro? È a Urt?»

«Anche».

«Hai saputo qualcosa di lei per tutto il tempo in cui ci siamo rincorsi?»

«Niente».

Fu sopraffatta dallo sconcerto.

«Non ne sai niente e lasci una ragazzina di quindici anni sola e abbandonata?»

«Non è né sola né abbandonata».

«Ah, no?»

«Ha una famiglia».

«Non è vero, le mie amiche possono prendersi cura di lei, ma...»

All'improvviso se ne rese conto.

«Non l'avrai mica lasciata con la dama bianca?» balbettò incredula.

«È mia madre».

«È una Odish!» gridò indignata.

Gunnar non si lasciò intimidire.

«È sua nonna. Ha sconfitto Baalat, è l'unica che la può difendere e proteggere dall'ira delle Odish più potenti».

Selene era esasperata.

«E la sua ambizione? Chi la proteggerà dalla dama di ghiaccio? È una Odish, e anche lei vuole lo scettro».

Gunnar negò con convinzione:

«Cristine aspetterà che Anaïd decida, ma deve ancora imparare molte cose».

Selene si tormentò le mani.

«Me l'hai rubata per cederla a tua madre. Volevi farlo quindici anni fa e, finalmente, ci sei riuscito».

«Non è vero».

Selene non lo ascoltava più. Stava giungendo alle sue conclusioni.

«Ieri sera è stata lei a cercare di ammazzarmi».

Gunnar tacque. Selene aprì gli occhi stupita dalla sua stessa intuizione.

«Cristine ti ha portato fin qui e ti ha suggerito di bruciare le macchine. È così? È stata lei?»

«Mi ero sbagliato e stavo andando a Somport» si difese Gunnar senza troppa convinzione. «Mi avevi ingannato, ed è stata lei a dirmi dov'eri e a condurmi al rifugio, l'idea di bruciare le macchine è stata mia».

«Volevi che annegassi?»

«Al contrario! Ho pensato che saresti uscita dal lago di corsa per tentare di spegnere l'incendio. Quando mi sono reso conto che ti allontanavi dalla riva ho temuto che non riuscissi a resistere tanto tempo al freddo».

Selene era sbalordita.

«Quindi, lei era qui e voleva distruggermi».

«Non è vero».

Selene gli si piazzò di fronte.

«Ho sentito il suo dardo. Non le ho permesso di uccidermi perché mi sono tuffata nel lago».

«Non voleva farti del male».

«Non posso crederti, non posso, sei il suo schiavo e le ubbidisci».

Selene frugò nella sua borsa senza smettere di guardare Gunnar. Le sue dita sfiorarono la bacchetta di leccio. La presa con prudenza.

«Devo trovare Anaïd e la troverò».

«La troveremo».

«Tu no» lo fermò Selene.

«Me lo impedirai?»

Selene tirò fuori la bacchetta dalla borsa e la puntò con decisione. Pronunciò qualche parola e Gunnar cadde fulminato.

Selene sospirò. Era un incantesimo vietato. Era ammesso solo in casi estremi. Privava un corpo della vita per qualche tempo, e questo rimaneva in letargo in attesa di un nuovo ordine che lo svegliasse da quel sonno simile alla morte. Se non era svegliato in tempo, il corpo moriva.

Entrò nella capanna e prese Gunnar per le ascelle. Lo trascinò con molti sforzi fino alla branda. Il letto era ancora caldo e conservava l'impronta dei loro due corpi. Avevano trascorso la notte abbracciati, ma adesso Gunnar avrebbe dormito da solo, abbandonato alla sua sorte.

Non si impietosì.

Lo distese con fatica, gli rimboccò la coperta e chiuse le imposte della finestra. Se non si sbagliava, presto qualche escursionista l'avrebbe trovato. Bastava il contatto di una mano umana o il suono di una voce per ristabilire le costanti vitali. Gunnar sarebbe dimagrito, rimasto debole, ma sarebbe sopravvissuto per qualche settimana. Era molto forte. Si inginocchiò accanto a lui. Tutto il suo corpo era impregnato del suo odore. Lo baciò sulle labbra e, a voce molto bassa, gli chiese perdono.

Poi uscì dalla capanna, chiuse la porta, guardò in lontananza e calcolò approssimativamente la direzione della valle di Urt.

Dovette infondersi un bel po' di coraggio prima di intraprendere un cammino così incerto. La montagna solitaria l'atterriva, ma in un paio di giorni avrebbe raggiunto la sua meta.

CAPITOLO SEDICI

Non arretrerai davanti alla morte

La neve e il freddo avevano coperto le pietre del castello di Csejthe, dandogli un aspetto spettrale e fantasmagorico. L'orrore, però, viveva tra le sue mura, nelle sue segrete.

Le torce che guidavano il passo del capo delle guardie e del cavaliere negli angusti corridoi intrisi d'umidità illuminarono l'autentico volto della paura. Trovarono delle ragazze morte, moribonde, torturate, affamate e pazze. Percorsero i sotterranei dove venivano commessi i crimini e scoprirono le ciotole di fango piene di sangue secco, le gabbie schizzate di resti umani, la valigetta delle torture con pinze, forbici e coltelli pronti per mutilare, ferire e provocare sofferenza, gli anelli conficcati nel muro… Videro tutto questo senza riuscire a crederci. Contarono con le loro mani i corpi di più di trecento vittime, anche se i servitori, che per anni erano stati i testimoni muti di tanti orrori, parlarono e ne aggiunsero molte altre. Raccontarono che c'erano anche resti umani negli altri possedimenti e castelli della contessa, e che alcune ragazze erano state sepolte nel bosco, vicino alle strade, o buttate in fondo al lago. Tutta l'Ungheria era macchiata dal sangue delle sue vittime. La contessa sanguinaria si era proprio guadagnata il suo appellativo. Seicentocinquanta donne sacrificate.

Mentre Turzhó e gli altri messi reali giudicavano e condannavano Erzebeth a morire murata nel suo castello, presa dal rimorso Anaïd aspettava rannicchiata nel buio per attaccarla.

Doveva agire nell'intervallo tra l'ultimo assassinio dell'Odish e la sua scomparsa. Era giunta troppo presto nel passato. Quelle ore di differenza erano state terribili, e non erano nemmeno servite a evitare la morte di Dorizca.

Era stato veramente uno sbaglio, o forse quell'errore serviva a qualche proposito occulto?

Benché ci avesse provato, non riusciva a dimenticare la morte della piccola Dorizca. Era così bella col suo vestito bianco di seta e i capelli raccolti, con i riccioli che le scendevano lungo la nuca. Come una sposa il giorno del suo matrimonio con la morte.

L'aveva provocata lei stessa, scegliendola perché l'accompagnasse? Era stata forse lei la forza del destino della giovane Omar?

Nel frattempo, Dacil lottava tra la vita e la morte, sotto lo sguardo pensieroso di Orsolya.

Anaïd non poteva aiutarla; anche se le sue ferite erano guarite immediatamente senza lasciare cicatrici, nelle mani della contessa la sua vita aveva alti e bassi. Quando Erzebeth Bathory stringeva il suo amuleto, Anaïd perdeva le forze e sveniva. Le dissero che trascorreva le ore come un leone in gabbia impugnando il suo amuleto. Ogni volta che lo stringeva uccideva Anaïd lentamente.

Anaïd sapeva di dover distruggere l'amuleto della contessa. Per questo aveva viaggiato nel tempo, per questo aveva rischiato la vita, quella di Dacil e quella di Dorizca.

Tuttavia, come avrebbe fatto a entrare nella camera dove, mattone su mattone, stavano murando l'orgogliosa Odish che rideva di coloro che l'avevano catturata? Appena avessero finito di murarla, si sarebbe dileguata, e così la leggenda e il mistero l'avrebbero accompagnata per sempre.

All'improvviso la contessa urlò:

«Topi!»

I manovali che stavano costruendo l'ultima parete non le diedero retta.

«Ci sono i topi» insisté arrabbiata la contessa.

«Io ne vedo solo uno» sputò con disprezzo l'*haiduko* che vegliava con le sue armi e che ordinò ai manovali di continuare col loro lavoro.

La Contessa tacque, per suscitare l'ira di quegli uomini. Ma Anaïd intravide una possibilità per intrufolarsi nella stanza chiusa.

Non ebbe grandi difficoltà a comunicare coi topi e a farsi indicare la strada, a partire dalle cantine. Forse non erano i suoi animali preferiti, forse l'aspetto e l'odore le facevano schifo, ma non aveva altra scelta se voleva raggiungere il suo obiettivo. Così, una volta giunta nei lugubri corridoi, circondata da grandi roditori, che erano i padroni di quella parte del castello, Anaïd si levò i vestiti e si concentrò su un incantesimo di trasformazione. Il suo corpo si contrasse e, una volta sicura che il suo volto fosse ormai diventato un muso, e che i suoi forti denti fossero in grado di reggere qualsiasi oggetto pesante, prese in bocca il lucignolo e l'esca che aveva portato con sé dal futuro, e l'*atam* offertole da Orsolya e che era appartenuto a Dorizca.

Era diventata uno schifoso topo di fogna, ma forte e coraggioso, capace di far fronte a un animale molto più grande, anche se la sua fama non era proprio questa. E seguì i suoi nuovi amici che la guidarono attraverso gli intricati corridoi.

La contessa non si rese subito conto della sua presenza. Era troppo indaffarata a provare i suoi molti gioielli. Durante il suo macabro regno aveva accumulato un vero tesoro in gioielli. Aveva chiesto di essere murata con essi, come facevano i faraoni egizi. E in quel momento, anche se era al buio, si godeva la sua civetteria.

Anaïd poteva vedere molto più chiaro grazie alla visione dei roditori, e studiò la stanza in silenzio. Si trattava di una sala con alcova, con un arco che metteva in comunicazione entrambe le stanze. Era una camera per ospiti e, per questo motivo, aveva pochi mobili. Austera, fredda e senza comodità.

Anaïd si rifugiò nell'angolo opposto a quello in cui si trovava la contessa, e si preparò a trasformarsi nuovamente in ragazza. Proprio quando le gambe stavano recuperando la loro forma e stava superando gli ultimi tremiti del transito, la contessa annusò l'aria e si rese conto della sua presenza, o almeno della presenza di qualcosa di sconosciuto.

Anaïd era pronta a quell'eventualità. Veloce come una lepre, brandì l'*atam* di Dorizca e si sdoppiò in tre immagini per sconcertare la difesa della contessa. Con un colpo preciso tagliò la catena del talismano che pendeva dal suo collo. Lo acciuffò in aria con l'altra mano. Fu un colpo così sorprendente che neanche la stessa contessa fu in grado di percepirlo.

Erzebeth si mise immediatamente in guardia, ma ormai era troppo tardi. Quando portò la mano al collo per annullare la forza dell'avversaria, notò presa dal panico che il suo amuleto era scomparso.

Anaïd accese rapidamente l'esca e il lucignolo senza perdere un istante. Sapeva che era la parte più difficile, dato che sarebbe rimasta senza protezione alla mercè della rabbia di Erzebeth, ma aveva già previsto quel dettaglio. Alzò dunque una barriera tra loro e non ci pensò due volte. Il talismano bruciò nello stesso istante in cui la contessa, infuriata, distruggeva la barriera magica, balzava verso Anaïd e le conficcava l'*atam* magico nella schiena.

Anaïd ricevette l'impatto della lama senza rendersi conto della profondità della ferita. Era entrata nel rene, e l'*atam* rimase lì, affondato nella sua schiena fino all'impugnatura. Ciò nonostante, non si arrese né si perse d'animo. Anzi, tenne testa all'Odish e l'affrontò. Il talismano bruciava, ma non era ancora stato completamente consumato dal fuoco. L'Odish voleva portarglielo via, ma Anaïd l'avrebbe protetto con la vita. Brandì il suo *atam* e fece appello a tutte le sue forze per immobilizzare Erzebeth Bathory. La lotta tra loro fu terribile.

Anaïd voleva solo guadagnare tempo, ed Erzebeth l'attaccava furiosa e all'impazzata, tentando di riprendersi il suo talismano. Fu un'esibizione di forza, di abilità, di potere. L'energia vibrava e rimbombava, lanciando ora una ora l'altra contro le pareti.

Erzebeth si trasformò in un leopardo gigante dai lunghi denti affilati, si lanciò su Anaïd e le graffiò la carne nuda; saltava con un'agilità tale che era impossibile trafiggerla con l'*atam*. La contessa leopardo schivava i suoi colpi e le balzò addosso con tutto il suo peso e tutta la sua crudeltà. Anaïd sentì il morso al braccio e temette per la sua vita, quando sentì sul collo l'alito della bestia che tentava di reciderle la giugulare.

Senza smettere di vigilare sul talismano in fiamme, fece un incantesimo ordinando alla sua pelle di difendersi dal feroce attacco del felino. La sua pelle acquistò lo spessore e la resistenza di quella di un pachiderma.

La contessa si rese conto troppo tardi che i suoi denti aguzzi non riuscivano a scalfire la carne dell'eletta, dura come la pietra. Ma ormai non poteva farci niente. Il felino era stato invischiato in una potente rete magica ordita da Anaïd. Era prigioniero, e a ogni movimento disperato le zampe s'impegolavano di più nel potente reticolo e restavano immobilizzate. Come in una grande ragnatela.

Nella cella opprimente ci fu un momento di angoscia. Erzebeth riacquistò la forma umana e lanciò un orribile urlo che trapassò i timpani e ruppe tutti i vetri e bicchieri del castello. Il talismano stava per scomparire e la contessa stava convocando le sue ultime forze.

Una tempesta di sconvolgenti proporzioni si abbatté su Csejthe. Le nubi dei Carpazi, dense e minacciose, volarono veloci nel cielo grigio e si addensarono sul castello. Il pomeriggio divenne una notte nera e l'acqua precipitò a fiotti tra fulmini e tuoni. Cadde con una tale forza che trascinò via le pecore nelle valli, i loro pastori e i contadini che non avevano ancora raccolto i loro attrezzi prima di tornare a casa. La regione fu devastata in pochi minuti e l'acqua invase i paesi, annegò il bestiame e distrusse i raccolti. Quel terribile avvenimento fu ricordato per moltissimo tempo.

Erzebeth era ancora prigioniera di Anaïd e il suo talismano stava per scomparire. «Nooooo!» urlava disperata, portando le mani al collo.

Il suo potere si stava dissolvendo nel fumo che si sprigionava dal suo talismano magico. Col coltello nella schiena, Anaïd resse l'assalto di Erzebeth fino a quando il medaglione non fu che un mucchio di cenere.

Allora, e soltanto allora, strappò l'*atam* dell'Odish dal suo corpo e, inorridita, si rese conto di quanto la ferita fosse grande. Ma si cicatrizzò appena tolse il coltello. Impazzita, la contessa si strappava i capelli a ciocche.

«Oh, no!»

Anaïd non capì l'esclamazione della contessa.

«Sono stata io stessa a esortarti a bere dal bicchiere proibito» gridò Erzebeth scoprendo la forza dell'eletta.

Anaïd non si lasciò distrarre. Con un preciso incantesimo l'immobilizzò. Lei stessa fu sorpresa dal suo potere. Anche se la contessa aveva bevuto il sangue di molte Omar, senza il talismano era meno potente di lei.

«Ritorna tra le ombre cui appartieni, rimani prigioniera del tuo mondo. Io ti condanno al mondo opaco fino a quando non metterò fine alla tua reclusione ed entrerò nel tuo territorio per distruggerlo definitivamente!» esclamò Anaïd mentre osservava la contessa che si accovacciava sul pavimento e scompariva lentamente, in agonia.

Avrebbe voluto farla soffrire come lei aveva fatto con le sue vittime, farle pagare tutti i suoi misfatti, ma anche se lo desiderava non poteva distruggerla. Non poteva rischiare di modificare il passato. A ogni modo, stava appianando il futuro per liberare Criselda ed Elena dalla loro prigione e per recuperare lo scettro del potere.

Avrebbe potuto sentirsi orgogliosa del suo coraggio, ma non ci riuscì. Avrebbe potuto essere soddisfatta per il lavoro fatto, ma invece assaporava l'acre gusto della sconfitta.

Anaïd ritornò accanto a Dacil. Era stanca, ma soprattutto era molto triste.

Orsolya alzò lo sguardo e capì subito. Seppe che l'eletta aveva distrutto il talismano della contessa Erzebeth e che aveva vinto. Si alzò con uno sguardo pieno di devozione e toccò i capelli di Anaïd. Si inginocchiò davanti a lei e le baciò le mani. Mormorò grazie tante volte che Anaïd si sentì sopraffatta. Poi lei stessa condusse Anaïd fino al letto dove giaceva Dacil, e prendendole le mani, le appoggiò sulla profonda ferita nel petto della piccola. Sorprendentemente, la ferita si cicatrizzò. In pochi secondi, senza quasi un respiro. Lo stesso tempo che servì a Dacil per riprendere il colore sulle guance, aprire gli occhi e sorridere.

La farfalla svolazzò allegramente sul suo viso e Anaïd si sentì un po' sollevata nella sua pena.

«L'ho fatta tornare in vita?» chiese spaventata.

«Non era morta, l'hai semplicemente guarita».

Dacil la strinse con le sue braccia magre e la baciò.

«Oh, Anaïd, sei viva, sei viva».

«Certo che sì, grazie a te» riconobbe. «Hai la pietra?»

Dacil le confidò dov'era il nascondiglio. L'aveva nascosta dietro una piastrella della vecchia cucina. Mandarono un ragazzino a recuperarla e Orsolya dette loro da mangiare.

«Venite da molto lontano?» osò chiedere loro.

«Quattrocento anni» mormorò Anaïd e aggiunse, a testa bassa: «Mi dispiace molto per tua figlia, non ho potuto farci niente».

Orsolya le prese la mano.

«Non fartene una colpa. Il destino di Dorizca era scritto da quando era piccola. È morta dolcemente. Non ha saputo di morire. Me ne sono occupata con un incantesimo. Non ho potuto fare altro».

Anaïd compatì la povera madre e, per la prima volta, la guardò negli occhi. Fu uno sbaglio. Sentì che la mano di Orsolya diventava rigida, fredda e alla fine lasciò la sua con spavento. Ipnotizzata, Orsolya si alzò ed esclamò sbalordita:

«Hai bevuto dal bicchiere dalla contessa?»

Anaïd si sentì scoperta nel suo terribile segreto.

«Hai bevuto?»

Anaïd avrebbe voluto negare, ma non poté.

«Non sapevo che cosa ci fosse nel bicchiere...» balbettò.

Orsolya cominciò a piangere.

«No! No! Perché? Si è compiuta la maledizione di Odi».

Anaïd si spaventò.

«La maledizione di Odi?»
Orsolya le puntò il dito come se fosse un'appestata.
«Tu, Anaïd, l'eletta, sei maledetta!»

La ragazza inuit interruppe il suo lavoro, lasciò cadere il raschietto con cui puliva le pelli e portò le mani al petto, proprio come se un pugnale si fosse conficcato tra le sue costole e avesse voluto toglierlo.

Poco a poco il dolore si affievolì fino a scomparire. Di sicuro si trattava dell'avviso che stava aspettando. Lo seppe quando alzò lo sguardo e riconobbe in lontananza la sagoma dell'orsa che si stagliava contro l'orizzonte.

Quella notte, dentro all'igloo, stese la pelle di lontra sul pavimento e gettò le ossa di balena che portava sempre nella borsa di cuoio che era appartenuta a sua nonna, la grande strega Sarmik. Aveva ereditato il suo nome, i suoi poteri e quella minuscola borsa che conteneva le ossa magiche che permettevano di indovinare il futuro.

Kaalat, sua madre, se ne stava silenziosa al suo fianco. Nonostante sapesse che il momento della separazione era giunto, voleva allungarlo. Non era mai il momento di dire addio a una figlia.

Le ossa confermarono i presagi. Si avvicinava un lungo viaggio e Sarmik doveva avviarsi.

A testa bassa, Kaalat tagliò dei filetti di pesce salato, delle fette di carne affumicata, e li mise accanto al fornelletto e al tè nello zaino che sua figlia avrebbe portato con sé.

Gli inuit viaggiavano con un bagaglio leggero. Si spostavano come il vento da un posto all'altro, e in pochi minuti erano capaci di cominciare una marcia che poteva richiedere delle settimane o persino dei mesi. Portavano con sé gli arpioni per cacciare le foche in primavera, i fucili carichi per procurarsi la carne e la borsa da pesca per rifornirsi di pesci.

L'ululato di un husky, più simile a quello del lupo che a quello di un cane, avvertì Kaalat dell'arrivo dell'orsa.

«La madre orsa ti aspetta».

In effetti, la piccola Helga era diventata una magnifica orsa bianca che regnava ai confini dell'Artico, là dove soltanto pochi inuit osavano sopravvivere.

«Ti accompagnerà fino ai limiti delle terre del nostro clan. In seguito dovrai affidarti alle foche e alle lontre, che ti accoglieranno nelle terre dell'Alaska».

Sarmik sentì il suo cuore andare in pezzi.

«Madre, mi dispiace» mormorò abbracciandola, consapevole che la lasciava da sola in mezzo al nulla.

«Non ti preoccupare per me. Viaggerò fino agli accampamenti estivi e ti aspetterò insieme alla tribù».

«Non so quando potrò fare ritorno».

«Svolgi la tua missione».

Sarmik era indecisa.

«Saprò sempre quel che dovrò fare?»

«Sei stata addestrata per questo. Da quando Diana, l'eletta, e tu, vi siete scambiate il latte, siete diventate sorelle. Unite nella buona e nella cattiva sorte».

«Come farò a orientarmi?» chiese Sarmik, spaventata dalla sua responsabilità.

Kaalat cercò tra i suoi pochi averi e prese due oggetti molto preziosi che aveva conservato proprio per quell'occasione. Commossa, mostrò a sua figlia l'*ulù* affilato e brillante, il coltello col manico d'osso di balena che era appartenuto a sua nonna Sarmik.

«È per te, figlia. Fanne buon uso, solo per difenderti, non attaccare mai senza motivo. Difendi la vita dell'eletta con la tua».

Sarmik lo prese con mani tremanti e poi lanciò un grido. Sua madre le consegnava una collana bianca, immacolata. Era un potente amuleto che era stato confezionato coi denti dell'orsa madre.

Sarmik abbassò la testa e sua madre gliela mise. Splendeva intensamente sul suo collo, ed era molto bella.

«La madre orsa ti proteggerà e allontanerà da te il male. Non toglierla per niente al mondo. Me lo prometti?»

Appena la collana entrò in contatto con la sua pelle, Sarmik si sentì piena di pace.

CAPITOLO DICIASSETTE

Non ti lamenterai del rifiuto

Il ritorno nel presente fu molto semplice. Anaïd e Dacil, con l'aiuto di Orsolya, riprodussero il cerchio magico in una radura del bosco dei Carpazi, presero la pietra verde, si purificarono e, officiate dai canti della matriarca del clan della martora, saltarono all'interno del cerchio di pietra.

Questa volta caddero esattamente nello stesso cerchio del querceto dove la dama bianca le aveva salutate. Stanche e nude, Anaïd e Dacil andarono alla grotta per chiedere aiuto a Cristine. La bella dama le accolse con affetto, le vestì e le profumò, diede loro da mangiare e preparò due letti morbidi dove dormirono per ore.

Quando si svegliarono si trovarono da sole nel meraviglioso palazzo incantato. Dacil, curiosa, voleva toccare tutto, ammirare tutto e si stupiva per tutto. La sua allegria e la sua sorpresa erano contagiose, e riuscirono a fare in modo che Anaïd festeggiasse il suo ritorno con ottimismo. Tuttavia, l'assenza di Cristine la impensieriva. Non poteva aver deciso di abbandonarla proprio adesso che era riuscita a distruggere la contessa? Ed Elena e Criselda?

Nonostante la sua spontaneità, Dacil rappresentava un piccolo problema. Anaïd la pregò di non dire niente del loro viaggio nel tempo, e le chiese di aspettarla a casa sua, perché lei aveva delle cose da sistemare con sua nonna. Evitò espressamente di chiarire la natura di Cristine, e Dacil non fece domande. Accettò quelle circostanze eccezionali con la naturalezza dei bambini. Anaïd sospettava che, se le avesse presentato una gorilla come sua nonna, Dacil l'avrebbe baciata, le avrebbe chiesto una banana e le avrebbe augurato la buona notte. Era impossibile non fare domande sulla dama bianca e sul suo palazzo pieno di superfici a specchio e di pietre preziose. Non per Dacil. Forse pensava che l'eletta meritasse quel palazzo e quella nonna misteriosa.

Anaïd provava un affetto speciale per quella ragazzina. Era giovane e ingenua, e inoltre il suo odore era fresco e naturale. In particolare, le piaceva il suo collo vellutato, abbronzato e slanciato. Prima di salutarla, lei stessa le intrecciò i capelli per metterlo in vista.

«Il tuo collo è bellissimo, come quello di un cigno, devi metterlo in mostra».

Dacil non era vanitosa, ma era lietissima di farsi pettinare e di sentirsi fare dei complimenti. Ancora meglio se a farglieli era la meravigliosa Anaïd.

Cristine tornò poco dopo e non si stupì della ripresa di Anaïd, né dell'assenza di Dacil. Aveva un graffio sulla mano, i vestiti un po' sporchi e sgualciti, e un luccichio particolare nello sguardo.

«Dove sei stata?» chiese Anaïd inquieta, pur sapendo la risposta.

Cristine si mostrò enigmatica.

«Comincia tu, tesoro. Hai molte cose da raccontarmi. Voglio sapere tutto, dall'inizio fino alla fine. Senza tralasciare una virgola».

Anaïd si sedette accanto alla bella dama e cominciò il suo racconto. Mentre raccontava, si rendeva veramente conto della durezza di quell'esperienza così insolita, e dei pericoli che era riuscita a superare.

Cristine l'ascoltò con attenzione e Anaïd ravvisò sulla sua fronte alcune rughe di apprensione. Alla fine del suo racconto, a ogni modo, l'abbracciò e si congratulò con lei.

«Sei molto coraggiosa. Abbiamo vinto grazie a te».

In quel momento Anaïd seppe che Cristine era penetrata nel mondo opaco e aveva affrontato la contessa.

«Hai lottato contro di lei?»
Cristine rise.
«Contro quel che ne rimaneva, tesoro. La contessa era un vero disastro».
Anaïd ricordò Erzebeth Bathory, una cupa bellezza dei Carpazi. Non osava formulare la sua domanda, ma Cristine riusciva a leggerle nel pensiero.
«È finita. La temibile contessa è scomparsa e il suo mondo opaco è sfumato per sempre. È stato semplice, ormai era piegata, e si è semplicemente disintegrata come la polvere».
Anaïd saltò dalla gioia.
«Quindi Elena e zia Criselda sono libere!»
«Sono a casa di Elena. Nemmeno loro sanno quel che è successo».
Anaïd provò un'angoscia sconosciuta.
«È tornato anche lo scettro?»
«Infatti, ce l'ha Elena» annuì Cristine.
«E Roc?»
«Si è ripreso».
Per la prima volta aveva dimenticato Roc, e la sua smania per riavere lo scettro aveva superato l'amore che provava per il ragazzo.
«Ci vado. Ho bisogno...» tacque piena di vergogna.
La sua necessità imperiosa era di prendere lo scettro.
Cristine la fermò.
«Anaïd, aspetta, sarà meglio che per il momento tu non ci vada».
«Perché? Che succede?»
«Molte cose».
Il suo tono era serio e Anaïd pensò che Cristine le stesse nascondendo le brutte notizie. Lei non voleva preoccuparsi, non c'era motivo per cui lei dovesse stare ancora male. Aveva sofferto molto, aveva lottato e aveva portato a termine la sua missione. Non era giusto che adesso le rovinassero il ritorno. Voleva lo scettro, voleva Roc e voleva essere felice.

«È urgente che tu vada nel Cammino di Om».

Anaïd si sentì opprimere dalla rabbia. Non era pronta, non aveva alcun motivo per andare negli inferi ad affrontare i morti.

«Perché?»

Cristine provò a essere il più convincente possibile.

«Tesoro, Baalat è già riuscita a riprendere le sue forze, presto ricomparirà, se non lo ha già fatto. La contessa è scomparsa, ma ora la nostra nemica è Baalat».

«Io non l'ho vista».

«Io la sento, è qui. Anche lei vuole lo scettro e farà tutto il possibile per distruggerti e impossessarsi di ciò che ti appartiene».

Anaïd si tappò le orecchie. Non aveva ancora recuperato lo scettro e la stavano già minacciando con la sua perdita.

«Lasciami. Innanzitutto andrò a riprendermi lo scettro».

«Per fare il Cammino di Om non ti serve. Inoltre, non puoi scendere con lo scettro».

Anaïd si svincolò come un serpente dall'abbraccio ingannevole dell'Odish.

«Sei troppo interessata. Vuoi solo usarmi. Io ti sbrigo il lavoro sporco e tu ne approfitti? È così, vero?»

Cristine fece un passo indietro, inorridita.

«Come puoi pensare una cosa del genere? Io ti voglio bene».

«Allora lasciami stare».

«Loro ti rifiuteranno e ne soffrirai».

«Chi sono loro?»

«Anaïd, durante questo viaggio è accaduta una cosa che non ha rimedio».

«Che cosa?»

«Sei cambiata, non sei più la stessa».

«Questo lo so già» accettò Anaïd, piena di vergogna.

La sua angoscia stava crescendo, come anche l'insoddisfazione di sé, del suo destino, con tutti i mutamenti che la sua vita le procurava.

«Non sei più una di loro. Se ne accorgeranno e ti allontaneranno, ti espelleranno dalla comunità».

Anaïd affrontò sua nonna.

«Sei gelosa delle Omar! Mi vuoi solo per te e per i tuoi piani! Sei riuscita a farmi litigare con Elena, con Roc, con mia madre, e anche a farmi abbandonare da mio padre!»

E uscì di corsa senza rendersi conto della desolazione che pervadeva il volto di Cristine.

«Aspetta, Anaïd, aspetta. Non sei pronta!»

Anaïd corse come una pazza. L'ansia di arrivare a casa di Elena le metteva le ali ai piedi. Non si fermò per riprendere fiato, né per riposare qualche secondo, per non sentire una fitta al fianco. Continuava a ripetere a se stessa che voleva chiedere perdono a Elena, vedere Roc e riabbracciare zia Criselda, ma dentro di sé sapeva che agiva spinta dalla sua impazienza per tenere lo scettro in mano. Durante la sua lontananza non l'aveva sentito con quella forza e quell'immediatezza, ora sì. Era una necessità prepotente.

Arrivò a casa di Elena col cuore in gola. Bussò alla porta con impazienza, una volta, due, fino a che la porta non si aprì e apparve una donna minuta, grassottella, coi capelli bianchi e la bontà stampata in viso. La sua sorpresa fu enorme.

«Zia Criselda!» esclamò abbracciandola come una bambola di pezza e sollevandola in aria.

«Anaïd, figlia mia» esclamò la zia soffocata dal poderoso abbraccio. «Lascia che ti guardi. Sei diventata una donna» e la allontanò per vederla meglio.

All'improvviso, il suo sorriso si gelò e le sue pupille si dilatarono per la paura.

«Sei tu, Anaïd?»

«Certo. Chi se no?»

Dietro a Criselda apparve Elena. Non fu per niente contenta di vederla, anzi. La sua serietà e la sua mancanza di entusiasmo posero fine alle effusioni tra zia e nipote.

«Vieni dentro» le ordinò come accoglienza, e chiuse la porta dietro di lei come se l'avesse ingoiata.

Così si sentì Anaïd. Risucchiata dal suo clan.

Elena l'interrogò come una prigioniera di guerra, o peggio, come una spia. Niente di quanto Anaïd diceva sembrava andarle bene. Spesso arricciava il naso e si grattava la gola con sufficienza, scambiando sguardi complici con zia Criselda, che non riusciva a credere a ciò che udiva.

Anaïd si sentiva trattata in modo ingiusto. Si sentiva giudicata e condannata. Anche se, a pensarci bene, era logico che Elena, con cui aveva litigato per lo scettro e per l'amore di Roc, volesse vendicarsi. Dopotutto, l'aveva rinchiusa nel mondo opaco e aveva messo in pericolo la vita di suo figlio.

Anaïd parlava ormai da un pezzo e si accorse che Criselda ed Elena guardavano dalla finestra in continuazione, come se aspettassero qualcuno o qualcosa.

«Aspettate qualcuno?» chiese Anaïd.

Senza volere, aveva adottato un atteggiamento impertinente. Non le avevano lasciato scelta. L'aggressività degli altri le suscitava quel comportamento ostile.

Elena si stropicciò le mani.

«Infatti. Stiamo aspettando una persona che deciderà cosa dobbiamo fare con te».

Elena era dichiaratamente offensiva, persino il suo modo di parlare trasmetteva freddezza. Anaïd reagì piena di calore.

«Vi ho appena raccontato che ho sconfitto la contessa, viaggiando nel tempo, che ho bruciato il suo talismano indistruttibile. Il mondo opaco non esiste più... quindi, siete libere».

Ottenne solo un silenzio implacabile come risposta.

Anaïd si sentì piccola e rimproverata, come una bambina monella punita dagli adulti. Lei voleva solo un sorriso amico, un gesto affettuoso, una complicità inesistente.

«Perché mi trattate come se fossi una delinquente?» gemette.

Elena fu molto dura.

«In un certo senso lo sei. Hai commesso un delitto, hai sfidato le nostre leggi e hai fatto un errore gravissimo».

«Io non volevo spedirti nel mondo opaco. Non volevo. Ero confusa».

Elena sospirò.
«Lo so. Non parlavo di questo errore».
«Ma allora...?»
Elena la guardò senza alcun affetto.
«Hai disubbidito alle Omar e ti sei messa agli ordini di una Odish».
«Non è vero. Non è una Odish qualsiasi, è mia nonna. Mi vuole bene».
Elena abbassò lo sguardo. Criselda si asciugò una lacrima.
«Forse hai ragione: ti vuole bene, ma quando sarai diventata una di loro».
Anaïd si alzò, offesa.
«Che succede? Anche voi mi rinfacciate di avere sangue Odish nelle vene? Non è colpa mia. È stata Selene a innamorarsi del figlio di una Odish e a concepirmi. Io sono innocente».
«Non è questo, Anaïd».
«Che cos'è, allora?»
«La maledizione di Odi».
Anaïd esplose.
«Sono stufa della maledizione, stufa di voi e delle vostre chiacchiere, voglio lo scettro, voglio vedere Roc!»
Elena si alzò.
«Ti rendi conto, Anaïd? Non controlli la tua volontà. Lo scettro ti domina. L'eletta non può agire secondo i suoi capricci».
In quel momento, vide arrivare sulla strada, in lontananza, la bicicletta di Roc. Non chiese il permesso di Elena, né quello di Criselda. Gli andò incontro senza consultarle.
«Roc! Roc!» gridò agitando la mano.
Roc le sorrise da lontano e pedalò con forza per raggiungerla, lasciò cadere la bicicletta e corse verso di lei.
Anaïd sentì il suo cuore scoppiare di felicità. Roc si ricordava di lei, Roc l'amava, Roc stava per abbracciarla. Ma quando fu a un solo metro da lei, Roc frenò la sua corsa e si fermò.
«Anaïd?» pronunciò stupito.
Roc era turbato. Non si comportava con naturalezza.

«Sì, sono Anaïd».
Roc era nervoso: parlava con difficoltà.
«Be', io... è strano trovarti qui».
«Perché?»
«Te ne sei andata così all'improvviso, è stato tutto così strano...»
«Cosa ti hanno raccontato?» volle sapere Anaïd, diffidente.
«Niente».
«Allora... non mi abbracci?»
Istintivamente, Roc fece un passo indietro, allontanandosi da lei.
«Non ti arrabbiare ma, quando ti ho visto...»
Anaïd stava perdendo la compostezza che aveva avuto all'inizio. Cosa aveva voluto dirle Roc? In quali termini si ricordava di lei?
«Cosa stai cercando di dirmi, Roc?»
«Be', ti ho pensato molto, ma...»
Alzò gli occhi e Anaïd li vide distanti.
«Roc? Guardami, sono Anaïd. Dammi la mano».
Roc la rifiutò nuovamente ed evitò il contatto.
«Mi dispiace, Anaïd, non so che cosa mi succede... Sento... che non sei tu. È una cosa strana, non prendertela a male...»
Anaïd aveva voglia di piangere. Se gli si avvicinava, faceva un passo indietro.
«No, non ti avvicinare, per piacere».
Anaïd si guardò le mani, la pelle, i vestiti.
«Che succede? Sono appestata?»
«Non lo so, è qualcosa che non riesco a controllare... Mi fai paura» confessò finalmente, arrossendo per la vergogna.
Anaïd rimase immobile, sconcertata. Presto il dolore cedette il passo alla rabbia. S'infuriò, l'ira le salì dalle mani e le uscì dagli occhi. Aveva il fuoco nello sguardo, le nuvole corsero veloci e coprirono il sole.
«Io ti faccio paura?» chiese con voce roca.
«Ti prego, Anaïd, non dire così...»
«Adesso sì che ti farò paura. Guarda!»

Il suo aspetto era terribile. Il vento le agitava i capelli e aveva gli occhi color acciaio, freddi e implacabili. L'azzurro delle sue pupille trapassò Roc e convocò una tempesta. Alzò le braccia verso le nuvole, che scaricarono la pioggia su di lei. Tuoni e fulmini caddero ovunque.

Roc assisteva con la bocca aperta a quell'oscena esibizione di potere e Anaïd, vedendo il suo panico, rise con una risata pazza e pronunciò le parole magiche per chiamare lo scettro.

«*Soramar noicalipurt ne litasm*».

Lo ripeté più volte. Invano. Lo scettro non accorreva alla sua mano.

Dimenticò Roc, la tempesta, il mondo intero. Aprì la porta della casa come un uragano ed entrò disposta a portarlo via. Elena l'intercettò.

«Non oserai. Ho fatto un incantesimo».

«Dov'è?»

Zia Criselda, involontariamente, alzò gli occhi verso l'armadio con la vetrina. Elena seguì la direzione del suo sguardo e si alterò. Anaïd indovinò senza problemi.

«Nella vetrina».

Elena tirò fuori la sua bacchetta e la fermò.

«Non ti avvicinare. È ben custodito».

«Cosa pensi di farmi se mi avvicino?» la sfidò Anaïd con una sfrontatezza impropria per una giovane Omar.

Zia Criselda intervenne con dolcezza, ma fermamente.

«Non sarà necessario, vero tesoro? Sei ubbidiente, hai imparato con me a ubbidire, conosci le leggi Omar e ci rispetterai».

Il suo tono convincente, il suo modo di fare calmo, la sua cantilena seduttrice per poco non riuscirono a far cedere Anaïd; ma l'angoscia che la rodeva era troppo forte.

«Lo scettro è mio e lo porterò via» affermò finalmente, facendo un passo verso l'armadio.

«Anaïd, per piacere, ascoltami» tentò di mediare la povera Criselda, tenendola perché Elena non intervenisse. «Non ci costringere a usare la forza».

Anaïd non l'ascoltava. Con un movimento appena percettibile, tirò fuori la sua bacchetta e pronunciò un incantesimo sulle due donne.

«Vi ingiungo di restare mute, sorde e cieche finché vorrò».

Immediatamente, Criselda ed Elena persero la parola, la vista e l'udito e cominciarono a vagare tentoni nella stanza, come formiche che hanno smarrito la fila delle loro compagne.

Anaïd si diresse con determinazione verso il mobile, ma quando stava per aprirlo, una voce la fermò.

«Non farlo Anaïd, non farlo».

Questa volta restò sconcertata. Quella non era la voce di Elena, né quella di Criselda. Non era possibile! La voce che aveva udito era... si voltò ed era lì, davanti a lei: la persona che stavano aspettando.

Selene. Sua madre, spettinata, con i vestiti stracciati, gli stivali imbrattati di fango e la faccia sporca. Aveva la pelle abbronzata e gli occhi più duri dopo la sua esperienza. Aveva attraversato le montagne da sola e si era persa un'infinità di volte. Si era arrampicata per i dirupi, si era lasciata cadere rotolando sulle pareti rocciose ed era andata avanti senza riposare, senza lasciarsi scoraggiare, attraversando fiumi e valli. Di notte aveva sentito la morsa della solitudine e non aveva dormito, pregando Demetra di proteggerla; aveva sognato, senza volere, le braccia accoglienti di Gunnar, e sospirato per avere la sua bambina accanto a sé.

Elena si era messa in contatto con lei solo da qualche ora e le aveva comunicato la terribile verità. Anaïd era perduta.

Provava un unico sentimento: impotenza. Non era stata in grado di aiutare sua figlia.

Era entrata in casa accompagnata da Roc, che si trovava qualche passo indietro, con una smorfia di diffidenza.

«Selene!» esclamò Anaïd, con un misto di ansia e rimorso. Si avvicinò a lei, senza sapere se poteva abbracciarla o no, se sarebbe stata respinta.

Ci provò. Selene aprì le braccia e l'accolse. Anaïd si lasciò coccolare. Ma all'improvviso, la sua piccola parentesi di felicità fu troncata dallo sconcerto di Roc che era accanto a Elena.

«Mamma?» chiese nell'accorgersi dei gesti assurdi e vacillanti di Elena. «Mamma? Mi senti?»

Era evidente che non poteva sentirlo né vederlo. Ma Roc, angosciato, l'abbracciò e gridò:

«Dimmi qualcosa, mamma, dimmi qualcosa, ti prego!»

Anaïd sentì un vuoto vertiginoso allo stomaco, come un buco da dove scappava ogni segnale di pace.

«Cosa hai fatto a mia madre?» le rinfacciò Roc prendendo Elena per il braccio e osservando il suo sguardo vuoto e i suoi passi ciechi.

Selene allontanò la figlia e osservò sia Elena che Criselda. Anaïd si sentì trafiggere dallo sguardo accusatorio di sua madre e si difese:

«Stavano per attaccarmi, mi volevano distruggere, e ho dovuto difendermi».

Roc evitò di guardarla e si rivolse a Selene.

«Ti prego, Selene, fa' qualcosa, fa' qualcosa ad Anaïd, non è lei, non è lei».

Selene mosse lentamente la testa.

«Lo so. Riposati e dormi. Non ti preoccupare».

Roc ubbidì alle parole magiche di Selene e si sdraiò sul tappeto per dormire. Anaïd l'affrontò.

«Che significa tutto questo? Perché sono così diversa? Anche tu hai paura di me?»

Selene abbassò gli occhi timorosa.

«Loro non hanno osato dirtelo».

«Cosa?»

«Io sono tua madre e devo farlo».

«Sembra che tu debba condannarmi a morte».

Selene non evitò il suo sguardo, quando pronunciò la sentenza. Era il privilegio di essere madre: poteva continuare ad amarla e a guardarla negli occhi malgrado la terribile verità.

«Non sei più una Omar».

Anaïd era distrutta.

«Cosa sono quindi? Un mostro?»

Con la voce rotta Selene bisbigliò:

«Hai bevuto dal bicchiere proibito e la maledizione di Odi è caduta su di te».

Anaïd sentì un lieve tremore alle ginocchia, come il primo movimento che precede il terremoto. Non voleva saperlo, e tuttavia fece la domanda con un filo di voce:

«Chi sono?»

«Sei una Odish immortale. Sei una nemica».

L'urlo di Anaïd fendette le orecchie di Criselda e di Elena e sciolse l'incantesimo.

Entrambe aprirono gli occhi increduli, e le loro corde vocali riuscirono a proferire dei suoni articolati.

«Lo sa?» chiese Elena appena si fu ripresa e recuperò le sue coordinate.

Anaïd, però, non riusciva ad accettarlo.

«Non è vero. Dite delle bugie!»

Selene volle avvicinarsi e Anaïd si accorse che sua madre tremava nell'allungare la mano verso di lei.

«Sei una vigliacca» le rinfacciò.

Con tutta la forza della magia che aveva accumulato aprì i cassetti dell'armadio con la vetrina per prendere lo scettro. Ma, con sua grande sorpresa, i cassetti erano vuoti. Elena si agitò.

Lo scettro non c'era.

«Mi hai ingannato» ringhiò a Elena.

«Non è possibile. Lo avevo messo qui. Lo scettro era qui».

Criselda cercava disperatamente in ogni angolo.

«Io l'ho visto. L'ho aiutata a creare l'incantesimo di protezione».

Criselda s'imbatté in un pezzo di carta spiegazzato. Era scritto con dei caratteri strani.

«Cosa vuol dire questo?»

Pallida, Elena glielo strappò dalle mani e lo lesse attentamente.

«Sono caratteri fenici».

Selene li conosceva. Più di quindici anni prima aveva trovato la stessa firma.

«Baalat. È la firma di Baalat».

Anaïd si rabbuiò. Baalat aveva il suo scettro e lei era una Odish. Non le volevano più bene né la tribù né il clan. Era una proscritta. Non apparteneva a niente e a nessuno. Sua madre aveva paura di lei, Roc aveva paura di lei, Criselda aveva paura di lei, Elena aveva paura di lei, Cristine l'usava e la dama oscura rubava il suo scettro.

Non poteva sopportarlo. Creò una barriera magica dietro di sé e fuggì verso il bosco per tornare nella grotta.

A metà strada cadde su una roccia e cominciò a piangere disperatamente, tanto da spaventare i cuccioli di una tana di donnole. La madre, una donnola giovane, si nascondeva dietro un cespuglio senza osare consolare i suoi piccoli. Anaïd si sentì generosa.

«Non ti farò niente» le disse nella sua lingua.

La donnola si stupì.

«Forza, falli smettere, non la finiscono di piagnucolare».

La bestiola le ubbidì con efficacia. Li tranquillizzò, li leccò, li allattò e li fece addormentare. Dopo, uscì coraggiosamente e si rivolse ad Anaïd.

«Grazie».

Anaïd era distrutta e si sentiva svuotata e senza forza.

«Fammi un piacere. Vai a dire alla dama bianca che sono qui, che venga ad aiutarmi».

La donnola si mise a tremare.

«Non è possibile».

«Perché?»

«La dama bianca è andata via».

«Tornerà presto...»

«No, è in viaggio, è andata molto lontano, per sempre».

Anaïd si disperò. Non era possibile.

Invece sì.

La grotta, che era stata un palazzo stregato, aveva ripreso il suo aspetto primitivo. Era di nuovo buia e umida. Anaïd rabbrividì trascinandosi attraverso gli scuri corridoi. Non riusciva più a capire come aveva potuto essere il suo rifugio per tanti anni quando era bambina.

In ogni modo, trovò i suoi gioielli. Erano lì, come un'offerta lasciata da sua nonna. Prese dal piccolo scrigno la collana di zaffiri blu, il braccialetto di turchesi e la spilla magica di ametiste. Li indossò e si sentì beneficamente protetta. Attutirono ingannevolmente la sua desolazione, ma il miraggio durò poco. La superficie del lago, cui si era rivolta con un incantesimo della sua mano magica per contemplare lo scettro, le restituì soltanto l'immagine scura di una scatola. Impossibile sapere dove si trovava.

Più tardi, di ritorno nella grotta, capì cosa fosse la solitudine, una condizione che andava oltre il momento specifico. La sua era una solitudine assoluta, l'angosciante certezza del suo io strappato dalla collettività. Un destino solitario, oscuro. Era questo il prezzo del potere. Era l'altra faccia della medaglia del regno dell'eletta.

Al calar della notte un'ombra circospetta s'infilò nella grotta fino a piazzarsi dietro di lei.

Anaïd era sulla difensiva con l'*atam* in mano, pronta a tagliare la gola a chiunque. In pochi secondi afferrò la sua preda per i capelli e l'aggredì con l'*atam*.

«No, Anaïd, no, ti prego!»

Era Dacil. Senza volere, la lama affilata dell'*atam* l'aveva leggermente ferita al collo.

«Mi dispiace» si scusò Dacil. «Non volevo spaventarti, ma consolarti».

«Lo sai già? Sai chi sono io? Sai che cosa sono?» urlò Anaïd furiosa.

Dacil alzò le spalle.

«Vi ho spiato e so tutto. Ma non ho paura. Io ti voglio bene».

E l'abbracciò con forza. Anaïd si calmò, raccolse con dolcezza la goccia di sangue che le sgorgava dal collo col dito indice e rimase a fissarla. Era il sangue della sua giovane amica, un sangue buono, giovane e fresco, un sangue vivificante.

Osservò Dacil, avvertì il suo sconforto e il suo magico sorriso. L'abbracciò con forza ancora maggiore e sentì il calore di quel corpicino e il battito del suo sangue.

Il sangue di Dacil.
Il sangue di una Omar.
Smaniava per il suo sangue.
«Vattene! Vattene da qui!» urlò spaventata, separandola da se stessa, inorridita dal suo istinto. «Vattene lontano, non voglio più vederti, mai più».

E fu lei stessa ad allontanare l'unica persona che era venuta di sua volontà al suo fianco. Forse l'unica persona che l'ammirava senza riserve, che l'adorava senza condizioni, che le voleva bene com'era.

Col cuore infranto, Dacil uscì dalla grotta e si perse nel buio del bosco.

Anaïd voleva morire, aveva toccato il fondo. Per questo accettò con gratitudine l'oscura presenza del serpente, fu grata per il suo corpo viscido e la sua lingua biforcuta e ricevette con gioiosa tristezza il suo morso velenoso.

Dopo si mise ad attendere la morte.

Invano.

La ferita s'infettò e il sangue avvelenato si diffuse nel corpo, ma questo generò un antidoto, lottò contro il veleno, lo sconfisse e le restituì la sua salute immortale.

Incredula, Anaïd mosse il braccio, che prima era gonfio, la mano, prima tumefatta, e constatò che non le era successo niente.

Anaïd sapeva che il serpente era Baalat e che le aveva inoculato una dose mortale di veleno. Ma Baalat non sapeva che Anaïd era immune. Ormai non era più una Omar mortale.

Anaïd, l'eletta, era maledetta da Odi.

Era caduta sotto il potere dello scettro, aveva commesso gli errori che la maledizione aveva predetto ed era diventata una Odish.

Era immortale.

I due uomini erano in agguato, vicino al cammino, e l'aspettavano. L'udirono arrivare in lontananza, si sorrisero e si scambiarono il segnale convenuto. Immediatamente, il più giovane – non doveva avere ancora vent'anni – si sdraiò sul ghiaccio, accanto alla slitta; l'altro buttò in terra una parte del bagaglio e si lasciò cadere sulla serpa, immobile, come se fosse svenuto all'improvviso. Prima di chiudere gli occhi afferrò il fucile con la mano destra.

La ragazza guidava una moto da neve. Il cielo, al tramonto, era frantumato in mille sfumature violette. Era l'ora magica dei miraggi dell'Artico, l'ora in cui la vertigine bianca e l'angoscia s'impossessano dei viaggiatori. Viaggiava da sola, con un prezioso husky con gli occhi azzurri e lo sguardo intelligente.

In un primo momento aveva pensato che la slitta fosse poco davanti a lei, ma all'improvviso si accorse che era successo qualcosa. Avvicinandosi, intravide per terra la sagoma di un uomo circondato da parte delle sue masserizie. I cani abbaiarono. Erano attaccati alla slitta e non sembravano affamati né particolarmente spaventati. C'era stato un incidente?

Malgrado la mancanza di indizi, non dubitò un istante e fermò il suo veicolo accanto all'uomo ferito. Nell'Artico, l'ospitalità è più di una norma di educazione, è la garanzia della sopravvivenza. Non si accorse dell'altro uomo acquattato sulla slitta, nascosto dalle pellicce.

Sarmik si inginocchiò accanto al giovane ma, senza darle il tempo di reagire, una mano veloce l'afferrò per il braccio e l'immobilizzò. In quello stesso istante, l'uomo aprì gli occhi e urlò una parola al suo complice. Sarmik udì il suono di un caricatore alle sue spalle e seppe che le stavano puntando un fucile addosso.

«Non ti muovere!»

Sarmik rimase muta. Era una trappola. Era vittima dei banditi che assalivano i viaggiatori fiduciosi. L'husky balzò sull'uomo che l'afferrava per il polso e con un morso riuscì a fargli mollare la presa. L'altro sparò così vicino che la pallottola le sfiorò la testa.

«Fermo, Teo, fermo!»

Era il nipote di Lea. Era il giovane cane che lei stessa aveva aiutato a venire al mondo solo tre anni prima e che aveva allevato fin da cucciolo. Un bel maschio dell'ultima cucciolata del padre Victor. L'accompagnava ovunque, era la sua ombra, il suo guardiano e la sua guida, come erano stati prima sua nonna e suo padre.

Sarmik lo prese con forza per il collare e gli chiuse il muso minaccioso che abbaiava mostrando i denti agli intrusi.

«Non vi farà del male, non lo uccidete, vi prego» supplicò loro.

«Legalo» le ordinò quello col fucile, che sembrava essere il capo.

Ubbidì, disposta a salvare la vita del cane e, dopo, con le mani in alto, si avvicinò ai malviventi.

«Prendete i soldi, se volete, ma lasciatemi del cibo. Viaggio da sola».

I due banditi risero.

«Mi piace la tua moto da neve» disse il più giovane, accarezzando il morbido sedile.

«Non mangia pesce» aggiunse l'altro.

«È molto aerodinamica».

Sarmik si sentì male.

«Ve la darei volentieri, ma devo attraversare l'Alaska al più presto».

«Forse ti sta aspettando il tuo fidanzato, carina?»

Sarmik fece un passo indietro, non le piaceva per niente il tono minaccioso del giovane.

«Non mi toccare».

Teo grugnì, tirò la corda e si arrabbiò moltissimo quando il giovane alzò la mano e strappò la collana che Sarmik aveva al collo.

«Una bella collana di denti d'orso. Sono veri? Te l'ha regalata lui?»

L'altro uomo rise.

«Ovvio, per questo ha tanta voglia di rivederlo».

Ma quando alzarono gli occhi dalla collana entrambi urlarono senza volere. La ragazza timorosa che pochi istanti prima li supplicava non era più la stessa. Le sue pupille erano dilatate e guardava senza vederli, come i ciechi. La smorfia della sua bocca era crudele. E si spaventarono perché nella fermezza del suo sguardo percepirono una determinazione maggiore della loro. Non sarebbe indietreggiata di fronte a niente e a nessuno.

Senza alcuna paura, la ragazza pronunciò delle strane parole.

«*Orre ertecr saraluform*».

All'improvviso, l'arma con cui il bandito la teneva sotto tiro cominciò ad arrotolarsi tra le sue mani, trasformata in serpente. Lo buttò via con ribrezzo, e andò a cadere tra i cani, che abbaiarono come pazzi e si buttarono sulla preda divorandola, disputandosi i brandelli che dopo inghiottivano senza masticare.

Sbigottiti, i due banditi, videro che i cani diventavano a loro volta serpenti con testa di cane che si liberavano sinuosamente dagli agganci della slitta e si lanciavano al loro inseguimento.

I due uomini cominciarono a correre disperati da tutte le parti, nel più totale sconcerto. Ovunque andassero, un nuovo serpente-cane tagliava loro la strada, costringendoli a indietreggiare. Dopo un po', sudati e spaventati, capirono di essere circondati. Quegli orribili mostri li avevano accerchiati.

Dalle bocche dei serpenti-cane uscivano lingue di fuoco che bruciarono loro i capelli e le sopracciglia. I cani si leccavano le labbra mentre osservavano le loro prede, e le code dei serpenti cominciavano ad arrotolarsi sulle gambe dei poveri briganti, che capirono che sarebbero morti divorati da quei mostri, vittime di un fatidico incantesimo.

«Pietà, pietà, strega del ghiaccio!» supplicò il più giovane.

«Abbi pietà di noi, strega delle ombre!» pianse quello del fucile.

«Ti restituiremo tutto ciò che ti abbiamo rubato se ci salvi dalla morte» promise il ladro della collana.

Era inutile. Negli scuri occhi di Sarmik brillava l'ira priva di passione. La fredda vendetta, disumanizzata. I sentimenti non vi avevano posto.

«Prendi la tua collana!» urlò il giovane, liberandosi del monile di denti della madre orsa incastonati in argento e gettandolo verso Sarmik.

Il suo gesto fu provvidenziale. Nel momento in cui la collana entrò in contatto col corpo di Sarmik, l'illusione svanì e gli orrendi serpenti diventarono di nuovo cani da slitta che gemevano e chiedevano cibo ai loro padroni.

Sarmik prese la collana e se la legò al collo, come aveva fatto sua madre qualche giorno prima. L'influsso benefico della madre orsa fu istantaneo.

La ragazza recuperò il controllo della sua mente e la bontà tornò in lei. Non ricordava nulla di quanto era successo.

Impietosita, offrì ai due banditi un po' di cibo, ma la reazione degli uomini fu sorprendente. Le restituirono il cibo e scapparono di corsa senza aspettare i cani, senza riattaccarli alla slitta e senza caricare alcuna provvista. Correvano sempre più veloci allontanandosi da lei come se fosse il diavolo in persona oppure la sua reincarnazione.

Stupita, Sarmik sospirò, accarezzò l'inquieto Teo, il suo buon amico, e rimise in marcia la moto da neve.

'Che strano incidente!' pensò. L'assalivano in mezzo alla steppa di ghiaccio e non solo non le rubavano nulla, ma per di più le lasciavano una slitta con tutti i suoi cani e il bagaglio. Un buon regalo.

Sarmik proseguì il suo viaggio senza avere coscienza che il suo altro io si nascondeva in un angolo della sua anima, aspettando l'occasione per rubarle il corpo e la volontà.

CAPITOLO DICIOTTO

Non formulerai il sortilegio di vita

La fredda oscurità della grotta si era trasformata in una luce arancione e soffice come una pesca matura. L'umidità che filtrava dalle stalattiti e dalle pareti calcaree le aveva inzuppato i vestiti e, quando si sdraiò, sentì che persino l'anima le faceva male. Sempre che le Odish avessero un'anima, ovviamente.

Si sentì male e ricordò il suo incubo. Era stato molto concreto, quasi reale. Aveva sognato Dacil, la povera ragazzina separata da sua madre, che correva piangendo nel querceto e si allontanava dal suo rifugio magico per essere inghiottita dall'altro bosco ancora più frondoso. Il suo pianto era attutito dai licheni e i suoi gemiti si perdevano in mezzo all'allegro frutto del sorbo rosso dei cacciatori. Dacil scivolava tra le ombre proiettate dai tigli fino a lasciarsi cadere fatalmente sotto un tasso velenoso. Dacil la chiamava piangendo, ma lei non voleva vederla. L'aveva espulsa dal suo fianco, l'aveva lasciata sola e abbandonata. Dacil aveva freddo, paura e la certezza di non essere amata. Gridava il suo nome una volta, e un'altra. 'Anaïd! Anaïd!' ripeteva. Ma lei non accorreva. Si tappava le orecchie per non sentirla. Le ore passavano tra gemiti e pianti fino a che Dacil non riceveva una visita indesiderata. La vipera.

Ricordando l'incubo le vennero i brividi. Baalat, il serpènte fenicio, strisciava sul corpo di Dacil, arrivava al suo collo e conficcava i denti lunghi e giallognoli nella sua carne rosata. Dacil accettava la morte con rassegnazione, senza lottare, perdendo le forze come la povera Dorizca, perdendo il sangue e la vita sotto la bocca avida di Baalat.

Tremò per la paura.

Ma era stato solo un sogno.

E tuttavia, una voce le diceva che non era soltanto un sogno. Un presentimento l'avvertiva che quella voce diceva la verità.

Si alzò con le gambe tremanti e uscì all'esterno. Il sole di mezzogiorno riscaldava le cime delle querce. Il canto dei passerotti e dei merli cacciò via la sua pena e il volo delle pernici dalle ali bianche la tranquillizzò. Era una giornata di sole, bella, piena di speranze. Ne era convinta, anche se non era del tutto vero. I fringuelli cinguettavano una canzone funebre. L'aquila dal volo maestoso parlava di morte e indicava agli avvoltoi la preda distesa nascosta sotto il tasso. Lo sparviero l'aveva vista dall'alto e si lamentava per la sua morte perché ricordava ancora il suo incedere grazioso. Il picchio nero dalla testa rossa ricordò il suo canto allegro e si intristì perché adesso era morta.

Affrettò il passo e chiese alla marmotta, ma questa, spaventata, scappò senza risponderle. Anaïd impazzì e chiese alla talpa, e alla rana rossa. Finalmente fu il topo che, impietosito dalla sua angoscia, le indicò il luogo esatto dove la ragazza giaceva.

Anaïd si graffiò le gambe e le braccia strappando i cespugli fino ad arrivare ai piedi del tasso. Si inginocchiò, scostò le foglie e portò la mano al petto. Lì, sdraiata e bianca, giaceva la piccola Dacil. Morta.

Sul suo collo gonfio e blu rimaneva il segno dei denti di Baalat.

Abbracciò il corpo senza vita e lo sentì freddo.

Anaïd seppe così che le Odish soffrivano. Lei era una Odish e la pena l'aveva colpita. O il senso di colpa, o il dolore, o l'angoscia. Non era pronta per la morte, e ancora meno per la morte di una persona innocente come Dacil. Questo l'innalzava ai suoi stessi occhi. La sua capacità di provare tristezza, e persino di piangere sulle pallide guance della ragazzina morta, la riempì di orgoglio. Non era cattiva, non era crudele, non era insensibile.

Si contagiava con il suo stesso entusiasmo. Dacil era una sua vittima e non doveva morire. Meritava un'altra opportunità. Era così piena di sé che smise di sentirsi Anaïd. Era l'eletta, annunciata dalle profezie. Le Omar e le Odish la temevano. Era immortale. Era onnipotente. Poteva ben permettersi di accordare la vita, come le madri, come i semi, come la natura stessa.

Alzò lo sguardo e vide in lontananza le valli coperte di gigli, narcisi, orchidee e genziane. Uno spettacolo di colore che Dacil non avrebbe più visto. Non era giusto. Non poteva permetterlo.

Prese il corpicino leggero della ragazzina e lo sollevò verso il sole. Fece appello alla sua forza e al suo potere e lo pregò di riscaldarle il sangue e di infonderle di nuovo un alito di vita.

«*Adir evelvu alle*» disse nell'antica lingua e mentre parlava la voce diventò sempre più roca.

I merli ammutolirono e i caprioli si fermarono sulle cime. La terra tremò, i rami degli alberi scricchiolarono e le rocce cominciarono a rotolare lungo i dirupi scoscesi. Un mormorio sordo emerse dalla gola della terra e le bestiole del bosco fuggirono spaventate dai loro nascondigli.

Anaïd sollevò ancora di più il corpo di Dacil e tutti videro come il sole s'inclinava su di lei e illuminava con un raggio gli occhi chiusi della morta. Per qualche istante il tempo si fermò. I cuori cessarono di battere, la linfa smise di circolare e le farfalle frenarono il loro volo.

Poi le palpebre di Dacil tremarono.

Le sue gambe scalciarono l'aria, come un neonato al contatto con la gravità. La bocca si aprì, aspirò l'ossigeno con avidità e il petto le si riempì di vita. Il sangue tornò a fluire nelle sue vene e le guance riacquistarono colore.

Poco a poco il miracolo fece il suo corso.

Le sue dita, prima inattive, si mossero una a una e le mani furono di nuovo calde e curiose, desiderose di toccare e di conoscere. Era viva.

Anaïd, l'eletta, l'aveva restituita alla vita.
Dacil aprì gli occhi, guardò Anaïd e sorrise.
«Anaïd» mormorò.
Non poté dire nient'altro. Il tremore della terra fu tale che Anaïd cadde e Dacil svenne.

Il terremoto scosse la valle e ogni creatura vivente ricordò per sempre quei minuti in cui la terra infuriata si era ripiegata su se stessa e aveva divelto alberi centenari, faggi frondosi e noccioli dai rami duri. Il bosco scricchiolò, il suolo si squarciò e la luce si nascose sotto le tenebre.

Stesa per terra, Anaïd abbracciò Dacil con forza. Era svenuta ma era viva. Questo le bastava.

Il buio si impossessò del cielo e gli uccelli si scontravano in volo, cinguettando impazziti.

Anaïd sapeva che tutto ciò accadeva per causa sua. Aveva sfidato l'ordine naturale delle cose e la natura le ricordava le sue leggi. Ma era l'eletta ed era certa di averne il diritto.

Finché l'ululato della lupa la distolse dai suoi pensieri e la riempì di amarezza. La lupa ululava ai cattivi presagi. La vecchia lupa col pelo grigio, la madre lupa dal portamento maestoso, Demetra, era di fronte a lei e l'osservava.

«Cosa hai fatto, insensata?»

«Dacil non meritava di morire» obiettò Anaïd tremante.

«Tu non sei nessuno per decidere chi deve o non deve morire» ruggì la grande madre lupa.

«Sono l'eletta della profezia» azzardò Anaïd, benché sapesse già che niente giustificava il suo modo di agire.

«Hai formulato il sortilegio di vita vietato alle Omar».

«Lo so».

«Hai sfidato la legge della tua tribù».

«Lo so».

«Hai disubbidito alle matriarche».

«Lo so».

«Perché l'hai fatto?»

Anaïd avrebbe voluto giustificarsi. Avrebbe voluto dire che voleva bene a Dacil, che Dacil era morta per colpa sua, che le aveva salvato la vita nel castello di Erzebeth Bathory e che aveva con lei un debito di sangue. Ma pensò alle migliaia di donne Omar che avevano visto morire le loro figlie, le loro sorelle, le loro cugine. Tutte avrebbero voluto ridare loro la vita. Tutte avrebbero potuto trovare un motivo per dare una seconda opportunità alle loro innocenti defunte. Certo, quello che aveva appena fatto non era lecito. Era un sacrilegio. Ma l'aveva fatto.

«Ho seguito l'istinto. Ti prego, nonna, perdonami».

La lupa si alzò sulle zampe posteriori e appoggiò quelle anteriori sulle spalle di Anaïd. Leccò il viso di sua nipote con la lingua ruvida.

«Non posso aiutarti, non posso nemmeno compatirti, ma posso perdonarti».

Anaïd si sentì sollevata.

«Grazie, grazie infinite. È stato un incubo, ma ormai è finito».

La lupa era triste.

«No, Anaïd. Non è così. Sei l'eletta maledetta. Con quest'ultimo atto di ribellione si è compiuta la maledizione di Odi».

Lo stomaco di Anaïd era sottosopra.

«Cosa vuol dire?»

«Che le Omar lotteranno per distruggerti e le Odish ti vorranno come regina per prendersi il tuo scettro».

Anaïd si sentì completamente stordita.

«È tutto?»

Demetra pronunciò lentamente la sua dolorosa sentenza.

«E tu morirai».

Anaïd era impaurita.

«Ma io… sono immortale».

«È questa la maledizione di Odi».

Anaïd era sempre più tesa.

«Allora? Sono condannata?»

«Sì».

Anaïd aveva voglia di piangere ma non ci riuscì. Provava pena per se stessa, ma nello stesso tempo non credeva alle parole di Demetra, che oltre tutto aveva già sentito da Cristine.

«Quindi... fa lo stesso, tutto quanto. Morirò comunque».
Demetra la corresse.
«Non è vero. Non tirarti indietro. Puoi ancora fare il bene delle Omar».
«Non sono una Odish?»
«Forse».
«Cosa sono?»
«Sta a te decidere».
«Come?»
«Ascoltati e scegli tra le priorità e le cose secondarie. Fino a questo momento non ne sei stata capace».
«Nessuno mi ha insegnato.»
«Nessuno nasce istruito. Tutto si impara, e per imparare a volte si sbaglia».
«Se avessi lo scettro... Con lo scettro dominerei i miei istinti».
«Ne sei sicura?»
«Ce l'ha Baalat. Devo distruggere Baalat».
«Ne sei sicura?»
No, Anaïd non era più sicura di niente. Provò a ragionare. La cosa più importante era che Baalat era la sua peggiore nemica, la più pericolosa, quella che aveva osato farle del male. Se non uccideva Baalat, prima o poi avrebbe ammazzato le Omar e... lei. In secondo luogo: aveva il suo scettro. O viceversa. Forse la priorità era che Baalat possedeva lo scettro. Tutto il resto veniva dopo.

Vide Demetra allontanarsi nel bosco e le corse dietro, lasciando sola Dacil, ancora svenuta.

«Aspettami, Demetra, non mi lasciare. Devo distruggere Baalat? È questo? Devo fare il Cammino di Om? Dimmelo».

Quando, però, appoggiò la mano sul suo dorso grigio per fermarla, la lupa gliela morse, ferendola leggermente. Era un avvertimento. Portò la mano alla bocca, confusa. Dalla piccola ferita sgorgò una goccia di sangue. La lupa scomparve tra le fronde.

Era sola.

Nessuno la proteggeva, nessuno vegliava su di lei e nessuno poteva mostrarle la sua strada.

Cominciò a piangere sconsolata.

Chi l'avrebbe orientata nel suo viaggio? Chi l'avrebbe aiutata a distinguere il bene dal male, ciò che era secondario da ciò che era più importante? Come mai nessuno si rendeva conto che aveva solo quindici anni? Quando sarebbe morta?

Curiosamente, la certezza di dover morire non l'angosciava quanto i suoi errori. Forse perché gli umani convivono con quella verità fin dalla nascita. Era invece disperata per aver disubbidito alle Omar, per avere respinto sua madre e avere perso suo padre. Persino entrambe le sue nonne le giravano le spalle.

«Anaïd, devi osare. Hai la forza dell'orsa e della lupa in te».

Quella voce le veniva da dentro. Era una voce fredda che arrivava da molto lontano. Dal biancore del ghiaccio.

«Non sei sola, Anaïd. Sono con te per aiutarti ad andare avanti. Non arrenderti ora».

Anaïd si asciugò le lacrime e si alzò, mentre le sue braccia diventavano ali d'aquila, ali poderose che le avrebbero permesso di attraversare la Spagna e di volare sull'oceano fino alle isole Fortunate.

«Proprio così, Anaïd, segui il Cammino di Om. Sconfiggeremo Baalat. Otterremo la pietà dei morti» le sussurrò la voce.

Anaïd batté le ali e salì in cielo congedandosi dal suo paesaggio, dalla sua terra disseminata di montagne.

Mentre spiccava il volo, udì un urlo spaventoso, ma non ci fece caso. Si diresse verso Sud, verso le magiche isole delle *guanches*. Verso il Teide, la montagna con il cratere che consentiva l'accesso al mondo dei morti.

Selene urlò invano perché tornasse indietro.

«Anaïd, no! Torna!»

Invano. Anaïd si allontanava sempre più. Era una bella strega alata che volava coi capelli al vento. Avrebbe viaggiato senza riposare, senza fermarsi, senza mangiare né bere. Così aveva viaggiato dalla Sicilia a Urt, e così avrebbe viaggiato di nuovo da Urt fino alla montagna magica dell'isola di Chinet.

«Non te ne andare, Anaïd. È una trappola!» esclamò Selene, proprio prima di prendere una storta alla caviglia e di cadere.

Non sapeva se le faceva male la caviglia o se invece a farle male era sua figlia.

«Non te ne andare, Anaïd, non sei più una Omar. Sei stata maledetta, Anaïd. Non puoi percorrere il Cammino di Om».

Si buttò per terra, stanca. Tutto le riusciva male. Non era capace di mantenere la rotta della sua vita, di seguirla. La sua stessa figlia errava senza rimedio e lei non aveva fatto niente per evitarlo.

«Non te ne andare, Anaïd! Voli nella direzione sbagliata» si sgolò, pur sapendo che non poteva più sentirla.

«E tu? Non ti sei involata nella direzione sbagliata?»

Sorpresa, Selene scoprì davanti a sé sua madre Demetra. La lupa saggia che le ricordava i suoi errori.

«Prima o poi, tutti i figli devono alzarsi in volo. Noi madri non possiamo evitarlo».

«Oh, madre! Fa che ritorni, si è persa».

«Non puoi fermarla. Questa è la sua vita, è la sua strada».

«E se la sua strada la porta verso la morte? Sai che se entra nel regno dei morti, non ne uscirà, non la lasceranno uscire. È stata maledetta da Odi» protestò Selene disperata.

«E che cosa credi di poter fare?» obiettò Demetra.

Selene si prese la testa tra le mani.

«Sento rabbia, impotenza. Vorrei ripudiarla, ma non posso. Dovrei distruggerla, ma non ne sono capace».

«Quindi?»

Selene scosse la testa.

«Non posso lasciarla morire. Non posso».

«È tua figlia, e lo rimarrà per sempre, viva o morta. Si vuole bene anche ai morti».

Selene gemette, incapace di accettarlo.

«Ti prego, proteggila, ti offro la mia vita al posto della sua... dillo ai morti. Lei no, lei non ha ancora vissuto, è troppo giovane per morire».

Demetra leccò le sue lacrime.

«Lei saprà di poter contare su di te. Questo le basterà».

Selene si rese conto del dolore di sua madre.

«Ti ho fatto soffrire tanto, vero?»

«Io non ti ho mai abbandonato».

Era vero. La forza di Demetra era stata il sostegno della giovane Selene. Sua madre non l'aveva mai abbandonata. Sua madre non si era arresa, per quanto il suo rifiuto fosse stato duro. Ma lei, Selene, non aveva la forza di Demetra. O così credeva.

CAPITOLO DICIANNOVE

Non crederai alla strega

L a voce della donna con la pelle bianca e il collo elegante era soffice come il velluto. Le spettatrici del congresso l'ascoltavano affascinate, sedute sulle modernissime poltrone della sala conferenze dell'elegante albergo di Veracruz.

La relatrice si rivolgeva al numeroso pubblico come se la distanza che la separava dalle sue ascoltatrici fosse semplicemente quella di un tavolo. Il tono del suo discorso era molto naturale, pieno di complicità e, malgrado la distanza, riusciva a stabilire la stessa intimità seducente che dà la vicinanza.

«Popocatepetl fu un coraggioso guerriero in pena per l'amore della fanciulla Iztaccihuatl. Il padre, geloso dell'amore di sua figlia, spedì Popocatepetl alla guerra di Oaxaca, da cui pochi tornavano vivi. In effetti, poco dopo giunse alle orecchie della bella Iztaccihuatl la notizia che il suo amato era morto in battaglia. La giovane morì di dolore. E Popocatepetl, al suo ritorno, morì di tristezza. Commossi, gli dei li coprirono di neve per trasformarli in montagne. E lì riposano, sotto i ghiacciai. La donna addormentata e l'uomo che fuma».

La platea trattenne il respiro. La relatrice proseguì:

«Siamo qui riunite vicino al Popocatepetl, e volevo che conosceste questa leggenda umana e mortale che a noi sembra un'immane sciocchezza. La vita è il nostro bene più prezioso, l'unica cosa che possediamo. Possiamo cambiare le nostre radici, i nostri nomi, i nostri palazzi e castelli, persino il colore dei nostri occhi. Ma la nostra vita è l'unica cosa che conta per noi, e dipende soltanto dalla nostra volontà di essere. Sono sempre sorpresa dalla debolezza dell'uomo, così incline a tenere la vita in così poca considerazione, a sprecarla in piccolezze, a regalarla per cause nobili, sentimentali, perse in anticipo e, in definitiva, assurde. Siamo, certamente, fortunate. Non dipendiamo dal sentimento, né siamo schiave delle passioni. Abbiamo da tempo rinunciato alla maternità e all'amore, abbiamo optato per l'immortalità, e per questo lottiamo con tutti i mezzi contro le sensibili Omar. E le batteremo. Per questo, perché è giunto il momento della verità, vi ho riunite qui per sentire da voi se siete con me o contro di me».

Tra il pubblico crebbe un mormorio che lentamente prese forma e suono.

«Con te…»

«Siamo con te».

«Sei la nostra regina».

Le donne si alzarono dalle sedie e l'acclamarono con decisione. Ma non le bastava, con un gesto le fece tacere e proseguì con la sua arringa.

«Siete pronte a tutto?»

«A tutto!» dissero aggressivamente in coro le Odish.

«Mi seguirete in guerra?»

«Ti seguiremo».

«Arriveremo fino in fondo senza indietreggiare?»

«Fino in fondo».

«Non moriremo di dolore».

«Non abbiamo sentimenti».

La dama bianca fece scorrere lo sguardo sui volti delle belle Odish: bianche, scure, con gli occhi a mandorla, con i capelli ricci…

«Siete venute da me da tutti gli angoli del mondo. Siete qui per ribadire il vostro omaggio o per rendermelo per la prima volta. Il potere della contessa non esiste più. L'ho uccisa. E allora, voglio sentirlo dalle vostre bocche» disse quelle parole fissando una parte del suo pubblico.

Si trattava delle seguaci della contessa, che adesso le appartenevano. Una di loro, la slanciata Uriel, si alzò a nome di tutte.

«Oh, dama bianca, dama di ghiaccio, siamo venute per giurarti fedeltà, quella che ci hai chiesto in cambio di una nuova era. Ti abbiamo ascoltato e ci hai convinte, ma ora ti chiediamo: qual è il segreto che ci nascondi? Cosa ci offri in cambio del nostro rispetto e della nostra ubbidienza?»

«Vi offro l'arrivo dell'era dello scettro del potere».

In sala regnava lo sconcerto.

«Dov'è lo scettro?» strepitò una Odish tatuata come una selvaggia.

«Che ne è di Baalat?» chiese un'altra dalla pelle di mogano.

«È vero che l'eletta è una Omar e che possiede lo scettro?» domandò in tono d'accusa una Odish leggera come una bambola, con le fattezze orientali e uno sguardo crudele.

La dama bianca le tranquillizzò.

«Per piacere, vi prego di avere un po' di calma e vi chiedo la vostra fiducia. È tutto sotto controllo».

Uriel prese di nuovo la parola.

«Ti crediamo e ci fidiamo della tua parola, ma devi anche capire che ci manca la certezza che tutte queste incognite saranno risolte. Sai che abbiamo paura di Baalat, che non ha alcuno scrupolo quando si tratta di attaccare le sue stesse sorelle e di distruggerle. Pensa che sogniamo lo scettro e ci chiediamo dov'è, in quali mani, e come governerà i nostri destini. Pensa che l'arrivo dell'eletta è stato annunciato, e che la contessa e Baalat hanno organizzato le loro seguaci per distruggerla, ma che il tuo regno la tiene occulta. Forse stai proteggendo l'eletta? Ci chiediamo. Perdona la mia baldanza, gran signora, ma questi sono i nostri dubbi».

La dama bianca sorrise, mostrando i suoi denti candidi, e la sua serenità contagiò l'anima di tutte loro.

«Vi dico che Baalat sarà presto distrutta e per sempre. Questa è la mia promessa».

«E come facciamo a crederti?»

La dama bianca sollevò la mano e di fronte alla sorpresa di tutte, il Popocatepetl ruggì con ferocia.

«L'avete sentito? Vi ha appena risposto. Anche lui lo sa».

«E l'eletta?»

La dama fece scorrere il suo sguardo azzurro su quelle donne millenarie.

«L'eletta è dei nostri. Una Odish di sangue nuovo, fedele alla mia persona, che terrà lo scettro sotto il dettato delle mie leggi».

«Che succede se non ti ubbidisce?»

La dama bianca sospirò.

«Conoscete bene la mia serietà. La mia leggenda mi precede. Non ho mai lasciato un'offesa senza risoluzione. Non ho mai perdonato una promessa non mantenuta. Credete forse che mi lascerò dominare da una ragazzina?»

Il silenzio che seguì fu la risposta più eloquente.

«E lo scettro?» chiese agitata l'Odish orientale. «Chi avrà lo scettro regnerà».

Cristine, indicandola con l'indice, le domandò:

«Ubbidirai allo scettro?»

L'Odish abbassò la testa e Cristine additò tutte loro.

«E tutte coloro che ancora non mi credono, ubbidiranno allo scettro?»

Le voci si alzarono in un mormorio.

Con il carisma di quanti ricevono il potere dalla devozione degli altri, Cristine si alzò davanti a loro e sollevò solennemente lo scettro del potere.

«Ecco lo scettro».

La sua forza si fece sentire e le Odish abbassarono la testa, smaniose di servirlo.

«Io vi dico che tutte le Odish della Terra verranno da me e si arrenderanno allo scettro e alla sua detentrice. Vi dico che se siete con me, vinceremo quest'ultima battaglia. E così avremo vinto la guerra».

Tutto il pubblico si alzò e acclamò con una grande ovazione la sua indiscussa nuova regina. La regina delle Odish.

Tuttavia, l'amarezza del trionfo coronava la regina e faceva presagire tempi bui e difficili.

PARTE TERZA
LA GUERRA

Lei emergerà tra tutte,
sarà regina e cadrà in tentazione.
Si contenderanno il suo favore e le offriranno il suo scettro,
Scettro di distruzione per le Odish,
scettro di tenebre per le Omar.
La parola del cuore dell'eletta svelerà la verità.
Una trionferà sulle altre.
Per sempre.

Profezia di Odi

CAPITOLO VENTI

L'avvertimento dell'Etna

La notte era calda e il sabato, sulla riva del mare, ai piedi dell'Etna, era il giorno delle feste. Sotto i portici del giardino, decorati dal glicine, e sotto la pergola, ricoperta dall'allegra buganvillea, si erano radunati un gruppo di ragazzi e ragazze a godersi la musica, il ballo, le bibite e i giochi.

Al centro di tutti, Clodia, quindici anni, mora, vitale, modello pizza capricciosa, girava come una trottola al suono della musica. Insieme al ritmo del rock percepiva le risate dei suoi amici e sentiva le loro mani che la spingevano nella sua danza vorticosa e delirante. Aspirò una zaffata eccessivamente dolce di gelsomino che le provocò la nausea e si fermò.

«Basta, basta, per favore».

Le mani smisero di spingerla e di farla girare e Clodia crollò sul prato, con fare teatrale, fingendo di svenire, sapendo che molti sguardi la seguivano e che doveva cadere con stile.

Lei, tuttavia, non li poteva vedere. Aveva gli occhi bendati con un fazzoletto bianco e rosso che faceva parte del gioco. Una variante della mosca cieca che andava di moda nei compleanni siciliani. Poco dopo iniziò il gioco della verità, il più divertente, quello che aveva aspettato per tutta la sera.

«Pronta?»

Clodia si inumidì le labbra, nervosamente. Era pronta e desiderosa.

«Avanti».

Clodia aprì la bocca e pregò in silenzio che fosse Mauro a iniziare. Avrebbe sbagliato apposta, così avrebbe potuto ripetere una volta e un'altra ancora, per tutta la notte. Sentì un alito molto vicino al volto, un respiro nervoso e delle labbra sottili e fredde si posarono sulle sue. Erano inesperte, maldestre e mosce. Si stizzì per la sua sfortuna e provò l'impulso di mordere il ragazzo. Represse in tempo l'istinto.

«Romano».

Risate e applausi. Aveva indovinato. Non poteva essere nessun altro; poteva essere solo quel ragazzo che faceva pratica con lo schermo della PlayStation. Un immaturo. Bocciato.

Le mancava ancora la prova del gelato e poi avrebbe dovuto aspettare di nuovo il suo turno.

Perché era così sfortunata? Perché non le era mai capitato di baciare Mauro? Era andata a quella festa solo per partecipare a quel gioco insieme a lui, ma era stata tanto sfigata da beccarsi i microbi degli adolescenti di mezza Sicilia senza provare neanche una volta le labbra carnose di Mauro.

Dei gelati non gliene importava nulla. Li indovinava sempre. Sia che fossero di melone, o pomodoro o banana o stracciatella. Era un'eccellente assaggiatrice di gelati. Con una sola leccata indovinò il gusto.

«Nocciola e caffè».

Applausi, di nuovo. Era imbattibile nel campo dei gelati e dei baci di bavosi principianti. Che festa schifosa. Si stava per alzare quando la voce di Mauro la mise KO. Non si era ancora tolta la benda dagli occhi, ma non ne ebbe più la forza.

«Aspetta» le disse con un sussurro nell'orecchio «vediamo se indovini questo sapore».

Clodia rimase pietrificata e suppose che Mauro si fosse inginocchiato di fianco a lei. Con gli occhi chiusi, immaginò la scena. Lei immobile, distesa, come la bella addormentata, e lui, il principe azzurro, che inclinava la testa sulla sua. Sempre più vicino, più vicino, incredibilmente vicino.

Nel paradiso dei mortali, Clodia sentì delle labbra fresche e appassionate che si posavano finalmente sulla sua bocca, una lingua avida che cercava la sua e la impregnava di un meraviglioso sapore di fragola.

Allora le venne la nausea per davvero. La notte mediterranea rimbombava come i piatti della batteria che risuonava in quel momento, ed ebbe come la sensazione di andare in tilt. Mauro si stava impegnando in un bacio infinito che provocò gridolini di ammirazione. Clodia, lanciatissima e inconsapevole di essere al centro dell'attenzione, alzò le braccia, prese Mauro per il collo e restituì il bacio elevato al cubo, soffocò, prese fiato, e proseguì. Finché una invidiosa con vocazione da crocerossina li divise.

«Va bene, ora basta, finirete per soffocare».

Clodia si passò la lingua sulle labbra e sospirò, senza togliersi la benda.

«Mi sembra che... no, non ho avuto tempo di assaggiarlo a sufficienza. Ho bisogno... ho bisogno di un'altra opportunità».

Anaïd avrebbe commentato che certo non le mancava la sfacciataggine. Ed era proprio così. Si deve cogliere l'occasione, quando arriva. *'Carpe diem!'* Urlava Clodia di notte, correndo sulle spiagge siciliane. E lo metteva sicuramente in pratica.

La sua osservazione fu ricevuta da un coro di fischi beffardi. Nessuno era disposto a darle un'altra opportunità e le ragazze ancor meno, visto che la maggioranza moriva dietro a Mauro e non era felice dell'esclusiva.

Clodia, però, si strappò la benda dagli occhi e si aggrappò al braccio di Mauro per alzarsi. Lo fissò, mangiandoselo con gli occhi, e provò il suo efficacissimo sbattimento di palpebre.

«Tu cosa ne dici? Posso avere un'altra opportunità?»

Mauro era disposto a concederle tutte le opportunità del mondo e Clodia cominciò a pensare che fosse andato alla festa per il suo stesso motivo. Meglio, così non ci sarebbero più stati equivoci né dilazioni.

Vicino al frigo dei gelati, estranei al resto degli invitati, diedero inizio alla loro degustazione privata. Si emarginarono, rischiando di non ricevere altri inviti in futuro. Clodia sapeva che quello era il suo grande momento. Mauro, il più bello, simpatico, estroverso e divertente della scuola, era tutto suo. Aveva trovato il fidanzato per la stagione. Bruno era stato il precedente, ma non c'era paragone. Mauro era così… così bello… bellissimo.

«Hummm…» sospirò gustando con voluttà «dolce e amaro… Panna e noci».

Mauro la baciò di nuovo e insistette:

«C'è un altro ingrediente».

Clodia si lanciò a investigare, ma in quel momento fu interrotta da un frastuono.

Fu un tuono netto, nitido, evidente come il sapore di noce, panna e mela che le si scioglieva in bocca lentamente. Ciò nonostante, nessun altro l'aveva udito.

«Cosa c'è?» chiese Mauro vedendo che Clodia si allontanava e si irrigidiva.

«Non senti?»

«Cosa?»

«L'Etna».

Mauro si sorprese. Aveva un buon orecchio.

«Questo è Brian Ferry».

Clodia si spaventò.

«Ho detto l'Etna, il vulcano, quello che è sopra di noi».

Mauro sorrise.

«Ti sento, ma non ti ascolto» e la baciò.

Clodia lo respinse.

«Un attimo, per favore, mi sta mandando un messaggio».

Mauro, sconcertato, la fissò come se fosse un'aliena.

Clodia era come in trance, mentre scrutava il cono del vulcano. Si portò una mano all'orecchio e si mise solennemente in ascolto. In effetti, il suono era ordinato, ritmico. L'Etna stava parlando. Cercò di decifrare il messaggio, ma la lingua di Mauro le fece il solletico sulla nuca. Clodia, senza pensarci due volte, gli mollò uno schiaffone. Si pentì immediatamente.

Mauro, offeso, si toccò la guancia con la mano.

«Andiamo bene, era solo un gesto affettuoso».

Clodia cercò di dare un'aria furbetta al suo scatto.

«Anche il mio, quando mi piace molto un ragazzo, gli do uno schiaffo, affettuosamente, ovvio».

Mauro non sapeva come prenderla. Decise di essere ottimista.

«Allora ti piaccio».

Clodia non perdeva mai le occasioni.

«Moltissimo, ma mi sento un po' bloccata. Troppo gelato, troppi baci... continuiamo domani?»

Mauro non voleva lasciarla andare via.

«Non vorrai andartene ora, lasciandomi così, solo come un cane?» protestò.

'Uffa, che barba. Perché le cose devono essere così complicate?' pensò.

«Non ti lascio, vado a sognarti».

«Possiamo sognare insieme».

Clodia cominciò a trovarlo troppo arrendevole. Era abituata ai tipi duri che fingevano indifferenza.

«Russi?»

Mauro si grattò la testa.

«No, non credo».

«Bene, fai la prova questa notte. Ti registri con una cassetta e ne parliamo domani».

Era una promessa implicita che funzionava sempre. Lasciò Mauro agitato e pensieroso, preoccupato per il suo russare e con il gelato che gli si scioglieva in mano.

Clodia si diresse elegantemente verso il cancello e, una volta sulla strada, iniziò a correre finché fu ben lontana dalla festa. Si concentrò di nuovo, così poteva ascoltare meglio. Stavolta, lo sentì benissimo. Il messaggio ora era chiaro, inequivocabile. Le si drizzarono i peli sulla nuca.

«Mamma, Anaïd è in pericolo» spiattellò a Valeria, che leggeva a letto.

«Come dici?»
«L'Etna ha parlato. Non hai sentito?»
Valeria esitò. Clodia era troppo sveglia per essere ingannata.
«L'ho sentito ruggire, ma non ci ho fatto caso, ero occupata».
Clodia rise.
«Perché io, allora, se ti raccontassi...»
«No, non me lo dire, preferisco non saperlo» si rifiutò Valeria, inorridita.

Era convinta che, se avesse saputo tutto quello che faceva sua figlia, avrebbe dovuto sgridarla come una mamma convenzionale, e non ne aveva voglia. Il loro tacito patto era la discrezione. Una volta iniziata, e fuori pericolo dagli attacchi Odish, preferiva lasciarla in una semilibertà vigilata.

Clodia, però, insistette.
«Non posso credere che non l'hai ascoltato. Il tuo obbligo come matriarca del clan del delfino è quello di trasmettere i messaggi».
Valeria chiuse il libro.
«D'accordo, l'ho sentito».
Clodia attese, con le mani sui fianchi.
«E...?»
«E niente».
«Come niente? L'Etna ci sta avvertendo che Anaïd è in pericolo. Ho tentato di mettermi in contatto con lei e non risponde ai miei richiami telepatici. A casa sua non c'è nessuno».
«L'Etna ha parlato di un pericolo. Non ha detto nulla di Anaïd».
«L'ho sentito perfettamente» protestò Clodia, «tu stessa mi hai insegnato a interpretarlo».
«Ti devi essere sbagliata».
Clodia si offese. Era sicura di avere ragione. Cominciò a girare per la stanza per infastidire sua madre, che cercava di leggere, senza riuscirci.
«Non hai intenzione di fare nulla?»
«Cosa vuoi che faccia?»
«Be', metterti in contatto col clan della lupa, lanciare richiami a Se-

lene, Elena, Karen. A una qualsiasi di loro. Non so, tu conosci meglio le streghe Omar. Ti sei sempre riunita con loro. A cosa ti serve?»

Valeria si alzò dal letto definitivamente. Era molto abbronzata e muscolosa. A differenza di Clodia, che amava il ballo e la discoteca, lei si rilassava con lo sport. Usciva in barca e si tuffava in alto mare, faceva sub e giocava coi delfini, il suo clan.

Era del tutto sveglia e si diresse in cucina a piedi nudi. Le piaceva camminare scalza per casa.

«L'hai voluto tu: porta un coniglio».

Clodia rimase sorpresa.

«Adesso?»

«Ma certo. Ci toglieremo ogni dubbio immediatamente. Domani parto presto per Creta. Faccio scalo ad Atene».

«Un'altra riunione?» si lamentò Clodia.

«Ci sono problemi nelle tribù. Ti consiglio di usare tutte le precauzioni».

Clodia seguì sua madre e accettò che fosse lei a scegliere il coniglio. Come oracoli, il rituale del sacrificio era sempre pronto per qualsiasi Omar che si recasse a casa loro anche in piena notte per chiarire dubbi o illuminare il futuro.

Valeria portò l'animale in cucina, lo mise sul tavolo e cedette il coltello a Clodia che, con un colpo preciso, lo sgozzò. Raccolsero il sangue in una bacinella d'argento e lo osservarono insieme.

«Il pericolo è chiarissimo» interpretò Clodia.

«Sì, d'accordo» ratificò Valeria, «ma ti ho appena detto che sono tempi difficili. Ci sono molte Omar in pericolo. Osserviamo le viscere, sono definitive».

Quando sparpagliò le viscere sul tavolo, Clodia fu delusa. Anaïd non compariva da nessuna parte. Né nel fegato, né nella milza, né nei polmoni, né nel cuore. Anaïd non era presente nell'oracolo. Né lei né nessuno che le somigliasse. I segnali erano vaghi, strani.

Valeria pulì il sangue, sistemò la cucina e mise i resti del coniglio in un tupperware, nel frigo.

«Hai del cibo per questi giorni».

In qualsiasi altra circostanza Clodia avrebbe battuto le mani per la gioia. Aveva appena iniziato a filare col ragazzo che le piaceva da un sacco di tempo. Sua madre andava via e le lasciava la casa, e aveva un coniglio nel frigo da cucinare per una cenetta splendida con chi voleva lei. Eppure, era così preoccupata che non le venne in mente nemmeno una delle possibilità che le offriva la sua libertà. Non sognò neppure Mauro, nonostante al risveglio avesse le labbra gonfie, la lingua pastosa e un'indigestione feroce da gelato.

Valeria la salutò e Clodia andò a farsi una doccia. Era tutto molto strano. Anaïd non rispondeva ai suoi richiami telepatici. A casa sua nessuno rispondeva al telefono e Valeria evitava di scoprire dove fosse, come stesse o quale fosse la sua situazione. Il colmo era che le viscere del coniglio le davano ragione. E non era neppure una femmina gravida. O sì?

Improvvisamente la colse un dubbio. Uscì in fretta e furia dalla doccia e volò fino al frigo, bagnando tutto. Prese il coltello e, con molta cura, verificò i resti dell'animale. Si portò una mano sulla bocca. Era una femmina ed era gravida. Sua madre aveva barato e il presagio non era corretto. Chiamò disperatamente al cellulare di Valeria, ma era spento, come sempre quando era in viaggio. Preferiva chiarire i fatti faccia a faccia. Si vestì in fretta e chiamò un taxi.

Arrivò all'aeroporto di Catania quasi nello stesso momento di Valeria e la raggiunse al check-in.

«Clodia, cosa ci fai qui?»

«Mi hai mentito».

Valeria lasciò cadere la valigia.

«D'accordo, ti ho mentito».

«Perché?»

Valeria sembrava triste.

«Anaïd non è in pericolo. Anaïd è il nostro pericolo».

«Cosa vuol dire?»

«Che non è più una Omar».

«E cos'è? Una scimmia?»

«È rimasta vittima della maledizione di Odi, la profezia si è compiuta».

Clodia scosse la testa, incredula.

«Non è possibile».

«Invece sì. È una Odish immortale. Ha bevuto sangue Omar, ha tradito il suo clan e ha lo scettro del potere. È molto pericolosa».

«Ma l'Etna...»

«L'Etna avvertiva noi affinché ci mantenessimo lontane da lei. Il messaggio era al contrario, tesoro».

«Ma perché non me lo hai detto ieri sera?»

«Non volevo che stessi male».

Clodia non ci poteva credere.

«È la mia amica, non posso abbandonarla».

«Non è più l'amica che hai conosciuto. È una persona diversa, con il suo stesso aspetto, ma non è più lei. Dimenticala».

«Non posso. Io le voglio bene».

«Anch'io, ma il dovere della tribù...»

«Al diavolo il dovere!»

«Calmati, Clodia, devo andare, o perderò l'aereo».

Clodia era triste.

«Dammi i soldi per tornare a casa».

Visto che Valeria non aveva contante, le diede una carta di credito.

«Preleva quello di cui hai bisogno e mettila via. Non fartela rubare. Su, dammi un bacio e non fare sciocchezze».

Clodia rimase lì, con la carta di credito in mano e la cattiva coscienza nel cuore.

Ma il caso o Valeria le avevano offerto un'opportunità insospettata.

Carpe diem.

Era una soluzione sconclusionata, come lei, ma relativamente semplice. Anziché dirigersi verso l'uscita, attese prudentemente che il volo di sua madre partisse e poi andò in un'agenzia di viaggi per acquistare un biglietto aereo per Barcellona e uno per l'autobus diretto a Urt. Aveva addirittura il tempo di fare qualche acquisto per il suo bagaglio.

Il cellulare suonò all'improvviso.
«Pronto?»
«Non russo».
Clodia rimase a fissare il cellulare come se avesse sentito la voce di un extraterrestre. Era proprio così.
Con la sua solita faccia tosta, rispose:
«Mauro? Sei tu?»
Non era possibile. Un'opportunità come quella, un ragazzo che baciava come un angelo, che la chiamava affettuoso l'indomani e... che non russava.
«Ne sei sicuro?»
«Sicurissimo. Sogniamo insieme, questa notte?»
Clodia ebbe voglia di rinunciare al suo viaggio, nonostante le facessero male le labbra e temesse l'irruenza di Mauro. E se poi era uno di quelli che si fidanzavano, le compravano un fazzoletto nero e la chiudevano in casa?
Era sempre in tempo a darsela a gambe.
«Il fatto è che vado al matrimonio di una mia amica».
«Quando?»
«Proprio adesso».
«Ieri non me lo avevi detto»
«Non lo sapevo. Mi ha appena telefonato e sono all'aeroporto, sto per prendere l'aereo per Barcellona».
«E si sposa così, all'improvviso, senza avvertire?»
«È incinta».
«Ah».
Clodia si morse le unghie.
«E sai anche se scalci?»
«Come?»
«Di notte, dai calci?»
«Non saprei».
«Hai un cane?»
«No».
«Un gatto?»
«Mia mamma».

«Dormi insieme al gatto di tua mamma, una notte, e se non ti regge e se ne va, vuol dire che scalci».

Ci fu un lungo silenzio e Clodia temette di aver esagerato e che Mauro stesse semplicemente cancellando il suo nome dalla rubrica del cellulare. Ma non era così.

«Senti, lo sai che mi piaci troppo?»

Rimase senza argomenti.

«Perché sono eccentrica?»

«Perché mi stai rendendo le cose difficili. Molto difficili».

«Già».

«E mi fa impazzire».

Clodia respirò, sollevata. Era un masochista. Era suo.

«Non ti ho ancora detto la parte peggiore. Non so quando torno».

«Da dove?»

«Dal matrimonio della mia amica».

«Rimarrai lì finché nascerà il bambino?»

«Forse».

«Clodia...»

Clodia percepì un tono mellifluo e sdolcinato in quel 'Clodia' tremante come un budino. Non aveva mica intenzione di dichiararsi? Orrore. Non era pronta.

«Mi dispiace. Si è scaricata la batteria. Ciao!»

E riattaccò, con un sorriso furbetto.

Se a Mauro piacevano le difficoltà, allora aveva proprio trovato la persona giusta. Difficile a dir poco, avrebbe reso le cose così complicate che si sarebbe pentito di avere la lingua.

Intanto, andava a Urt.

Le amiche prima di tutto, poi i fidanzati.

In quel momento un tremore evidente fece urlare dal panico tutto l'aeroporto.

Un terremoto!

Anche la capanna si mosse per effetto del terremoto, come l'acqua del lago, come le chiome degli alberi trementi. La capanna si dondolò come un pendolo e, benché la pareti fragili ressero, il tremore spinse una delle assi del tetto che cadde sull'uomo disteso nel letto. Il colpo in testa gli strappò un urlo.

Aprì gli occhi e sentì un terribile mal di testa. Si massaggiò il bernoccolo incipiente e, passandosi la mano sul mento si accorse che gli era cresciuta la barba. Si tirò su piano piano, si sentiva nauseato, ma immediatamente gli mancarono le forze e ricadde. Guardò verso il soffitto e attraverso il foro che aveva lasciato l'asse contemplò la luce del giorno. Si lasciò cullare dal venticello fresco che filtrava dalla crepa e che rinnovava l'aria viziata della capanna, e sentì i versi degli uccelli che, spaventati dalla scossa, sorvolavano il cielo a stormi e oscuravano le nuvole.

Il sole era basso e il suo colore rosso intenso preannunciava un tramonto di quelli che amava ammirare sulle cime. Una scintilla rossa gli attraversò la mente e gli aprì la porta dei ricordi. I sensi si acuirono e vide i capelli di Selene e ne percepì l'aroma, lo stesso che impregnava la sua pelle e il letto dove riposava. E all'improvviso, come un'ondata, i ricordi inondarono la sua mente arida.

Era Gunnar, inseguiva Selene, proteggeva Anaïd e aveva bruciato le macchine. Dov'era Selene? Volle alzarsi, ma, nell'intento, si accorse di avere i muscoli debilitati che gli rispondevano a mala pena. Questa volta si tirò su ancora più lentamente e si sedette, appoggiando la testa sulla finestra chiusa. L'aprì e spinse in fuori le persiane affinché entrasse la luce. Osservò il suo braccio cadaverico. Si palpò le costole. Aveva perso molto peso e quella barba... significava che erano trascorsi giorni. Forse settimane.

Di colpo lo vide seduto davanti al semplice tavolo di legno. Era un escursionista che indossava un magnifico piumino, delle scarpe da trekking e dei pantaloni termici.

«Ciao» salutò Gunnar sorpreso.

«Bene, era ora. Finalmente ti sei svegliato».

«Dormo da tanto?»

«Un paio di settimane o forse di più».

Gunnar si spaventò.

«Forse sono disidratato. Dammi un po' d'acqua».

«Non posso» si scusò l'escursionista «non potevo neppure svegliarti».
Gunnar capì. Era uno spirito. Si alzò con difficoltà per afferrare la borraccia. Bevve un sorso e pian piano l'acqua scese attraverso la gola riarsa e alimentò le vene. Continuò a bere piccoli sorsi, idratando il corpo.
«Dimmi, è mia madre che ti manda?»
«In effetti. Ti ha vegliato per tutto questo tempo».
Gunnar osservò le sue braccia emaciate.
«Si vede».
«Selene ti ha stregato».
Gunnar scoppiò a ridere.
«Selene è un genio».
Lo spirito notò che Gunnar stava iniziando a cucinare una zuppa di champignon e si permise un'obiezione.
«È più nutriente una zuppa contadina».
«Preferisco la crema di champignon, grazie».
«Ti suggerisco di mangiare zucchero, frutta secca e del cioccolato. Ti daranno immediatamente energia».
Gunnar non gli diede molta retta e, mentre scaldava la pentola e girava la zuppa, lo guardò:
«Indossi una tenuta da escursionista da manuale. Come mai un esperto come te è morto in montagna? Ti sei dimenticato a casa il libro delle istruzioni?»
L'escursionista tacque.
«Ho indovinato?»
Lo spirito, con uno sguardo melanconico, confessò la sua ridicola storia.
«Mi sono intossicato in un corso di sopravvivenza».
Gunnar non rise.
«Con un fungo velenoso, immagino».
«Come lo sai?» si sorprese l'escursionista.
«Odi gli champignon».
Lo spirito sospirò.
«Non fui l'unico a restarci secco. Intossicai il mio istruttore».

«Caspita. Fu lui a maledirti?»
«No. Suo figlio».
«Suo figlio?»
«Gli aveva promesso una macchina telecomandata al suo ritorno».
Gunnar versò la crema di funghi in una ciotola di rame e la girò col cucchiaio per raffreddarla. Il profumo era ottimo e non riuscì a resistere, cominciò a gustarla lentamente rischiando di ustionarsi la lingua.
«Comincio a sentirmi meglio. Quale messaggio mi manda Cristine?»
«Ti aspetta a Veracruz».
«E cosa le fa pensare che andrò fino a là?»
«Ha lo scettro».
Gunnar rimase sorpreso.
«E Anaïd?»
«Andrà fin dove si trova lo scettro».
«Selene l'ha trovata?» chiese subito Gunnar.
«Anaïd è fuggita da Selene».
«Non doveva fare il Cammino di Om?»
«Le Omar glielo impediranno».
Gunnar alzò le spalle.
«Non capisco cosa si aspetta da me. Non ho alcuna missione».
Lo spirito lo corresse.
«Cristine ha bisogno di te al suo fianco».
Gunnar pulì la ciotola soddisfatto.
«Riferisci a mia madre che forse le farò visita, ma che se fossi in lei non mi fiderei delle intenzioni di suo figlio. Dille che non mi presterò al gioco tra Selene e Anaïd. E dille anche che non le salti in mante di attaccare di nuovo Selene. Ah! E anche che lo scettro deve essere nelle mani dell'eletta e non nelle sue, e che sono stufo dei suoi imbrogli».
Lo spirito alzò una mano, supplicando una pausa.
«Per favore, potresti ripetermelo?»
Gunnar si servì un pezzo di ananas sciroppato.

«Credo che la cosa migliore sia che glielo dica direttamente, senza intermediari».
Lo spirito tirò un sospiro di sollievo.
Dopo un bel sorso di caffè, Gunnar aprì la porta della capanna, respirò l'aria fresca della sera, si guardò intorno e contemplò i ferri storti e bruciati di quella che era stata la sua macchina. Si pentì di essere uno stupido romantico.

CAPITOLO VENTUNO

Nella penombra del cratere

Anaïd sorvolava le isole Canarie, che gli antichi chiamavano le Felici e gli spagnoli, prima della conquista, le isole Fortunate. Sette isole montagnose di origine vulcanica, capricciose come dadi lanciati in mezzo all'Atlantico di fronte alle calde coste africane. Erano in mezzo al nulla, ma avevano tutto: natura selvaggia, terra fertile, uccelli dai colorati piumaggi, buon clima e fonti d'acqua cristallina. Porto obbligato per i viaggiatori diretti alle Americhe, rifornivano le navi d'acqua dolce, animali e vini fruttati.

A volo d'uccello si stupì delle dracene millenarie, delle palme esotiche e delle capricciose formazioni di lava scura. Dal cielo poteva percepire il loro eterno clima primaverile e l'intenso aroma di salnitro delle loro spiagge di sabbia nera. Nonostante ciò, la cosa più bella restava il cono innevato del grande Teide, coi suoi quasi quattromila metri d'altezza che sfidava le leggi della misura e dell'equilibrio, sovrabbondante in forza, energia e coraggio, e sfiorava le nuvole. Un gigante dalla chioma innevata si ergeva tra canne e burroni. Si volle avvicinare e volò verso di esso affascinata dalla sua sagoma maestosa ma, abbassandosi, si rese conto che la forza del grande vulcano non le permetteva di scegliere la sua rotta. Sbatté le ali freneticamente. Invano. Non dominava la direzione del suo volo. Una forza potente le impediva di avvicinarsi e la respingeva. La forza centripeta della montagna magica, al contrario, la allontanava.

Fosse per lo sconcerto e la rabbia, oppure per un fenomeno naturale, il caso fu che rimase alla mercè della nebbia e intorno a lei si creò una densa oscurità bianca. Un vuoto vertiginoso, senza rilievi, distanze, forme. Tutto si sfumò e rimase in mezzo a una nebbia appiccicosa che le impregnò gli abiti e le ali fino a impedirle di muoversi. Si sentì appesantita e incapace di lottare contro la nebbia che si era addensata fino ad acquisire la consistenza della melassa. Impossibile avanzare. Prigioniera della forza tellurica del Teide, pensò che fosse assurdo affrontare il gigante e decise di planare e lasciarsi portare dalle correnti. Era la cosa più ragionevole. Gli alisei caldi soffiarono e la allontanarono dal vulcano e dalla nebbia, trasportandola come una piuma.

Continuò a sorvolare l'isola finché si accorse inorridita che i venti la portavano verso l'oceano e la abbassavano poi verso l'acqua. Mosse le ali disperatamente, cercò di resistere, lottò coraggiosamente contro l'inevitabile, ma la sua stanchezza era eccessiva e poco a poco ebbe la meglio sulle sue forze. Si abbandonò, chiuse gli occhi e svenne, mentre perdeva quota e cadeva cullata dal nulla.

Non sapeva quanto tempo fosse passato dalla caduta. Anaïd sentì delle mani che palpavano il suo corpo con incredulità. Non senza ragione: al posto delle braccia, aveva le ali, ali d'aquila di una grandezza spropositata. Era una ragazza alata, ma per poco tempo, visto che cominciava a sentire l'effetto della trasformazione. Il tremore e la commozione che precedevano la perdita delle ali furono più veloci di altre volte. Senza quasi accorgersene, le braccia riacquistarono il loro aspetto e il corpo ebbe di nuovo il suo peso e la sua consistenza abituali, benché fosse più magra, con la pelle riarsa e i capelli ruvidi per la secchezza del vento.

Annaspò per lo sforzo. Era ancora debole e aveva la nausea. Un fischio potente risuonò molto vicino e la fece sobbalzare. Aprì gli occhi e in mezzo alla fortezza umida di un bosco di licheni e muschio, scoprì, non lontano da lei, di spalle, ai bordi di uno strapiombo, un ragazzo moro che, con le mani alla bocca, fischiava in modo curioso. Era un canto, una sequenza di suoni incatenati e vari. Il ragazzo si fermò e ascoltò. Attraverso i burroni gli giunse un altro fischio. Anche Anaïd lo udì. Era la risposta. Stava comunicando con qualcuno. Il giovane, con disinvoltura, come se stesse parlando al telefono, rispose con un suono diverso. Anaïd prestò attenzione, c'erano alcuni suoni ripetuti, usavano un codice simile alla lingua parlata, al Morse o ai segni gestuali.

«Stai parlando?»

Il ragazzo si voltò di scatto.

«Sei viva!» spalancò gli occhi «e... hai la braccia».

«Ma certo, sono una ragazza normale».

«Non è vero, avevi le ali».

Anaïd finse di morire dal ridere.

«Ali? Da quando le ragazze hanno le ali?»

«Le streghe le hanno».

Anaïd si mise all'erta.

«Non penserai mica che sono una strega?»

«Ti ho visto volare, ho visto che cadevi dal cielo e quando sono venuto a cercarti avevi le ali al posto delle braccia. Guarda i tuoi abiti, sono distrutti dal vento. Sei arrivata fin qui volando, non mi inganni».

Anaïd cercò di pensare in fretta.

«Come ti chiami?»

«Unihepe».

«Un nome curioso».

«Vuol dire 'fischiatore dei burroni'. Mio padre e mio nonno erano fischiatori e mi insegnarono il linguaggio dei fischi fin da piccolo».

Anaïd capì.

«Allora... stavi parlando con qualcuno?»

«Sì, con Amushaica, una mia amica».

Anaïd si irrigidì.

«Non le avrai raccontato di me, vero?»

«Ma sì, certo, per questo l'ho chiamata».

Anaïd si alzò, disposta a difendersi. Le tremavano le gambe, dopo tanti giorni senza usarle.

«Unihepe, ho bisogno del tuo aiuto».

«Amushaica sta arrivando e lei saprà cosa fare».

«Voglio solo sapere dove mi trovo e rifocillarmi un pochino».

«Ma certo. Per questo ho chiesto ad Amushaica di avvertire Aremoga».

Anaïd si innervosì.

«Ma insomma! Hai avvertito tutta l'isola del mio arrivo?»

«No, solo le persone che pensavo potessero darti una mano».

«Ah sì? Verranno con un'ambulanza, forse? Sono medici, poliziotti o giornalisti?»

«Sono streghe».

Anaïd rimase a bocca aperta e si sedette. Doveva riflettere.

«Quindi hai pensato che le streghe avrebbero saputo che tipo di mostro ero».

«Sei una di loro. E non siete mostri, ma donne. Ce ne sono e ce ne sono sempre state. Le ho viste fin da piccolo, quando ballavano nella radura del bosco, o raccoglievano le piante per guarire i malati. Le ho viste volare, benché senza ali».

«Davvero?» disse enfaticamente Anaïd per guadagnare tempo.

Stava parlando di una comunità Omar. Non poteva fidarsi delle Omar, l'avrebbero rifiutata.

«Come mai sai così tante cose delle streghe?»

«Vivo nel bosco».

Anaïd si stupì.

«E come vivi? Cacci? Peschi? Tagli alberi?»

«Faccio da guida ai turisti» si vantò il ragazzo.

Anaïd si guardò intorno, un bosco fitto e umido le impediva qualsiasi prospettiva, benché in fondo si intravvedesse un enorme strapiombo.

«Guida per dove? Dove siamo?»

«Sul massiccio del Garajonay. Siamo a La Gomera. Vedi questi alberi che ci circondano? Sono gli stessi che c'erano migliaia di anni fa. È un bosco terziario, come quelli che coprivano l'Europa e la Spagna prima delle glaciazioni. È *laurisilva*, di alloro e sabina. Un bosco temperato, umido, fitto e popolato da licheni, muschio e felci. È pieno di specie endemiche. La nostra lucertola, per esempio. Ai turisti piace moltissimo perché non hanno mai visto niente di simile».

Anaïd era piuttosto impressionata. Così era quello. Non era caduta lì per caso. La forza millenaria del bosco l'aveva salvata dalle grinfie dell'oceano.

«Aiutami ad alzarmi».

«Non ti muovere, Aremoga sta per arrivare. Lei ti curerà».

Anaïd non poteva rischiare che Aremoga la identificasse come una Odish o come l'eletta maledetta, e le impedisse di compiere la sua missione. Assunse un atteggiamento misterioso.

«Unihepe, sai tenere un segreto?»

«Quale?»

«Non posso incontrare Aremoga. Se la vedessi, una delle due morirebbe».

«Perché?»

«Le nostre famiglie di streghe sono nemiche».

Unihepe fece un gesto di comprensione.

«Cosa è accaduto?»

Anaïd improvvisò.

«Avevamo un patto di fratellanza, capisci? Per aiutarci e soccorrerci».

«Anche noi, i *guanches*, avevamo questo tipo di patti prima dell'arrivo degli spagnoli».

Anaïd respirò sollevata. Si potevano capire.

«La famiglia di Aremoga non lo rispettò. Quando mia nonna chiese il loro aiuto, non la soccorsero. Mia nonna morì per colpa loro».

Unihepe capì.

«Il vostro patto di sangue si ruppe e ora sei obbligata a vendicare la tua famiglia».

«Esatto. Lo so che sembra complicato, ma è così».
«La gente di La Gomera firmò seicento anni fa la sentenza di morte del conte Hernán Peraza, tradendo il loro patto di fratellanza».
«E lo uccisero?»
«Certo! Il vecchio Hupalupa, il guardiano del patto, scelse Hautacuperche, l'eletto degli dei, per eseguire la sentenza. Giustiziò il conte qui vicino, nella grotta di Guahedum. In quel luogo il conte traditore si incontrava con la sua amante, Iballa, che apparteneva alla fazione di Ipalan».

Le braccia forti del ragazzo aiutarono Anaïd ad alzarsi, sostenendola per la vita. Ma quando appoggiò i piedi per terra, le scappò un urlo. La gamba. Aveva la gamba fratturata. Come aveva fatto a non accorgersene? La tibia sembrava spezzata in due. Unihepe si spaventò.

«Questa è una brutta frattura».

Anaïd, però, non poteva perdere tempo.

«Cercami un ramo, così la stecchiamo in un attimo. Andrà a posto subito, ho delle ossa forti».

Unihepe, non del tutto convinto, ubbidì e, non appena scomparve tra gli arbusti, Anaïd si massaggiò con forza la gamba. Sentì che l'osso si saldava in pochi secondi. Quando Unihepe tornò al suo fianco, finse di averlo raddrizzato con estremo dolore.

«Ora legami il bastone alla gamba e andiamocene».

«Sei molto coraggiosa».

Unihepe era sveglio, e immobilizzò la gamba con l'aiuto di una corda. Poi, le offrì un bastone improvvisato. Anaïd finse di non appoggiarsi sulla gamba rotta, benché fosse ormai guarita del tutto.

«Puoi camminare?»

«Sì, ci proverò».

«Conosco una scorciatoia per raggiungere lo strapiombo. Lì c'è la mia capanna».

Anaïd si tranquillizzò. Unihepe era un ragazzo d'oro.

Iniziarono a scendere lentamente. Anaïd, cercando di non appoggiare la gamba, inciampava spesso con le radici del sottobosco.

«E quell'Hernán Peraza, cosa aveva fatto per meritarsi la morte?»

«Hernán Peraza era un tiranno che si arricchiva sfruttando gli indigeni, ma ciò che maggiormente indignò gli anziani fu il tradimento del patto di fratellanza che aveva stipulato suo nonno».

«Quindi suo nonno aveva stretto un patto di fratellanza con gli indigeni. In cosa consisteva?»

«Bevevano un sorso di latte dalla stessa scodella e divenivano fratelli».

«Già, fratelli di latte».

«Hernán Peraza, però, divenne l'amante di Iballa, della fazione di Ipalan, e commise un incesto, poiché erano fratelli di latte».

Anaïd rabbrividì. Anche lei aveva una sorella di latte, lontana, molto lontana, ma forte. La sentiva dentro di sé. Erano una cosa sola.

«È un patto molto antico…» mormorò.

«E Hernán Peraza, il giovane, non lo rispettò. Si andò a cercare la morte e fu colpevole di una tremenda strage».

«Cosa accadde?»

«La gente di La Gomera si ribellò con poca fortuna. Al grido di 'la scodella di Guahedum si è rotta', l'isola si sollevò e la gente di La Gomera assediò Beatriz de Bobadilla, la moglie di Peraza, nella Torre del Conde. Lei, allora, chiese aiuto a Pedro de Vera e la sua vendetta fu sanguinaria».

Anaïd non voleva sapere come andò a finire, ma Unihepe continuò.

«Uccisero tutti i maschi con più di quindici anni: ragazzi, vecchi, non importava; le donne e i bimbi furono fatti schiavi e venduti, benché fossero cristiani».

Era peggio di quanto aveva pensato. La crudeltà degli uomini non si poteva paragonare a quella di nessun'altra specie animale.

La discesa veloce, con l'aiuto di Unihepe e il racconto emozionante della sua storia, le avevano messo le ali ai piedi, ma si imbatterono in un imprevisto.

Il fischio di Amushaica risuonò nel burrone.

Unihepe si innervosì. Rallentò ma non rispose. Anaïd notò che si era irrigidito. Il fischio si ripeté di nuovo, una, due, tre volte.

«Sono loro?» chiese Anaïd, spaventata.
«Sì, mi chiedono dove siamo».
Anaïd si accorse della difficoltà del ragazzo. Era complicato nasconderla senza destare sospetti.
«Di' che sto male e che ho bisogno di un dottore».
Unihepe esitò.
«Se rispondo, calcoleranno la distanza e ci troveranno, benché Amushaica abbia qualche problema a camminare e non possa seguire il nostro passo».
Anaïd si stupì. Lei non era in grado di dedurre la distanza e la direzione del fischio.
«Allontanati e fingi che andiamo in un'altra direzione».
Unihepe sorrise. Gli parve una buona idea.
Si allontanò di un bel tratto, sfruttò il vento contrario e fischiò per qualche minuto, raccontando una storia inventata. Dopo poco, Anaïd udì la risposta. Unihepe gliela tradusse.
«Ho detto loro che ti eri rotta la gamba, che ti portavo in braccio all'ospedale e che ci saremmo visti in città».
«Fantastico. Grazie davvero».
A Unihepe, però, non piaceva mentire.
«Cosa faranno quando non mi troveranno?» si lamentò.
Il ragazzo era nervoso. Anaïd dovette calmarlo.
«Hai fatto bene a rispondere. Le donne sono sospettose e diffidano del silenzio».
«Già, ma ho mentito».
«Meglio mentire che non dire niente. I silenzi ci angosciano terribilmente. Puoi sempre dire che sei stato una mia vittima. Che ti ho ingannato con un incantesimo».
Unihepe sorrise.
«Mi sembra una buona idea».
In questo modo, fuggendo dalle Omar dell'isola, Anaïd fu accolta nel rifugio caldo e ospitale del fischiatore e decise di non pensare a nulla. Dormì profondamente, mangiò dello squisito formaggio di capra, del pane intinto in una salsa piccante deliziosa, che Unihepe chiamava *almagrote*, e miele di palma. Dormì ancora

per qualche ora e poi andò a farsi un bagno nel fiume. Unihepe le prestò dei suoi vestiti, larghi ma comodi. Quando tornò dal bagno, Anaïd si era ripresa dal viaggio. La capanna di Unihepe era accogliente, il cibo ottimo e il letto morbido, ma doveva andare verso il Teide. Aveva intenzione di dirglielo quando, varcando la soglia si rese conto della trappola. Ma era troppo tardi. Qualcuno la colpì alla testa e cadde in un sonno profondo.

Quando si svegliò non ebbe alcun dubbio. La donna col naso adunco e gli occhi da aquila che la fissava era Aremoga. Finse di dormire ancora, ma Aremoga non si lasciava ingannare facilmente.

«Amushaica, Amushaica, vieni! Si è svegliata».

La giovane Amushaica entrò arrossata per la corsa. Anaïd non la riconobbe e pensò che fosse un ragazzo. Aveva la pelle scura e gli occhi color miele, indossava abiti grezzi, una camicia molto larga di cotone, bermuda cachi e scarponi con la suola resistente; il tratto più sorprendente era la testa rasata. Il cranio nudo e abbronzato brillava al sole. Quando si avvicinò, Anaïd notò che zoppicava, ma era così bella che illuminò tutta la capanna. Dietro di lei comparve il povero Unihepe, preso tra due fuochi e molto confuso.

«Sono contento che ti sia svegliata» le disse in tono di scusa «tornerò dopo» e salutò come se Anaïd fosse inciampata mentre entrava.

«Aspetta, Unihepe, non te ne andare».

«Ho da fare» si scusò.

Alzando le spalle, fece capire ad Anaïd che l'avevano incastrato e che doveva stare dalla parte delle sue amiche.

Quando Unihepe fu uscito, Anaïd chiuse gli occhi rassegnata e attese che Aremoga pronunciasse un sortilegio di immobilità. Era convinta che avessero già contattato Selene, Elena o qualsiasi altra Omar, e che la sua sentenza di morte fosse già stata firmata, come quella di Peraza. La sua sorpresa fu enorme. Aremoga abbassò la testa e parlò afflitta.

«Aremoga Aythamy, figlia di Hermigua e nipote di Amulagua, matriarca del clan del piccione, della tribù *guanche*».

La ragazza, abituata a ubbidire e a parlare poco, si inginocchiò di fianco alla nonna e la imitò, balbettando.

«Amushaica Aythamy, figlia di Alsaga e nipote di Aremoga, del clan del piccione, della tribù *guanche*».

Anaïd deglutì e si presentò senza omettere alcun dato. In fin dei conti sapevano già chi era.

«Anaïd Tsinoulis, figlia di Selene e nipote di Demetra, del clan della lupa, della tribù escita».

Subito, Aremoga prese la parola con voce tremante.

«Figlia mia, ti chiedo scusa per averti colpito. È stato un errore imperdonabile. Mi dispiace moltissimo».

Amushaica abbassò la testa con vergogna, Anaïd contemplò da vicino il collo della giovane e le venne sete, una sete insaziabile e angosciante. Amushaica, con voce dolce, si scusò.

«Sono stata io. Picchio troppo forte, sono una bestia. Mi dispiace, ma non sono andata a scuola».

Anaïd percepì l'imbarazzo di chi è cresciuto lontano dalle convenzioni sociali e si sente fuori posto. Amushaica era come una bestiolina del bosco che dipendeva solo dalla voce di sua nonna. Un pochino selvaggia, maldestra e asociale. Ma incredibilmente bella.

Anaïd non capiva. Aremoga l'aiutò. Le prese la mano e la baciò con rispetto.

«Il segno della grande madre lupa. L'indicazione che la missione è prioritaria e che tutte le Omar devono servirti, proteggerti e renderti invisibile. Non l'avevo mai visto, è come lo descrivono i manuali».

La sua mano? Cosa aveva la sua mano? La guardò e, in effetti, i canini di Demetra, la lupa, scintillavano come due stelle, sul dorso. Così Demetra l'aveva morsa per questo. Era il suo passaporto? Nascondeva la sua natura Odish? Non percepivano l'odore acre e la sua condizione di immortale nello sguardo?

Aremoga la distolse dai suoi pensieri.

«Come possiamo aiutarti, piccola?»

Anaïd si offese, non era una bambina e, senza volere, rispose in modo altezzoso.

«Innanzitutto voglio mettere le cose in chiaro. La mia missione è molto importante e non risponderò a domande indiscrete. Intesi?»
Aremoga non lasciò trasparire alcuna emozione di contrarietà.
«D'accordo, piccola».
Anaïd avrebbe preferito di gran lunga che la affrontasse. Era orgogliosa della forza del suo potere. Voleva che Amushaica aprisse quei suoi splendidi occhioni castani e la guardasse con devozione, come Dacil. Invece, forse per la proverbiale saggezza indicata dal suo stesso nome, Aremoga si comportava in modo da non provocare l'ira di Anaïd.
«Ti ascolto, tesoro».
«Devo giungere alle grotte del Teide il prima possibile. Mi aspetta Ariminda, la conoscete?»
Aremoga annuì.
«Naturalmente, la matriarca del clan della capra. La custode fedele del Teide».
Anaïd assentì.
«Avrò bisogno di cibo, acqua e qualche indumento».
Aremoga fece un cenno ad Amushaica, che, prima di alzarsi, non riuscì a trattenersi dal porre una domanda che la stuzzicava.
«Hai volato davvero con la ali d'aquila?»
Anaïd si sentì ammirata e rispettata e, dopo tanto tempo, la invase un benessere sconosciuto.
«Sì, ho volato da molto lontano, dai Pirenei».
«Senza fermarti?»
«Senza fermarmi, senza bere né mangiare. Per questo ero così stremata».
«Unihepe ci ha detto che avevi una gamba rotta. Quale?»
Anaïd si vantò della sua magia e le flettté entrambe. Amushaica si coprì la bocca con la mano per reprimere un grido di sorpresa.
«È perfettamente guarita».
«Mi sono curata da sola».
«Allora» balbettò ansiosamente «possiedi il dono?»
Aremoga era infastidita. Stava assistendo all'esibizione di una loquacità inusuale per sua nipote, generalmente così riservata.

«Ora basta, Amushaica».
Anaïd, però, la ignorò.
«Sì. Possiedo il dono».
Amushaica proferì la domanda che l'angosciava notte e giorno:
«Puoi curarmi?»
Intervenne Aremoga.
«Amushaica, smettila di disturbare la signorina».
Anaïd non le diede retta.
«Hai qualche ferita?»
Amushaica indicò se stessa e Anaïd osservò che aveva delle profonde occhiaie, cosa impropria in una ragazza così giovane.
«Non so più cosa fare. Aremoga dice di avere pazienza, di imparare a convivere con il mio male, ma io voglio di nuovo correre e saltare come facevo prima della malattia».
«Quale malattia?»
Aremoga lanciò uno sguardo autoritario alla nipote.
«Soffre di una malattia del sangue che danneggia le ossa. Non c'è cura. Possiamo aiutarla a non soffrire, per questo vive nel bosco da quando era piccola e io le do dei rimedi, ma lei vuole un miracolo».
Anaïd lesse nel suo sguardo lo scetticismo che si scontrava con la fede cieca della giovane Amushaica. Si indispettì. La saggia Aremoga non la riteneva capace di curare la malattia della nipote. Forse non percepiva il suo potere infinito?
«Posso vedere?»
Amushaica si slacciò la scarpa, si sfilò il calzino e le mostrò il piede deforme e l'unghia dell'alluce, nera e infettata. Non aveva un bell'aspetto.
«Mi fa molto male. Non mi fa dormire la notte».
Anaïd si inginocchiò davanti a lei e impose le sue mani sul piede malato. Mormorò alcune parole nella lingua antica e strinse i suoi palmi sulla pelle. L'energia fluì, modellò l'arto e rigenerò l'unghia malata. Quando ritirò le mani, Amushaica proferì un'esclamazione di sincero stupore.
«Mi hai guarito! Sei meravigliosa! Lo sapevo!»

Aremoga, la saggia, non disse nulla, consigliata dalla sua natura prudente.

Anaïd si aspettava il plauso della nonna e pensò di non averla convinta abbastanza.

«Questo è solo ciò che si vede. Avvicinati. Guarirò anche il tuo sangue».

Sfiorò il suo corpo con le mani, trattenendosi più del dovuto sul collo della giovane *guanche*. Palpò una a una le vene che vi battevano. Una sete opprimente la spingeva ad avvicinare la bocca a quella pelle abbronzata. Sentì, però, lo sguardo pungente di Aremoga e continuò la sua azione. Quando finì, Amushaica saltava di gioia.

«Mi sento forte, non sono più stanca, non sento più dolore alle gambe».

Aremoga aveva seguito il procedimento con attenzione, si era ripresa dall'impressione e afferrò Anaïd per il braccio.

«Piccola, non conosco il tuo metodo e temo che Amushaica coltivi false speranze».

«La sua guarigione è definitiva» affermò Anaïd.

Aremoga si accigliò.

«In tal caso... queste non sono arti Omar. Sei sicura che la tua matriarca ti autorizza a praticare questo genere di cure?»

Anaïd sentì che l'ira cresceva dentro di lei. Aveva appena mostrato un'inaudita generosità, aveva appena guarito la nipote di quella triste Omar, aveva appena palesato il suo potere e la sua forza e Aremoga la stava biasimando. La sua prima reazione fu quella di usare la sua bacchetta contro l'anziana, ma all'ultimo momento qualcosa la fermò. Si limitò a sollevare il palmo morso dai canini magici.

«Non ti ricordi chi mi protegge? Non dovete fare domande, dovete solo ubbidirmi e servirmi».

Aremoga abbassò gli occhi umilmente.

«Come desiderate, mia lupa».

Anaïd si sentì soddisfatta. Non voleva inimicarsele, ma non poteva farsi intimidire. Era l'eletta, benché dovesse mantenere il segreto per salvaguardarsi.

Amushaica si avvicinò ad Anaïd e le baciò la mano dolcemente.
«Anaïd, da oggi conta pure su di me. Cosa posso fare per te?»
Anaïd sentì un improvviso, potente desiderio.
«Voglio vedere la grotta di Guahedum».
«Vuoi andare allo Sgozzamento di Peraza?» si stupì la ragazza.
«Unihepe mi ha raccontato la storia e sono curiosa».
Aremoga fece un cenno e Amushaica si portò le mani alla bocca per emettere un potente fischio.
Anaïd si sentì tradita.
«Chi stai chiamando?»
«Unihepe. Conosce meglio la strada. Ti ci porterà in un attimo».
Anaïd non era d'accordo.
«No. Preferisco che sia tu ad accompagnarmi. Vorrei anche che mi raccontassi tu stessa la storia di Iballa».
«Ma...» obiettò Amushaica «devo preparare le tue cose per la partenza. I tuoi abiti, il tuo cibo, il trasporto per raggiungere Chinet».
Anaïd non sopportava le contraddizioni.
«Il viaggio può aspettare».
Amushaica guardò supplicante Aremoga, ma questa le sorrise dolcemente.
«Vai con lei. Unihepe vi accompagnerà attraverso la montagna e poi tu le mostrerai la grotta».
Anaïd sorrise compiaciuta. Poco dopo, il fischio nitido e musicale di Unihepe annunciò il suo arrivo. Il ragazzo entrò con gli occhi mesti, chiedendo ancora scusa ad Anaïd per avere tradito la sua ospitalità. Amushaica lo accolse con slanci di gioia e gli mostrò il piede guarito, ma Unihepe era teso e guardava di sottecchi Anaïd, nervoso per la sua reazione, timoroso della sua magia. Anaïd lo tranquillizzò.
«Ci siamo riconciliate».
Unihepe sembrò sollevato.
«Vi avevo avvertito. È una strega molto potente. Non ho mai visto niente di simile».

Nonostante Anaïd fosse contenta per il commento, Aremoga era molto preoccupata. Aveva poco tempo per agire. Doveva sbrigarsi. La vita di sua nipote era in pericolo.

Anaïd camminò fiduciosa, coccolata dalla sincera ammirazione di Unihepe e Amushaica, così non prestò attenzione agli indizi che avrebbero potuto avvertirla del pericolo. Se avesse ascoltato le strida dei corvi o i cinguettii inquieti dei pettirossi si sarebbe accorta del suo sbaglio. Ma anche se l'avesse avvertita la stessa lucertola, era tanta la sua arroganza in quel momento che non le avrebbe creduto.

Quando giunsero all'ingresso della grotta, Anaïd salutò Unihepe in modo perentorio.

«Puoi lasciarci sole, Amushaica mi farà da guida, non è vero?»

La ragazza era entusiasta della sua nuova responsabilità, nonostante si sentisse intimidita al cospetto di una strega così potente.

Stava sopraggiungendo il tramonto. Il sole, ormai stanco, desiderava tuffarsi nel mare per rinfrescare i suoi ardenti raggi. La luce svaniva e Anaïd si sentiva molto meglio. Negli ultimi tempi l'eccesso di luce l'affaticava e notava che il chiarore le feriva gli occhi azzurri, delicati.

Amushaica era un po' nervosa.

«Io non so cosa raccontarti, non so esprimermi bene. Unihepe è più bravo, ha molto successo con i turisti».

Anaïd le cedette il passo con deferenza.

«Sono sicura che sarai bravissima».

Amushaica respirò profondamente. Probabilmente sua nonna la sgridava spesso e la costringeva a indossare quegli abiti e a rasarsi la testa. Doveva essere poco avvezza a ricevere segni d'affetto o di rispetto. Pensò a se stessa solo l'anno precedente. Si sentiva insicura per il suo aspetto di ragazzina debole, era timida per la sua paura di essere ridicola, soffriva quando sua madre, così appariscente, la metteva in evidenza. Era cambiata molto, da allora. Lo scettro le aveva dato sicurezza e sua nonna Cristine l'aveva trattata con amore e rispetto e le aveva fatto aumentare l'autostima. Eccetto quando aveva perso il controllo e si era arrabbiata.

Amushaica trovò il coraggio di rompere il ghiaccio. Avanzò nell'oscurità, accese un accendino e mostrò le pareti nude e fresche della grotta.

«Si dice che il fantasma di Iballa ci viva ancora. Era una ragazza indigena della fazione di Ipalan. Molto bella. Alcuni dicono che era figlia di Hupalupa, altri che viveva con la madre, un'astuta vecchia. La verità è che era l'amante di Hernán Peraza e che si incontravano in questa grotta».

«E fu qui che uccisero il conte?»

«Sì, Hautacuperche, il guerriero scelto per l'esecuzione, lo attendeva nascosto. Rimase qui molte ore finché Hernán Peraza giunse come sempre tutto solo e fiducioso per riunirsi con la sua amante. Era armato, ma non ebbe il tempo di estrarre la spada e imbracciare l'archibugio. Hautacuperche gli scagliò abilmente una lancia. Dicono che lo penetrò tra la corazza e la nuca e lo attraversò da parte a parte. Cadde morto proprio qui, dove ci troviamo noi. Hautacuperche gridò: 'Si è rotta la scodella di Guahedum' come d'accordo. La sentenza si era compiuta».

La luce si attenuava e la voce di Amushaica era sempre più fioca. Senza accorgersene, la ragazza iniziò a sbadigliare, appoggiandosi sulla roccia, finché cadde, con le braccia lasse e il viso rilassato.

Anaïd le si avvicinò silenziosamente e verificò che fosse davvero addormentata. L'incantesimo del sonno aveva fatto effetto: Amushaica era inerme e a sua completa disposizione. Anaïd si ripeté che non voleva farle del male, che provava una semplice curiosità di assaggiarne il sapore. Solo questo. Si accostò lentamente al suo collo, ma la stessa inquietudine che la tormentava quando desiderava lo scettro la spinse ad agire senza controllo.

«Per favore, basta sangue!»

Anaïd si fermò e sollevò la testa. Una ragazza con i capelli lunghi e strani abiti la fissava inorridita.

«Chi sei?» sbottò Anaïd.

La ragazza si portò la mano sul petto e si inginocchiò di fronte a lei.

«Oh, grande signora, sono la umile Iballa, abitante maledetta di questa grotta macchiata di sangue».

«Sai chi sono io, Iballa?»

Il fantasma rabbrividì.

«Oh, sì, mia signora, siete l'eletta, l'Odish annunciata dalle profezie».

«Sono una Omar!» ruggì Anaïd, improvvisamente indignata.

«Non è possibile, mia signora».

«Perché? Mia madre è una Omar, come anche la mia nonna materna».

«Ma le Omar vogliono uccidervi».

«Come fai a saperlo?»

Iballa spalancò gli occhi.

«Perché sono là, all'ingresso della grotta, vi aspettano per catturarvi, così come fecero con Hernán».

Anaïd scoppiò a ridere.

«Vuoi che vada fino all'entrata? È una trappola per impedire che sazi la mia sete con questa bambina Omar».

«Le Omar non bevono sangue».

«Neppure io!» urlò Anaïd.

«Ma...» obiettò Iballa angosciata «Stavate per...»

«È falso. Ora ti mostrerò cosa stavo per fare».

Anaïd si inclinò su Amushaica, ma non riuscì ad avvicinare la bocca al collo. Qualcosa la trattenne. Qualcosa simile a una corda viscida che le scivolò sul volto e sul petto e le impedì di muoversi. Cercò di voltare la testa, ma non ci riuscì. Tentò di alzare le mani, ma fu impossibile. Non poteva raggiungere la sua bacchetta né il suo *atam*, non poteva servirsi delle sue armi. Si agitò furiosa, ma a ogni movimento quella corda invisibile e appiccicosa la imbrigliava maggiormente. Finché rimase completamente immobile. Lo seppe immediatamente. Avevano lanciato su di lei una ragnatela magica, così come lei stessa aveva fatto con la contessa, e l'avevano catturata come una mosca.

Anaïd mormorò un contro-incantesimo, ma immediatamente fu annullato da molti altri.

Il dolore fu breve. Un dardo lanciato con ottima mira che le si infilò nel braccio e le inoculò il veleno per paralizzarla.

Anaïd cercò di resistere, ma era troppo tardi. Le Omar avevano usato la strategia della ragnatela, una formula di lotta collettiva molto antica per difendersi dalle Odish. In un primo momento conducevano le Odish in un terreno propizio con un'esca e quando la strega abbassava la guardia per occuparsi della sua vittima, la catturavano nella rete e l'avvelenavano. Poi la facevano sparire.

Anaïd si disperò. Le Omar erano delle vigliacche. Avevano usato questa tattica a mala pena un paio di volte. Le Omar preferivano nascondersi piuttosto che agire. Perché adesso quell'offensiva?

Aremoga entrò nella grotta e, senza badare ad Anaïd, sollevò il corpo di Amushaica e la strinse tra le braccia.

«Siamo arrivate in tempo. Ariminda aveva ragione, l'eletta è molto potente, ma abbiamo salvato la vita della piccola».

«Ma Ariminda come sapeva che sarebbe venuta?»

«L'aveva avvertita la sua giovane discepola, Dacil. La pregò anche di trattenerla e la mise in guardia sui suoi poteri eccezionali».

Anaïd volle urlare, ma non ci riuscì. Dacil l'aveva tradita? Cosa aveva detto a quelle Omar perché la catturassero?

«Come faremo a dominarla? È potente».

Aremoga le rassicurò.

«Ariminda vuole che la portiamo al suo rifugio nel Teide. Lei sorveglierà Anaïd finché il consiglio delle matriarche d'Occidente non abbia deciso cosa fare con lei».

Le altre Omar la circondavano, diffidenti. Una di loro indicò Anaïd con stupore.

«Sei l'eletta?»

«La immaginavo più forte».

«Con i capelli rossi».

«Sembra una brava bambina».

Aremoga le corresse.

«Non è più la nostra eletta, è solo una Odish».

Anaïd cercò di protestare, ma il veleno aveva iniziato a fare effetto e le aveva annullato la voce. Volle muoversi, ma ormai era paralizzata. Volle ordire un piano, ma si accorse che la sua volontà era evaporata.

Aremoga si inginocchiò di fianco a lei ed estrasse la sua bacchetta di quercia.

«Le lupe l'hanno espulsa dal loro clan. Le Omar l'hanno rifiutata come eletta. I miei ordini sono...» e fece con la bacchetta un movimento circolare e ipnotico «di farla sparire con l'incantesimo del camaleonte che la lupa Elena salvò dall'oblio».

Anaïd volle difendersi, ma, sopraffatta, si accorse di non avere più il corpo.

Era appena sparita.

CAPITOLO VENTIDUE

La rivolta del Minotauro

Il tranquillo paese di Hora Sfakion, bagnato da un mare cristallino, generalmente solitario a causa del difficile accesso, nel Sud della lontana Chania, era più vivace del solito. Da due giorni, un lento ma costante stillicidio di donne provenienti da molti angoli d'Europa stava sbarcando nel porto e sfilando con le valigie al seguito attraverso le strette stradine. Curiosamente non alloggiavano in nessuno dei piccoli alberghi del paese, che con grandi cartelli offrivano stanze. Le donne, che avevano in comune visi preoccupati e lunghi capelli, bussarono una a una alla porta della casa bianca e azzurra dell'anziana Amari, una guaritrice con fama di strega appartenente a un'antichissima famiglia di pescatori di Creta.

Amari non diede spiegazioni a nessuno ed evitò di rispondere a qualsiasi domanda. Ordinò un'inusuale quantità di cibo, sbarrò porte e persiane e purificò i gradini dell'ingresso con aroma di timo.

Tutti pensarono che le nuove arrivate fossero streghe e non diedero alla questione la minima importanza. I pescatori erano abituati a quel genere di avvenimenti in casa di Amari.

Svanita la novità, si riunirono di nuovo nella taverna di Giorgio a commentare il tempo e a bere il loro *raki*, mentre giocavano e speculavano sul numero di turisti che avrebbero affrontato il passo di Samaria nella stagione successiva.

Selene soffocava per il caldo, nonostante la freschezza delle pareti verniciate di bianco e l'ombra deliziosa del cortile dove soffiava una brezza che profumava di sale. Era seduta di fianco a Karen, che le stringeva affettuosamente la mano, ricordandole che poteva contare su di lei, che era lì per lei. Selene aveva personalmente scelto di fare la riunione in territorio Tsinoulis, nell'epicentro dei domini della tribù escita. Nonostante ciò e malgrado il supporto della sua amica, il paesaggio mediterraneo che le scaldava il cuore e i legami di fratellanza che univano l'anziana Amari e sua madre Demetra, era lei il bersaglio di tutti gli sguardi ostili. Le Omar d'Occidente, mandate dai vari clan alla riunione urgente di Creta, l'accusavano in silenzio del suo fallimento e la incolpavano del loro futuro tragico, senza speranze.

Il tavolo presidenziale delle matriarche era formato dalla bella gru Lil, famosa scrittrice; la rinomata scienziata Ingrid, una salamandra distratta e madre di numerosi figli; Valeria, del clan del delfino, appassionata e precisa biologa; la giovanissima serpente Aurelia, una lottatrice del lignaggio Lampedusa che sostituiva la nonna Lucrezia, morta da poco, e, nel posto presidenziale, Ludmila, la capra burbera dei Carpazi, e Criselda, la lupa successore di Demetra.

Il tavolo era diviso in due fazioni, una delle quali particolarmente bellicosa e avversa alle Tsinoulis e guidata da Ludmila, che aveva assunto *ad interim* la presidenza del consiglio mentre Criselda era prigioniera del mondo opaco. La conservatrice Ludmila, intransigente e fanatica, aveva retto le redini del consiglio con durezza, con l'appoggio incondizionato di Lil e Ingrid.

L'altra fazione, capitanata da Valeria, contava sul tiepido supporto di Criselda dallo sguardo assente, e della giovanissima Aurelia, che era priva di esperienza. Valeria non aveva né il sostegno né il carisma necessari per imporre un atteggiamento più conciliante e moderato nei confronti di Selene e dell'eletta.

Selene percepiva chiaramente l'ostilità di Lil, Ingrid e Ludmila. Non era una novità. Tutte e tre si erano dichiarate sue nemiche durante il loro primo incontro, prima della nascita di Anaïd, in una località della Bucovina. Percepì anche la vibrazione serena di Valeria, la sua amica e compagna, e il sorriso incoraggiante di Aurelia, nipote della grande Lucrezia. Selene si sentì rincuorata dalla sua giovinezza e dal suo aspetto ribelle, favorito dai capelli corti e dalla maglietta aderente e senza maniche, che lasciava scoperte le braccia muscolose. Era stata lei a iniziare Anaïd nell'arte della lotta, ma la sua condizione di novella matriarca faceva valere meno il suo voto.

Criselda, sua zia, l'unica parente della linea materna, e antitesi della carismatica sorella Demetra, sembrava fuori posto. Il suo viso rotondo e gli occhi grigi e affettuosi la commossero. Selene era in ansia per la sua salute mentale; aveva trascorso troppo tempo nel territorio della contessa, vicino al lago, prigioniera del tempo e della pazzia, e il tutto doveva aver compromesso il suo equilibrio psichico. Criselda si era distaccata dal mondo reale e forse non era stata capace di farvi ritorno.

Selene cercò di ascoltare la cantilena della dolce Lil, l'illustre gru che aveva preso la parola e che, come si aspettava, stava infondendo un tono tragico al suo discorso inaugurale.

«Cosa ne sarà delle Omar se l'eletta ci tradisce e si autoproclama portatrice di uno scettro distruttore che darà il trionfo alle Odish? Che ne sarà delle nostre figlie e delle nostre nipoti? Avranno un futuro? Qualche speranza? Per generazioni, la fede nell'arrivo dell'eletta ci aveva mantenuto unite nelle avversità, ci aveva dato forza nei momenti difficili e ci aveva aiutato a superare il dolore per le perdite. Se, però, l'eletta non è stata ben preparata e ben guidata nella sua missione sacra, se si è sentita persa, disorientata e, alla fine, ha scelto la strada sbagliata tracciata da Odi con la sua maledizione... allora, la fine delle Omar, la nostra fine... è prossima. A nulla saranno serviti gli insegnamenti da sempre trasmessi alle bambine Omar per mostrare loro la strada giusta e istruirle nei precetti della tribù. A nulla saranno serviti i trattati e gli studi delle dotte Omar che, aiutate da scienza, filologia, astronomia o matematica, hanno collaborato nell'interpretazione delle profezie...»

Selene non volle ascoltare altro. Benché in apparenza il discorso accollasse alla collettività il fallimento, lei sapeva bene che la gru Lil, l'Omar scrittrice che era stata incaricata di aprire il giro degli interventi, stava addossandole la responsabilità della situazione. Si sentiva accusata e additata. A chi poteva riferirsi, se non a lei, quando parlava della mancanza di 'preparazione' dell'eletta, dell'istruzione inadeguata e, quindi, dell'incapacità di distinguere tra il bene e il male?

Selene udì gli applausi che le delegate avevano dispensato a Lil, ma lei non le imitò.

Era la volta di Ludmila. Se Lil era stata discreta, Ludmila invece l'avrebbe mangiata viva. Non glielo aveva nascosto in nessun momento. La sua accusa fu diretta e tagliente.

«La qui presente Selene Tsinoulis, madre dell'eletta, la lupa ribelle che convocò Baalat col suo comportamento irresponsabile e che a suo tempo fu perdonata per il rispetto dovuto a sua madre Demetra, è ora la causa delle nostre disgrazie. Non ha saputo inculcare in sua figlia il rispetto dell'autorità, che non ha mai avuto lei stessa. Non ha saputo imporsi con la forza alle tentazioni contro cui ha dovuto lottare la giovane Anaïd, e, infine, non ha saputo recuperarla e riportarla sulla strada della verità».

Karen si rese conto che Selene si stava irrigidendo, era diventata fredda, insensibile e, nonostante tutto, sudava dall'angoscia. Mille occhi posati su di lei, il senso di colpa per avere sbagliato tutto e il dolore per la perdita di sua figlia erano motivi più che sufficienti per bloccare qualsiasi emozione.

Karen stava in pena per la sua migliore amica. Ogni accusa di Ludmila la feriva. Che bisogno c'era di esprimere a parole ciò che tutte quante sapevano? D'accordo, Selene non era stata all'altezza delle circostanze, non era stata in grado di agire in quanto mentore dell'eletta, anche se questa era sua figlia, o forse proprio per questo. Ma era necessario linciarla? Era quello il motivo della riunione?

Come se avesse letto telepaticamente i suoi pensieri, l'intervento di Valeria si fece eco delle sue rimostranze.

«Mi domando: siamo forse venute qui per linciare la nostra compagna Selene? Sarebbe questo il motivo della nostra riunione? Siamo tutte accorse urgentemente a Creta, abbiamo lasciato le nostre occupazioni per prendere delle decisioni importanti. L'eletta è maledetta e lo scettro è perduto in mano alle Odish. La contessa è stata distrutta, ma Baalat è tornata a manifestarsi. La guerra è iniziata e ci servono delle linee di condotta. Cosa dobbiamo fare? Ora non è il momento di distrarre la nostra attenzione, né di rinviare le nostre decisioni, accusando una madre di avere educato sua figlia nel modo sbagliato».

Lil intervenne nuovamente.

«Lasciamo quindi a più tardi la punizione esemplare che dovrà essere inflitta a Selene. Concentriamoci sulla questione che ci impegna. Il destino dell'eletta maledetta è nelle nostre mani. Dobbiamo trasmettere il nostro voto alle matriarche delle isole in cui è stata catturata affinché eseguano la nostra sentenza. Io voto per l'eliminazione. Il suo corpo deve essere distrutto».

Selene sentì che le gambe non la reggevano più, e un solo grido uscì dalla sua gola.

«No!»

Tutta la sala rimase in silenzio. Il dolore di una madre viene sempre rispettato. Criselda, con la sua affabilità, indicò Selene con la testa.

«Avvicinati, Selene. Non abbiamo votato, né preso alcuna decisione. Lil ha esposto la sua opinione. Ti concedo la parola perché tu possa spiegarci i tuoi motivi e le tue ragioni, visto che le altre hanno parlato di te e di tua figlia».

Selene avanzò lentamente, come un automa, a testa bassa e con il volto pallido. Si appoggiò al tavolo con mani tremanti e si rivolse alle presenti con tono grave.

«Vi racconterò una storia che molte di voi conoscono già. Accadde qui vicino, nel palazzo di Cnosso. Dicono che il re Minosse ordinò al suo architetto Dedalo di costruire un labirinto per nascondere il mostro che sua moglie aveva generato dall'unione con un toro bianco. Il Minotauro, metà uomo e metà toro, si cibava di carne umana e Minosse impose alla grande Atene di consegnare, ogni sette anni, sette fanciulle e sette ragazzi perché fossero divorati dal mostro. Atene aveva accettato quest'ingiustizia per paura del re Minosse. Dunque, per due volte gli fu consegnato il fior fiore della gioventù ateniese. Fino a quando Teseo, un eroe, decise di porre fine al sanguinoso tributo e, con l'aiuto di Arianna, della sua spada magica e del suo gomitolo, raggiunse il mostro, conficcò la spada nel cuore del Minotauro, riuscì a uscire dal complicato labirinto, seguendo il filo, e liberò Atene dal suo giogo».

Le Omar rimasero un po' sorprese da quell'insolito inizio. La maggioranza non sapeva cosa pensare. Allora Selene alzò coraggiosamente la testa. I suoi occhi riacquistarono la luminosità che li caratterizzava di solito.

«Eccomi qui, davanti a voi. Una Omar come voi, che ha avallato il sacrificio oscuro delle nostre bambine e delle nostre ragazze, col silenzio. Così come le fanciulle ateniesi venivano ritualmente consegnate al Minotauro, per secoli noi abbiamo permesso che le nostre fanciulle fossero dissanguate per appagare i sensi delle malvagie Odish. Io ho visto mia madre e mia cugina morire per mano loro. Nonostante la mia gioventù, ho accumulato più esperienza di molte di voi, e questa esperienza mi suggerisce all'orecchio delle verità che ora scopro all'improvviso, dovendo far fronte al dilemma della morte di mia figlia... C'è una cosa, però, che mi è davvero chiara: noi Omar siamo delle vigliacche. Noi Omar ci nascondiamo. Noi Omar confidiamo in un'eletta che ci dovrà liberare dalle nostre paure e dal nostro Minotauro, perché non siamo capaci di unire le forze contro le nostre vere nemiche. Invece di lottare contro le Odish, abbiamo accettato di consegnare le nostre vittime al sacrificio e di reprimere le voci dissidenti che protestavano per il sangue versato, imponendo l'ubbidienza. E cosa facciamo di fronte a quest'ultima offensiva che risolverà la Grande Guerra? Qual è la nostra strategia, la nostra risposta, il nostro contrattacco?»

Spostò lo sguardo sull'assemblea che taceva impressionata e sorpresa.

«Sacrifichiamo la nostra eletta. Ecco la nostra risposta».

Un mormorio di sorpresa interruppe Selene momentaneamente. Valeria era rimasta a bocca aperta.

«Vi dico: mia figlia Anaïd, a quindici anni e con la limitata e confusa esperienza di un'adolescente, ha avuto il coraggio di lottare da sola contro le Odish più potenti della Terra e vi ha liberato dalla crudele Salma e dall'onnipotente contessa. Qualcuno può negarlo?»

E con aria di sfida, Selene fissò i suoi occhi verdi e irosi sul pubblico, che si rimpiccioliva davanti alla sua furia scatenata.

«Ma questo non è merito mio, né vostro. È suo, solo suo. Grazie alla sua determinazione e all'impegno che noi le abbiamo assegnato, per poterci nascondere dietro di lei. Così lei ha preso su di sé più di quanto la sua natura le consente. Si è fatta carico delle nostre paure, delle nostre insicurezze, delle nostre tattiche evasive. Lei si è esposta in prima persona, per tutte noi, perché credeva che così era stato scritto. Una Omar coraggiosa e capace di correre dei rischi, che fa fronte da sola a un terrificante mondo di potenti Odish. Quindici anni contro migliaia e migliaia di anni. Come possiamo permetterlo? Come possiamo fermarci a giudicare lei o me o qualsiasi altra che abbia collaborato in questo cammino impossibile? Con quale autorità tu, Ludmila, che hai visto morire bambine e ragazze e hai ereditato l'ancestrale paura del regno del terrore imposto dalla contessa nelle sue terre, con quale autorità tu, che non hai mai affrontato una Odish, che non hai mai lottato contro di loro e non hai mai difeso col tuo *atam* una sola delle tue seguaci, con quale autorità adesso vuoi esigere il sacrificio dell'unica Omar che ha lottato, ha vinto e ha eliminato la contessa?»

Questa volta il mormorio si trasformò in grida che acclamavano Selene.

«Vi dico... la guerra delle streghe è iniziata. Lo scettro del potere esiste ed è in mano alle Odish. Vi dico: le Odish sono appena tre dozzine e noi siamo migliaia. Possiamo continuare a permettere che la paura ci opprima?»

Si scatenò un enorme baccano e tra i molti discorsi, una giumenta britannica ne tenne uno che fece rimbombare la sala:

«Sono Kroona Salysbury, figlia di Katesh e nipote di Ina, del clan della giumenta. Chi sei tu, Selene, per dirci come e quando dobbiamo lottare contro le Odish? Cosa hai fatto per meritare il nostro rispetto, salvo disubbidire alle matriarche? Perché dovremmo seguirti?»

Selene allora si sentì carica e sfidò la scontrosa giumenta.

«Sono Selene Tsinoulis, figlia di Demetra e nipote di Gea, del clan della lupa, e posso dire di avere lottato contro Baalat, di aver imparato l'arte della lotta Odish con la dama di ghiaccio e di essere stata prigioniera di Salma e della contessa nel mondo opaco. Io, Selene, sono scesa nel Cammino di Om e ho pregato i morti affinché permettessero a mia figlia di vivere e affinché Baalat restasse prigioniera. Io ho fatto questo, DA SOLA. Mia figlia è riuscita a distruggere la contessa e Salma DA SOLA. Se due lupe solitarie hanno affrontato le temibili Odish e le hanno sconfitte... cosa succederebbe se le attaccassimo con un esercito? E se le Odish si vedessero circondate dalle serpenti, dalle orse, dalle leonesse e dalle aquile dei clan cacciatori? Che ne sarebbe allora delle Odish?»

Ingrid, l'erudita, si sistemò gli occhiali e si oppose.

«Ho qui di fronte a me un riassunto del minuzioso studio di McLower su tutte le offensive delle Odish contro i clan Omar lungo tutta la nostra storia. Più di dodicimila e cinquecento battaglie e scaramucce analizzate. Da tutte si trae chiaramente una conclusione: le Odish sono imbattibili. L'unica strategia possibile, quindi, è quella da sempre praticata da noi: scappare e passare inosservate. Abbiamo imparato la saggezza dai nostri totem. Abbiamo sempre fatto così. Per più di tremila anni abbiamo seguito l'esempio degli animali dei nostri clan, e ci siamo nascoste nelle nostre tane. E siamo sopravvissute, non è vero? Dunque, continueremo a sopravvivere. Scompariremo per un periodo prudenziale e cambieremo le nostre identità fino all'arrivo di tempi migliori. Contro le Odish non si può lottare».

La giovane Aurelia, però, si rivoltò come una vera lottatrice.

«Non è vero! Io, Aurelia, figlia di Servilia e nipote di Lucrezia, del clan del serpente, vi dico invece che è possibile far fronte alle Odish con le armi e la preparazione adatte. Le nostre madri ci hanno inculcato il tabù della lotta, e io, che ho visto morire mia sorella senza poterla aiutare, l'ho infranto col permesso di mia nonna, la grande Lucrezia. La conoscete tutte, ho pianto la sua morte l'inverno scorso. A centotredici anni, era ancora una donna moderna e perspicace. È stata lei a chiedermi di insegnare l'arte della lotta all'eletta. Mia nonna Lucrezia mi ha mostrato la via. I tempi in cui le Omar si nascondevano, chiedevano pietà e piangevano le loro perdite sono finiti. Anch'io, come Selene, ne ho avuto abbastanza. Molte di noi giovani si sono tagliate i capelli, praticano la lotta e vogliono vivere senza paura e senza scudi protettori».

Criselda ricevette un avviso urgente da Amira e si alzò discretamente dal tavolo. In quel momento, il discorso spontaneo di Aurelia sollevò un applauso acceso tra le più giovani. Tra due fuochi, Valeria fece pendere la bilancia.

«Riconosco che ho avuto dei dubbi, ma conosco Selene da tempo. Il coraggio e il carattere di Anaïd non possono essere stati tramandati dall'istinto conservatore nato dal nostro terrore ancestrale per le Odish. Quale delle vostre figlie, educate secondo i precetti Omar della prudenza, della paura e dell'ubbidienza, si sarebbe lanciata nel mondo opaco a cavallo dell'ultimo raggio di sole per lottare contro la terribile Salma, nonostante i precetti delle matriarche, o sarebbe andata a ritroso nel tempo per entrare nel castello della contessa Erzebeth e prendere il suo talismano?»

Ci fu un silenzio eloquente.

«Selene ha inculcato in sua figlia la ribellione e i valori da lei stessa praticati. Anaïd è stata educata con amore, con passione, con saggezza, con coraggio... e, perché no... con libertà».

Si alzarono le voci conservatrici.

«Ma ha fallito!»

«L'eletta ci ha tradite».

Valeria fece abbassare le voci.

«Anaïd era pronta ad affrontare i tornanti del Cammino di Om, e voleva farlo per liberarci da Baalat. Ecco qual era il suo proposito. Vi pare un proposito egoista o meschino? Tuttavia, è stata fatta prigioniera dalle guardiane del Teide, che aspettano il vostro verdetto per agire».

Selene tagliò corto.

«Se chiedete la morte di Anaïd, allora moriremo tutte insieme a lei».

Le Omar più conservatrici, guidate dalla capra Ludmila, affrontarono le più giovani. Si rendevano conto di essere sempre meno, e che i loro ragionamenti venivano ribattuti con passione.

«L'eletta deve morire».

«Non ci sono più speranze».

«Non possiamo credere in Anaïd».

Selene gridò su tutte:

«Io le voglio bene! Le voglio bene da morire e la salverò anche a costo della mia vita!»

La maggioranza delle delegate si alzò in piedi applaudendo. Una di loro, una giovane orsa con i capelli biondi e gli occhi neri, proveniente dalle montagne di Cantabria, si fece portavoce dell'opinione maggioritaria.

«Io, Estela Serna, figlia di Teresa, nipote di Claudina, del clan dell'orsa della tribù cantabra, concedo a Selene tutta la mia fiducia. Ma non avrà soltanto il mio voto e il mio sostegno. Avrà le mie mani e le mie orecchie, la mia forza, il mio *atam* e la mia bacchetta. Lotterò con tutto questo e chiederò alle mie sorelle e alle mie nipoti di aiutarmi. Tra tutte saremo in grado di far fronte al male che ci ha consumato da sempre, che ci ha torturato e soggiogato: la paura».

Quando Valeria chiese di votare per la salvezza di Anaïd e per cominciare a lottare conto le Odish, Criselda, col volto turbato, prese la parola.

«L'informazione che ho appena ricevuto è molto importante. Ascoltatemi bene. Mi dicono che Anaïd è riuscita a farsi gioco della vigilanza delle guardiane del Teide ed è entrata nel cono del vulcano. Vi spiegherò cosa significa, se qualcuna di voi ancora non lo sa».

Criselda guardò Selene con apprensione prima di continuare.

«Anaïd è entrata nel Cammino di Om, il cammino che conduce nel regno dei morti. La maledizione dice che i morti non le consentiranno di uscirne viva. L'eletta, traditrice o meno, è condannata a morire».

Selene lanciò un grido e, nonostante Karen si affrettasse a soccorrerla, cadde svenuta.

CAPITOLO VENTITRÉ

Il Cammino di Om

Anaïd tremava come una foglia. Riusciva a stento a credere di trovarsi nel cratere del vulcano e di avere iniziato il Cammino di Om. Sapeva che non poteva tornare indietro da quella discesa nel regno dei morti.

Qualche ora prima era distesa nella grotta del Teide, strettamente sorvegliata da Ariminda. Il suo corpo era momentaneamente scomparso a La Gomera grazie all'incantesimo di Aremoga, e si era materializzato nella grotta di Chinet, accanto alla gola del Teide, da sempre destinata ad accoglierla.

Ma non era l'invitata, bensì la prigioniera di Ariminda.

Ariminda era la matriarca che l'aveva aspettata per tutta la vita e che aveva istruito Dacil a omaggiare l'eletta. Non l'aveva trattata con rispetto o con deferenza. Non le aveva offerto banane col miele né vini fruttati. Non le aveva preparato un letto caldo, né lavato i piedi, né offerto parole di consolazione. Silenziosa, immobile e col viso imperscrutabile, Ariminda rimase seduta accanto a lei, vigilandola notte e giorno, nell'attesa del verdetto delle matriarche riunite a Creta.

Lì avrebbero deciso se Anaïd avesse dovuto vivere o morire.

Fu l'arrivo di Amushaica a cambiare il suo destino. La giovane entrò di corsa nella grotta, frastornata e sudata. Spiegò ad Ariminda che sua nonna, Aremoga, aveva già una risposta dal consiglio di Creta e che la convocava urgentemente per riunirsi con lei a La Gomera.

Anaïd tremò. Il consiglio non avrebbe avuto pietà, come non ne aveva Ariminda, e come non ne aveva avuto Elena. Sarebbe stato crudele come il tradimento di Dacil, per lei più doloroso delle corde che le legavano le caviglie e i polsi.

Ariminda incaricò allora Amushaica di sorvegliare Anaïd, dandole precise istruzioni.

«Per nessun motivo devi parlare con lei né concederle niente di ciò che ti chiederà».

Amushaica abbassò la testa sorridendo leggermente ad Anaïd, e lei, amareggiata, la maledisse tra i denti per la sua ipocrisia.

Tuttavia, appena Ariminda si fu allontanata a sufficienza, Amushaica prese l'*atam*, tagliò i legacci, le indicò di fare silenzio col dito sulle labbra e la prese per mano per condurla fino alla zona più elevata del vulcano.

Anaïd sentì il suo cuore battere di gioia. Era salva. Amushaica l'aiutava, aveva ancora delle amiche. Ma si sentiva debole e prima di andarsene la supplicò:

«Aspetta, in tre giorni non ho mangiato né bevuto niente».

Amushaica si rifiutò di accontentarla.

«Per poter fare il viaggio devi mantenere il digiuno. E devi anche purificarti e bere l'acqua sacra. Ho tutto qui con me. Anche se non sono una guardiana del Teide, ti aiuterò a officiare il tuo passaggio. So che sarò punita per questo, ma non sarò tranquilla fino a quando non riuscirai a compiere la tua missione».

Anaïd era ammirata. Era una ribelle e accettava la punizione che stava per ricevere da sua nonna e dalle matriarche. Si affrettò a correrle dietro, Amushaica si arrampicava come una capra selvaggia.

«Perché mi aiuti?» le chiese Anaïd una volta raggiunta la vetta, mentre riprendeva fiato dopo la rapida ascesa.

Amushaica stava preparando l'incenso e gli amuleti per officiare il rito. Interruppe per qualche istante il suo lavoro e spalancò sorpresa i suoi occhi grandi e dolci.

«Tu hai aiutato me. Mi hai restituito ciò che volevo più di ogni altra cosa, la salute. Adesso sono felice».

Anaïd osservò la sua testa nuda ombreggiata da un soffice vello castano. Era bello. Probabilmente si sarebbe fatta crescere i capelli e sarebbe riuscita a sfuggire allo stretto controllo di sua nonna.

Amushaica spogliò Anaïd lentamente e la rivestì con una tunica bianca; le permise di conservare i suoi gioielli, la collana di zaffiri, il braccialetto coi turchesi e la spilla di ametiste, che le mise tra i capelli come ornamento, poi la cosparse con la polvere d'incenso. Anaïd si sentì purificata, ormai le mancava solo la coscienza pulita.

«Amushaica, devo confessarti una cosa terribile» mormorò vergognandosi, «nella grotta di Iballa stavo per bere il tuo sangue».

Amushaica sorrise.

«Il mio sangue sarebbe tutto tuo se non dovessi compiere la tua missione».

Le porse una ciotola con l'acqua sacra affinché l'eletta bevesse e potesse viaggiare oltre la sua coscienza.

Anaïd bevve lentamente. Dopo, mentre attendeva la sua trasformazione, non si avvicinò ad Amushaica, non l'abbracciò né la baciò per non confonderla sulle sue intenzioni ma era commossa.

«Sei meravigliosa. Ti auguro buona fortuna».

Si trasformò velocemente. Presto il suo corpo divenne etereo e leggero, e sotto ai suoi piedi si aprì la crepa che l'avrebbe condotta ai confini del mondo conosciuto. Senza parlare con Amushaica, chiuse gli occhi e lasciò che la volontà dei morti la inghiottisse.

Anaïd scoprì che la sua flessibilità le consentiva di sgusciare tra le crepe. Precipitò vertiginosamente verso le viscere della terra, attraverso un viscido scivolo di lava, inoltrandosi in una ciminiera sconfinata. Cadde, cadde e cadde protetta dalle rocce. Fino a toccare terra. La sua mancanza di peso fu provvidenziale per non farsi male, ma il cammino finiva bruscamente lì. Non c'era altro.

Si addossò spaventata al muro e inclinò leggermente la testa. Aveva dinanzi il buio più assoluto e uno strapiombo. Non era possibile, era una trappola. Guardò meglio. In lontananza, dall'altra

parte del nulla, si ergeva una montagna che emanava un chiarore delicato. Il suo intuito le suggerì che era il vero inizio della sua strada. Ma come avrebbe fatto a raggiungerla?
In quel momento intravide la corda. La toccò col dito e si ferì. Era dura e tagliente. Era quella la sua strada? Un pauroso baratro che separava il mondo dei vivi da quello dei morti con soltanto una corda affilata come un coltello a unire le due realtà.

Se voleva proseguire non aveva altra scelta che vincere il senso di vertigine e camminare su quella sorta di ponte appeso, largo non più di due dita. Vi appoggiò un piede ma lo ritirò dolorante. Sanguinava. Era impossibile avanzare su quella corda tagliente che si arcuava al suo passo e le si conficcava senza pietà nella pianta dei piedi. Non poteva camminare senza perdere l'equilibrio. Per un essere umano era impossibile procedere su quella strada.

Ovvio. Era il cammino dei morti, i vivi non potevano percorrerlo. Cosa poteva fare?

Forse era il caso di non pensare. Sapeva che gli stati di coscienza che riescono a dominare la volontà permettono di separare il dolore dal corpo. Agì di conseguenza. Fece prevalere il suo desiderio di andare avanti sulla paura del dolore.

Si drizzò con determinazione, si concentrò e camminò sul sottilissimo rasoio affilato. Ci stava riuscendo. Un passo, un altro, ancora un altro. Ormai era a una certa distanza dal punto di partenza. Guardò avanti in lontananza, si fermò, ma la corda dondolò e fu presa dal panico. Restava ancora molta strada. Si morse le labbra per non scoraggiarsi, e in quel preciso istante, inconsciamente, i suoi occhi guardarono in fondo al baratro e le gambe le tremarono, sostenendola a stento.

Se il dolore era lacerante, la paura era ancora peggio. L'attanagliava, attirandola nel suo terreno. Questa era la vertigine, che la invitava a guardare verso il precipizio infinito e buio. Sarebbe caduta senza rimedio, scomparsa inghiottita nel nulla e cullata per sempre nel vuoto. Un'angoscia inimmaginabile si insediò nel suo animo. Non ce l'avrebbe fatta. Sarebbe caduta. Si convinse dell'idea della caduta e la desiderò; le ginocchia si piegarono. La nausea le fece girare la testa e perse il controllo della sua volontà sul dolore. Immediatamente sentì le ferite dei suoi piedi che sanguinavano. La fine di quel lungo cammino si scorgeva appena; non aveva fatto che qualche passo ed era già sul punto di svenire. Non aveva più forza né coraggio per andare avanti.

Ormai stava cadendo, le gambe non la reggevano. Voleva aggrapparsi a qualcosa, ma intorno a lei c'era solo il vuoto, un vuoto angosciante. Le braccia annasparono tenendosi al niente, dibattendosi inutilmente, imitando il disperato boccheggiare del pesce fuor d'acqua. In uno dei movimenti le mani sfiorarono lo zaffiro che aveva al collo, la pietra che doveva aiutarla a far fronte alle sfide. E la pietra le confidò un segreto: aveva bisogno di equilibrio, l'equilibrio che le avrebbe permesso di mantenere il dominio sul suo corpo e sulla sua mente per procedere passo dopo passo, senza provare dolore né paura di cadere. Volle tentare. Volle dominare la sua vita, anche se era sul punto di perderla.

In quel momento sentì la fredda voce insediata nel suo animo.

«Forza, Anaïd, ce la puoi fare. Guarda di fronte a te. Mantieni la mente libera dai pensieri. Non ascoltare, non guardare giù».

E Anaïd, dando ascolto alle parole di sua sorella di latte Sarmik, avanzò sul ponte tagliente che univa i due mondi.

Non si rese conto di quanto durasse il suo viaggio, ore, giorni o minuti. Non si accorse dei suoi piedi che sanguinavano o del vuoto che aveva tonalità cangianti e la chiamava con voce sibilante. Avanzò con la mente sgombra, le orecchie sorde, gli occhi asciutti e i piedi fermi. Avanzò convinta, un passo dietro l'altro, finché toccò di nuovo terra, e si lasciò cadere. Solo allora si concesse di guardare indietro e le sfuggì un urlo di spavento.

I suoi piedi erano dilaniati e coperti di sangue, il baratro buio e minaccioso riecheggiava di voci raccapriccianti che reclamavano la loro vittima. Lei.

Strinse con forza lo zaffiro e fu grata a sua nonna Cristine che glielo aveva regalato.

Non si poteva tornare indietro. Era nel territorio dei morti. Si guardò intorno, provando strane sensazioni. Il colore era svanito, così come gli odori, le ombre, i volumi. Le sue necessità umane erano rimaste indietro. Non aveva fame, né freddo, né sete, né sonno. Era morta?

Presto si accorse di no.

Si alzò, lasciandosi alle spalle l'abisso dei morti, decisa a inoltrarsi nel Cammino di Om. Entrò nella grotta che conduceva nelle viscere dello sconosciuto mondo dei defunti e cominciò a camminare. Era facile, c'era una strada sola. Un'unica via. Non doveva essere complicato seguirla. Camminò, camminò e camminò coi piedi nudi che sanguinavano fino a quando non si imbatté in una porta. Si fermò e guardò da entrambi i lati in cerca di un'alternativa. Non c'era niente all'infuori della porta. L'aprì lentamente, con cautela, con paura, senza sapere che cosa avrebbe trovato dietro. Ma lo vide subito. Una tigre forte ed enorme sorvegliava il recinto, sdraiata a pochi passi dalla porta e pronta a balzare su di lei appena avesse messo piede nel suo territorio.

Anaïd chiuse immediatamente l'uscio e respirò rapidamente, appoggiandosi col peso leggero del suo corpo sul battente di legno. Temeva che la possente tigre potesse sfondare la porta e attaccarla. Avrebbe certamente potuto farlo, se così fosse stato scritto. Sarebbe bastato un colpo, una zampata, e la porta avrebbe ceduto alla spinta della bestia. Ma non accadde nulla, e poco a poco Anaïd si rasserenò.

Era la sua prima prova, non c'erano alternative né scappatoie. Doveva battersi col grande felino e, dato che era una strega, doveva ricorrere alla magia. Non poteva certo confidare nella sua forza umana né nella sua agilità o velocità per sfuggire a quell'enorme predatore.

Mosse le dita del piede destro e formulò un incantesimo.

«*Etendet orp azelnarut*».

L'effetto fu immediato. Le sue dita rimasero paralizzate. Bene, il suo espediente funzionava. Non era del tutto priva di mezzi.

«*Ocrab soritir torgi*».

Le sue dita recuperarono la mobilità. Questo le bastava. Prese fiato, aprì la porta, fissò la tigre e mormorò:

«*Etendet orp azelnarut*».

La tigre non ebbe il tempo di ruggire. Rimase paralizzata a terra, distesa in tutta la sua lunghezza, indifesa, incapace di muoversi. Anaïd avanzò con cautela senza perderla d'occhio. Le passò accanto col timore che qualche imprevisto facesse recuperare al felino la sua agilità, ma riuscì a superarla e riprese la sua strada. Tuttavia, dopo qualche metro, trovò, sorpresa, una porta uguale a quella che aveva appena aperto. Lo stesso segno sulla serratura, la stessa macchia sulla sinistra.

La spinse con diffidenza e la richiuse immediatamente. Dall'altra parte della porta vide uno scenario identico a quello che si era lasciata dietro. La stessa tigre viva, la stessa distribuzione degli spazi vuoti, lo stesso sfondo sfumato. No, non era possibile. Si fece coraggio, spinse la porta con determinazione e questa volta lasciò che la tigre ruggisse. Quando era sul punto di balzare, pronunciò l'incantesimo.

«*Etendet orp azelnarut*».

La tigre rimase immobile in una posizione impossibile, e Anaïd si sentì soddisfatta dei suoi riflessi. Le passò accanto, ammirando i muscoli che spingevano le zampe al salto. Era come guardare un grande gatto impagliato. Lo lasciò alle sue spalle e provò a dimenticarlo.

Non volle anticipare gli avvenimenti e continuò ad avanzare senza formulare ipotesi. Questa volta riuscì a camminare più a lungo della volta precedente. Finché ritrovò nuovamente la stessa identica porta che le sbarrava il passo. Anaïd respirò, spinse la porta per assicurarsi che fosse così e la richiuse, nervosa.

Dall'altra parte l'aspettava la stessa tigre e, sul fondo, probabilmente avrebbe trovato di nuovo la stessa porta. Cosa voleva dire? Era entrata in un tempo circolare? In uno spazio circolare? Avrebbe dovuto ripetere quella situazione fino all'esaurimento, prigioniera dello spazio e del tempo? C'erano molti modi di perdere le forze, e la sola idea di passare l'eternità ad affrontare una stessa circostanza la riempì d'angoscia.

Ci riprovò. Spinse la porta e guardò la tigre. Era la stessa, ne era sicura, ma adesso avrebbe osservato il disegno delle sue strisce, sapeva che l'incantesimo funzionava; quindi, aspettò un po' più a lungo in modo che la tigre spiccasse il volo, e la fermò in aria. La tigre rimase lì, sospesa senza alcun sostegno, sopra la sua testa. Avanzò con precauzione e osservò lungamente quella copia delle tre tigri precedenti. Era questo l'infinito? Tigri infinite? Porte infinite? Un tempo infinito ad aspettarla?

Continuò ad avanzare, ma il pessimismo l'aveva ormai colta. Si era insinuato nei suoi gesti e nel fatalismo del suo sguardo. Si aspettava a ogni nuovo passo di trovare irrimediabilmente la stessa porta, con la stessa tigre sdraiata.

Ma non fu così. O meglio, non lo fu nel tempo e nella distanza previsti. Accadde molti passi dopo. Non li contò, ma fu cosciente di avere camminato più a lungo delle volte precedenti. Osservò attentamente la porta. Identica, senza alcun dubbio. L'aprì e studiò, ormai assuefatta, la tigre che l'attendeva pronta a saltare. In effetti, le strisce erano disposte a forma di tre. Era identica. La stessa, la stessa, la stessa. Avrebbe voluto farla finita con quell'incubo e lasciarsi divorare, ma all'ultimo momento pronunciò l'incantesimo.

La stanchezza della ripetizione faceva sì che dopo ogni scontro perdesse sempre più la voglia di vivere. Ma scoprì che ogni volta la distanza fino alla porta successiva diventava sempre più lunga. E si chiese perché.

Intuiva che c'era una risposta alle sue domande. Le frullava nella mente qualcosa che si stava configurando in un'ipotesi. Portò le mani alla testa, e lì, tra i capelli scompigliati, trovò la spilla di ametiste. Cristine le aveva detto che la pietra era chiaroveggente e poteva essere il suo terzo occhio per raggiungere gli angoli più sconosciuti della conoscenza, là dove la retina umana non riusciva a distinguere i colori. La sfiorò, e la sua idea ardita cominciò a prendere forma. Ragionò sulla sua intuizione.

La distanza tra le porte non era casuale. Era una distanza che corrispondeva al suo amore per la vita. Via via che si liberava di questo amore, riusciva ad addentrarsi più a fondo nel cammino dei morti. Era questo? Ma allora, per entrare nella porta definitiva doveva morire? Fu presa dall'orrore.

No. Non era pronta per morire. Ancora no. Tuttavia, una voce le suggeriva che non si trattava di questo tipo di morte, ma di una morte metaforica. Doveva essere pronta, assolutamente decisa, a separarsi dalla vita. Chiese aiuto a sua sorella di latte. La chiamò e ricevette la sua risposta.

«Il tuo corpo è solo un involucro inutile. Smetti di voler bene al tuo corpo, smetti di stare in ansia per lui. Fino a quando non riuscirai a ignorare il tuo corpo, che rappresenta la vita, i morti non ti permetteranno di penetrare nel loro rifugio».

Anaïd capì che doveva arrivare fino in fondo. E così fece, senza pensarci due volte. Aprì la porta e aspettò rassegnata che la tigre distruggesse il suo corpo. L'attesa diventò interminabile, e quasi desiderò di sentire la zampata sulla testa e il doloroso morso alla giugulare. Ma non accadde niente di tutto ciò. La tigre saltò, il suo ruggito echeggiò nei corridoi, e mentre Anaïd, impassibile, l'aspettava a braccia aperte, l'enorme bestia svanì. Non l'aveva divorata, non l'aveva toccata, non esisteva nemmeno. Era una pura illusione. Nell'istante in cui Anaïd aveva accettato la morte, questa le aveva aperto le sue porte segrete.

La terra tremò e Anaïd, presa alla sprovvista, perse l'equilibrio e cadde. Pensò che fosse un terremoto e che sarebbe sprofondata senza rimedio nella crepa che si era aperta ai suoi piedi. Ma tra le ombre dei meandri della grotta che era sorta dal nulla, distinse delle scale scavate nella roccia che scendevano in profondità.

Il Cammino di Om si apriva davanti a lei.

Senza esitare, sollevata, cominciò a scendere, pensando che tutto fosse finito, che quella fosse l'ultima prova e che presto avrebbe affrontato i suoi veri rivali, i morti.

Ma così non fu.

In primo luogo ci fu Trinxa. Apparve all'improvviso, abbaiando, scodinzolando, affettuoso come sempre. Si sedette sulle zampe posteriori, tirò fuori la lingua e ansimò in attesa di una carezza. Ma quando Anaïd, sorpresa, avvicinò la mano, Trinxa svanì.

Era stata un'allucinazione così reale che rimase scioccata. Da molti anni non ricordava più quel cagnolino che sua madre le aveva regalato contro la volontà di Demetra. Trinxa era un po' monello, giocherellone, e lei gli voleva molto bene. Ma una mattina d'inverno, una macchina spazzaneve l'aveva investito.

Le venne un groppo in gola e continuò a scendere, ma più lentamente.

«Hi, Anaïd. *How are you?*»

Alzò lo sguardo e gridò. Era Carmela, la professoressa cosmopolita e incantevole che aveva avuto da piccola e le aveva insegnato tedesco, francese, ungherese e russo. Suonava meravigliosamente il pianoforte e ballava come un angelo. Carmela la faceva sedere sulle sue ginocchia e le raccontava mille e una storia di quando stava a San Pietroburgo, a Berlino, a Liverpool, a Budapest, a Lione. Dopo qualche tempo, però, e come c'era d'aspettarsi dal suo carattere, se ne andò con le rondini prima dell'arrivo del freddo.

«Carmela!» gridò commossa.

Non appena pronunciò il suo nome, Carmela, o la sua immagine illusoria, scomparve come per incanto.

Anaïd si sentì piccola e derelitta, pensò ai lunghi inverni trascorsi in compagnia di sua madre e di sua nonna, loro tre accanto al fuoco di Urt, guardando le fiamme e cantando antiche canzoni.

«Anaïd, siediti qui, accanto a me, e ti racconterò la storia di Orfeo. Ti ricordi di Orfeo?»

Anaïd sollevò lo sguardo con le lacrime agli occhi. Era Demetra, così come la ricordava. Con la treccia grigia, lo sguardo sereno, i suoi racconti istruttivi. Una presenza altera e protettrice.

Non disse nulla, non volle toccarla, non avanzò, ma si rese conto che la tristezza la inondava vedendo davanti a sé tutto ciò che aveva perso e che mai più avrebbe riavuto. Demetra svanì non appena fece un passo.

Sullo scalino successivo la salutò il piccolo Roc che si tuffava nello stagno da una roccia.

«Guarda, Anaïd, guarda, di testa».

Elena lo rimproverò levandosi la ciabatta, e il rumore dell'acqua fu così reale che Anaïd si sentì inzuppata.

Niente. Non era stata schizzata dall'acqua fredda dello stagno. Erano solo le lacrime che le scivolavano sulle guance e scendevano sul petto.

Più scendeva, più la tristezza s'impadroniva di lei e l'opprimeva con forza maggiore.

Apollo, il gattino monello che l'aveva seguita nel mondo opaco. La cugina Leto, con gli occhi persi e i piedi stanchi, che percorreva il mondo per dimenticare la perdita del suo bambino morto. Ainhoa, la piccola Omar con cui aveva trascorso una vacanza e che era stata vittima di una Odish. Gisela, la pittrice che percorreva le valli alla ricerca di una luce speciale che non aveva mai trovato e che le aveva insegnato a prendere il pennello in mano e a scegliere i colori. Tutto questo si mischiò esplosivamente nella sua testa. Non erano i morti a visitarla, erano i ricordi, e si sentì sopraffare dalla malinconia del paradiso perduto della sua infanzia.

I ricordi, la memoria, il passato e gli esseri cari stavano esaurendo la sua energia. Riusciva a stento a proseguire nella sua discesa. Ogni immagine rendeva le sue gambe più pesanti, come fossero di piombo. Apparve Selene, che la cullava e le cantava una canzone; vide Gunnar che lottava contro Baalat sotto le sembianze di un *berserker*; Karen le offrì il suo sciroppo e voleva pesarla... Non riusciva ad assimilare tutto quanto. E all'improvviso Anaïd portò le mani al petto per impedire che i battiti del suo cuore l'assordassero. Davanti a lei c'era Roc, nascosto nel buio, che la guardava con occhi appassionati.

«Dammi un bacio, Anaïd, solo un bacio».

Le stava chiedendo un bacio, un bacio d'amore.

Urlò e si lasciò cadere, disperata. Chiuse gli occhi e si coprì le orecchie. Non voleva vedere più nessuno, non voleva sentire altro. Stava per impazzire e per rimanere prigioniera della nostalgia a metà strada.

Si asciugò le lacrime con la mano e udì il tintinnio del braccialetto di turchesi. Ricordò le parole di sua nonna Cristine quando glielo aveva dato. Era la pietra che cancellava i ricordi.

Era questo. Doveva camminare leggera, senza fardelli, e non doveva lasciare indietro solo il suo corpo e il suo attaccamento alla vita. I morti esigevano da lei che si liberasse del giogo del suo passato.

Accarezzò la pietra blu per dimenticare la storia e affrontare, pulita, il futuro. Lentamente, la gemma esercitò il suo potere benefico, e la mente di Anaïd si liberò dei ricordi. Lasciò i suoi cari, i momenti magici, le ambizioni e le tristezze. Una dolcezza tiepida si diffuse nelle sue vene e la riempì di pace. Si era svincolata dal passato.

In quello stesso momento i gradini terminarono e la sua discesa infinita finì. Il Cammino di Om prendeva una nuova forma. Anaïd si ritrovò in un'enorme grotta.

Girò su se stessa, disorientata, finché vide una luce in lontananza. Si mosse in quella direzione e, mentre si avvicinava, iniziò a distinguere la sagoma di un grande arco naturale che comunicava con l'esterno. La luce proveniva da fuori. Avanzò con diffidenza fino all'ingresso dell'enorme grotta in cui si trovava. Varcò la soglia, e fu accolta da quella che sembrava aria fresca.

Era in un altro mondo. Un'altra realtà.

Era uscita dalla grotta e all'esterno era tutto diverso: la luce soffusa, le pietre levigate e opache, gli alberi con rami storti e foglie spinose. Si trovava sulle pendici di una grande montagna. Sotto, una valle; davanti a lei, un sentiero.

Non c'erano dubbi. Il cammino continuava. Il suo coraggio crebbe e guardò di nuovo davanti a sé con determinazione. Camminò a lungo. Non seppe per quanto tempo, perché non era stanca e non aveva fame o sete, non sentiva alcun bisogno. Ma non aveva ancora perso completamente la consapevolezza del tempo e del numero di passi che faceva. Camminò per giorni.

O forse per settimane.

O forse per mesi.

Finalmente, la valle si allargò e davanti a lei si aprì una pianura. Il suo sentiero, piccolo e stretto, divenne una strada larga, polverosa, fiancheggiata da grandi alberi centenari o millenari, con larghi rami e grosse chiome, con foglie di una forma sconosciuta che ricordavano vagamente i grandi castagni d'India.

Sorpresa dal cambiamento, osservò che c'erano molte impronte di piedi umani per terra. Non era sola, quindi. Era una strada trafficata.

Tuttavia, rimase sola ancora per molto tempo.

Quando vide per la prima volta una sagoma umana in lontananza, fu tanto sorpresa che si spaventò, o provò qualcosa di simile alla vergogna. Dopo, accelerò il passo per inseguirla. Era un vecchio che camminava lentamente. Lo affiancò e lo salutò. Aveva un disperato bisogno di parlare con qualcuno. Chiedere. Sapere dov'era diretta e se mancava ancora tanto, e così fece. Il vecchio non si voltò al suono della sua voce. Non le parlò, non la vide e andò avanti col suo passo stanco, senza scomporsi.

Anaïd inorridì.

Era un morto.

Era un morto che, come lei, si avviava verso il luogo dove finiscono i morti. Affrettò il passo e si allontanò dallo spettro. Ma poco dopo ne trovò un altro, e un altro, e un'altra e ancora altri. Erano di tutte le età, altezze, aspetti e provenienze. Anaïd li scansava ed evitava di guardarli. Ma era lo stesso. Avevano gli occhi torbidi e camminavano meccanicamente, erano l'ombra di quel che erano stati e non avevano più volontà, né desideri, né ricordi. Non avevano paura, né dolore, né motivazione. Erano senza vita.

Rabbrividì, ma fu contenta di potere ancora sentire la sensazione di un fremito.

Via via che avanzava, la folla aumentava, fino al punto che diventò difficile persino muoversi. Si era creato un blocco. Una lunga fila di spettri fermi e impassibili si perdeva all'orizzonte.

Cosa significava quella coda? Doveva starsene così per il resto dell'eternità? Tuttavia, si astenne dal manifestarsi e decise di imitare il modo di fare di quelli che le stavano intorno. Rimase ferma e in attesa. Ci provò, ma non ci riuscì. Continuava ad alzare lo sguardo per controllare se c'era qualche movimento. Era l'unica. I morti non aspettavano nulla. Niente li incuriosiva. Per loro il futuro non esisteva.

Anaïd si spazientì. Doveva dominare la sua ansia, modificare il suo concetto di futuro, per poter essere accettata nella comunità dei morti? Era quella la sua ultima prova?

Si rilassò e s'impregnò di presente, convincendosi che in quello strano mondo non esisteva niente oltre il qui e ora; quindi, niente era importante. Non si trascinava dietro il suo passato, né si aspettava nulla dal suo futuro.

Trascorse così molto tempo, finché la coda non si mosse e avanzò. Sentì allora un'eccitazione che soffocò rapidamente. La possibilità di non essere capace di dominare le sue emozioni la spaventava. No, non poteva presentarsi davanti ai morti con delle speranze. Le aspettative, i sogni e i desideri erano emozioni terrene.

Tuttavia, come poteva portare avanti il suo piano se rinunciava a ogni speranza per il futuro?

Rifletté a lungo.

Si era sbagliata. Se perdeva il suo desiderio di arrivare, non poteva andare avanti. Senza una volontà per attuare il suo proposito, il suo viaggio avrebbe perso ogni senso. I suoi movimenti sarebbero diventati meccanici e programmati come quelli dei suoi compagni. La sua missione, però, era di sopprimere Baalat, e per farlo doveva supplicare il Consiglio dei Morti e forse lottare e battersi contro la stessa Odish. Quindi... doveva comportarsi come una morta o come una viva? Non ebbe bisogno di consultarsi con la sorella di latte né con le pietre preveggenti. La risposta era dentro di lei. I morti erano rassegnati. Lei no. I morti non speravano. Lei aveva delle speranze. I morti non desideravano. Lei voleva arrivare fino in fondo e compiere la sua missione per poter tornare nel mondo dei vivi.

Decise dunque di sorpassarli. Avanzò sul ciglio della strada. Nessuno alzò lo sguardo né si lamentò perché non rispettava il suo turno. Anaïd camminò, camminò, camminò fino a che, in lontananza, individuò il motivo della lunga coda. Ai suoi piedi si apriva una laguna e c'era solo una barca che collegava le rive. In fondo vide le mura di una grande fortezza che si ergeva sull'altra sponda.

Finalmente, quello era il regno dei morti e si poteva raggiungere solo in barca.

Si affrettò. Il suo obiettivo era vicino. Poteva vederlo. Arrivò fino al pontile e si piazzò in prima fila, accanto ai fortunati che forse aspettavano da anni di salire sulla barca. Questa volta l'attesa non le sembrò così lunga. Scorgeva la fine della sua odissea.

Quando il traghettatore buttò la cima per ormeggiare la barca al molo e imbarcare i nuovi passeggeri, Anaïd si accorse che tutti intorno a lei avevano una moneta in mano. Non era importante la misura, l'antichità o il valore. Ce n'erano di rame, di zinco, d'argento, d'oro. Tutti avevano una moneta. Lei no. Aspettò per osservare quel che succedeva, e vide che uno a uno i passeggeri consegnavano la moneta al barcaiolo, un sinistro personaggio vestito di stracci e con un cappello a tese larghe che, prima di permettere loro d'imbarcarsi, porgeva il palmo della mano e raccattava la moneta.

Anaïd prese coraggio e avanzò, sapendo che il barcaiolo le avrebbe chiesto di pagare il traghetto. E così fu. Anaïd si scusò con un gesto. Un gesto di sorpresa o di sconcerto che significava: nessuno mi ha detto che dovevo portare una moneta.

Il barcaiolo la guardava.

«La tua moneta» le chiese.

Anaïd tremò leggermente.

«L'ho dimenticata» si scusò.

Il barcaiolo la spostò verso un lato.

«Allora non puoi salire».

Allibita, Anaïd vide che i morti che erano dietro di lei la sorpassavano e, silenziosamente, salivano sulla barca uno alla volta. No, non poteva rimanere a terra. Presto la barca si sarebbe riempita e sarebbe salpata di nuovo, ma il traghettatore la respinse con forza inaudita.

«Non puoi salire».

Anaïd guardò la barca quasi piena. Il suo ultimo ostacolo prima di giungere a destinazione. Non poteva salire? La sua odissea si fermava qui? Doveva rimanere per sempre in riva al lago perché non aveva una moneta?

«Devo salire sulla barca, mi stanno aspettando».

Il barcaiolo la fissò.
«Senza moneta, impossibile».
«E come faccio a procurarmi una moneta?»
«Chiedi in giro, forse qualcuno ne ha due e te ne regala una».
Perplessa, Anaïd, si guardò intorno. Tutti porgevano la mano, ma avevano una moneta sola.
«E se non...?»
«Dovrai rimanere con loro» e indicò dietro di sé.
Anaïd si voltò e si imbatté in una folla di morti seduti per terra che guardavano l'acqua serena del lago. Erano quelli che non avevano soldi per il traghetto e aspettavano che un parente o un amico procurasse loro un passaggio. Ecco il suo destino.
«Non posso rimanere qui in eterno. Non posso!» urlò.
Ma ormai era troppo tardi. Il barcaiolo aveva appena mollato le cime e i defunti remavano verso l'altra sponda.
Anaïd si sedette per terra e contemplò la sua speranza che si allontanava. Cosa poteva fare? Attraversare a nuoto? Provare a sfuggire alla vigilanza del barcaiolo? Elemosinare una moneta a ogni morto di quell'infinita schiera in attesa? O provare a pagare il prezzo del trasporto con qualcosa che non fosse una moneta?
Ecco. Aveva dei gioielli. I gioielli erano sempre ben accetti, erano di grande valore. Avrebbe offerto quel tesoro al barcaiolo.
Rassegnata a quest'idea, aspettò il ritorno della barca. Era agitata, e appena ormeggiò si avvicinò per prima allo scontroso traghettatore.
«Ecco la tua moneta» gli disse allungando la mano.
Anaïd gli offrì il suo miglior sorriso e portò la mano al collo.
«Ti offro la mia collana di zaffiri».
Ma il barcaiolo la respinse con un gesto e la spostò. Davanti a lei ricominciarono a sfilare gli stessi volti emaciati e gli stessi corpi stanchi dell'altra volta. Anaïd ci riprovò.
«Ti offro il mio bracciale di turchesi».
Ottenne lo stesso rifiuto.
Sempre più scoraggiata, osservò la barca riempirsi di defunti. Doveva provarci ancora.

«La mia spilla di ametiste. Guardala, è bella, luccica».
«Spostati».
Disperata, Anaïd, non volle spostarsi.
«I miei orecchini di rubini» tentò di nuovo.
In quel momento, uno sguardo freddo si posò sulla sua spalla.
«Te li compro».
Anaïd si voltò inorridita e vide una donna molto bella che guardava rapita i suoi rubini. Sul suo palmo brillava una moneta, la magica moneta che le avrebbe permesso di andare sull'altra sponda. Ma un barlume di coscienza la fermò e le impedì di accettare immediatamente la moneta.
«E tu, come farai a passare?»
La donna indicò gli orecchini, li toccò e le mostrò nuovamente la moneta.
«Li voglio».
Anaïd deglutì.
«Hai un'altra moneta?»
«No» rispose la donna con indifferenza.
«Allora resterai qui, per sempre».
La donna annuì senza togliere gli occhi dai rubini di Anaïd.
«Sì» e il suo sì era coraggioso.
Anaïd non sapeva cosa fare. La sua missione la spingeva ad accettare quella moneta, ma la sua importuna coscienza terrena non glielo consentiva.
«Per tutta l'eternità, sai? Rimarrai su questa riva per l'eternità».
La donna si voltò e indicò una piccola figura immobile.
«Insieme a mia figlia. Non ha moneta».
Anaïd capì. Si sfilò gli orecchini e li porse alla donna. Accettò la sua moneta e senza guardarsi indietro la mise sul palmo della mano del barcaiolo e salì a bordo. La morta preferiva passare l'eternità con sua figlia piuttosto che raggiungere la pace nel mondo dei defunti. La morta preferiva disfarsi della moneta per non cadere nella tentazione di abbandonare sua figlia. La morta, in quel suo desiderio di possedere la bellezza dei rubini e di condividere la sorte di sua figlia, conservava ancora un briciolo di

vita. Si ripromise che, se qualcuno moriva, l'avrebbe incaricato di portare due monete alla donna perché lei e sua figlia potessero imbarcarsi.

«Come ti chiami?» le chiese, ormai da lontano, per ricordare il suo nome.

«Manuela Sagarra, figlia di Manuela e nipote di Manuela, del clan dell'aquila. Buona fortuna, Anaïd l'eletta».

Anaïd si commosse. Una Omar orgogliosa che l'aveva riconosciuta e l'aveva aiutata a inoltrarsi nel regno dei morti.

All'ordine del barcaiolo, i defunti si chinarono sui remi e spinsero insieme. Anaïd si unì a loro e la barca avanzò lentamente verso l'altra riva.

Il suo destino era vicino, molto vicino. La voce del barcaiolo ingiunse loro di fermare i remi. Avevano raggiunto l'imbarcadero. Anaïd, sollevata, alzò lo sguardo e lo vide.

Il mostro che sorvegliava la porta del regno dei morti la fissava coi suoi sei occhi e seguiva attentamente tutti i suoi movimenti. Forse era la prova definitiva, visto che era ancora viva. Cerbero, il cane dalle tre teste e la coda di serpente, custodiva scrupolosamente le porte e divorava gli intrusi che si fingevano morti e tentavano di introdursi furtivamente nella fortezza.

Anaïd sentì che il sangue abbandonava il suo viso e le sue braccia. Le gambe la reggevano appena, ma non si lasciò intimidire; pensò che la sua carnagione pallida l'avrebbe aiutata e le avrebbe procurato invisibilità tra i volti sbiancati degli spettri. Imitò i gesti meccanici e stanchi dei morti, lasciò che il suo sguardo si perdesse, respirò meno profondamente e finse una serenità che non aveva.

Davanti a lei i morti scendevano e sfilavano uno a uno dinanzi a quel terribile mostro con tre teste. Il cane leccava le loro mani, li annusava e li lasciava passare. I morti non avevano paura, non sudavano, non emettevano alcun odore e non tremavano. Il cane era in grado di riconoscere qualsiasi segno di vita, anche remoto. Le tre teste accusatorie avevano smesso di guardarla, erano troppo impegnate, ma quando Anaïd si avvicinò e vide i loro affilati canini, le lingue umide e gli occhi di fuoco, seppe con certezza che avrebbero scoperto la sua natura e che non le avrebbero consentito di entrare.

Come aveva fatto Selene a superare quel difficile passaggio? Non glielo aveva spiegato; molto probabilmente Selene avrebbe potuto aiutarla, ma lei non aveva voluto ascoltarla ed era scappata. Ormai era troppo tardi. Solo due morti la separavano dal feroce cane. E in quel momento le venne in mente l'apparizione di Selene che aveva visto sulla stretta scala. Le stava cantando la ninnananna che tanto le piaceva, e rammentò anche il racconto di Demetra accanto al fuoco. Era la leggenda di Orfeo, narrava come fosse riuscito a ingannare Cerbero con la sua musica. Ecco. Demetra e Selene le avevano dato le chiavi per riuscire a superare quell'ostacolo. La musica.

La morta che la precedeva era appena passata e Anaïd, nel preciso istante in cui la prima testa del terribile cane s'inclinava sulla sua mano, cominciò a cantare la dolce melodia della ninnananna che le cantava Selene da piccola, la canzone che la faceva dormire profondamente; la magica melodia ebbe un effetto istantaneo, e riuscì a far dondolare contemporaneamente le tre teste, a spalancare le enormi bocche in uno spaventoso sbadiglio e a chiudere le palpebre sui loro occhi di fuoco. Anaïd continuò a cantare mentre avanzava e si lasciava alle spalle il mostro dalle tre teste addormentate, che in quel momento russavano rumorosamente. Dietro di lei continuarono a sfilare i morti, indifferenti al sonno del guardiano della fortezza.

Anaïd attraversò la soglia della vasta città fortificata ed entrò nel recinto segreto dei morti, dove non c'è posto per i vivi.

La sua presenza non passò inosservata. Non dovette chiedersi dove doveva andare, né come iniziare il suo percorso. Fu avvolta da una strana luce, simile a un'aura, che le impedì di muoversi, e una voce gentile, benché severa, le ingiunse di ascoltare in silenzio.

«La tua audacia è ammirevole, sei scesa fino alla fortezza dei morti e sei riuscita ad arrivare incolume, ma la tua natura terrena non può rimanere tra noi. Le nostre leggi vietano ai vivi di entrare in casa nostra».

Anaïd si guardò intorno disperata. Non vedeva nessuno. Volle muoversi, ma la fonte di energia luminosa l'aveva imprigionata.

«Voglio essere ricevuta dal Consiglio dei Morti, ho una richiesta urgente da fare».

Non ottenne risposta e dedusse di non aver seguito il protocollo appropriato.

Si inginocchiò umilmente e baciò il suolo, mentre diceva:

«Sono Anaïd Tsinoulis, una vivente che ha osato sfidare le vostre leggi, e prego umilmente il Consiglio dei Morti di perdonarmi e di degnarsi di concedermi un'udienza».

La voce pronunciò una domanda malevola:

«Sei davvero umile, Anaïd Tsinoulis?»

«Lo sono e mi inchino davanti ai morti».

«Se sei umile davvero, ecco i nostri piedi. Tagliaci le unghie».

Una lunga fila di piedi bianchi con le unghie lunghe si schierò davanti ad Anaïd, stupefatta. Si ritrovò con un paio di forbici in mano e ricordò il consiglio di Selene: mostrare sottomissione ai morti e lasciare l'orgoglio da parte.

Si chinò sui piedi e cominciò il suo lavoro, cercando di tagliare le unghie con la dedizione richiesta dai morti. Non era un compito facile. Dopo aver ripetuto innumerevoli volte lo stesso gesto senza riposo, e senza alzare di un millimetro la testa china sui piedi lattiginosi, le vennero i crampi alle mani, le vertebre del collo chiedevano disperatamente di raddrizzarsi e cominciò ad avere il polso meno fermo. Sentiva di nuovo il dolore, la stanchezza e la dimensione della sua forma umana. Ma non si scoraggiò, non alzò la testa, non abbandonò il suo atteggiamento umile e non palesò nessuno dei disagi che l'affliggevano. Si chiese se l'avrebbero obbligata a ripetere quel lavoro in eterno, se non si trattava di una condanna per il suo orgoglio; in quel caso, pensò, non aveva idea di quanto sarebbe riuscita a mantenere il sangue freddo e il controllo dei suoi movimenti.

Per fortuna, la voce la liberò da quella eventualità.

«Va bene, Anaïd Tsinoulis. Il Consiglio dei Morti ti ascolta. Puoi parlare».

Anaïd si accorse che intorno a lei il cerchio di luce si allargava per far posto a tutti i morti che facevano parte del Consiglio. Riusciva appena a distinguerne i piedi con le unghie da poco tagliate. Ricordò che, per quanto fosse curiosa, non poteva guardarli negli occhi né alzare la testa, né tantomeno mostrare il suo orgoglio. Le era consentito solo pregare e supplicare.

«Saggi membri del Consiglio dei Morti, sapete che mia madre Selene discese in queste profondità quindici anni fa per pregarvi di trattenere Baalat, la negromante che aveva infranto le vostre leggi e si era burlata della morte coi suoi poteri occulti. Sapete anche che Baalat proferì una maledizione che si è avverata. Adesso è di nuovo tra i vivi e causa nuove disgrazie. Sono venuta fin qui per chiedervi la distruzione definitiva di Baalat. Non deve uscire mai più dal vostro regno».

«Cosa ci offri in cambio, Anaïd?»

Anaïd non si aspettava quella domanda e la sua risposta fu rapida, troppo rapida.

«Non ho nulla» affermò tassativamente.

«Ti sbagli, qualcosa ce l'hai».

Anaïd fece un ripasso delle sue proprietà.

«Forse volete dire i miei gioielli? Se li volete sono vostri. Sono l'unica cosa che ho».

«No, Anaïd. Preferiamo altre cose in tuo possesso».

Anaïd sospirò. Non poteva nascondere niente ai morti. Non poteva ingannarli. Si morse le labbra con rabbia, ma lo disse:

«State parlando dello scettro del potere che Baalat mi sottrasse? Forse volete lo scettro?» le dispiaceva così tanto che la sua voce divenne un po' aggressiva.

Tentò di smorzarla, di addolcirla, ma il solo ricordo dello scettro le bruciava la pelle, e dalla sua bocca non potevano uscire parole di rinuncia. Forse era mancanza di umiltà? Mancanza di abnegazione?

«Tenete presente che se vi consegno lo scettro non sarò in grado di compiere la missione affidata all'eletta: governare con giustizia».

Ancora una volta i morti tacquero e Anaïd, malvolentieri e obbligando se stessa, pronunciò le parole che i morti si aspettavano: «Se è proprio questo che volete, ve lo consegnerò».

Ecco, l'aveva detto. Anche se non voleva rinunciare allo scettro, l'aveva appena offerto ai morti; non c'era altra scappatoia, era in loro potere.

La voce cristallina di una morta, tuttavia, la corresse.

«Lo scettro del potere non è in mano a Baalat».

Anaïd si stupì.

«No? E allora dov'è?»

«Ce l'ha Cristine».

Anaïd si rese conto che la sua volontà veniva meno.

«Volete dire che Cristine mi ha rubato lo scettro facendomi credere che era stata Baalat?»

«Questo ha fatto».

Anaïd sentì un'indescrivibile angoscia.

«Mi ha ingannato e mi ha mentito».

«Infatti» risposero i morti.

«Perché?»

«Cerca la possibile risposta da sola. E pensa anche a qualcos'altro da offrirci. Il tuo scettro non ci interessa».

Anaïd fu, nello stesso tempo, contenta e disperata.

«Cosa volete? Ditemi cosa volete. Vi darò ciò che mi chiederete».

Notò un contatto freddo sulla testa e rabbrividì. Le mani dei morti le stavano accarezzando i capelli lentamente, con diletto.

«La tua vita, Anaïd» bisbigliò una voce intelligente.

Stava per alzare la testa, ma la mano di un morto glielo impedì con fermezza.

«Vogliamo la tua vita» ribadì una voce dolce.

Anaïd notò che quella dolcezza mascherava una fermezza più pericolosa dell'aggressività. Volevano la sua vita e lei non era in grado di difendersi.

«La vita dell'eletta ci appartiene».

«Perché?» chiese con un filo di voce.

«Hai infranto le leggi dei morti riportando in vita Dacil».

«Non volevo» si lamentò Anaïd.
«Ma l'hai fatto» replicò una voce più grave.
«Vi chiedo perdono» mormorò pentita.
«La vita e la morte non si curano del perdono. Sei qui, tra noi, e non te ne andrai più. Sei venuta di tua volontà nel posto che ti spetta».
«Il tuo debito può essere ripagato soltanto con la tua vita, come stabilito dalla maledizione di Odi».
Anaïd si accorse che la luce diventava sempre più intensa e cominciava a sfiorarle le mani e i piedi come le fiamme di un falò. Sapeva che quella luce l'avrebbe accesa come una torcia e che avrebbe perso la vita.
Dalla sua gola sfuggì un urlo disperato.
«Non voglio morire!»

«Non voglio morire!» urlava la ragazza inuit raggomitolandosi disperatamente sul lettino dell'infermeria.
«Tenetela!» ordinò arrabbiatissimo Ismael Morales, il capitano della nave.
Una settimana prima aveva scoperto la ragazza clandestina nella stiva, col cane, e il suo sguardo spaventato gli aveva ricordato sua nipote. Impietosito, aveva fatto finta di niente, e aveva permesso loro di continuare il viaggio fino al porto di Veracruz. Adesso, però, quella decisione motivata da un eccesso di sentimentalismo gli avrebbe causato problemi con la polizia.
Poco dopo l'arrivo in porto e prima di poter sbarcare, la ragazza aveva cominciato a gridare come se fosse posseduta, e i due membri dell'equipaggio che l'avevano presa per portarla in infermeria non erano riusciti a calmarla. Era dovuto accorrere di persona per constatare la forza sovrannaturale della piccola inuit. Arrivò col medico di bordo, più avvezzo a disinfettare ferite e a trattare sbronze che a sedare gli attacchi di nervi di una ragazza. Tra l'altro, il medico, un inglese dello Yorkshire, non riusciva neanche a farle l'iniezione che voleva. Chi glielo faceva fare di mettersi in pasticci simili?
«Non voglio morire!!!» urlava la ragazza rotolandosi e portan-

do la mano al collo come se tentasse di liberarsi da un cappio che la soffocava.

«Afferratela» ordinò nuovamente il capitano Morales.

Forse, anche il medico aveva bevuto un bicchierino di troppo, perché era un po' incerto con l'ago e, invece di infilarlo nel braccio bianco e soffice dell'inuit, si fece male coi denti d'orsa della collana che ornava il collo della ragazza.

«Toglietele questa collana!» ordinò furioso il medico.

Il capitano Morales passò l'ordine a un mulatto di Santo Domingo, amante della salsa e devoto della Madonna di Guadalupe. Ma il ragazzo sfiorò un dente dell'orsa, si fermò e scosse la testa.

«Mi ha guardato storto, capitano».

«Levagliela» ingiunse il medico.

«È una strega» affermò il ragazzo, scostandosi spaventato.

Il medico era furente.

«Maledetto! Toglietele questa collana o vi farò impiccare all'albero».

Anche l'altro marinaio, un coreano, si tirò indietro. Aveva le stesse sensazioni del marinaio mulatto.

«Brutti spiriti».

Ismael Morales decise di fare da solo. Aveva cinquantasei anni e sapeva per esperienza che gli equipaggi potevano essere ottusi e terribilmente superstiziosi e che, a volte, era meglio soprassedere. Avvicinò quindi la sua mano alla bella collana pronto a strapparla. Ma appena la toccò venne scosso da una potente scarica. Alzò gli occhi e ricevette l'impatto dello sguardo obliquo della ragazza, uno sguardo disumano, potente. Non l'avrebbe mai ammesso, ma ebbe veramente paura.

«Capitano! Capitano!» entrò un ragazzo ansimante. «Quelli della dogana chiedono di lei, per il carico».

'Una magnifica scusa' si disse alzandosi di scatto e svignandosela senza collaborare all'ordine da lui stesso dato per far tacere la ragazza.

«Torno subito» mormorò vergognandosi, senza voltarsi e lasciando il medico al comando di quel pasticcio.

Tentò di giustificarsi pensando che i medici erano più abituati a trattare coi pazzi.

Il capitano Ismael Morales ritornò qualche ora dopo abbastanza di buon umore. Aveva condiviso risate, sigari e qualche bicchiere con i funzionari della dogana, e aveva loro riempito le tasche perché lo facessero passare nonostante il suo carico, senza contrattempi. Ormai aveva dimenticato l'incidente della ragazza esquimese, e aprì la porta dell'infermeria. Non era pronto per lo spettacolo dantesco che gli si offrì.

I mobili erano stati travolti, sradicati, fatti a pezzi, le pareti erano macchiate di sangue, e su uno dei lettini giaceva il corpo del medico.

Il capitano Morales si avvicinò al medico e ne controllò il corpo per trovare la ferita, ma si rese subito conto che il suo petto saliva e scendeva ritmicamente. Era vivo, ma aveva la sua siringa conficcata nel braccio. Era sotto anestesia.

Un gemito lo sorprese.

Non aveva notato l'altro corpo. Pablo, il dominicano, era accucciato in un angolo della cabina, in posizione fetale, proteggendosi la testa e dondolandosi avanti e indietro.

«Pablo, Pablo, che è successo?»

Il capitano lo prese per le spalle e lo scrollò e finalmente gli prese la testa per interrogarlo, ma gli scappò un grido. Il ragazzo aveva il volto imbrattato di sangue e un'espressione di orrore nella retina. Era incapace di ragionare e di rispondere alle sue domande.

«E la ragazza?»

Pablo cominciò a piangere e a ripetere:

«Il demonio, il demonio, il demonio».

Dell'altro marinaio, il coreano, non si seppe mai più nulla.

CAPITOLO VENTIQUATTRO

L'incantesimo dell'amicizia

Era calato il buio e soffiava il vento del Nord. Clodia lo sentiva sulle gambe e sulle braccia e aveva la pelle d'oca, il che significava che moriva di freddo. Il clima dei Pirenei non faceva per lei. Camminava nelle viuzze acciottolate tentando di passare inosservata, con lo zaino che aveva comprato in aeroporto con la carta di credito di sua madre e un cappello molto carino di feltro turchese a tesa larga che le copriva il viso per metà. Le era piaciuto e l'aveva comprato. Perché no? Come Mauro, come il panino al prosciutto che aveva mangiato appena atterrata a Barcellona, come il lussuoso albergo in cui aveva dormito e fatto colazione. *Carpe diem*. Chi se ne importava di un chilo in più o di un euro in meno, un bacio in più o in meno? L'importante era godersi queste cose, senza rimandarle.

Adesso, però, in quel paesino freddo, ventoso e vuoto, ma strapieno di cani rumorosi che abbaiavano al suo passaggio, non se la stava godendo per niente. Ancor meno quando, giunta davanti alla casa di Anaïd, si era resa conto che non c'erano segni di vita. Le porte e le finestre erano sbarrate, le persiane abbassate e le luci spente. Era più che evidente che le sue abitanti non erano semplicemente andate a mangiare una pizza. Il silenzio era troppo eloquente. Si avvicinò al muro e mise in gioco i suoi poteri. Non si udiva una risata, un passo, un... le parve di sentire una specie di sfregamento.

E se, semplicemente, non ci fosse nessuno? Era una possibilità che non aveva voluto prendere in considerazione. Ogni avventura intrapresa d'impulso comporta dei rischi. Il suo era quello di tornare a Taormina a mani vuote e con la carta di credito di sua madre in rosso. Forse erano due, i rischi: avrebbe dovuto far fronte al fallimento e anche a sua madre. E Mauro? Doveva aggiungere un terzo rischio. Perdere Mauro.

Smise di pensare per non aggiungere legna al fuoco. Se lo faceva, era capace di accumulare sia idee meravigliose che problemi orribili. Semplicemente, era eccessiva in tutto.

Studiò con calma la situazione. Visto che veniva da così lontano, era stupido rimanere sulla porta. Decise di entrare. Con o senza chiavi. Entrò al buio. Una volta dentro fece un incantesimo per avere una torcia e avanzò a piccoli passi, pregando di non inciampare nelle ragnatele, perché le sue urla si sarebbero udite sicuramente fino a Varsavia. Le bestiole che le facevano più schifo sul pianeta Terra erano quei ripugnanti ragni pelosi di montagna, con molte zampe, gli occhi penzolanti e la bocca bavosa e piena di lame tremende per squartare le vittime. Eppure, non erano insetti. Lo sapeva perché da piccola il suo professore di scienze naturali le aveva propinato una tiritera insopportabile, mentre la correggeva perché aveva chiamato *insetto* un ragno. Era una faccenda di zampe. Ora sei, ora otto. Che importanza poteva avere se una di quelle bestiole aveva sei o otto zampe? Così, a occhio, sembravano tante. Potevano anche chiamarsi *insetti*, *aracnidi* o *bestie*. Le facevano schifo lo stesso.

All'improvviso, lo vide. Era lì, la stava aspettando. Un ragno immenso. Clodia era convinta che fosse così, e comunque non le venne assolutamente in mente di essere un po' paranoica. Era l'ombra di una bestia gigantesca che aveva dei lunghi tentacoli, tanti – ovviamente non stette a contarli – più o meno quanti ne hanno i ragni.

Clodia non lanciò alcun urlo orripilante. Clodia non svenne né

scattò a correre. Clodia prese coraggio dal suo sangue siciliano e, balzando come facevano le sue antenate sui primi romani capitati nell'isola, assestò un buon colpo di torcia sul presunto ragno.
Si rese subito conto di due cose.
Che i ragni non gridano, e che non era così vigliacca come credeva.
Raccolse la torcia da terra e la puntò sulla sua vittima. Non era altro che la mano lunga e affusolata, con le sue cinque dita, di una ragazzina dal viso spaventato. Clodia si scusò come poteva.
«Mi dispiace, ti credevo un ragno».
Appena l'ebbe detto le sembrò la scusa più assurda del mondo. Ma la ragazzina sorrise, e a Clodia sembrò di aver visto una bellissima farfalla che volava sul suo viso. Era un sorriso gentile, affettuoso. Le porse la mano e l'aiutò ad alzarsi.

Si piacquero subito. Dacil e Clodia andarono d'accordo immediatamente. Entrambe, ognuna a modo suo e con il proprio stile, avevano la stessa preoccupazione: Anaïd. E senza bisogno di confessarlo, avevano anche lo stesso scopo: aiutarla.
Dacil sapeva molte più cose di Clodia. La mise al corrente in cucina, mentre mangiavano dei buonissimi spaghetti alla carbonara preparati con un sortilegio vietato. Clodia masticava ansiosamente.
«Dunque, Anaïd ha dato il filtro d'amore, ha bevuto dalla coppa proibita e ha formulato un incantesimo di vita?»
Dacil la difese.
«La contessa l'aveva ingannata, e mi ha salvato la vita».
«Che orrore».
«Lei non voleva...»
«Ma comunque l'ha fatto» affermò Clodia, pratica.
Dacil tremò.
«È stata maledetta e morirà».
Clodia non capiva bene.
«È una Odish. Non può morire».
Dacil insistette.

«Ho sentito perfettamente quel che ha detto Selene. La maledizione di Odi la condanna a morire».

Clodia si stava strozzando col cibo. Una cosa era ammazzare un coniglio, ben altra era parlare della morte di un'amica.

«Ma quando? Come? Dove?»

«Nel Cammino di Om, nel regno dei morti. Se ci entra non ne potrà più uscire».

Clodia era inorridita.

«Vuoi dire che Anaïd intraprenderà il Cammino di Om da sola?»

Dacil annuì. Da molto piccola era abituata a quel nome e non ne aveva paura, ma era comprensibile che il solo fatto di sentire nominare il cammino dei morti facesse gelare il sangue ai vivi.

«Ma non lo farà».

«Come fai a esserne così sicura?»

«Ariminda glielo impedirà».

«Chi è Ariminda?»

«La mia maestra, l'incaricata di aprire la porta all'eletta e di condurla alla residenza dei morti».

Clodia sentì un brivido.

«Perché dovrebbe impedirglielo?»

«L'ho avvertita del suo arrivo io stessa. Le ho chiesto di fermarla e di non lasciarla entrare nel regno dei morti».

Clodia si tranquillizzò.

«E se non entra nel cammino, dove andrà?»

Dacil alzò le spalle.

«Presumibilmente andrà dove si trova lo scettro del potere. Lo scettro l'attrae».

Clodia si fregò le mani. Giunti a quel punto poteva rendersi utile. Guardò Dacil.

«Ci sono conigli o galline in questo paese?»

Dacil aprì gli occhi molto sorpresa.

«Hai ancora fame?»

La risata di Clodia si fece davvero sentire fino a Varsavia, ma era così fresca e naturale che fu di magnifico augurio, come la gallina sacrificata, procurata con facilità da Dacil.

Questa volta le viscere parlavano chiaro, ma benché Clodia si sforzasse di insegnare a Dacil ad analizzare i solchi e i segni che vi si nascondevano, la ragazzina *guanche* riusciva unicamente a vedere sanguinolenti pezzettini di fegato, reni, polmoni e cuore. Ascoltò i vaticini di Clodia con una gran voglia di vomitare.

«Lo vedi questo incavo qua? Significa una fumata, e questo spazio è acqua, e questa vena, fuoco. Può solo trattarsi di un vulcano in eruzione vicino al mare».

Dacil disse subito.

«Il Teide».

«O l'Etna, o il Vesuvio, o lo Snaefellsjökull. Ci sono molti vulcani vicino al mare, nelle isole. Ma il cuore ci indica qualcos'altro. Vedi questo solco così pronunciato? È un'arma. E la mano che la prende indica un guerriero. E questa curva morbida indica una donna, e questo segnale... può essere noia...»

Clodia cominciò a considerare le varie ipotesi.

«Il guerriero annoiato e la sua donna. La noia della lotta delle donne. La guerra delle donne annoiate. Gli annoiati che guerreggiano davanti alle loro donne...»

Dacil si era addormentata. Clodia la scrollò.

«Aiutami, ti prego, pensa».

Dacil si chinò e sbadigliò.

«Mi spiace, ma quando ho sonno...»

Clodia strabuzzò gli occhi e batté le mani.

«Sonno! Ecco cos'è. Tedio, noia, sonno. Sono sinonimi».

Dacil si stupì.

«Il guerriero che ha sonno?»

«O il sonno del guerriero».

Nessuno dei due enunciati suggeriva loro niente. Clodia non si dette per vinta.

«Il guerriero assopito».

«O addormentato».

«E perché deve essere sempre il guerriero? Non hai detto che c'era anche una donna?»

Clodia si vergognò per il suo pensiero androgino. Applaudì.

«È ovvio! La donna addormentata! Ho trovato!»

«E allora il guerriero di fumo?»

«È quello che regge la torcia. È la montagna fumante, il guerriero che veglia sul sonno della sua amata, la fanciulla bianca, addormentata. Morta».

«E che vuol dire?»

«Il nome con cui si conoscono il vulcano Popocatepetl e la montagna Iztaccihuatl».

Tacquero entrambe. Dacil si fregò gli occhi. Si era svegliata di colpo.

«E dove sono?»

«In Messico. In America centrale».

Dacil si scaldò.

«Anche mia mamma è in America. Sta a New York».

«Sai che ora è lì?»

«Saranno circa sette ore prima».

Clodia stava riflettendo.

«Allora li becchiamo in un buon momento. A metà pomeriggio. C'è Internet in questa casa?»

Evidentemente sì. E se non fosse stato così, se lo sarebbero procurato.

Clodia era una buona internauta. Navigò nelle comunità del clan del serpente, del giaguaro e del colibrì e, con quattro domande ben scelte alle giovani Omar che conosceva, riuscì a rivoluzionare completamente la tribù azteca. Cominciarono subito ad arrivare dati inquietanti. Infatti. Una ragazza Omar del clan del serpente, grande ballerina di cumbia, aveva identificato un movimento anomalo di possibili Odish in un albergo di Catemaco, a Sud del porto di Veracruz. Clodia si precipitò a cercare informazione sulle presunte Odish.

Dopo qualche ora, con l'aiuto di Dacil che le dava consigli linguistici un po' *sui generis*, aveva raccolto una documentazione completa sull'identità delle donne che alloggiavano nell'albergo. Il tutto grazie a una Omar cameriera del clan del colibrì, piccola e veloce come il suo totem, che era riuscita a ficcare il naso in tutti gli angoli possibili dell'hotel. Aveva fornito nomi, orari, documenti e persino fotografie. Dacil riconobbe senza esitazioni colei che aveva fatto le prenotazioni: Cristine Olav. Secondo indiscrezioni, aveva con sé un pregiatissimo astuccio di gioielli che teneva in cassaforte con grandi misure di sicurezza e che faceva spesso prelevare per portarlo con sé alle riunioni che periodicamente teneva con le sue compagne assistenti al convegno.

«È sua nonna» l'identificò facilmente Dacil.

«Una Odish?» si stupì Clodia, che ignorava la discendenza della sua migliore amica.

«Sì. Abitavano insieme nella grotta del querceto. È stata lei a procurarle la pozione per Roc, e a officiare il salto nel passato. Ma poi è scomparsa l'indomani del nostro ritorno dal castello della contessa».

«E lo scettro? Quand'è scomparso lo scettro?»

Dacil provò a ricordare.

«Anaïd è impazzita nel cercarlo. È successo al ritorno dal passato. Credeva che fosse stata Baalat a rubarlo».

«Quindi, Cristine e lo scettro sono scomparsi nello stesso giorno».

Dacil non si era resa conto della coincidenza.

«È vero».

Clodia fu perentoria.

«Non è stata Baalat a rubarlo. È stata Cristine».

«E allora cosa facciamo?»

Clodia spense il computer e sbadigliò spudoratamente.

«In questo preciso momento, si va diritte a letto».

Dacil la trovò un'idea magnifica. Si addormentarono con lo stesso abbandono e lo stesso entusiasmo che pochi istanti prima avevano avuto per le loro ricerche.

Non riaprirono gli occhi fino a quando le loro pance non brontolarono, segnalando che avevano dormito per un giorno intero. Quando accesero di nuovo il computer, scoprirono sorprese che straboccava dalla quantità di e-mail pervenute da tutti gli angoli del Messico. Il grido di allarme per l'anomala concentrazione di Odish era arrivato dappertutto, era stata notata in tutto il circondario.

Dacil e Clodia trattennero il respiro quando appresero gli eccessi e le vessazioni commesse dalle belle Odish. Ancora una volta, bambine e neonate Omar erano le vittime preferite delle sanguinarie dame. Ma il più sconcertante di tutti quei messaggi era uno rivolto a Clodia, da Creta, da sua madre Valeria: *Non muovetevi. Veniamo subito.*

Clodia dedusse che al convegno delle streghe Omar a Creta avevano ricevuto informazioni sulle loro indagini, la loro corrispondenza, e così le avevano localizzate. Arrivò anche alla conclusione che sua madre fosse rabbiosa e volesse punirla. Comunque, non c'era alcun accenno al suo conto corrente, e questo voleva dire che aveva dimenticato che aveva la sua carta di credito.

«Va bene, Dacil, stammi a sentire. Dobbiamo andare fino al Popocatepetl per recuperare lo scettro del potere dalle mani delle Odish e aspettare Anaïd. Siamo la chiave della sua salvezza».

«Noi? Perché?»

«Perché le vogliamo bene. Noi due le vogliamo bene nonostante tutto. Sì o no?»

Dacil annuì. Se c'era una cosa di cui era sicura era della sua devozione e del suo affetto per Anaïd. E non perché le doveva la vita.

Clodia curiosò tra gli scaffali pieni di libri della stanza di Anaïd senza trovare quel che stava cercando.

«Conosci il libro di Rosebuth e le sue teorie sulla salvezza dell'eletta maledetta?»

Dacil si sentiva un po' a disagio.

«Non mi ricordo».

Clodia non trovò il libro di Rosebuth, ma recitò a memoria:

Il segreto dell'amore ben poche lo sanno.
Sentirà una sete eterna,
sentirà una fame insaziabile,
ma ignorerà che l'amore
fonde e svanisce,
alimenta e sazia
la forza mostruosa del male

che abita nelle profondità
del suo cuore di eletta.

L'espressione scettica di Dacil meritava una spiegazione. Clodia si sentì saggia.

«Anaïd credeva in Rosebuth. Quando era convinta che l'eletta fosse Selene, mi disse che avrebbe potuto salvarla col suo amore. L'amore è la chiave».

Dacil era dubbiosa.

«Ma noi due non siamo le uniche a volerle bene».

«Ah no?»

«Anche sua madre le vuole bene, anche se è costretta a ubbidire alle Omar».

Clodia ricordò l'inflessibilità di Valeria.

«Non possiamo contare su Selene. Appartiene alla tribù e la tribù la distruggerà, distruggerà Anaïd lasciando i sentimenti da parte. Le nostre madri sono insensibili, non hanno un cuore».

Dacil rimase senza fiato. Non avrebbe mai pensato che la devozione impedisse la spontaneità.

«E suo padre?»

Clodia si stupì. Era un privilegio sorprendente, poche Omar conoscevano i loro padri.

«Conosci il padre di Anaïd?»

«Certo, è stato lui a procurarmi l'appuntamento con lei. Si chiama Gunnar ed è uno straniero. È meraviglioso, bello, gentile».

Clodia era sconcertata.

«E dov'è?»

«Non lo so. Se ne è andato».

Clodia rifletté per qualche istante e arricciò il naso.

«Non possiamo cercarlo. Se è figlio di una Odish può essere pericoloso».

Dacil non voleva darsi per vinta.

«C'è qualcuno di molto importante, molto più di noi».

Clodia si colpì la testa, se ne era appena ricordata.

«Roc!»

«Lui è veramente il suo amore».
Clodia si sfiorò le labbra con le dita e ricordò Mauro. Il suo ragazzo per passare il tempo. Anaïd invece era una romantica impenitente. Era veramente innamorata e, se non ci fossero stati impedimenti, avrebbe finito per vivere tutta la vita con quel Roc, svegliandosi ogni mattina con la certezza che lui era l'amore della sua vita e l'unico uomo del mondo conosciuto. Era un atteggiamento molto comune tra le ragazze serie e con principi. Non tra quelle superficiali e sfacciate come lei, comunque.
Per fortuna Dacil si offrì di fare da intermediaria.
«Lo porterò qui. Elena non si sorprenderà se mi vede».
Clodia s'insospettì.
«Cosa dirà quando gli proporremo una cosa così folle?»

«Abbiamo i biglietti?» ecco cosa disse Roc, appena Clodia e Dacil finirono di parlare, dopo lunghe e complicate spiegazioni.
Clodia rimase a bocca aperta.
«Questo significa…»
«Che ce la filiamo immediatamente. Se Anaïd è in pericolo e ha bisogno di me, non posso restare qui a perdere tempo e a fare delle ipotesi».
Clodia non riusciva a crederci. Roc era un ragazzo tutto d'un pezzo. Con principi, idee chiare e senza pregiudizi. La storia un po' vaga, un po' fumosa sui pericoli cui Anaïd poteva andare incontro, il suo impegno con una comunità di donne e i suoi poteri straordinari, non l'avevano scoraggiato.
«Hai capito ciò che ti abbiamo spiegato?»
Roc la stupì ancora.
«Vi siete così tanto ingarbugliate che ho staccato. Ma sono riuscito ad afferrare due cose: che Anaïd potrebbe morire se non l'aiutiamo, e che io devo stare vicino a lei».
Clodia guardò Dacil, rimproverandola di essere una narratrice così scadente. Ma Dacil fece altrettanto. Clodia concluse che nessuna delle due ne era responsabile. Insomma, come si poteva spiegare a un ragazzo normale in carne e ossa che la sua ragazza

era una strega? E che inoltre era l'eletta di un'antica profezia, ma che era stata vittima di una maledizione ed era diventata malvagia? E che poi dipendeva dal potere di un poderoso scettro? E che era condannata a morire, ma che tuttavia c'era un trattato che permetteva di intravvedere la salvezza?

Era meglio non frugare troppo tra quei dettagli che potevano diventare un po' scomodi per un ragazzo vitale, realista e pragmatico come Roc. Anche se era figlio di una strega.

Comunque, di una cosa erano sicure. Clodia si vergognò di porre una domanda così diretta e seriosa su un argomento cui lei stessa dava così poca importanza.

«Le vuoi bene?»

Roc tacque e Dacil sbatté le palpebre.

«È molto importante che tu mi dica la verità. Sei innamorato di Anaïd, sì o no?»

Roc le guardò una dopo l'altra.

«E lei?»

Dacil saltò su con grande spontaneità:

«Non pensa ad altro, è pazza di te».

Roc si arrabbiò.

«E perché se l'è svignata come un'anguilla? E perché non ha risposto alle e-mail? E perché non ha voluto darmi un bacio?»

Clodia intervenne, conciliante.

«Armi femminili. Voleva farti soffrire».

«E per questo l'ultima volta che l'ho vista mi ha spaventato?»

«Non era più lei. Era già in pericolo».

«E prima?»

«Era timida» rispose Dacil.

Roc le guardò entrambe, abbassò la testa e ammise la sua situazione.

«Va bene. Sono innamoratissimo di Anaïd».

«Anch'io le voglio bene» sospirò Dacil.

«Fantastico. Io sono insensibile alle sviolinate, ma pagherò i biglietti d'aereo» concluse Clodia come se fossero a un'asta. «Qualcuno offre di più?»

In quel preciso istante squillò il suo cellulare.
«Pronto?»
«Gli è piaciuto».
«A chi?»
«Al gatto di mia madre. Adesso mi segue come se fosse la mia ombra. Mi sta leccando la scarpa. Micio, micio, miau, miau».
Era Mauro, quel pazzo di Mauro...
«Caspita, questo vuol dire che non dai calci in giro».
«Ecco. Vuoi venire a sognare con me?»
«Il fatto è che... adesso le cose sono un po' complicate».
«Non è ancora finito il matrimonio?»
«Ma che dici! È in pieno svolgimento. Abbiamo deciso di continuare la festa a Veracruz».
«In Messico?»
«Si balla la salsa e c'è un entusiasmo da non credere».
«E il bebè?»
«È già nato, viene con noi».
Si udì un rumore all'altro estremo della linea, Clodia non sapeva se rideva di lei, se era caduto dalla sedia o se aveva scaraventato il telefono dalla finestra.
«Hai bevuto parecchio, no?» disse alla fine Mauro.
«No, riflettevo. Mentre gli altri ballavano e bevevano io pensavo».
«A me?»
«Certo».
«E cosa hai pensato?»
«Che non so se sei sonnambulo».
«Sonnambulo?»
«Lo sei? I sonnambuli sono un po' splatter».
Silenzio.
«Mauro?»
«Sinceramente, non ne ho idea».
«Prova».
«Come?»
«Metti della farina per terra e, se lasci delle impronte, vorrà dire che ti alzi di notte».

Ancora silenzio. Clodia avrebbe voluto far tornare indietro il nastro e cancellare le ultime stupidaggini, ma ormai non era possibile. Un sospiro da Taormina, poi finalmente la voce di Mauro.
«Sei pesante, ragazza».
Buuf. Clodia fece un respiro profondo.
«Chiamami se hai voglia di soffrire».
«Davvero mi pensi?»
«Certo».
«Quante volte al giorno?»
Clodia sentì che tutti gli allarmi scattavano un'altra volta.
«Tutte le volte che mi guardo allo specchio e mi vedo le labbra».
«Anch'io... sai?»
«Non ti sento bene, qui quasi non c'è campo...»
«Io invece ti sento perfettamente».
«Peccato, ciao».
Riattaccò con decisione e, birichina, strizzò l'occhio ai suoi amici, che erano sull'uscio pronti a partire al volo.
«Il mio ragazzo. Lo sto facendo soffrire un po'. Gli piace».

Selene aprì la porta di casa sua con le mani tremanti e annusò come una lupa. L'odore recente dei ragazzi impregnava l'ingresso. Lasciò la chiave nella toppa e non si preoccupò di toglierla, sapeva che dietro di lei arrivava Karen, e inoltre aspettava a breve Valeria.
«Clodia, Dacil!» gridò mentre saliva le scale.
Si sgolò mentre percorreva tutte le stanze della casa. Quando finalmente Karen arrivò la trovò stanca e scoraggiata.
«Non ci sono. Sono partite» mormorò con occhi tristi. «E non da molto, il computer è ancora acceso».
Karen la costrinse a sedere.
«Respira e calmati, o ti farò ancora prendere le pillole».
«Al diavolo le tue pillole».
«Non puoi svenire di nuovo».
«Perché no? Ho perso mia figlia. Che me ne importa della mia salute?»
«Potresti perdere la tua prossima figlia».

«Non voglio altri figli, voglio Anaïd» urlò Selene cominciando a piangere.

Karen la consolò nell'unico modo possibile. L'abbraccio.

«Forza, sei irriconoscibile. Sei riuscita a far alzare le Omar dalle sedie e a incitarle alla rivolta. Adesso tutti i clan sono sul piede di guerra contro le Odish e ti acclamano come loro leader, non puoi abbandonarle».

«Certo che posso» gemette Selene. «Devo andare a cercare Anaïd».

«Anaïd non è persa; è solo entrata nel Cammino di Om».

Selene la fissò.

«Io ci sono stata nel regno dei morti, e so che i morti non perdonano le offese. Non avranno pietà di Anaïd. Mia figlia non ne uscirà viva».

Karen tacque, impressionata. Di fronte a certe esperienze si sentiva incapace di suggerire calma o buon senso. Selene sapeva molto meglio di lei di cosa stava parlando.

«Non vorrai ritornarci?»

Selene si morse disperatamente le unghie.

«Non sai cosa vuol dire essere circondata dai morti e sentire la tua vita spegnersi dentro di te; non sai cosa sono la solitudine, la paura, la pazzia e la disperazione. Non voglio che tutto questo succeda ad Anaïd, e non voglio che muoia. Andrò ad aiutarla».

Karen la trattenne.

«Non è possibile, Selene. Ormai è tardi. Adesso devi riguardarti, sei incinta. Pensa a questa nuova vita... È provvidenziale».

Selene non pianse, ma la fulminò con lo sguardo.

«Cosa stai cercando di dirmi, che visto che ho perso una figlia, la natura me ne darà un'altra?»

Karen abbassò lo sguardo, vergognandosi. Era proprio ciò che aveva voluto dire. In quei momenti si sentiva di condividere la saggezza popolare che compensa la perdita di vite con nuove vite. Ovviamente, la scoperta della gravidanza di Selene era stata sorprendente quanto inattesa, ma era giusta.

«Allora, secondo te, cosa dovrei fare?» chiese Selene con cautela.

«Dobbiamo andare in Messico e sottrarre lo scettro a Cristine».
Selene si rifiutò.
«Questo è compito dell'eletta. Lo deve fare Anaïd».
«Non può!»
«L'aiuterò io, e anche Clodia e Dacil. Tutti coloro che le vogliono bene intercederanno per lei».
«E come? Scenderete tutti nel Cammino di Om?»
Selene tacque; era proprio questo quel che le frullava in testa.
«Le porterò con me. Entrambe devono la loro vita ad Anaïd. Possiamo offrire le nostre vite ai morti, scelgano loro».
Karen inorridì.
«E cosa dirai a Valeria? Che vuoi scambiare la vita di sua figlia con quella della tua?»
Selene era fuori di sé.
«Anaïd è l'eletta, lei ci salverà, non può morire».
Karen, però, era medico e aveva un concetto molto rigoroso della morte, per quanto a volte potesse sembrare ingiusta.
«Come ti viene in mente di scambiare le vite altrui? Per piacere, calmati e agisci in modo assennato».
Selene reagì. Karen aveva ragione, stava dicendo delle stupidaggini. Ma era così disperata, che qualsiasi idea che implicasse la speranza di mantenere in vita Anaïd, per quanto assurda, era come un'ancora di salvezza.
Valeria le raggiunse silenziosamente. Aveva fatto le sue ricerche.
«Mi sono collegata su Internet e ho consultato gli ultimi contatti fatti da casa. Ho scoperto due cose. Che la mia carta di credito è in rosso e che Clodia, Dacil e Roc sono partiti per il Messico».
Una nuova idea si formò nella pazza testa di Selene. Si alzò.
«Forza, andiamo».
Valeria era sorpresa.
«Dove, in Messico?»
Selene reagì.
«Certo. Ci sono le Odish, hanno lo scettro del potere; se prendiamo lo scettro a Cristine, ritorneremo a essere potenti. Noi Omar siamo numerose».

Karen sospirò, Selene stava finalmente tornando in sé.

«E allora offrirò lo scettro ad Anaïd e sarà la sua salvezza» aggiunse.

Karen provò a farla tornare coi piedi per terra.

«Non ricominciare, Selene, non puoi fare nulla per modificare il destino di Anaïd».

Selene strinse i pugni.

«Certo che posso. E lo farò».

E allora, davanti alle sue amiche sbigottite, si inginocchiò sul freddo pavimento dell'ingresso e sfiorò le piastrelle con le labbra, mentre mormorava una confusa preghiera.

«Signori della morte che regnate sui vivi, sono Selene Tsinoulis, che nella vostra infinita bontà avete già ascoltato qualche anno fa, concedendomi la vostra giusta sentenza».

La terra tremò sotto i piedi delle Omar e Karen sentì sopraffatta dalla paura.

Sapendosi ascoltata, Selene continuò:

«Oh potenti signori, dall'umiltà del mio corpo mortale vi supplico di perdonare mia figlia Anaïd, la cui vita voi stessi mi avete concesso».

Selene tacque e il silenzio si impossessò dell'ingresso. Non bastava. Selene sapeva bene qual era il prezzo che i morti avrebbero accettato.

«Vi offro la mia vita in cambio, grandi e generosi signori. Se Anaïd torna nel mondo dei vivi per impugnare lo scettro e compiere il suo destino, mi recherò nella vostra dimora e mi consegnerò».

La terra tremò nuovamente e in lontananza si sentì il solenne ululato della lupa. Questa volta anche la coraggiosa Valeria fu scossa.

«Demetra, ti prego, intercedi per mia figlia e fai che abbia salva la vita».

Valeria e Karen sentirono un brivido percorrere le loro schiene quando percepirono la carezza di una mano fredda che sfiorava i loro volti e si fermava sulla mano di Selene, per stringerla e suggellare il patto.

Forse i morti avevano accettato il suo sacrificio?

CAPITOLO VENTICINQUE

La giustizia dei morti

La luce che avvolgeva Anaïd, e che minacciava di disintegrarla, vacillò leggermente. Una voce che proveniva dal buio circostante l'aveva fermata.

«Aspettate, vi prego».

La luce diminuì e si allontanò da lei. I morti prestarono attenzione alla supplica e Anaïd riconobbe la voce di sua nonna Demetra.

«Aspettate, vi prego, e ascoltatemi. Sono Demetra Tsinoulis. Mia figlia Selene e mia nipote Anaïd, del mio stesso sangue, si sono inchinate davanti a voi. Vorrei intercedere per loro».

«Ti ascoltiamo, grande Demetra».

Anaïd trattenne il respiro.

«Anaïd, l'eletta, ha trasgredito le leggi dei morti e vi ha sottratto un corpo che vi apparteneva, quello della piccola Dacil. Ma, sebbene sia vero che ha agito stregata dalla maledizione di Odi, e che sia un vostro diritto prendervi questa vita, lei è scesa fino a qui per chiedervi giustizia contro la negromante Baalat. Non potete ignorare la sua richiesta. Per la vostra pietà e la vostra bontà, vi scongiuro di distruggere Baalat».

I mormorii presero il posto del silenzio e una voce del Consiglio dei Morti rispose a Demetra.

«La tua richiesta è ragionevole. Prima di offrirci la sua vita,

Anaïd ha il diritto di sapere se la sua supplica sarà esaudita. Delibereremo».

Demetra li interruppe.

«Vi supplico anche di deliberare sulla missione dell'eletta. Deve distruggere le Odish perché le vostri leggi sulla vita e la morte vengano rispettate per sempre. Per questo deve tornare nel mondo dei vivi ed eliminare qualunque traccia d'immortalità. Grande Consiglio dei Morti, saggio e generoso, vi supplico di permettere che le profezie diventino realtà. Una vita è stata offerta in cambio. Vi imploro di accettarla».

Anaïd sentì che le parole di sua nonna le permettevano di recuperare la speranza e, quando i morti si ritirarono per deliberare e percepì il grande vuoto che la circondava, osò alzare leggermente la testa.

«Nonna?» chiese con prudenza. Aveva riconosciuto i suoi piedi eleganti.

«Anaïd, amore, sei stata molto coraggiosa».

Anaïd si sentì piccola.

«Nonna, ti posso guardare?»

«Sì, amore».

Anaïd alzò gli occhi e rimase estasiata contemplando l'immagine serena di sua nonna Demetra. I suoi occhi grigi e i suoi lunghi capelli raccolti in una treccia fino alla vita, i tratti generosi, le mani forti. Sorrideva con severità. In quel momento era ciò di cui aveva bisogno: una rettitudine indulgente, un amore giusto.

Si alzò lentamente e allungò le mani verso di lei. Malgrado fosse fredda al tatto, irradiava benessere.

«Abbracciami, nonna, abbracciami».

Le braccia di Demetra l'avvolsero e le diedero pace. Non era più sola. Il suo respiro si fece regolare e i suoi pensieri confusi si rasserenarono.

«Nonna, non volevo essere una Odish, non volevo essere una di loro».

Demetra la consolò.

«Lo so».

«Non volevo sentirmi attratta dal sangue e dal potere».
«Lo so».
«Forse... forse sarebbe meglio che morissi».
«No, Anaïd».
«E se ritorno nel mondo dei vivi e il mio sangue Odish mi spinge ad attaccare le Omar? Impazzirei».
«Adesso ne sei consapevole, ormai. Puoi combattere contro questo impulso».
«Come?»
«Dominandoti. Sentendoti protetta dall'amore degli altri».
Anaïd sospirò.
«Mi odiano: Elena, Karen, Criselda, Selene, Roc. Mi odiano tutti, persino Dacil mi ha tradito».
Demetra la calmò.
«Non è vero. Dacil voleva impedire che tu morissi; per questo avvertì Ariminda del tuo arrivo e la pregò di salvarti la vita».
Anaïd sentì che questa nuova informazione le ridava il coraggio che aveva perso.
«Dacil era in pena per me?»
«Anche Selene».
Anaïd sentì che il suo cuore si riscaldava.
«Anche Selene?»
«Ha offerto la sua vita in cambio della tua».
Anaïd sentì che il suo cuore smetteva di battere.
«Non è possibile».
«Invece sì. Quasi tutte le madri sarebbero pronte a farlo per i loro figli».
Anaïd sentì un'oppressione al petto.
«Mi vuole così tanto bene?»
«Certo che ti vuole bene, alla follia».
«E Gunnar?»
Demetra tacque per qualche istante.
«Anaïd, il grande Consiglio dei Morti è qui».
I morti la circondarono e il grande fascio di luce che poco prima l'aveva abbagliata ferì di nuovo le sue pupille. Abbassò velo-

cemente la testa e si preparò ad ascoltare rassegnata la sua sentenza.

«Grande Demetra, il Consiglio dei Morti ha deliberato tenendo conto delle tue richieste. Accogliendo la vostra richiesta di impedire che la negromanzia di Baalat sovverta ancora le leggi dei vivi, abbiamo deciso che Baalat deve morire. Le rifiutiamo la possibilità di reincarnarsi eternamente e di giocare con la vita per strappare quella degli altri».

Anaïd respirò sollevata. Missione compiuta. Baalat era ormai sconfitta. Avrebbe voluto sorridere, ma doveva ancora ascoltare la decisione sul suo destino.

«Per quanto riguarda la vita di Anaïd Tsinoulis, l'eletta, i morti ritengono che le profezie lascino nelle sue mani il futuro destino delle streghe e che, quindi, debba assumere il potere dello scettro. Accordiamo, quindi, ad Anaïd Tsinoulis l'opportunità di ritornare nel mondo dei vivi, a condizione che ci offra adesso la sua immortalità e ci prometta che, quando avrà portato a termine la sua missione, ritornerà per donare la sua vita ai morti».

Anaïd tremò. Malgrado avesse ottenuto un rinvio, la spada di Damocle pendeva sul suo futuro.

Tuttavia, Demetra intervenne.

«Accettereste in cambio della vita di Anaïd quella di una persona amata?»

«Accettiamo una vita del suo stesso sangue» concessero dopo un ulteriore lungo silenzio.

«No!» urlò Anaïd. «Non è giusto».

Demetra la rimproverò severamente.

«Chiedi perdono ai morti, le loro decisioni sono sempre giuste».

Anaïd ritrovò la sua umiltà.

«Grandi e saggi membri del Consiglio dei Morti, vi chiedo di non accettare nessun'altra vita che non sia la mia. Una volta compiuta la mia missione, ritornerò qui da voi e rimarrò nel vostro regno per sempre».

Un silenzio lugubre rispose alla disperata richiesta di Anaïd. Demetra si oppose.

«Vi prego di non tenerne conto: è troppo giovane e impulsiva».
«Dato che non siete d'accordo sulla vita da offrirci» intervennero i morti, «accetteremo la prima che ci consegnerete».
Anaïd si sentì stranamente angosciata, ma si trattenne dall'obiettare ancora per paura di sfidare l'infinita pazienza dei morti. Sarebbe rimasto un suo segreto: solo lei avrebbe saputo del patto, e non avrebbe permesso che nessun'altro s'immolasse al posto suo.
«Vi ringrazio per la vostra bontà».
I morti si misero in cerchio attorno a lei e intonarono un canto che la sconvolse profondamente, ma dalla sua bocca non uscì alcun lamento. Poi, Anaïd girò mille volte su se stessa, come una trottola instancabile, fino a ridiventare un minuscolo embrione e a scomparire; immediatamente l'embrione si riformò e crebbe vertiginosamente fino a tornare alla forma adulta.
Trascorse un tempo senza tempo.
Anaïd rinacque con una sola vita in suo possesso.
La sua stanchezza era infinita, anche se si sentiva ricompensata: era di nuovo mortale.
Era morta per tornare a vivere... Si era compiuta la profezia di Odi?
I morti dettarono le loro istruzioni:
«Tu, Demetra, farai strada a tua nipote Anaïd nei labirinti del nostro regno e designerai una guida affinché l'accompagni fino alla penombra del cratere. In quanto sua protettrice, ti farai garante del suo impegno di offrirci una vita».
«Grazie, grandi e generose guide dei morti» ringraziò Demetra.
Anaïd non sapeva se doveva rimanere in ginocchio, ma quando notò la mano di Demetra che la trascinava, si alzò e la seguì.
«Forza, corri!» le disse Demetra all'orecchio.
«No! Lasciatemi!» si udì echeggiare nel recinto della fortezza. «Sono la grande Baalat, vi ho detto di lasciarmi!»
La voce acuta e minacciosa di Baalat fece tremare le ginocchia di Anaïd. La sua crudeltà, la sua malvagità e la sua ambizione avevano fatto molto male alle Omar e alla sua stessa famiglia. Meritava pienamente questa fine.

«Non potete condannarmi alla morte eterna! Non potete!»

Baalat si ribellava, benché sapesse che le decisioni del Consiglio dei Morti erano irrevocabili, e Anaïd fu soddisfatta di quella severità.

Mentre si allontanavano sentirono le urla soffocate e inintelligibili di Baalat, sempre più disperate, sempre più rabbiose.

«Andiamocene prima che gli schizzi dell'ira di Baalat ci raggiungano» bisbigliò Demetra mentre apriva una porta della fortezza che portava all'esterno.

La voce di Baalat si affievolì sempre più. La stavano legando con le corde dell'oblio. All'improvviso tacque. L'avevano imbavagliata col silenzio. Avrebbe taciuto per sempre e il suo corpo non sarebbe mai più potuto tornare sulla terra dei mortali.

Anaïd si morse le labbra e si dispiacque del fatto che ciò non fosse accaduto molto prima. Se così fosse stato, Elena avrebbe ancora avuto con sé la sua bambina Diana, e con lei molte altre Omar avrebbero visto crescere le loro figlie e le loro sorelle.

I morti, compassionevoli e giusti, avevano condannato Baalat in eterno. Come punizione avrebbe conservato i suoi desideri da donna viva, ora mai più realizzabili. Era la peggiore tortura, il suo giusto castigo.

Anaïd sospirò e uscì in compagnia di sua nonna. Demetra la guidò attraverso un passaggio scavato dietro le mura della fortezza. Scendeva per un tratto per poi perdersi tra le pareti umide, scurite dal tempo.

«Non dovremmo attraversare la laguna?» si stupì Anaïd.

«Ci stiamo passando sotto».

«Perché?»

«Le leggi dei morti non permettono che gli esseri viventi escano dalla porta della fortezza. Cerbero veglia, e i morti pretendono che le loro regole siano osservate alla lettera».

Stavano uscendo dal luogo in cui Anaïd aveva promesso di ritornare seguendo un'altra strada. Non attraversarono la grande pianura, né risalirono le valli da cui Anaïd era scesa. Le vie del regno dei morti erano diverse e complicate, e soltanto i morti ne conoscevano le scorciatoie.

Anaïd sentì una grande stanchezza nel ricordare il tragitto orribile e spaventoso che aveva percorso per arrivare fin lì. La prossima volta avrebbe dovuto farlo senza il suo corpo. La vita era un macigno troppo pesante da trascinare.

«Adesso ascoltami attentamente, Anaïd, ci rimane poco tempo mortale. Sono stata la tua protettrice e sono riuscita a ottenere il tuo passaporto verso il mondo dei vivi. Ma adesso dovrai assumerti le tue responsabilità da sola».

«Cosa devo fare?»

«Distruggere Cristine Olav, la dama di ghiaccio».

Qualcosa si spezzò nell'anima di Anaïd.

«Ma...»

«Ha lo scettro del potere. È l'ultimo baluardo delle streghe Odish. Questo è il tuo dovere in quanto eletta».

Anaïd annuì.

«E la mia natura Odish? L'ho persa rinunciando all'immortalità?»

Demetra sospirò.

«Non lo so, potresti avere ancora il desiderio di potere e di sangue».

«E come farò a vincerlo?»

«È giunto per te il momento di dominare lo scettro e non il contrario, com'è successo finora».

«Mi ha dominato, è vero» ammise la sua debolezza. «Con lo scettro in mano perdevo la volontà».

Demetra la tranquillizzò.

«Adesso sei più saggia, più prudente e più generosa. Sei pronta a sacrificare l'unica vita che ti resta per ottenere la felicità degli altri. Non lo dimenticare, Anaïd, è la chiave per regnare».

Demetra svanì lentamente davanti ai suoi occhi.

«Demetra, non te ne andare, non ancora».

«Uno spirito più anziano verrà per accompagnarti nell'ultimo tratto».

«Devi promettermi che Selene non saprà niente del mio patto con i morti».

«Non posso».

«Nonna, voglio che Bridget mi accompagni fino ai confini del mondo dei vivi».

«La strega Bridget? L'Omar della montagna di Domen?»

«Sì, ti prego, nonna, è il mio ultimo desiderio».

Demetra svanì all'improvviso e Anaïd restò orfana di compagnia e si rese conto di quanto era duro stare da sola. Dopo qualche istante, una voce grave e armoniosa la distolse dai suoi tristi sogni.

«Mi hai chiamato?»

Una bellissima donna con una bella chioma bionda fino alla vita e una gonna a fiori lunga fino ai piedi si era manifestata di fronte a lei.

«Sei Bridget?» Anaïd sbatté le palpebre stupita. «La strega che maledì la montagna di Domen?»

Anche Bridget la riconobbe.

«Sei tu l'eletta? L'eletta della profezia?»

In quel momento Anaïd seppe che i suoi capelli erano completamente rossi, come annunciato dalla profezia.

«In effetti, sono l'eletta, Anaïd Tsinoulis, figlia di Selene, nipote di Demetra, del clan della lupa, e voglio chiedere a te, lo spirito di Bridget, un grande favore...»

E Bridget, l'indomabile strega della montagna di Domen, che non aveva avuto paura né dei soldati né della pira, che mentre moriva pronunciò la maledizione che condannava gli amanti della montagna di Domen a vivere in disgrazia per il resto della vita, si inginocchiò umilmente davanti all'eletta.

«Tutti i favori che io posso concedere saranno tuoi».

La ragazza camminava per le strade di Veracruz col fiero husky ben tenuto al guinzaglio. Nessuno sembrava colpito dai suoi capelli lunghi e ingarbugliati, dalla sua esotica collana di denti d'orsa e dal suo aspetto trasandato. Erano numerosi i pellegrini che arrivavano da molto lontano per affidarsi al sapere delle streghe. Molti trascinavano fin lì pene e malattie che soltanto la saggezza ancestrale della magia era in grado di guarire.

A quell'ora di frontiera tra gli ultimi nottambuli e i più mattinieri, nessuna chitarra lacerava la notte e rallegrava il corpo al ritmo di *bambas* e *huapangos*. I portici sotto cui si rifugiavano i vecchi caffè e le orchestrine erano vuoti, e le facciate bianche e solitarie dei palazzi ricevevano la luce fantasmagorica dell'alba senza le ombre dei viandanti.

Per questo nessuno fece caso a lei, né si sorprese per il suo strano comportamento quando si inginocchiò accanto al cane, lo baciò prima di legarlo bene col guinzaglio, tre giri uno dopo l'altro, a un fanale che si accendeva a intermittenza e poi si allontanò.

Quando l'animale capì di essere stato abbandonato, lottò disperatamente col guinzaglio per liberarsi e correre dietro alla sua padrona. Invano.

Mentre la figura della ragazza si perdeva tra i vicoli sporchi della città portuaria, l'husky alzava il muso triste verso la luna sopraffatta dalla luce del mattino e ululava a lungo in modo straziante. Una strega Omar del clan del colibrì si svegliò e formulò rapidamente un incantesimo. Era un brutto presagio.

CAPITOLO VENTISEI

Alle pendici dell'Iztaccihuatl

Anaïd si sentì accolta con calore. Delle mani amorevoli, abituate a far nascere i bambini e ad accarezzarne la pelle nuova, massaggiavano con professionalità i suoi muscoli stanchi uno per uno, come se il suo corpo fosse la pasta dolce e spugnosa di una torta di mele pronta per essere infornata. Ritrovò la sensibilità, il tatto e il solletico.

«No, per piacere, no, qui no».

Soffriva molto il solletico sulle piante dei piedi, e quelle mani magiche si erano intestardite nello scoprire gli angolini del tallone e dell'incavo sotto al piede, provocandole grandi risate.

«Qui no, no, mi fai morire!»

Le mani si fermarono immediatamente.

«No, *mi amor*, non dovete morire. Siete appena ritornata dalla morte, vi ho trovata mezza morta».

Quella voce calda, la sua stessa risata, il solletico, il freddo che sentiva alle gambe, e un leggero ma molesto senso di fame, le fecero dedurre una semplice verità: era viva! Che gioia!

Aprì immediatamente gli occhi e osservò la splendida donna che la cullava sul suo grembo come se fosse una bambina. E così si sentiva, col viso affondato nel morbido seno di una matrona dalla pelle rossiccia e i tratti indigeni, vestita in modo caratteristico e con una mezza luna d'argento al naso.

«Dove sono?»

«Benvenuta nel mondo dei vivi, *mi niña*. Siete nella grotta di Mipulco, nella gola di Mipulco, ai piedi del Rosita».

Anaïd non aveva capito bene.

«Ti chiami Rosita?»

La risata fresca e spontanea della donna la convinse che anche la donna era proprio viva.

«Mi chiamo Coatlicue Yacametztli, figlia di Xóchiltl e nipote di Cuauhtli, del clan del serpente, della tribù azteca. Rosita è il nome della nostra montagna, la donna bianca, la bella Iztaccihuatl».

Una Omar. L'aveva riconosciuta?

«E il Popocatepetl?»

«Il Popo è proprio qua. Don Goyo è vicino, che veglia su Rosita».

Accidenti. Questo significava che era uscita dalla parte giusta. Forse le Omar la stavano aspettando? Era una trappola? O forse non sapevano chi era?

Anaïd volle presentarsi, ma aveva la bocca secca e le parole le si appiccicavano al palato.

«Sono Ana... noulis...»

«Non parlate, bambina mia, e bevete, che avete la gola secca, e mangiate anche un po' per riprendere le forze. E ascoltatemi bene, devo conversare seriamente con voi».

Le offrì una ciotola con una bevanda bianca e gliel'avvicinò alla bocca, aiutandola a bere. Era una bevanda alcolica e Anaïd tossì, ma la brava donna insistette.

«Bevete, bambina mia, è *pulque*, idromiele fermentato del *maguei*, bevanda sacra che guarisce gli ammalati».

Anaïd ubbidì e sentì un gradevole solletico che le riscaldò il corpo.

«E adesso, bambina mia, dobbiamo fare una chiacchieratina, noi due».

Anaïd l'ascoltò attentamente.

«Dovete sapere che sono tutte impazzite, e che sulla vostra

mano ho scorso il segno del senno delle lupe, quello dei denti della grande lupa madre. E le mie mani hanno scoperto la sua energia. Se siete potente, bambina mia, aiutatemi a far recuperare loro il giudizio».

Anaïd non capiva.

«Chi è impazzita?»

«Le giaguare, le colibrì, le serpenti piumate... Sono come dei galletti da combattimento, urlano provocazioni e consegne di guerra, incitandosi a vicenda e affermando che sconfiggeranno le Odish».

Anaïd ancora non capiva granché. I clan del giaguaro, del colibrì...? Le Omar si stavano armando? Anaïd sorrise. Era possibile che finalmente le Omar avessero abbandonato il loro atteggiamento vittimista?

La matrona dal generoso seno prese delicatamente tra le sue dita alcuni pezzetti di pasta fritta della misura di un mignolo, li mise dentro il pane e ne fece un rotolo, l'inzuppò in un po' di *chili* e l'offrì ad Anaïd.

«Mangiate, bambina mia, che siete molto debole. Da dove venite? Avete fatto un lungo viaggio?»

Anaïd annuì per farle capire che il suo viaggio era stato lungo e sfiancante, ma la donna non la guardava. Anaïd masticò con gusto, era buonissimo.

«Appena avrete ripreso forza mi aiuterete a mettere ordine. Sembrate molto giovane ma, con il vostro segno e il vostro carisma, vi rispetteranno. Mia nipote non mi ascolta né mi ubbidisce più, sta imparando a lottare con una sfacciata serpente etrusca dai capelli corti, che si sdoppia davanti alle Odish col suo *atam* e salta come una pulce» alzò la testa verso il soffitto della grotta e unì le mani in preghiera. «Forse la *madrecita* O se ne è andata e ci ha abbandonato?»

«Aurelia?» trasalì Anaïd.

«La conoscete?»

«Ne ho sentito parlare; è la nipote di Lucrezia».

La serpente si lamentò.

«La grande serpente Lucrezia è stata una dama rispettata, ma sua nipote è diventata matta».

Anaïd si dispiacque.

«Aurelia è qui?»

«Ma certo, bambina mia, sono arrivate le serpenti, le lupe, le tartarughe, le aquile, le orse... Sono arrivate per aria, a migliaia, sputate dalle pance degli aerei, e sono piombate sulle gole come una piaga».

Molto strano. Quanto tempo era trascorso da quando Anaïd era entrata nelle profondità del Cammino di Om?

«Che giorno è oggi?»

«Per noi è il giorno 20».

«Di che mese?»

«Settembre».

Anaïd si strozzò col boccone. Erano passati tre lunghi mesi da quando era scomparsa nelle profondità del Teide. Cos'era successo in tutto quel tempo? Diede un altro morso alla deliziosa focaccia. Bevve ancora un po' di *pulque* e inghiottì gli ultimi resti di cibo leccandosi le dita. Le Omar avevano deciso di agire, e quella matriarca non l'aveva riconosciuta. Pensava che lei fosse una delle tante. Forse i suoi capelli erano così sporchi che non riflettevano il suo colore rosso?

«Dove sono le Omar?»

«Bambina mia, stanno circondando le immortali, ma io sono venuta per meditare con la mia Rosita, che è saggia e mi ascolta. E siete arrivata nella mia grotta senza che io vi aspettassi. Vi ho trovata mezza morta e siete stata un segnale mandatomi dal fuoco. Ed eccomi qua, che nutro l'inviata del clan della lupa perché metta ordine in questo pollaio».

«Zia Coatlicue, cosa bisbigliate nell'orecchio della lupa?»

Anaïd guardò verso la porta. In controluce, all'ingresso della grotta, con l'*atam* in mano, c'era una ragazza in jeans che aveva lo stesso ornamento con la mezza luna di sua zia.

«Niente che non sappiate anche voi. E nascondi l'*atam* in mia presenza. È da maleducate entrare armate nella grotta».

La ragazza si spaventò.

«Come avete fatto a vederlo? Siete cieca o ci ingannate?»

Inorridita, Anaïd passò una mano davanti allo sguardo ieratico di Coatlicue. I suoi occhi non ne seguirono il movimento, e si rese conto che Coatlicue non aveva visto i suoi capelli rossi perché era cieca. Si sentì un po' frastornata e con lo sguardo cercò qualcosa con cui nascondersi. Una bella mantella ricamata le servì allo scopo. La sistemò sulla testa e sulle spalle e sorrise alla ragazza appena entrata, fingendo tranquillità. La giovane, ancora abbagliata dalla luce, si stava abituando al buio della grotta. Anaïd si preparò a recitare...

«Da quel che vedo la decisione di lottare non piace alla matriarca del clan del serpente».

La ragazza nascose la sua arma.

«Le matriarche sono per natura poco inclini ai cambiamenti».

Anaïd percepì determinazione e qualcosa che da tempo non riscontrava nell'atteggiamento delle Omar, coraggio. Le dispiacque non poter dire il suo vero nome.

«Diana Dolz, figlia di Alicia, nipote di Marta, del clan della lupa, della tribù ibera».

La ragazza si avvicinò ad Anaïd e con i suoi occhi limpidi si presentò, inginocchiandosi davanti a lei.

«Metztli Talpallan, figlia di Itzapapálotl e nipote di Omecíhuatl, del clan del serpente, della tribù azteca».

E l'abbracciò affettuosamente. Anaïd si sentì a suo agio e Metztli annusò la ciotola accanto a sua zia.

«Accidenti, la mia cara zietta Coatlicue voleva comprare la tua fedeltà con una manciata di vermicciattoli di *maguey*».

Immerse la mano e ne prese una manciata che mise in bocca con golosità.

«Ummm» si leccò le labbra Metztli, «buonissimi».

Anaïd rimase schifata. Fissò la ciotola, pensando che forse l'accenno ai vermi era un eufemismo. Invece no, erano veri vermi schifosi, con occhi, anelli e la loro caratteristica forma. E lei li aveva mangiati! Le venne da vomitare, ma riuscì a non farlo. Erano nutrienti, e dopotutto, quando li aveva mangiati non sapeva che erano vermi.

Coatlicue si alzò brontolando dalla pietra, a tentoni prese una pipa, la riempì di tabacco e si accinse ad accenderla. Metztli diede una gomitata ad Anaïd.

«È arrabbiata, molto arrabbiata con le lottatrici».

Anaïd si commosse.

«Allora è vero? Combatteremo contro le Odish?»

«Per la luna Metztli che illumina le notti e mi ha dato il nome, è così vero che se esci fuori e guardi bene su ogni collina, su ogni montagna, vedrai una Omar armata che aspetta il grande momento».

Anaïd sentì un nodo in gola.

«Il grande momento?»

Metztli fece un bel sorso e si pulì le labbra con gusto.

«Ci guida la tua lupa. È stata lei a istruirci sulla strategia».

Le porse il *pulque*.

«Quale lupa?»

La ragazza si sorprese.

«Selene! L'eletta!»

Anaïd sentì le sue ginocchia cedere e bevve un sorso di *pulque* prima di chiedere con incredulità:

«L'eletta?»

«Sì, Selene, l'eletta, prenderà lo scettro del potere dalle mani della dama di ghiaccio e la distruggerà».

Anaïd ripeté come un automa.

«La dama di ghiaccio è già qui».

«Da dove vieni? Certo che è qua, con tutte le sue Odish, che l'hanno seguita da Veracruz. È la loro grande regina. Forse non l'hai saputo, ma Baalat è stata finalmente distrutta».

Anaïd finse assoluta ignoranza. Chissà quali leggende circolavano tra le nuove Omar guerriere.

«Chi ha distrutto Baalat?»

Metztli si stupì.

«L'eletta, ovviamente. Selene è una lupa della tribù escita che vive nelle montagne del Nord della Spagna».

«Qualcosa ho sentito».

Metztli sospirò con ammirazione.

«Dovresti vederla. Selene è alta, coraggiosa, ha i capelli rossi e dice quello che pensa. Non ha paura di niente e di nessuno e sacrificherà la sua vita se necessario per salvare le Omar».

Ad Anaïd girava la testa.

Quella grandezza, quell'onestà, quel coraggio che lei avrebbe voluto trasmettere erano patrimonio di sua madre. Metztli era entusiasta, e l'entusiamo della giovane, invece di rallegrarla, l'amareggiava. Era gelosia? Invidia? Rancore?

«E sapete quali sono i piani delle Odish?»

Metztli annuì.

«La dama bianca e le sue sanguinarie Odish si stanno preparando per officiare la grande cerimonia di domani per consacrare lo scettro del potere a Tetzacualco del Popo, col primo raggio di sole equinoziale» e si permise di chiarire il termine, quando si rese conto dell'espressione sconcertata di Anaïd. «Il Tetzacualco è un santuario che riceve il primo raggio di sole. Le Odish vi celebravano fin dall'antichità le loro sanguinose cerimonie, sacrificando bambine Omar».

Anaïd inorridì.

«La dama bianca sarà la portatrice dello scettro?»

Metztli annuì.

«Ma non sanno che le abbiamo accerchiate».

«Vi devono aver visto per forza, sono molto potenti» obiettò Anaïd.

Metztli sorrise.

«Ci siamo impregnate d'invisibilità. Per la prima volta abbiamo usato delle strategie di lotta. Le Odish sono così abituate a credersi onnipotenti che non hanno nemmeno preso in considerazione questa possibilità. Ci hanno confuso con un gruppetto di Omar scontente».

Anaïd sentì che il cuore le batteva troppo forte.

«E cosa farete domani?»

«Attaccheremo, e l'eletta prenderà lo scettro che le appartiene».

«L'eletta?»
Metztli annuì.
«Selene. E così la profezia di Odi si avvererà».
Anaïd impallidì. Avrebbe voluto urlare. All'improvviso, tutta la generosità e la benevolenza verso le Omar svanirono. Baravano, l'avevano accolta con grande ospitalità per annullare la sua volontà con le lusinghe, ma sbagliavano se credevano che durante la sua lunga assenza potevano sostituirsi a lei. Lo scettro le apparteneva. L'eletta era lei e non avrebbe permesso che Cristine e Selene si disputassero ciò che era suo e solo suo. In quel momento sentì un bruciore urgente sul palmo della mano e la smania di possedere lo scettro di nuovo si impadronì di lei: un sentimento meschino, vendicativo, immediato. Provò a dominare la sua rabbia e invocò Demetra; ricordò allora il suo impegno coi morti e con sua nonna, la sua ultima missione, quella che doveva portare a termine prima di morire.

Metztli si accorse del cambiamento nello stato d'animo della neo arrivata.

«Ti senti male? Che ti succede? Cos'hai nella mano?»
Volle prendergliela, ma Anaïd la scostò con violenza.
«Lasciami!» gridò arrabbiata mentre nascondeva la mano illuminata dietro la schiena.

Corse verso il fondo della grotta. Lì, in un angolo, ansimò spaventata. Che le succedeva? Perché lo scettro la dominava quando perdeva il controllo dei suoi sentimenti? Forse non si sentiva abbastanza amata dalla sua famiglia e dai suoi amici? Doveva essere così. L'idea che Selene o Cristine la tradissero faceva rinascere il suo odio e annullava qualsiasi pentimento.

Chiese aiuto a Sarmik, sua sorella di latte. Ma quando concentrò la sua mente su di lei, invece di ottenere una risposta, un fragore assordante scosse la grotta. Anaïd si spaventò. Le pareti avevano tremato. Uscì all'esterno dove si trovavano le due Omar. Coatlicue fumava tranquillamente la sua pipa ed emetteva bianche spirali di fumo.

«Mi dispiace» si scusò Anaïd. «A volte ho paura».

Insieme, Metztli e Coatlicue le presero la mano. Anaïd sentì nuovamente il benessere della loro energia.

Il ruggito riecheggiò ancora nella gola. Metztli indicò con la testa. Lì, molto vicino, simile a un colosso in fiamme, il grande vulcano Popocatepetl dalle bianche vette bruciava ed espelleva un'imponente colonna di fumo.

«È inquieto. Dovremo placarlo con un sacrificio» commentò Coatlicue.

«È da molto che è inquieto» le rispose sua nipote.

La zia ribadì.

«Per questo. Sta aspettando la sua vittima».

«Quei tempi sono passati, zia».

«Ci sono cose che non passano mai, Metztli. Ci sono cose eterne, e una di queste è la fame di don Goyo. Io so ciò che chiede».

Metztli tacque e, invece di contraddirla come faceva di solito, guardò sua zia rispettosamente e commentò con Anaïd:

«È una custode del fuoco, una *granicera*».

«Una che?»

«È stata raggiunta da un fulmine ed è rimasta cieca. Per questo parla col vulcano». Anaïd ebbe un brivido e Coatlicue se ne accorse.

«Avete paura bambina mia?»

Anaïd lo ammise.

«Cosa dice il Popo?»

«Don Goyo dice che aspetterà soltanto un giorno e dopo i morti riscuoteranno il loro debito».

Un giorno. Un giorno soltanto per recuperare lo scettro, distruggere Cristine, eliminare le Odish e poi sacrificarsi per tenere fede alla sua promessa. Non aveva tempo da perdere.

Scivolò via senza che nessuna delle due serpenti si accorgesse della sua assenza. Non doveva preoccuparsi sulla rotta da seguire. La sua mano accesa era la sua bussola.

L'husky dagli occhi azzurri correva ostinatamente su per la montagna. Il suo guinzaglio era tutto morsicato e rimase impigliato nei cespugli, il che gli procurò uno scossone improvviso. Ma il cane non si intimidì. D'un colpo si liberò dall'ostacolo e continuò ad arrampicarsi sulle pendici del vulcano.

Finché la trovò.

Lei stava camminando lentamente, a testa bassa e sbuffando. Era piccola e fragile in apparenza, come una bambola di porcellana, ma il suo aspetto era ingannevole. Aveva le gambe forti, i suoi polmoni erano larghi e i suoi denti d'acciaio. Ciò nonostante, cominciava a sentire la mancanza d'ossigeno. Era giunta quasi a cinquemila metri e lo sforzo della salita era complicato dall'altitudine, dal vento gelido e dalle pietre vulcaniche appuntite che le si conficcavano nei piedi attraverso le suole degli stivali.

Stava per raggiungere Las Cruces, quando il cane fece un balzo e le si lanciò addosso. Caddero entrambi, come un mostro gigantesco che rotolava su se stesso. Le urla della ragazza vennero coperte dai forti latrati dell'animale che, fiero e deciso, con l'istinto dei suoi antenati, i lupi, l'immobilizzò con le quattro zampe e avvicinò il muso al collo della ragazza.

«Noooo!» urlò lei, temendo ciò che poteva succederle.

Ma l'husky non ci fece caso e con la sua lingua ruvida le leccò più volte le orecchie, il nasino, il viso di porcellana e gli occhi a mandorla, mentre scodinzolava.

«Lasciami, Teo, ti dico di lasciarmi» ordinò invano Sarmik, cercando di liberarsi del suo peso. «Teo, *uk*!» ordinò con l'autorità del guidatore di slitte.

Teo rispose all'ordine, si fece docilmente da parte e permise alla ragazza di alzarsi.

Sarmik lo guardò con occhi severi. Era arrabbiata.

«Molto male, Teo, molto male. Sapevi di non poter venire. Lo sapevi, vero?»

L'husky emise un gemito e abbassò la testa fino ad affondarla tra le zampe anteriori. Aveva disubbidito alla sua padrona.

«Ti avevo legato col guinzaglio perché tu non mi seguissi, e tu l'hai morsicato. Questo non va bene».

Il cane ascoltava a testa bassa.

«Dovrei punirti...»

Questa volta Teo riconobbe lo sbaglio e la guardò con l'innocente onestà di cui sono capaci soltanto i cani, i cavalli e i bambini. Non vi era alcun dubbio sulla sua fedeltà, e Sarmik allungò la mano e lo prese per il muso; ma invece di picchiarlo, lo accarezzò con affetto.

«Teo, Teo, sei impossibile...»

Teo le leccò la mano e mosse nuovamente la coda.

«È che non voglio esporti al pericolo. Devi tornare indietro. Mi hai sentito?»

Teo la sentiva, ma non era assolutamente disposto ad abbandonarla di nuovo.

«Sarà molto difficile, Teo, è la mia ultima prova e non so se sarò in grado di superarla».

Teo l'ascoltava con devozione. Sarmik gli fece solletico sulla testa e mostrò la sua collana di denti d'orsa.

«La madre orsa mi protegge, e con lei sono sicura. Non ho bisogno di te».

Come se la capisse, Teo si rattristò.

Sarmik si alzò, aprì lo zaino e tirò fuori le ultime provviste. Un pezzo di pesce salato che faceva impazzire l'husky. Glielo mostrò, gli permise di annusarlo, e lo lanciò con forza in fondo al burrone.

«Forza, vai a prenderlo, Teo».

Teo esitò qualche istante e Sarmik insistette.

«Dai, Teo, forza...»

Teo corse dietro alla preda seguendo il suo istinto, la sua fame e l'abitudine all'ubbidienza. Ma l'impulso durò per pochi metri. Qualcosa di più profondo, forse l'amore, lo fece fermare, girarsi e seguire di nuovo la piccola figura che saliva caparbiamente verso la cima.

Questa volta Sarmik non fu capace di liberarsi del suo fedele husky.

CAPITOLO VENTISETTE

Il patto di sangue

Selene era seduta nella posizione del loto, la colonna vertebrale diritta, la respirazione calma, le braccia maestosamente raccolte dietro la schiena e le palpebre chiuse. Apparentemente, la sua concentrazione era ottima, ma non aveva la mente vuota. Anche sforzandosi, non riusciva a smettere di pensare e a rilassare il vortice di sensazioni che accorrevano a fiotti per mischiarsi in un familiare cocktail esplosivo: le emozioni. Le maledette emozioni avevano catturato la sua volontà, e non riusciva a far fronte alle notizie che le sue seguaci le avevano appena dato.

Solo da qualche ora era venuta a sapere che Anaïd era tornata in vita dal Cammino di Om. Anaïd, la sua piccola, la sua bambina, era viva. Quella era stata la prima notizia che aveva ricevuto ed era scoppiata di gioia quando la giovane Metztli le aveva raccontato la quasi miracolosa apparizione di una giovane lupa nella grotta di sua zia, la serpente Coatlicue, sulle pendici dell'Iztaccihuatl. Le aveva detto che aveva gli occhi azzurri come il mare, la pelle bianca e il segno della grande madre lupa sul dorso della mano; che aveva fatto un lungo viaggio ed era stanca, ma che poi era scomparsa come per magia.

Selene l'aveva aspettata inquieta per ore. Doveva per forza cercarla e chiedere il suo aiuto. Non era soltanto sua madre, adesso era anche diventata la grande matriarca, dato che era stata costretta ad assumere il comando della guerra e anche il falso ruolo di eletta per non lasciare le Omar senza una guida. Le matriarche che conoscevano il suo segreto erano rimaste in silenzio di fronte al potere della fede nel mito, e alla confusione creata attorno alle identità. Solo poche di loro conoscevano il nome di Anaïd, l'eletta maledetta, ma stavano zitte perché la sua natura Odish era un segreto che portava sfortuna. Inoltre, era stato il caso a sceglierla: un giorno una visionaria giovane scoiattolo si era inginocchiata davanti alla rossa Selene, vicino al lago Nahualac, quando stava organizzando un battaglione, e l'aveva acclamata come l'eletta. Molte altre l'avevano imitata, il clamore era cresciuto e, invece di smentirlo, le matriarche avevano chiesto a Selene di assumere quel nuovo ruolo. Alla fine, nel loro animo, si era insediata la convinzione che Selene era l'eletta della profezia. Era troppo radicata nella loro tradizione e lei non poteva deluderle. Per generazioni avevano parlato della lupa dai capelli di fuoco che avrebbe preso lo scettro con la sua forza sovrannaturale e avrebbe affrontato le temute Odish con la sua magia, liberandole da millenni di oppressione. E poi, Selene in quel ruolo era splendida, aveva iniziato una rivolta e aveva suscitato il clamore della guerra in tutti i clan.

Da quando era stata proclamata grande matriarca ed era venerata come l'eletta, era diventata leader indiscutibile delle truppe Omar.

Ma Anaïd non l'aveva cercata.

Durante i mesi in cui Anaïd era stata nel mondo dei morti, Selene non aveva mai smesso di pensare a lei. Aveva condiviso con sua figlia la paura e l'angoscia, aveva vissuto ognuna delle terribili prove che in quei momenti doveva superare. Tutte le mattine lottava contro la disperazione, mentre ricordava le parole di sua cugina Leto sull'eletta:

Non mi consola sapere che anche lei, l'eletta, dovrà percorrere un lungo cammino di dolore e di sangue, di rinunce, di solitudine e di rimorsi.

Soffrirà, come ho sofferto io, la polvere del cammino, la rigidità del freddo e il bruciore del sole. Questo, però, non la scoraggerà.
Desidererei risparmiarle l'amara fitta della delusione, ma non posso. L'eletta farà il suo viaggio e camminerà, e ferirà i suoi piedi sui sassi posti sul cammino per lei.
Non posso aiutarla a masticare la sua futura amarezza, né posso addolcire le sue lacrime non ancora versate.
Appartengono a lei.
Sono il suo destino.

Si convinse, suo malgrado, che il suo destino e quello di Anaïd si stavano allontanando per riunirsi più tardi. Per questo aveva accolto con speranza e gioia la notizia della scomparsa di Baalat. Si era detta che Anaïd era forte e coraggiosa, era uscita trionfante dalla sua missione e aveva distrutto Baalat. E aspettò ansiosamente il suo imminente ritorno nel mondo dei vivi. Si fidava della parola dei morti che avevano accettato il suo sacrificio. 'La mia vita in cambio di quella di mia figlia' era ciò che aveva offerto loro, e i morti avevano accettato quella supplica e lei aveva ricevuto la fredda carezza di una mano morta che suggellava il patto. Demetra aveva sicuramente protetto Anaïd; glielo aveva chiesto e così pensava fosse successo.

Per questo non aveva perso la fede in un suo prossimo ritorno, e ogni mattina al suo risveglio chiedeva alla sua guardia di guerriere se sulle pendici del vulcano era apparsa una ragazza giovane, bianca di carnagione e con gli occhi molto azzurri. Poi scrutava l'orizzonte, fermamente convinta di vederla arrivare in lontananza.

Ma Anaïd non arrivava, la data dell'equinozio si stava avvicinando e non potevano posporre oltre la loro offensiva. Suo malgrado, dovette preparare l'attacco minuziosamente.

Lei, con la sua magia e la sua forza mortale, avrebbe affrontato Cristine, millenaria e immortale e avrebbe cercato di prenderle lo scettro. Non sarebbe stata sola, comunque. L'esercito delle Omar giunte per combattere sotto il suo comando avrebbe attaccato e sbaragliato le difese delle Odish.

Era una lotta impari e c'era la possibilità che quella battaglia diventasse un bagno di sangue, ma la morte era preferibile rispetto all'eterna sottomissione alle sanguinarie Odish in possesso dello scettro.

E adesso, a poche ore dalla grande battaglia, sua figlia, la vera eletta, era finalmente ritornata tra i vivi.

Ma Anaïd non era accorsa al suo fianco.

E se non aveva bussato alla sua porta, per schierarsi con le Omar... poteva voler dire che avrebbe lottato contro di loro?

Se era così, avrebbe preferito mille volte che i morti l'avessero trattenuta negli inferi.

Era inquieta, sconcertata, e analizzava i molteplici possibili risvolti dell'indomani. Aveva mobilitato la sua guardia personale perché trovasse Anaïd, ma avevano scovato soltanto una Omar inuit del clan dell'orsa che, in compagnia del suo cane, saliva lentamente verso la cima del Popocatepetl, oltre Las Cruces, là dove la bufera e il freddo del ghiacciaio mordevano la pelle. La ragazza aveva promesso loro che avrebbe vigilato dalla cima per evitare l'arrivo delle Odish dal retro del cono del vulcano.

Selene tornò a concentrarsi sulla posizione del loto. Respirò ritmicamente, una volta, un'altra. La sua responsabilità in quanto leader non le consentiva di cedere o di arrendersi. Avevano tutte lo sguardo fisso su di lei. Qualunque fosse l'esito, domani sarebbe stato il grande giorno. Ma prima l'attendeva una lunga notte.

«Oh, Selene, scusa se interrompo la tua pace. È successo un fatto importante».

Selene alzò lo sguardo senza far trapelare la sua paura. Aveva davanti una robusta Omar scorpione manciù, con la carnagione chiara, i capelli lisci e gli occhi a mandorla, armata col suo *atam*. Sembrava nervosa.

«Avete trovato la lupa?»

«Non esattamente, Selene».

Selene crollò.

«Sai bene che la battaglia è domani e che l'eletta deve trascorrere questa notte da sola confrontandosi con se stessa?»

«Lo so».
«E malgrado tu lo sappia mi vieni a disturbare?»
«Si tratta di notizie importanti».
«Allora parla, Shon Li».
Era una magnifica lottatrice di arti orientali, scelta da lei tra centinaia per far parte di un'élite, col compito di vigilare sulla grotta delle matriarche. Si fidava di lei ciecamente, e la sua lealtà era provata.
«Abbiamo intercettato un uomo. Non era un archeologo, né un alpinista che si era smarrito. Ti cerca, e dice di avere notizie sulla giovane lupa».
Selene impallidì e si alzò con un'intuizione.
«Biondo, alto, con gli occhi color blu cobalto?»
«Infatti».
Istintivamente scostò i capelli dal viso, tentando di visualizzare che aspetto poteva avere. Era vestita con una lunga tunica ricamata con colori allegri che nascondeva la sua incipiente gravidanza, e i capelli rossi appena lavati sulle spalle.
Anche Gunnar, dunque, era lì.
«Fallo entrare!» ordinò, mostrandosi fiduciosa e ripetendosi che non le era consentito crollare.
Tuttavia, quando l'ebbe davanti, le gambe le tremarono e dovette reprimere il desiderio di correre verso di lui e di rifugiarsi tra le sue braccia. Ci si stava così bene. Tutto diventava semplice quando appoggiava la testa sul petto di Gunnar e sentiva il suo cuore battere, mentre la sua serenità la inondava e si sentiva protetta dalla sua forza.
Ciò nonostante, si mantenne dritta e salda.
«Ciao, Gunnar».
«Ciao, Selene. Suppongo che sarai sorpresa di vedermi qui».
Selene fu più che altro sorpresa dalla sua mancanza di cordialità. Gunnar non le si avvicinò, né tentò di baciarla, la sua voce era distante, priva della tenerezza dimostrata in altre occasioni, e nel suo sguardo non c'era passione né desiderio. I suoi occhi erano come l'acciaio, freddi e duri.

«Niente di quel che fai mi sorprende. Non a caso sei uno stregone Odish».

Gunnar si spazientì.

«Non sono venuto a discutere con te, Selene. E nemmeno, come altre volte, a offrirti il mio amore. Non avere paura, ormai questo è passato. Fortunatamente, sei libera».

Selene deglutì lentamente. Cosa gli stava succedendo? Perché in quel momento desiderava furiosamente baciare Gunnar e farlo stare zitto? Perché, invece di tranquillizzarla, la sua indifferenza l'esasperava? Forse quella notte che avevano trascorso insieme nella capanna in riva al lago non significava niente? Le parole che si erano detti? La follia che li aveva travolti? E quel figlio che aspettava senza che lui lo sapesse? Avrebbe voluto odiarlo, ma non ci riusciva.

«Va bene. Che notizie hai?»

Gunnar scelse accuratamente le sue parole.

«Anaïd è tornata dal Cammino di Om in vita, nonostante la maledizione».

Selene rispose con cautela.

«Lo so».

Gunnar continuò a selezionare le sue parole.

«Questo pomeriggio si è riunita con Cristine, mia madre».

Selene si sentì doppiamente tradita. Gunnar stava dalla parte della dama bianca e Anaïd si era unita a loro. Finse, tuttavia, di tenere tutto sotto controllo.

«Lo immaginavo».

Gunnar abbassò la testa.

«Tra qualche ora verrà celebrata la cerimonia equinoziale per consacrare lo scettro del potere, che verrà consegnato all'eletta, Anaïd».

Selene fu concisa.

«Ero a conoscenza della cerimonia».

«E io della tua strategia, ma non avrà l'effetto che pensi».

Selene impallidì.

«Che vuoi dire?»

«Che adesso dovrai prendere lo scettro dalla tua stessa figlia, e non sarai capace di eliminarla».

Selene tremò.

«Sarà Anaïd a sostenere lo scettro quando il raggio del sole equinoziale l'illuminerà?»

«Infatti. Cristine l'ha ingannata. Non aveva e non ha assolutamente intenzione di cederle lo scettro, la cerimonia sarà soltanto un espediente e un freno per le Omar. Con Anaïd lì davanti non attaccherete, se sei tu a dare gli ordini».

«Intendi dire che sa tutto malgrado le nostre precauzioni?»

Gunnar rise.

«Ovviamente. Forse non hanno dato alla vostra improvvisa belligeranza l'importanza che merita, ma le Odish controllano i vostri movimenti e sono al corrente delle vostre intenzioni. Sanno che attaccherete durante la cerimonia d'incoronazione. Per questo l'arrivo di Anaïd è stato provvidenziale. Selene, la madre dell'eletta, non eliminerà sua figlia. Cristine ne è sicura».

Selene portò la mano al petto. Ciò che Gunnar raccontava era logico. Ma in tutto quel puzzle mancava il pezzo chiave.

«E Anaïd? Come sta?»

«Bene, serena, più matura. Meglio di Cristine. La comparsa di Anaïd l'ha resa molto nervosa. Non l'avevo mai vista così alterata».

Selene, sconcertata, provò a mantenere il contegno. Ma era proprio curiosa.

«Che vuoi dire?»

Gunnar si sedette su dei cuscini e, senza aspettare di essere invitato a farlo, si versò un bicchiere di *pulque* che era sul vassoio accanto a lui. Intrigata, Selene si sedette vicino a lui.

«Urlava. Urlava come non l'avevo mai sentita, e discuteva con le altre Odish che le rinfacciavano la natura Omar di Anaïd. Cristine ha detto loro che domani sarà tutto finito e che una volta per tutte la bilancia penderà da una sola parte, con o senza il volere dell'eletta».

«Quindi, con o senza Anaïd, lei ha già preso la sua decisione».

«Ha lasciato intendere chiaramente che l'eletta dovrà attenersi alla sua decisione. È irrevocabile».

«E quale decisione avrebbe preso?»
Gunnar si servì ancora *pulque*.
«È ovvio. Adesso Cristine è l'unica Odish col potere di incoronarsi regina, e Anaïd è soltanto un disturbo. Mia madre è senza scrupoli».
Selene fece rapidamente le sue deduzioni.
«Vuoi dire che la dama bianca userà Anaïd da scudo per il nostro attacco e dopo se ne libererà?»
Gunnar annuì.
«È nostra figlia e dobbiamo salvarla».
Selene prese fiato.
«Anaïd è la chiave».
«Esatto.»
«E… da che parte sta?»
Gunnar abbassò la testa.
«Da quella di Cristine».
Selene era angosciata.
«Possiamo convincerla. Puoi portarla qui?»
Gunnar sospirò e scosse la testa.
«Le vuole bene».
Questa rivelazione fece davvero male a Selene, e cercò di sopportare lo schiaffo osservando un angolo buio della grotta. Sua figlia voleva bene a una Odish che si proponeva di distruggerle?
«Non riesco a crederci».
Gunnar le diede ragione.
«Nemmeno io. Ma vuole bene a Cristine, veramente».
Selene impallidì perché sapeva che Gunnar era sincero.
«Non può essere vero. È uno stratagemma di Anaïd».
«No, Selene. Cristine è perseverante e manipolatrice. Ciò che non ha avuto da me è riuscita ad averlo da Anaïd. La ragazza l'adora, farà tutto quel che le chiederà e Cristine, incapace di amare, la distruggerà. Per questo sono qui».
Selene reagì con pragmatismo.
«Cosa suggerisci?»
«Ti propongo un patto».
Selene trattenne il respiro.

«Quale?»

«Ti aiuterò a eliminare Cristine prima della cerimonia. Dopo riscatteremo lo scettro e tra tutti e due controlleremo Anaïd o... la assoggetteremo».

«Potrai, contro Cristine?»

«Sai che, se voglio, posso riprendermi i miei poteri».

«Ma si tratta di tua madre. Lo farai?»

«A una condizione».

Selene vide una porta aperta alla sua indecisione.

«Anaïd. Il mio prezzo è Anaïd».

Selene tremò.

«Che farai con lei?»

«Voglio portarla lontano perché cresca senza sentirsi una di voi o una di loro. Visto che noi non ci siamo riusciti, voglio che lei trovi la sua strada e non sia infelice».

Selene si sentì in trappola. Era proprio ciò che lei avrebbe voluto quando scappò con Gunnar. Ormai era tutto nel passato.

«Non potrai. Anaïd è, e sarà sempre, una strega».

Gunnar si era intestardito.

« Nonostante tutto ci proverò».

Selene valutò tutte le possibilità. Se Gunnar distruggeva Cristine, sarebbe stato lui l'unico in grado di dominare Anaïd. Nonostante la sua gioventù era molto potente, e le Omar non sarebbero state capaci di sottometterla. Poi c'era la seconda parte. Il suo sacrificio. La sua vita in cambio di quella di Anaïd. Alla sua morte, Anaïd sarebbe rimasta orfana.

«D'accordo» disse Selene all'improvviso. Era spaventata da tutte le decisioni che l'assillavano.

Tese la mano a Gunnar per suggellare il suo patto. Gunnar le prese la mano e la portò alla bocca lentamente, di proposito, e la baciò delicatamente, come avrebbe fatto con una principessa di sangue reale.

Selene sentì una scarica elettrica e volle ritirare la mano, ma Gunnar la trattenne, fissandola con attenzione.

«E non barare un'altra volta, principessa».

Selene ricambiò lo sguardo, annaspando disperatamente nel mare dei sentimenti di Gunnar. Un tempo, i suoi occhi erano limpidi e vi poteva leggere il suo amore, il suo desiderio, la sua paura. Adesso erano protetti dietro a una porta blindata, e sentì nostalgia dello sguardo avido di quando era arrivato nel camper dopo quindici anni di lontananza.

«Non barerò» promise Selene con la voce rotta, staccando i suoi occhi da quelli di Gunnar.

Sempre che la sua promessa di offrire la sua vita in cambio di quella di Anaïd e il fatto di tacere che aspettava un figlio suo non fosse barare *a priori*.

«Mi stai nascondendo qualcosa...?» chiese Gunnar, diffidente.

Selene rise.

«Forse credi di sapere tutto di me?»

Anche Gunnar rise.

«È una pretesa maschile, impossibile. Neanche gli stregoni possono sapere tutto delle donne».

Senza volere, Selene gli sorrise in modo seducente.

«Forse ti sogno».

Ma Gunnar divenne serio e si alzò bruscamente.

«No, Selene, non andare avanti. Sono stato vulnerabile al tuo fascino, ma ormai è finita. Non mi piace che si giochi con me. Sposa pure Max, non mi importa più, ma non tentare di sedurmi per usarmi. Non funziona più. Ti aspetto al Tetzacualco de Tlamacas prima dell'alba. Da sola».

Selene si sentì male. Non voleva esporsi così, non si aspettava una reazione così dura, e soprattutto si sentiva offesa da quel rifiuto così chiaro. Perché la feriva tanto la sua freddezza? Non l'odiava? Non le sembrava abominevole? Non voleva dimenticarlo?

Aspettò che Gunnar se ne andasse per dare un pugno alla parete. Si sentì stupida, miserabile e soprattutto umiliata. Non voleva che quel genere di cose le importasse. Tra poco avrebbe dovuto liberarsi dei sentimenti, della vita, e abbandonare questo mondo.

«Selene» interruppe Shon Li, la manciù, sbuffando e portando la mano al petto per respirare meglio.

«Che succede?»

«Dacil, quella ragazzina *guanche* non ancora iniziata ha disubbidito ai tuoi ordini».

«Che ha fatto?»

«Ha seguito l'uomo bello».

Dietro le lacrime, Selene sorrise. Persino Shon Li aveva notato l'arrogante mascolinità di Gunnar.

«Perché?»

Shon Li si vergognava di ripetere le parole della ribelle.

«Ha detto che lui l'avrebbe condotta fino ad Anaïd. Che è lei l'eletta, non tu».

Selene era a disagio.

«Questo ha detto quella disgraziata?»

«E non era sola».

«Chi altri...?» chiese spaventata, temendo una rivolta.

«Clodia, e quel ragazzo che appare ogni tanto».

«Roc?»

«Sì».

Selene studiò quella possibilità offertale dal caso.

«Lasciali stare. Non fanno alcun male».

«Ma questa notte è importante che...»

Selene la interruppe.

«Ho detto di lasciarli stare, e cominciate a preparare le truppe. Adesso devo riposare».

«D'accordo».

Selene sapeva che a volte il caso è capriccioso, e forse quella folle decisione di Dacil era un'opzione che non aveva preso in considerazione. La forza dell'amore di Roc.

Forse non tutto era perduto.

CAPITOLO VENTOTTO

L'eletta della profezia

Cristine stava preparando personalmente sua nipote Anaïd per la grande cerimonia dell'alba. La ragazza chiacchierava, non la smetteva di fare domande ed era ansiosa ed eccitata come una bambina. Sfiorava i ricami d'oro e argento che ornavano la sua tunica, camminava in punta di piedi con le sue pantofole di seta e ballava di fronte allo specchio facendo tintinnare i suoi braccialetti di pietre preziose.

Cristine la rimproverava perché non stava ferma mentre lei la truccava con sobrietà. Una riga di matita nera intorno ai suoi occhi azzurri per mettere in risalto la profondità del suo sguardo un po' pazzerello, un po' giovanile; l'ombra inquietante delle sue palpebre, le labbra rosso ciliegia, desiderabili e profondamente affascinanti.

«È incredibile, a me non ha mai permesso di farle una cosa simile» protestò Clodia guardando dal buco della serratura.

Fu immediatamente spostata dalla mano nervosa di Roc.

«È bellissima».

Dacil si piazzò sotto di lui, approfittando di un piccolo spiraglio.

«Ci sta tradendo» mormorò addolorata.

Clodia e Roc si resero conto che la gioia di Anaïd, la sua devozione nell'indossare quei vestiti cerimoniali e il suo comportamento affettuoso con l'Odish erano certamente un tradimento.

«Non ci posso credere. Non può essere capace di diventare la regina delle Odish, vero?»

La povera Dacil, con la sua gonna corta, il maglione a fiori e gli occhi carichi di rimmel cominciò a piangere e le si formarono delle grosse macchie sotto gli occhi.

«Io le volevo bene, ma ci distruggerà e saremo costrette a lottare. Siamo dalla parte opposta».

Per tutto quel tempo si erano lasciati trascinare dalla bellicosità, prima inconcepibile, delle Omar.

Anche Clodia cominciò ad angosciarsi.

«Non abbiamo ancora parlato con lei. Non ci ha visti. Non sa che siamo qui».

Roc tremò. Aveva appena notato un contatto freddo sulla schiena. Prese la mano di Clodia per infonderle coraggio.

«Non vi spaventate, ma siamo circondati».

Dacil e Clodia si voltarono contemporaneamente e non riuscirono a gridare anche se avrebbero voluto. Delle mani veloci li imbavagliarono e la loro vista si annebbiò. Roc svenne, la mano di Clodia nella sua, e il fugace ricordo di una donna molto bella con uno sguardo da predatore, lo stesso sguardo del falco che si precipita dal cielo sulla sua preda.

Cristine lisciò i capelli spettinati di Anaïd con le sue mani e le prese delicatamente il mento, alzandoglielo.

«Cara, cammina diritta, col mento sollevato e gli occhi innalzati. Niente e nessuno deve intimorirti. Ricorda: sei l'eletta, e tra poco stringerai lo scettro».

Anaïd ricordò una cosa e Cristine se ne accorse immediatamente.

«Dimmi, di cosa hai bisogno?»

Anaïd esitò un istante, finché finalmente si decise.

«Voglio qualche moneta».

«Adesso?»

«Sì, mi sentirò più sicura se porto qualche moneta con me».

La dama aprì uno scrigno pieno di monete d'oro e gliene porse un sacchetto di cuoio.

«Prendine quante ne vuoi».

Anaïd ne prese una manciata, le mise nel piccolo borsellino, l'appese al collo e lo strinse contro il petto. Così si sentiva molto più sicura.

«Qualcos'altro, tesoro?»

«No, grazie, non mi serve altro».

Anaïd si sentiva gradevolmente avvolta dal calore freddo e accogliente di sua nonna. Il suo meraviglioso palazzo sorto dal nulla le offriva tutte le comodità immaginabili, e la sua ospite non la smetteva di omaggiarla. Dopo tanti giorni di privazioni, fu molto grata per il bagno caldo, i cibi squisiti e i vestiti ricamati che Cristine le offrì. Ma non doveva ringraziarla solo per la sua ospitalità. Era viva grazie a lei.

Il suo arrivo inaspettato aveva provocato grande scompiglio tra le Odish, pronte ad acclamare la dama di ghiaccio in quanto portatrice dello scettro ma non disposte a chinarsi al cospetto di una ragazza dalle sospette origini Omar. Avevano avuto una concitata riunione, in cui avevano accusato Anaïd di essere un'infiltrata, e Cristine di offrire lo scettro a una traditrice. Finalmente, Cristine era riuscita a imporsi con tutto il suo potere e le aveva zittite. Ma Anaïd si era sentita rifiutata. Persino Gunnar, suo padre, aveva suggerito che forse non era pronta ad assumere il potere. Quale potere? Quello delle Omar o quello delle Odish? Era tutto molto confuso.

Cristine era sua nonna, Cristine le offriva tutto ciò che aveva e le apriva il suo cuore. E le Odish avevano ragione, lei era una traditrice.

«E adesso voglio che tu assaggi questo cibo squisito prima di officiare la cerimonia».

Anaïd si sentì malissimo. Era sbagliato mangiare dalla mano della persona che avrebbe dovuto pugnalare.

«No, grazie, non ho fame».

Demetra le aveva chiesto di distruggere Cristine, ma Demetra non la conosceva, non aveva condiviso le sue confidenze, non era stata oggetto delle sue attenzioni, non si era sentita accolta,

ascoltata e amata da Cristine. E la sua sorella di latte, Sarmik, non rispondeva alle sue chiamate, da lei riceveva soltanto delle vibrazioni inquietanti.
Era sola. Molto sola.
Si aprì la porta e una Odish delle terre africane, antica alleata di Baalat e adesso vassalla di Cristine, si rivolse a lei con poco rispetto. La sua fedeltà era dubbia.
«Cristine, abbiamo qualche piccolo inconveniente».
Cristine si indignò.
«Ora no, Cloe. Vi ho detto di non disturbarmi».
Senza curarsi delle obiezioni della dama di ghiaccio, Cloe, l'Odish dalla pelle scura, fece entrare le altre Odish che trasportavano i corpi esanimi di Roc, Dacil e Clodia. Quando li vide, Anaïd lanciò un urlo.
«No!»
Cristine impallidì per la rabbia. Sapeva quel che sarebbe successo adesso. Fermò Anaïd con risolutezza.
«Non sono morti».
Cloe guardò le sue compagne, tutte antiche vassalle della grande Baalat.
«A quanto pare la piccola Odish che ci governerà ha il cuore sensibile e incline a compromettersi con le Omar».
«Taci!» ordinò Cristine. «Queste Omar che vedete qui hanno facilitato l'arrivo di Anaïd fino a voi. Quel che succede è che Anaïd non sa che volevano attentare alla sua vita».
Anaïd rimase di sasso.
«Cosa?»
Cristine le accarezzò i capelli.
«Cara bambina, Dacil, Clodia e Roc volevano ucciderti approfittando della vostra amicizia. Sono stati mandati dalle Omar».
Anaïd si sentì dilaniata. Da una parte, ciò che Cristine le diceva le sembrava impossibile. Dall'altra, conosceva le leggi Omar e sapeva che contenevano ordini per eliminare l'eletta traditrice. Sua zia Criselda aveva ricevuto l'incarico di eliminare Selene se il suo tradimento fosse stato confermato. Ma Anaïd si inginocchiò

accanto a Roc e lo fissò da molto vicino. Aveva un'espressione spaventata.

«Roc? Roc? Dimmi qualcosa».

Cristine le mostrò la sua mano in quella di Clodia.

«Te la sta dicendo. Non ti ha aspettato. Te ne rendi conto?»

Anaïd guardò alternativamente l'uno e l'altra.

«Non è possibile».

Cristine sospirò.

«Tutto è possibile. Vuoi sentirlo dalla sua stessa bocca?»

Cristine fece schioccare le dita e svegliò i tre intrusi, che aprirono molto lentamente gli occhi.

«Anaïd?» mormorò Dacil.

Cristine l'aiutò ad alzarsi.

«La stessa che intendevi eliminare. Non è così?»

Dacil annuì a testa bassa.

«Ci hai tradito. Sei una Odish».

La dama di ghiaccio fissò Anaïd mentre faceva lentamente la domanda.

«E credete che per questo deve morire?»

Mano nella mano con Roc, Clodia si alzò.

«In effetti. Deve morire».

Anaïd sentì che il suo cuore andava in pezzi.

«Chi sarà a pugnalarla? Roc?»

Roc guardò Cristine.

«Sì, sarò io. Non se l'aspetta».

Cristine indicò la sua mano che stringeva quella di Clodia.

«Non si aspettava nemmeno che ti fossi innamorato della sua migliore amica».

«È stata una sorpresa. Anaïd non lo sa».

Anche Clodia guardò Cristine.

«Ci siamo innamorati. Roc non ama più Anaïd».

Anaïd si lasciò cadere per terra senza badare ai suoi vestiti nuovi, e si tappò le orecchie.

«Non voglio sentire altro, non li voglio più vedere, portali via, falli tacere, falli scomparire».

Cristine si rivolse a Cloe, che aveva assistito con scetticismo alla scena.

«Annulla la loro volontà e congela i loro desideri».

«L'hai già fatto tu, signora del ghiaccio» rispose l'Odish ribelle.

Cristine la fulminò.

«Ubbidisci ai miei ordini e a quelli dell'eletta».

Cloe passò il palmo della mano sugli occhi dei tre prigionieri, che la seguirono mansueti come un gregge di pecore. Il suo gesto insolente aveva fatto arrabbiare Cristine, che non fece più caso ad Anaïd per un po'.

Anaïd era raggomitolata in terra, vittima di un attacco. Il suo corpo era scosso da pianti e gemiti. «Anaïd, devi capire che non sei più una Omar, ormai hai assaggiato il sangue e il potere. Non ti accetteranno mai più tra di loro».

Anaïd ebbe un altro attacco di pianto.

«Ma Roc... Roc non è Omar».

«Cosa credevi? Che ti sarebbe stato fedele? Gli uomini ingannano, per questo le Odish si servono di loro. Se affidassimo la nostra volontà a un uomo, saremmo perdute».

«E Clodia...»

«Clodia ubbidisce al clan del delfino ed è civetta ed egoista. La sua amicizia rimane in terzo piano».

«Dacil mi voleva bene».

«Dacil vuole tornare da sua madre e farà tutto ciò che la tribù le ordinerà, persino eliminarti. Ma non capisci? Tutti hanno i loro interessi e tu non sei la prima sulla lista di nessuno».

Anaïd boccheggiò alla ricerca di aria.

«Selene... è mia madre...»

Cristine rise di gusto.

«Selene? Se è stata proprio Selene a occupare il tuo posto. Non ha nessun interesse a vederti tornare. Vuole la gloria e il potere solo per se stessa. Vuole essere acclamata come matriarca ed eletta della profezia».

Anaïd si graffiò le guance in un tentativo disperato di lenire il terribile dolore che le causavano le parole di Cristine.

«E Gunnar?»
Cristine si rattristò.
«È mio figlio, ma...»
«Cosa?»
«Ha tramato contro di te».
Anaïd non ne poteva più.
«Contro di me?»
«Si è unito a Selene per impossessarsi del tuo scettro. Ha appena avuto un colloquio con lei e hanno ordito un tradimento».
Anaïd scoppiò. Era tutto troppo eccessivo.
«Non ti credo!»
Cristine sospirò con deferenza, sfiorò con le dita una colonna di ghiaccio che sosteneva il soffitto del palazzo, e sulla sua bianca superficie apparve riflessa la scena svoltasi un'ora prima. Selene e Gunnar, seduti nella grotta, con un bicchiere di *pulque* accanto, parlavano a bassa voce. Anaïd trattenne il respiro.

«Che suggerisci?»
«Ti propongo un patto.»
«Quale?»
«Ti aiuterò a eliminare Cristine prima della cerimonia. Dopo riscatteremo lo scettro e tra tutti e due controlleremo Anaïd o... la assoggetteremo».
«Potrai, contro Cristine?»
«Sai che, se voglio, posso riprendermi i miei poteri».
«Ma si tratta di tua madre. Lo farai?»
«A una condizione».
«Anaïd. Il mio prezzo è Anaïd».
«Che farai con lei?»

La dama fece schioccare le dita e le mostrò Gunnar. La scena si svolgeva proprio in quel momento. Gunnar aveva riempito una brocca e stava versando una polverina dentro a un bicchiere. Anaïd vide come suo padre si armava con le sue armi da *berserker* e Cristine commentò con naturalezza:

«Tuo padre adesso sta preparando la nostra scomparsa dietro a questa porta».

E indicò davanti a sé. Anaïd si spaventò. Aveva paura dei suoi genitori. Non poteva fidarsi di nessuno, di nessun essere vivente. E Cristine?

«Cosa vuole fare con te, Gunnar?»

Cristine si avviò lentamente verso la porta.

«Lo chiederemo a lui».

Aprì la porta sorprendendo Gunnar che in quel momento stava per bussare col vassoio in mano. Vedendo che aveva anticipato le sue intenzioni, Gunnar entrò con diffidenza nella sala e appoggiò il vassoio sul tavolo.

«Accidenti, sapevi che sarei venuto».

Cristine lo guardò.

«Una madre sa molte cose» e per non dare importanza alla diffidenza di Gunnar, aggiunse con disinvoltura «specialmente quando suo figlio fa rumore» e indicò i suoi stivali coi chiodi.

Gunnar si tranquillizzò. Era vero: non passava inavvertito.

«Brindiamo all'incoronazione dell'eletta» propose Gunnar guardando Anaïd. «Sei molto bella. Molto».

Anaïd non era in grado di pronunciare una parola, né di rappresentare alcun ruolo. Era anestetizzata dal dolore. L'infelicità dominava la sua persona e stava assistendo, con sorpresa, come un'invitata macabra, alla tragedia che avrebbe dovuto risolversi nella sua stessa morte per mano di suo padre.

«Cos'hai? Ti succede qualcosa?»

Cristine sorrise a Gunnar.

«È una sentimentale, dovrà imparare a controllare le sue emozioni, come noi due».

E senza che Gunnar se ne accorgesse, Cristine indicò un'altra stanza.

«Abbiamo eliminato Dacil, Clodia e Roc. Volevano attentare contro di lei».

Ottenne l'effetto che cercava. Gunnar impallidì e guardò dove la dama indicava, senza fare caso al vassoio coi tre bicchieri che lui stesso aveva portato. Dopo abbracciò un'Anaïd ieratica e distante. Era in stato di shock.

«Era proprio necessario eliminarli?» domandò Gunnar con la voce rotta.

«O loro o Anaïd».

Con una leggerissima indicazione delle dita Cristine cambiò la collocazione dei bicchieri.

«Ma, ma… erano solo dei ragazzi» obiettò.

«Dei ragazzi pericolosi, erano armati e avevano ricevuto da Selene l'ordine di uccidere Anaïd».

Anaïd non reagì nemmeno, ma Gunnar era fuori di sé.

«Non è vero! Questo non è vero!»

«Accidenti, la difendi? Credevo che ti avesse imbrogliato già troppe volte».

«Non voglio discutere con te».

«Allora brindiamo. Sei venuto per questo, vero?»

Incredula, Anaïd vide come Gunnar serviva con mano tremante la bevanda nei bicchieri e li distribuiva. Cristine accettò il suo con naturalezza, ma lei lo rifiutò. Non riusciva a crederci: il suo stesso padre voleva avvelenarla. Gunnar insisté.

«Bevi, ti farà bene».

«Non ne voglio, grazie» rispose Anaïd inorridita.

Cristine, invece, alzò il bicchiere e brindò allegramente con suo figlio.

«Salute! Al trionfo dello scettro e dell'eletta!»

Gunnar prese il suo bicchiere e accettò il brindisi di sua madre con una smorfia di dolore.

«All'eletta» ribadì.

Anaïd li fissava. Ciò che sarebbe successo era prevedibile. E accadde.

Dopo aver bevuto, Gunnar cominciò a sentirsi male. Portò le mani alla gola, la sua pelle diventò bluastra e iniziò a tremare violentemente. Le sue ginocchia cedettero e cadde lentamente a terra. Si rese conto che le cose stavano andando al contrario di come sperava.

«Che mi hai fatto, madre?» urlò con voce roca.
Cristine abbracciò Anaïd e le coprì gli occhi.
«Ho cambiato il nostro destino e ho salvato mia nipote».
Con infinita tenerezza avvolse Anaïd con le sue braccia eleganti e l'accompagnò lentamente verso la porta.
L'aria fredda della notte punse la pelle di Anaïd, ma lei non se ne accorse. Galleggiava in una nuvola di dolore. Il mondo le era indifferente e, quando udì il ruggito affamato del Popocatepetl ebbe voglia di buttarsi nel cono incandescente pieno di zolfo e di cenere, per porre fine alla sua sofferenza.
«La tua morte non è la soluzione».
Anaïd la guardò stupita.
«Ci sono io, non ti ho abbandonato, sono con te e mi prendo cura di te».
La voce affettuosa di Cristine agì da balsamo. La dama la coprì con un superbo mantello di pelliccia di zibellino.
«Devi riprenderti, cara bambina. Devi essere forte».
Anaïd si lasciò sistemare il mantello e avvolgere dalle dolci parole di Cristine.
«Tra poco avrai lo scettro nelle tue mani. Pensa allo scettro».
La condusse amorevolmente sul ripido sentiero che conduceva al Tetzacualco del Popocatepetl, il luogo in cui doveva celebrarsi la cerimonia dello scettro.
Dietro, le Odish giunte da tutti gli angoli del pianeta le seguivano a prudente distanza, indossando le loro vesti cerimoniali. Le ultime, quelle che chiudevano il corteo, erano accompagnate da due ragazze che camminavano con lo sguardo assente e i passi meccanici di chi ha perso la volontà. Per l'occasione erano state vestite di verde, le loro teste erano cinte da un diadema bianco. Senza saperlo, erano destinate al sacrificio in quella cerimonia. Due ragazze Omar piovute dal cielo: Clodia e Dacil.

Quando Selene, con la sua chioma rossa, arrivò al Tetzacualco de Tlamacas all'ora convenuta con Gunnar, il palazzo magico della dama di ghiaccio e delle sue Odish era scomparso. Al suo posto c'erano soltanto le rovine di un tempio e i corpi esanimi di Gunnar e di Roc sulle fredde pietre.

Selene capì subito. Cristine li aveva scoperti, e quella era stata la sua risposta.

Si chinò su Gunnar e gli accarezzò la guancia. Dopo lo baciò delicatamente sulle labbra ancora calde e pronunciò:

«Ti amo».

CAPITOLO VENTINOVE

La guerra delle streghe

Il Tetzacualco del Popocatepetl era eccezionale. Si ergeva a quasi cinquemila metri di altezza sul ghiacciaio candido, e molto vicino alla vetta, ma restava assolutamente nascosto ai pochi viaggiatori che intraprendevano la lenta arrampicata fino alla vetta del Popo. A quell'altitudine, stanchi e senza ossigeno, restava loro soltanto la forza per raggiungere i 5.452 metri che avrebbero sancito il successo della loro impresa.

Come gli altri santuari, il Tetzacualco era ubicato in modo tale che il primo raggio di sole equinoziale si posasse sull'altare e, seguendo una linea immaginaria, lo collegasse agli altri Tetzacualco. Quello del Popocatepetl sfidava tutte le leggi della gravità ed era appeso alle pendici della montagna come in bilico. Davanti al piccolo tempio, scavato a picco, scendeva lo strapiombo sepolto dal ghiaccio.

Con un semplice sortilegio, Cristine aveva eretto nuovamente le sue antiche colonne e ricostruito il suo elegante soffitto a cassettoni sul terreno nero delle rocce vulcaniche, rese luccicanti dalla lingua del ghiacciaio.

Più in alto, la magica colonna di fumo si innalzava dal cratere del vulcano. Sotto, un bianco anello di nuvole. Al posto d'onore, tremante ma fermamente disposta a impugnare lo scettro, Anaïd.

Era accanto alla dama bianca, avvolta nella pelliccia. Col mento alzato, la schiena diritta e lo sguardo sereno verso l'alto, come le aveva insegnato sua nonna.

Circondata dal ghiaccio, splendida, Cristine salutava e accoglieva, secondo il rituale, le Odish che arrivavano. Dal suo trono d'onore accanto all'eletta, Cristine le riceveva con parole di benvenuto e un bacio; dopo truccava loro gli occhi con *surma* nera per scacciare i cattivi presagi, e riempiva la loro ciotola d'argento col liquore sacro.

Le Odish, molto belle, camminavano con dignità con la loro coppa in mano fino al seggio loro assegnato in funzione del rango di ognuna, della sua provenienza e della sua antichità.

Il protocollo era lento, ripetitivo, e si prolungò per un tempo che ad Anaïd parve interminabile. La prossimità dello scettro l'aveva scombussolata. Lo percepiva nelle sue mani segnate dal fuoco e nell'angoscia che la tormentava. Lo scettro era troppo vicino a lei e mancava pochissimo perché il nuovo giorno cacciasse la notte e il raggio di sole la legittimasse come sua proprietaria. Guardò furtivamente lo scrigno d'oro massiccio custodito da due fedeli Odish delle steppe siberiane. Dentro c'era lo scettro del potere.

Rosa dall'impazienza, Anaïd sopportò con simulato stoicismo la libagione officiata da Cristine insieme alle altre Odish. Rispondendo alle parole rituali che facevano parte della cerimonia, Cristine alzò la sua coppa in direzione del cono del vulcano e tutte le Odish insieme imitarono il suo gesto.

«Il potere del fuoco sacro e immortale ci affratella in questo magico luogo con la forza dei ghiacci eterni. Uniamo le nostre coppe e beviamo insieme per impregnarci con la saggezza della madre O, che concede al fuoco e al ghiaccio il potere del tempo infinito».

Tutte le Odish risposero all'unisono con uno spettrale 'così sia', inclinarono la testa e bevvero dalle loro coppe fino all'ultima goccia del liquido sacro che avrebbe sicuramente acuito i loro sensi e la loro percezione. Dopo si sedettero con eleganza, assunsero una posa solenne e fissarono i loro occhi su Anaïd.

Due di loro, due Odish robuste, avanzarono portando una pietra rossa con forma di recipiente e la posero ai piedi di Anaïd.

«Tutto è pronto per il sacrificio».

Rivolsero quindi il loro sguardo verso due figure lontane che, in piedi, aspettavano rassegnate la loro sorte all'esterno del Tetzacualco. Soggiogate da un incantesimo, erano incapaci di muoversi, di fuggire o di pensare. Indossavano grandi tiare bianche in testa e vesti verdi. Aspettavano il loro turno per il sacrificio, ma Anaïd non le riconobbe nemmeno, né capì il significato del rituale. Era sorpresa dal potere che fluiva dalla sua persona.

Cristine decise al suo posto.

«Il sacrificio può aspettare».

Le due Odish si inginocchiarono, abbassarono la testa e si ritirarono ai loro seggi.

Anaïd sentì i peli della nuca che si drizzavano. Tutte le Odish, quelle donne belle, sanguinarie e immortali, erano in formazione davanti a lei, disposte a ubbidirla, servirla e riconoscere l'autorità dello scettro. Fu presa da una vertigine simile a quella che avrebbe provato guardando in fondo al precipizio su cui era sospeso il Tetzacualco. Era questo il potere? Era questo il piacere del comando? Il senso di vertigine aumentò, mentre Cristine apriva con la chiave lo scrigno dorato in cui giaceva lo scettro. Anaïd gemette nel vedere, finalmente, quel vecchio amico da cui era stata separata per tanto tempo. Un'esplosione di emozioni la fece traballare e il bagliore del palmo della sua mano aumentò dolorosamente. Tuttavia, fu Cristine a introdurre il suo braccio nello scrigno e a stringerlo nella sua mano destra. Dopo lo passò davanti agli occhi smaniosi di Anaïd e di tutte le Odish.

«Eccolo. Lo scettro del potere della madre O, profetizzato da Trebora, maledetto da Odi. Potente e unico. Lo scettro dell'ELETTA».

Mentre pronunciava lentamente queste parole, un mormorio di disapprovazione si levò nella sala del Tetzacualco. Alcune delle Odish non erano disposte a essere governate da una ragazzina Omar.

Anaïd allungò la mano per riceverlo e tutte poterono vedere la luce bianca che sgorgava dal suo palmo. Era ovvio che le apparteneva, che la sua natura lo reclamava, che quella era la congiunzione giusta, ma il rifiuto di alcune fazioni Odish non era l'unico inconveniente che impediva ad Anaïd di ricevere lo scettro.

Tremante e tesa, prigioniera del simbolo dorato, Cristine si rifiutava di consegnarlo. Non poteva. Non ne aveva il coraggio. Lo scettro la chiamava e lei non riusciva a resistere al suo dettato. Lo scettro stava imponendo la sua legge e Cristine non era immune alla sua forza.

Con gli occhi spalancati e il palmo che le bruciava, Anaïd seguiva angosciata la traiettoria dello scettro nelle mani di Cristine, che si fermò, ipnotizzata e soggiogata dal prezioso gioiello. La prima luce del giorno spuntava in lontananza, luccicando sulla neve. Presto sarebbe stato troppo tardi.

Calò un silenzio denso, rotto dall'ululato del coyote che parve svegliare Cristine.

Anaïd non poteva strappargielo con la forza, non poteva lottare con lei, ma le strinse leggermente la mano libera.

«Nonna» bisbigliò, «devi darmi lo scettro».

Le Odish rumoreggiavano e la fazione della negromante Baalat fece sentire la sua voce:

«Lo scettro per le Odish!»

Allora Cristine reagì.

«Silenzio!» esclamò, alzandolo sulle teste delle Odish. «L'eletta, e solo lei, ha il potere di vita e di morte con lo scettro tra le mani. Volete che lo eserciti su di voi? Dovete acclamarla e ubbidirla».

Rapidamente e senza esitazioni allungò il braccio e offrì lo scettro ad Anaïd. Smaniosa, la sua mano si chiuse sull'impugnatura e l'afferrò disperatamente. Con gli occhi chiusi si lasciò pervadere dalla sua energia e dalla sua magia e si sentì trasportata in altre dimensioni. Quando aprì gli occhi si rese conto che la luce era diversa e che i suoni erano più nitidi. La nebbia si era illuminata e dietro ai ritagli di nuvole percepiva altre realtà.

All'improvviso udì i bisbigli di molte donne nascoste e capì che erano circondate dalle guerriere Omar, che non potevano essere occultate né dagli alberi, né dai cespugli, né dalla neve bianca. Lo scettro le rendeva visibili ai suoi occhi; niente e nessuno poteva sfuggire allo scettro, il suo infinito potere raggiungeva tutti gli angoli.

Si sentì terribilmente potente. Si sentì terribilmente sola. Provava diffidenza e timore nei confronti di tutti.

Ma possedeva lo scettro.

Né le Odish né le Omar si fidavano di lei. Nessuno, all'infuori di Cristine, le voleva bene. Per questo, forse, si sentiva più forte, più capace di realizzare i suoi desideri senza che gli scrupoli o i sentimentalismi le imbavagliassero la coscienza.

Non avrebbe dovuto piegarsi alla volontà altrui. Sarebbe stata lei stessa a dettare le sue leggi.

Non avrebbe dovuto ubbidire ad alcun ordine. Sarebbe stata lei a dare gli ordini.

Non avrebbe dovuto tenere conto di nessuno. Solo di se stessa.

All'improvviso ricordò Demetra e la sua promessa di distruggere Cristine. Le promesse fatte ai morti non si possono dimenticare... E perché no? Voleva volare libera verso il potere assoluto dello scettro.

Il verso dell'aquila annunciò l'imminente arrivo del sole. Anaïd tese i muscoli e aprì le braccia, pronta ad accoglierlo, ma nell'istante in cui volgeva lo scettro verso Est, una voce la fermò.

«Anaïd, ti voglio bene!» urlò la voce serena di Selene, sua madre, echeggiando tra le colonne del Tetzacualco.

Anaïd sentì una vampata di umanità stringerle il cuore.

«Anaïd, ti voglio bene!» urlò Gunnar, suo padre, riempiendo d'aria pura i suoi polmoni vuoti, e causandole lo stesso male che produce il primo respiro.

«Anaïd, ti voglio bene!» gridò la voce di Roc, stringendole il cuore e costringendolo a battere, come una scarica elettrica dopo un lungo arresto cardiaco.

Anaïd tremò dalla testa ai piedi e si rese conto che la sua determinazione stava svanendo.

Cristine rimase impassibile, mentre le Odish si alzavano dai loro sedili pronte a lottare contro gli invasori che disturbavano la loro cerimonia. E quando lo fecero, alcune di loro rimasero intrappolate in reti magiche lanciate dalle Omar, nascoste sotto il ghiaccio e sospese nel vuoto del precipizio. Le urla risuonarono nel sacro recinto.

Nel momento in cui il primo raggio di sole equinoziale si posò sullo scettro, Anaïd sentì l'energia dell'astro re che fluiva nelle sue vene e la dotava di un potere infinito, immane.

Ma fu la voce di Clodia a commuoverla più del potere dello scettro.

«Anaïd, ti voglio bene!» urlò Clodia quando si svegliò dal suo letargo con l'aiuto delle Omar.

«Anaïd, ti voglio bene!» l'assecondò Dacil, correndo verso di lei sfuggendo alle Odish che volevano catturarla.

Anaïd aveva ricevuto l'unzione dallo scettro e rimaneva immobile, respirando boccate d'aria pura e assaporando la sua nuova umanità. Era distrutta, ma sentiva ognuna delle sue cellule. Era veramente viva, e per la prima volta si rese conto di quel che significava possedere lo scettro, invece di essere posseduta da lui.

Era questo. Sentirsi amata.

Era quella linea sottile che separava i due concetti.

Selene si fece largo tra lo sconcerto generale, arrivò accanto ad Anaïd e la supplicò con gli occhi pieni di lacrime:

«Distruggi la dama bianca. Distruggila adesso».

Anaïd riconobbe che la sua missione era quella, era quella la profezia cui era destinata.

Alzò lo scettro sulla bella ed elegante testa di Cristine. La dama non si difese, non si mosse dal posto d'onore che occupava accanto a lei. Rimase a guardarla senza chiedere pietà, senza pretendere altro che conservare il suo ricordo.

Anaïd provò a scaricare il potere dello scettro sulla dama bianca, ma quando abbassò le braccia, qualcosa la fermò. Lottava contro se stessa.

«Fallo, Anaïd».

«Distruggila, Anaïd».

«Lei è il male, Anaïd».

Stregata dagli occhi della sua vittima, forse schiava del suo ultimo maleficio, si liberò dello scettro con mano tremante e lo lasciò sull'altare.

«Non posso farlo».

«Perché non puoi distruggermi?» chiese Cristine.

Anaïd non resse più e crollò.

«Ti voglio bene».

«Non ti arrendere, Anaïd, non ti arrendere» intervenne allora Selene.

Disperata, si lanciò con l'intenzione di prendere lo scettro e di usarlo lei stessa contro la grande Odish. Ma una mano più forte glielo impedì. Era Gunnar.

«Non farlo. È molto pericoloso».

Nel frattempo, Cristine, come se non vedesse nulla eccetto sua nipote, abbracciava Anaïd teneramente e le asciugava le lacrime.

Selene lanciò un grido e volle separarle, ma Gunnar la trattenne di nuovo con forza.

«Non le farà del male. Non a lei».

Anaïd si voltò verso sua madre.

«Mi dispiace, Selene» balbettò, «mi dispiace, abbiamo perso la guerra. Le Omar hanno perso per colpa mia. Non sono capace di ucciderla».

Cristine sorrise ad Anaïd e le offrì lo scettro con delicatezza.

«Ti sbagli, tesoro. Il tuo amore è stato provvidenziale. Lo scettro è tuo».

La dama bianca si alzò con arroganza e urlò. La sua voce risuonò sulle pendici del Popocatepetl. La sua potente voce fermò il volo delle aquile e la corrente del vento. La sua voce dolce e imponente sorprese le Omar, guerriere e furiose, che per la prima volta stavano accerchiando le Odish. Quando lei parlò, tutte le creature l'ascoltarono.

«Ascoltatemi bene. La profezia si è appena compiuta».

Le Odish e le Omar, immobili, non osavano respirare.

«La guerra delle streghe è finita».

La voce profetica di Cristine annunciò solennemente:

«Anaïd, l'eletta, ha vinto».
Lo stupore fu enorme.
«Il tempo delle Odish è finito» pronunciò Cristine con determinazione.
In quel preciso istante una Odish lentigginosa e bionda che guardava la scena scomparve fulminata da un bagliore. Al suo posto rimase appena un mucchio di polvere. Intorno a lei si levò un urlo di spavento.
Cristine continuò a parlare con voce tonante.
«Anaïd, l'eletta, col suo sincero amore per me, con la sua lealtà, ha trionfato sulle spade e gli incantesimi».
La Odish nubia, sicario di Baalat, si scagliò su Cristine col suo *atam*.
«Traditrice!» urlò.
Ma in quell'istante un fulmine la travolse e, quando la fiamma si spense, della sua rabbia e della sua vendetta non era rimasto niente. Il suo corpo era semplicemente svanito.
Cristine la indicò.
«Sono stata io a far pendere la bilancia in questa contesa. Sono stata io a porre fine a questa guerra inutile e assurda. Il mondo dei vivi non è più il posto per le Odish».
I bagliori si moltiplicavano. Le Odish scomparivano una a una. Quelle rimaste tentavano di sfuggire al loro destino senza riuscirci. Una dopo l'altra, venivano avvolte da uno scoppio improvviso che le distruggeva.
«Scompariremo definitivamente. La guerra delle streghe è finita».
La sorpresa delle Omar e la paura delle Odish si riflettevano su tutti i volti.
All'improvviso, Anaïd capì.
«La libagione, il rituale della coppa sacra... sei stata tu a decidere la vostra fine?»
Cristine sospirò.
«Ci deve sempre essere una fine».
Anaïd si spaventò.

«Hai bevuto il veleno anche tu?»

«Sono una Odish immortale e sono stanca di avere vissuto così a lungo».

Anaïd si aggrappò a lei.

«No, nonna, no».

«Ti ho voluto molto bene, Anaïd, tanto quanto sono stata capace. Grazie a te ho scoperto il senso della vita, e la vita non può essere capita senza la morte».

Con gli occhi pieni di lacrime, Anaïd ebbe solo il tempo di aprire il borsellino e di offrirle qualche moneta d'oro.

«Ti prego, accettale. Sono delle monete per Manuela e sua figlia. Così potranno attraversare la laguna. Dagliele. E anche per te».

Cristine prese le monete in mano e in quello stesso istante venne avvolta da un bagliore rosso.

Anaïd chiuse gli occhi per non assistere alla sua fine.

Il ruggito assordante del Popocatepetl la costrinse a riaprirli. Sospirò. Riconosceva la chiamata, il vulcano esigeva il suo debito. Attorno a lei c'era il caos. Le Omar festeggiavano la loro vittoria. Tutte, assorte nella loro felicità, nella gioia concessa dal trionfo, avevano dimenticato l'eletta.

Li vide tutti quanti, che si stavano riprendendo dalle loro ferite, stanchi, ma vivi: Dacil e Clodia raccontavano la propria avventura con smorfie e qualche risata; Gunnar e Selene si erano separati dagli altri e risolvevano i loro problemi, quelli che lei aveva sistemato con Bridget, pregandola di revocare la sua maledizione; e c'era ancora qualcuno che la cercava con lo sguardo. Era Roc. Bruno, alto, bello. Le chiedeva con gli occhi di aspettarlo, cercava di aprirsi un varco tra gli ostacoli che li separavano.

Allora udì la sua voce.

«Anaïd, ti sto aspettando».

Era Sarmik, sua sorella di latte. Questa volta sì. La sentiva chiaramente. Era molto vicina, doveva andare da lei.

Si voltò, ma una mano la prese per la spalla e la trattenne. Alzò la testa e vide Roc che le sorrideva con la sua fossetta furba.

«Mi darai un bacio?»

Anaïd non esitò. Il congedo dalla vita poteva ben essere un ricordo incancellabile. Si baciarono a lungo e Anaïd si sentì così bene che ebbe paura di non avere la forza necessaria.

«Ne è valsa la pena» commentò Roc.

«Cosa?»

«Il lungo viaggio per riscuotere il tuo bacio, quello che mi dovevi».

Anaïd rise e si separò da lui.

«Devo andare».

«Dove vai?»

Anaïd indicò il cratere.

«È una promessa».

«Ti accompagno».

«No, devo andarci da sola».

Roc la trattenne ancora con una piccola domanda.

«Tornerai presto?»

Anaïd, con gli occhi pieni di lacrime, non gli rispose e, senza salutarlo, cominciò la lenta ascesa verso la vetta.

Anche Selene e Gunnar si erano ritrovati, con disperazione e stupore. Nessuno dei due riusciva a capacitarsi della magia dell'amore recuperato, senza odio, senza rancori, senza vendette. Selene soffriva: non poteva provare un attaccamento alla vita così forte da non riuscire a mantenere la promessa fatta ai morti.

«Il nostro amore è maledetto. Non tentiamo la sorte» protestò tremando tra le braccia di Gunnar, anche se desiderava continuare ad amarlo in eterno.

«Forse non lo è più» suggerì Gunnar.

«Bridget maledì la montagna di Domen. Te ne ricordi?»

«A volte le maledizioni possono essere esorcizzate».

Selene lo respinse con forza.

«Non ho tempo, o meglio, non posso darti tempo, perché non mi appartiene».

Gunnar diventò serio.

«Che vuoi dire?»

«Che ho impegnato la mia vita».
«Con Max?»
«Non essere geloso. È una promesse più seria».
«Non avrai pensato di offrire la tua vita...?»
Selene abbassò lo sguardo e Gunnar la prese per le spalle.
«Non lo permetterò, per nessun motivo».
Selene si liberò dal suo abbraccio.
«È per Anaïd».
All'improvviso Selene si accorse dell'assenza di sua figlia e prese a cercarla con disperazione. Finché non la vide. La sua figura era un minuscolo punto in lontananza, a pochi metri dal cratere fumante.
«Anaïd!» gridò, indovinando la sua intenzione e indicando in alto.
Senza dire niente a Gunnar, pronunciò un incantesimo d'illusione e se ne andò volando dietro di lei, con la determinazione di chi sa di dover impegnare tutte le sue forze per salvare una vita, quella più amata.
Anaïd, però, era arrivata sulla vetta e sorrideva alla sua sorella di latte che, col suo fedele cane husky stava guardando il fondo del cratere.
«Sarmik?» chiese, prima di fondersi con lei in un lungo e caldo abbraccio.
Dopo, si guardarono negli occhi. Durante tutto quel tempo erano state molto unite. Sarmik indicò lo scettro.
«È molto bello».
Anaïd glielo consegnò. Sapeva che Sarmik l'avrebbe usato con giudizio e saggezza. Sarebbe diventata la migliore matriarca per le Omar, e una meravigliosa detentrice. Lei, che aveva il suo stesso sangue, lei che era il suo *alter ego*, lei era la vera regina delle streghe.
«È tuo, te lo consegno in nome delle streghe Omar. Usalo con prudenza».
Commossa, Sarmik guardò senza alcuna cupidigia quello scettro così prezioso. La sua mano era libera dall'angoscia che rodeva Anaïd, e la sua generosità era tale che non sarebbe mai caduta nella tentazione del potere.

Il Popocatepetl ruggì di nuovo, assordante, e le fragili pareti del cono tremarono. Una spessa fumata le avvolse.

Il vulcano la chiamava e Anaïd, timorosa, strinse con forza il borsellino con le monete.

Con lo scettro in mano, Sarmik si tolse la sua bella collana e con essa cinse il collo di Anaïd.

«La madre orsa ti proteggerà».

Anaïd era commossa e prima di fare il passo definitivo abbracciò sua sorella di latte e le bisbigliò il suo augurio.

«Sarai la nostra regina, colei che governerà le Omar con saggezza e con l'aiuto dello scettro della madre O».

Si salutarono con le lacrime agli occhi.

«Mi sarebbe piaciuto conoscerti meglio, ma sono orgogliosa di compiere il mio destino» mormorò Sarmik.

Anaïd sentiva lo stesso: anche lei doveva mantenere la sua promessa e consegnarsi ai morti. E in quello stesso momento, nell'istante in cui prendeva coraggio per tuffarsi nel cratere fumante, Sarmik strappò con forza il sacchetto delle monete dal collo di Anaïd e, seguita dal suo fedele husky, fece un salto nel vuoto con lo scettro nell'altra mano.

Entrambi volarono sulla nuvola di zolfo e scomparirono nella bocca in fiamme del cratere.

Inorridita, Anaïd volle lanciarsi dietro di lei, ma la mano di Selene la trattenne.

«Noooo!»

Dalla grotta di Mipulco, la serpente Coatlicue accese la sua pipa e vide, senza dover guardare, la fumata che usciva dall'imponente vulcano, ormai soddisfatto.

CAPITOLO TRENTA

Carpe diem

Anaïd tossiva soffocata dal fumo delle macchine. Non era abituata al traffico delle strade intasate di Manhattan.
«Sei sicura che sia qui?» chiese Dacil, mentre guardava disperata da tutte le parti.
«Mi ha detto che mi avrebbe aspettato all'angolo della strada, davanti al chiosco di bibite».
Roc, che stringeva la mano di Anaïd, indicò il chiosco delle bibite. Tuttavia, all'angolo non c'era nessuna madre che aspettava la figlia. Soltanto una donna giovane che indossava una gonna molto corta e camminava su tacchi troppo alti, con un palloncino in mano, una bambola sotto il braccio e un sacchetto stracolmo di dolciumi. Stava leccando una nuvola di zucchero filato e guardava con insolenza le facce di tutti quelli che erano a passeggio con dei bambini.
Nervosa, Dacil si avvicinò a lei con incredulità.
«Mamma?» chiese con cautela.
La donna rimase paralizzata, stupidamente commossa; cominciò a esaminarla dai piedi in su, salendo, salendo, trattenendo il respiro fino ad arrivare agli occhi della ragazzina che era alta quasi quanto lei.
«Non è possibile!» esclamò inorridita. «Non puoi essere Dacil!»

Invece di abbracciarla, fece un passo indietro e portò la mano al petto. Dacil sentì un nodo in gola e una voglia terribile di darsela a gambe. Voleva scappare da quella donna che l'aveva messa al mondo e che poi non la riconosceva.

«Sono io, mamma».

«Non ci credo» urlò la giovane Omar buttando la bambola per terra con espressione di sconcerto. «Ti credevo una bambina...»

Dacil si vergognò, e Anaïd avrebbe voluto avvicinarsi per consolarla, ma Roc non glielo permise. Era una questione privata, non potevano intervenire.

Qualche metro più indietro, Clodia fotografava la scena col suo telefonino. Colse il momento in cui la madre di Dacil toccava con diffidenza il braccio magrolino di sua figlia, per poi passare lentamente la mano sulla sua guancia vellutata.

«Non posso credere di avere una figlia così bella, così alta, così carina... non può essere vero. È un sogno, dammi un pizzicotto, Dacil, su, dammelo. La mia bambina bella, la mia piccola *guanche*, la mia cucciola piagnucolona».

Dacil aprì e richiuse la bocca, come un pesce fuor d'acqua, boccheggiante. Cercava disperatamente le parole da dire a sua madre... e non le trovava. Fortunatamente sua madre parlava per entrambe, bastava e avanzava.

«Ma che ci faccio qui, fissandoti come una scema? Vieni, avvicinati, fatti abbracciare. Ho sognato per tanti anni questo momento, e adesso ce ne stiamo qui impalate. Non sono una bomba nucleare, sono tua madre. Vieni qua!»

Anaïd rimase attonita nel vedere l'intensità del loro abbraccio. Erano identiche, nei gesti, nella sincerità, nel gusto orribile con cui combinavano i vestiti, nella spontaneità. Erano deliziose, fatte l'una per l'altra e destinate a volersi bene.

Clodia scattò mille fotografie. Fino a quando non squillò il telefonino.

«Mauro?» sorrise, mentre strizzava l'occhio ad Anaïd e a Roc.

«Dove sei?» chiese la voce di Mauro.

«A New York, la festa è finita, ormai. Torno subito».

«Adesso?»

«Comincia a farmi posto nella tua camera, per sognare insieme».

«È di questo che volevo parlarti... Temo che non ci sia abbastanza posto».

«Non hai un letto grande?»

«Il fatto è che saremmo in tre».

«Tre?» gridò Clodia. «Tu e io facciamo due, sono stata promossa in matematica».

«Con Giulia siamo in tre».

Clodia diventò viola, azzurra e verde contemporaneamente.

«Giulia, la mia buona amica Giulia a cui ho chiesto di tenerti compagnia?»

«Ebbene, sì. Mi ha fatto compagnia, e adesso è la mia fidanzata».

«La tua cosa?» balbettò incredula, anche se aveva udito perfettamente.

«La mia fidanzata».

Clodia esplose come un tifone tropicale.

«Cosa crede di fare, questa miserabile ladruncola di fidanzati? Cosa sa fare Giulia che io non so fare?»

«Consolarmi. Mi ha consolato così bene, che alla fine abbiamo sognato insieme».

Clodia era furente.

«Non hai pazienza? Non potevi aspettarmi un po'?»

«Clodia, ti ho aspettato per tutta l'estate».

«Ti ho reso le cose difficili...» piagnucolò, più offesa che addolorata, e più imbrogliata che innamorata.

«E te ne sono grato, te ne sono veramente grato, mi hai fatto soffrire un sacco e ho passato un'estate stupenda... Il fatto è che...»

«Ciao!» chiuse arrabbiatissima Clodia.

Tutto sommato, era contenta di avere avuto l'ultima parola, quella definitiva. 'Ciao' era una delle sue preferite.

Anaïd si avvicinò pronta ad abbracciarla.

«Alt, non sopporto la compassione» la fermò Clodia.

«Ma...»

«E tanto meno da un'amica con fidanzato. Non sopporto le amiche felici col fidanzato».

Imbarazzatissima, Anaïd rimase immobile. Clodia era capacissima di parlare sul serio. Fino ad allora era stata lei l'amica infelice senza fidanzato. Ma le cose erano cambiate. Le era venuta un'espressione da scema integrale? Non se ne sarebbe per niente stupita. Nonostante tutto quel che era successo, nonostante l'assenza di Cristine, era così felice che per forza doveva apparire evidente a tutti.

Persino Sarmik aveva lasciato dietro di sé un ricordo commosso e glorioso. Tra le giovani Omar era di moda una maglietta con la sagoma di Sarmik e il suo cane Teo, lo scettro dorato e il motto *proud of you*. E lei si sentiva proprio orgogliosa di essere stata sua sorella e di aver condiviso il coraggio della piccola inuit, che avrebbe tenuto con sé in eterno nel mondo dei morti lo scettro della madre O e avrebbe governato con saggezza il destino delle Omar fino alla fine dei tempi.

Sarmik era la vera eroina, la regina delle streghe. E Anaïd era semplicemente diventata una ragazza normale e… felice.

La felicità si riassumeva nella sua nuova famiglia, la sua futura sorellina, Rosa, e il suo fidanzato nuovo di zecca. Le sembrava così bello che le faceva persino male guardarlo.

Selene, con la sua panciona pré-maman, arrivò discutendo con Gunnar, e con una borsa piena di vestitini per neonati.

Clodia era verde dall'invidia.

«E non sopporto le madri felici con fidanzato!»

«Ma dai, Selene è anche ingrassata».

«Ed è bellissima. La felicità degli altri mi sembra vomitevole».

Anaïd provò a giustificarsi. Si sentiva un po' imbarazzata per il fatto di appartenere a una famiglia apparentemente così perfetta, moderna e meravigliosa.

«Passano la giornata a discutere» aggiunse, indicando i suoi genitori.

Clodia singhiozzò.

«Peggio, molto peggio: questo significa che si vogliono bene» piangeva di gusto. «A me non vuole bene nessuno».

Anaïd la lasciò stare. Inoltre, oberata dalle sue nuove responsabilità, Selene la chiamava per mostrarle un golfino e, dietro di lei, Gunnar brontolava.

«Guarda, guarda qui, Anaïd. Non ti pare un amore per Rosa?»
«È troppo grande» obiettò Gunnar.
«Sta zitto, tu, che non hai figli da mille anni».
«E Anaïd, allora?»
«Non le hai mai comprato un golfino».

Anaïd non fece caso ai loro battibecchi e provò a immaginare la sua futura sorellina Rosa, rotondetta e piagnucolona, con un minuscolo golfino a righe verdi e blu.

«Ma ci starà, qua dentro? Sembra per le bambole».
Roc glielo prese dalle mani e pronunciò il suo verdetto.
«È grande, è una misura da tre mesi. E per Urt, nel periodo in cui nascerà, non va bene: è troppo leggero».
«Te l'avevo detto» infierì Gunnar.

Anaïd e Selene si scoraggiarono. Roc era un esperto: non a caso aveva sette fratelli più piccoli, e sua madre Elena era di nuovo incinta.

Selene lasciò cadere la borsa.
«Non sono adatta a queste cose».
Anaïd le fece coraggio.
«Certo che sì, mamma, sarai bravissima».
«Sono un disastro».
«Ma no, sei fantastica. Se vuoi, ti aiuterò».
«Sarà ancora peggio, Anaïd, i bambini non fanno per noi».
«Ma mi farà piacere» si difese Anaïd.
Selene sorrise e il suo sorriso era splendido.
«Davvero?»
«Ma certo, sarà divertente avere un bebè per casa».
Roc intervenne.
«Se permettete, potete nominarmi consulente».
«Eh, eh, nessuno prenda il mio posto! Io sarò il padre» chiarì Gunnar.
«E chi sarò io? La zietta frustrata e un po' pazzerella?» interven-

ne Clodia, che non sopportava di non essere protagonista per più di mezzo minuto.

«Preferisci essere la zietta mangiauomini?» offrì Anaïd di cuore.

Clodia fece la vittima.

«Ah sì? Mi prendi anche in giro? Come fai a ridere di una povera ragazza abbandonata?»

Anaïd ammirava la capacità che aveva Clodia di cavarsela in tutte le occasioni.

«Per poco. Intorno a te ci sono sette milioni di persone tra cui, per il calcolo delle probabilità, ci dovrebbero essere circa centomila ragazzi che potrebbero andare bene per te».

Clodia si voltò teatralmente.

«Ah sì? Guarda caso, io non ne vedo neanche uno».

Alzò le mani al cielo e gridò girando su se stessa:

«Dov'è il ragazzo dei miei sogni? Lo sto aspettando. Non c'è bisogno che mi caschino addosso tutti i centomila insieme, me ne basta uno».

Anaïd si allontanò di qualche passo e mosse impercettibilmente le labbra.

In quel momento, sotto i piedi di Clodia si aprì un tombino e lei cadde rumorosamente nelle viscere aperte della grande città.

«Ahhh!» urlò Clodia mentre scompariva... come per magia.

Gunnar guardò Selene con biasimo, e lei sviò il suo sguardo verso Anaïd.

«E adesso? Chi la tirerà fuori da lì dentro?»

Anaïd abbassò timidamente gli occhi.

«Volevo solo darle un aiutino».

Roc era rimasto a bocca aperta.

«Sei stata tu?»

Anaïd provò a mentire, ma non ne fu capace.

«Le ho solo dato una spintarella».

Gunnar si era già inginocchiato accanto al grande buco nero che portava alle mitiche fogne di New York, di cui le leggende metropolitane dicevano che erano piene di caimani, boa e topi mutanti.

«Clodia!» gridò Gunnar.

Dacil e sua madre si avvicinarono di corsa, pronte ad aiutare. Tutti e sei guardarono nel buco e tutti insieme aprirono la bocca stupiti.

Commediante e mediterranea, esplosiva come un'eruzione vulcanica, Clodia stava risalendo sulla superficie della metropoli in braccio a un bel pompiere che si arrampicava su una scaletta. Li salutò agitando la mano come la regina delle feste dalla sua carrozza.

Giunta sulla strada, prese la mano del muscoloso ragazzo, lentigginoso e di origini irlandesi, e lo presentò:

«*He is Jim, my new boyfriend*».

E lo baciò davanti ai suoi sorpresissimi amici.

«*Carpe diem!*»

Nota dell'autrice e ringraziamenti

La genesi

Tutto è cominciato qualche tempo fa grazie a mia figlia Júlia, che mi chiedeva un racconto dietro l'altro e sognava principesse, draghi, fate e streghe. Júlia era insaziabile, e ho ceduto alla tentazione d'inventare per lei una storia di streghe e nello stesso tempo di riscattare quella figura misteriosa e oscura che mi aveva sedotto in gioventù.

Ho imbastito la storia di una bambina speciale che, senza saperlo, era una strega dai capelli rossi; l'eletta della profezia, destinata a dirimere un'antica lotta tra fazioni rivali. La storia piacque moltissimo a Júlia, ma, come a volte succede, rimase dimenticata in un cassetto fino a quando, dieci anni dopo, Reina Duarte e José Luis Gómez mi incoraggiarono a recuperarla e a osservarla da un nuovo punto di vista: una trilogia per adolescenti di genere fantastico.

La mia curiosità per il mondo della stregoneria nacque quando studiavo Antropologia e mi interessavo ai processi dell'Inquisizione e all'esistenza di determinate pratiche di magia tuttora conservate. Mi resi conto, allora, che di tutti gli esseri fantastici che abitano le nostre leggende, le streghe sono le uniche a essere esistite e a essersi reinventate in quanto tali.

NOTA DELL'AUTRICE E RINGRAZIAMENTI

Per parlare di streghe ho fatto ricorso all'immaginario popolare, ho consultato la bibliografia e studiato alcuni dei processi storici contro la stregoneria. Non volevo rischiare d'incorrere nei luoghi comuni e attingere unicamente dalle fonti del meraviglioso immaginario sassone e scandinavo. Volevo parlare di streghe autoctone, e per questo motivo ho scelto di documentarmi sulla tradizione greco-latina. Mi sono ispirata alla mitologia greca e ho ambientato la mia storia nei Pirenei, le montagne che hanno generato il maggior numero di leggende e processi, e che conosco meglio. Partendo da questi materiali ho costruito un universo di mezze verità e mezze bugie, e mi sono lanciata nel compito più emozionante degli scrittori di narrativa: inventare.

Ho inventato delle streghe in carne e ossa e ho concepito un mondo di donne organizzato in lignaggi, clan e tribù vincolati alla natura. Per dare un fondamento a questo immaginario, ho ideato il mito originale della madre O, che aveva dato vita alle due rivali Od e Om. Per dare poi un corpo alle loro credenze, ho scritto le profezie e i trattati sull'arrivo dell'eletta.

L'universo delle streghe era già stato creato, mancava solo popolarlo di donne. Così ho tracciato i ritratti di streghe di tutte le età: madri, figlie e nonne che vivevano nascoste tra di noi, qui e ora. Erano ostetriche, dottoresse, bibliotecarie, maestre, biologhe, scrittrici, disegnatrici, studentesse e casalinghe, ma conservavano gelosamente i loro poteri, la loro saggezza e le loro arti. E mi resi conto che tutte loro erano in grado di ricoprire molteplici ruoli che nelle storie convenzionali di solito interpretano i protagonisti maschili. Quelle streghe conoscevano le arti della lotta, officiavano cerimonie sacre, si impegnavano in politica, ambivano al potere, si sacrificavano per amore e si sentivano ricompensate dall'amicizia. Un mondo poco abituale in cui i poteri legislativo, esecutivo, giudiziaro, religioso, culturale e persino mediatico erano esclusivamente in mano alle donne. Donne erano anche le antagoniste, e tra donne si decideva la guerra che dà il nome alla trilogia. Infine, era femminile anche il mondo privato di conflitti generazionali tra madri e figlie che alimentava la trama delle protagoniste.

Senza volere e senza alcuno spirito rivendicativo, ho scritto una saga al femminile che, curiosamente, è piaciuta agli uomini.

I contributi

Un libro non può essere letto se non viene pubblicato. Non avrei potuto imbarcarmi in questo progetto senza l'aiuto della casa editrice Edebé che mi ha procurato la nave per quest'impresa. Edebé ha creduto nel progetto dall'inizio. José Luis Gómez e Reina Duarte sono stati i capitani della nave e hanno fatto da padrini all'incerto viaggio, mentre mi incoraggiavano a lanciarmi nell'avventura. Ma durante la lunga traversata, si sono aggiunti molti altri, come Antonio Garrido, Ricardo Mendiola, Marta Muntada, Eva Fontanals o Georgia Picañol. Persone che dirigono la casa editrice e vi lavorano con professionalità e umanità. Viaggiare in così buona compagnia è stato un vero lusso.

Le sorprese che hanno accompagnato la scrittura e la pubblicazione di questi tre libri sono state tante ed è quindi impossibile raccontarle tutte. Il piacere più grande per uno scrittore è sapere di essere letto, quindi la calda accoglienza che ebbe il primo volume *Il clan della lupa* è stato probabilmente la spinta di cui avevo bisogno per andare avanti con passione.

Mentre scrivo i volumi successivi, continuavano ad arrivare i riconoscimenti insieme alle e-mail dei lettori.

Il clan della lupa fu scelto dall'emblematica rivista *CLIJ* e dal catalogo White Ravens alla Fiera Internazionale di Bologna come uno dei migliori titoli dell'anno 2005. Inaugurò anche una serie di traduzioni in altre lingue: tedesco, olandese, inglese, ungherese, svedese, italiano, coreano, francese e islandese, almeno finora.

Il deserto di ghiaccio nacque accompagnato da buone critiche, molte vendite, traduzioni, una pagina web; venne proposto per il premio Protagonista Jove 2006 e raccolse desideri, aspirazioni e commenti da molti lettori.

La magia di quest'esperienza di scrittura aperta risiede qui. Una trilogia non si chiude fino a che non è stata scritta l'ultima parola dell'ultimo capitolo. Posso assicurare che fino a questo momento sono stata ricettiva a tutti i suggerimenti che mi arrivavano dai lettori, da Internet, dalla critica letteraria, dai forum nelle scuole o dai professionisti del settore.

Questa trilogia è in debito con molte persone: uno studente di una scuola di Tenerife mi regalò un titolo poetico che ho incluso in quest'ultimo volume: 'Nella penombra del cratere'; da una radio di Città del Messico mi fu suggerito che il vulcano Popocatepetl poteva essere uno scenario magnifico per il mio terzo romanzo, e così è stato, ecc... Non conosco i loro nomi, ma sono loro grata per la loro preziosa collaborazione. E come loro, molti autori anonimi hanno apportato il loro granello di sabbia ai temi di *Il clan della lupa*, *Il deserto di ghiaccio* e *La maledizione di Odi*, e hanno influito sulle traversie dei personaggi che vivono le loro avventure attraverso queste pagine. Scrivere una trilogia facilita l'interattività. Si ascoltano le opinioni, si raccolgono suggerimenti, e il materiale finale è sempre soggetto a cambiamenti.

Grazie a tutto questo processo, i libri si sono arricchiti di nuove trame, nuovi personaggi e nuovi scenari. Citare tutti coloro che mi hanno detto una parola all'orecchio sarebbe impossibile, ma desidero riportare qui tutti quelli che conosco e che mi hanno sostenuto e aiutato in questo lungo cammino colmo di vicissitudini, anche dolorose.

I ringraziamenti

In primo luogo il mio ringraziamento va a due donne sagge, madri e nonne, entrambe grandi lettrici, che hanno vissuto per gli altri, deliziandoli con i loro piatti, facendosi in quattro per i loro problemi e accompagnandoli sempre nei momenti difficili.

A mia madre Tere, che ha lottato contro la malattia e che malgrado questo non ha perso l'integrità e mi ha dedicato il suo tempo, il suo amore e la sua invidiabile perspicacia.

A Claudina, mia suocera, generosa come pochi, che ci ha lasciato con discrezione e che non potrà leggere questo terzo libro, anche se le sarebbe piaciuto.

Grazie a quei lettori preliminari che mi hanno aiutato coi loro commenti e le loro osservazioni.

A Reina, la mia editrice, la grande madrina e artefice di questa storia, che è intervenuta dalla prima all'ultima parola e mi ha dedicato il suo affetto, la sua pazienza e i suoi fine settimana.

A Júlia, la mia prima lettrice, che ha creduto in questa storia per dodici anni, mi ha incoraggiato a scriverla, ha corretto le mie prime versioni e ha potenziato la ribellione di Selene.

A Rosa, che ha disegnato l'amore di Roc e Anaïd.

Ad Anna, che ha umanizzato Gunnar.

A Carla, che ha dotato di sfumature il mondo opaco.

A Marce, che gli ha dato il tono cantabro. A Maurici, che ne ha potenziato la fantasia.

A Marta, Elena, Georgia e Yolanda, che hanno saputo leggere tra le righe, scoprire lapsus ed errori.

A Bernat, il più entusiasta dei divulgatori.

A Martí, l'autore della recensione più dura.

Ad Alícia, Dani ed Eloi, i piu efficaci propagandisti.

A Teresa e Salvi per la loro sincerità.

A Marili, la mia esperta lettrice.

A Estela, la più autentica strega.

A tutti i lettori che mi hanno fatto arrivare le loro opinioni attraverso la posta elettronica.

A Blanca, Leila, Yolanda, Sandra, Sandra I.M., Marina, Isabel, Bea, Miriam (Argentina), María, Ángela, Sílvia, Ximena, Elisa e María (x e y), Victoria, Nando, Idril, Ramón, Roger, Maribel... e tanti altri.

Ai professionisti che hanno coccolato questi libri con più zelo di quanto non richiedesse il loro lavoro.

NOTA DELL'AUTRICE E RINGRAZIAMENTI

A José Luis per la sua fiducia, la sua scelta dei disegni, i suoi contributi da bibliofilo e i suoi racconti di viaggi che hanno allietato pranzi squisiti. E a sua moglie, lettrice entusiasta e compagna di avventure.

A Marta M. per il suo perseverante contatto con la stampa, la sua pazienza con la mia agenda e la mia fotofobia.

A Georgia, per il suo spettacolare successo nelle traduzioni, che sono merito suo.

A Elisenda, che ha messo la sua voce e la sua saggezza al servizio della mia lingua.

A Eva, che mi ha aiutato a diffondere i volti dei miei personaggi nella rete.

A Horacio, che li ha disegnati.

A Marta P., che ha disegnato virtualmente il mondo delle streghe.

Ad Antonio, per la sua scommessa editoriale e la sua simpatia.

A Ricardo, per la sua tenacia e il suo entusiasmo.

A Carmen, per le sue idee innovatrici.

A Conchi, che ha vegliato su tutti e tutte.

A quelli che ho conosciuto durante la diffusione di quest'opera e che hanno contribuito ad arricchire le mie esperienze.

A Eva Luz, che mi ha aperto gli occhi alla bellezza azteca e mi ha presentato il Popocatepetl.

A Manuel e alla sua accogliente famiglia, che mi hanno fatto sentire come a casa mia.

A Moisés, grande sciamano delle fiabe e dell'arte di raccontare, il mio migliore presentatore.

A Elisabeth per i nostri *mariachis*.

A Javier e alla sua famiglia, padroni di casa del Retiro, che mi fecero delle magnifiche fotografie.

A Miriam per la sua instancabile dedizione e l'amore per i libri e la sua terra *guanche*.

Alle ragazze di Radio Mujer de Guadalajara per il loro affetto.

A tutti i professionisti della comunicazione e della stampa che si sono interessati alla trilogia e che hanno dedicato il loro tempo a diffondere i libri tra i giovani.

In particolare a Pep Molist, che mi ha commosso con le sue parole, e ad Andreu Sotorra, che mi ha fatto imparare dalla sua erudizione.

A tutti gli studenti che hanno partecipato ai forum, per le loro domande.

Alle donne che mi incoraggiano con la loro compagnia e il loro tempo.

A Marta, che è rinata dalle sue stesse ceneri e ha ripreso il volo.

A Carmela e Gisela, sempre pronte ad ascoltare e a dare una mano.

A Mireia e ad altre amiche di tutti i giorni, solidali, divertenti e in carne e ossa.

A Isabel, che si prende cura di me e a cui affido la mia famiglia, il bene più prezioso che ho, in mia assenza.

A quelli che amo di più.

A quelli che vivono più vicini e sopportano il mio lato oscuro. Per la loro pazienza e aiuto, che non sono poco. Mia figlia Júlia mi ha spinto a scrivere il romanzo, e ha vegliato per tutto il processo, leggendo sempre la prima versione, quella più ingrata. Mio figlio Maurici mi ha procurato delle letture di fantascienza e fantasy, e ha condiviso con me i suoi libri preferiti. Il piccolo Víctor ha espresso opinioni categoriche sulle copertine e mi ha costretto a raccontargli la storia oralmente, il che si è rivelato molto utile.

E a Marce, che ha giudicato, letto, criticato e si è congratulato, ed è sempre stato presente. Bella prova di coraggio.

A tutte e a tutti, grazie infinite.

Indice

Parte prima. I sentimenti 7

Capitolo Uno. L'incontro 9
Capitolo Due. Le alleanze 30
Capitolo Tre. I tradimenti 44
Capitolo Quattro. La disubbidienza 54
Capitolo Cinque. L'innamoramento 76
Capitolo Sei. La vergogna 85
Capitolo Sette. La delusione 91
Capitolo Otto. La sorpresa 102

Parte seconda. Gli errori 115

Capitolo Nove. Non seguirai l'uomo biondo 117
Capitolo Dieci. Non offrirai il filtro d'amore 124
Capitolo Undici. Non userai la pozione d'oblio 148
Capitolo Dodici. Non prenderai la pietra verde 167
Capitolo Tredici. Non ascolterai le voci del deserto 174
Capitolo Quattordici. Non berrai dalla coppa 182
Capitolo Quindici. Non ti specchierai nel miraggio del lago 205

Capitolo Sedici. Non arretrerai davanti alla morte	216
Capitolo Diciassette. Non ti lamenterai del rifiuto	225
Capitolo Diciotto. Non formulerai il sortilegio di vita	244
Capitolo Diciannove. Non crederai alla strega	253
Parte terza. La guerra	257
Capitolo Venti. L'avvertimento dell'Etna	259
Capitolo Ventuno. Nella penombra del cratere	274
Capitolo Ventidue. La rivolta del Minotauro	293
Capitolo Ventitré. Il Cammino di Om	304
Capitolo Ventiquattro. L'incantesimo dell'amicizia	329
Capitolo Venticinque. La giustizia dei morti	345
Capitolo Ventisei. Alle pendici dell'Iztaccihuatl	354
Capitolo Ventisette. Il patto di sangue	365
Capitolo Ventotto. L'eletta della profezia	376
Capitolo Ventinove. La guerra delle streghe	387
Capitolo Trenta. *Carpe diem*	399
Nota dell'autrice e ringraziamenti	406

Fotocomposizione Andrea Bongiorni
Milano

Finito di stampare
nel mese di maggio 2009
per conto della Adriano Salani Editore S.p.A.
da La Tipografica Varese S.p.A. (VA)
Printed in Italy